U0871071

中国古典诗词品汇

王维诗品汇

陈顺智　徐永丽　撰

长江出版传媒
崇文书局

图书在版编目（CIP）数据

王维诗品汇 / 陈顺智，徐永丽撰．-- 武汉：崇文书局，2022.4
（中国古典诗词品汇）
ISBN 978-7-5403-6586-8

Ⅰ．①王… Ⅱ．①陈… ②徐… Ⅲ．①王维（699-759）—唐诗—诗歌欣赏 Ⅳ．①I207.227.42

中国版本图书馆CIP数据核字（2022）第034306号

出 品 人　韩　敏
责任编辑　黄振华　郑小华
封面设计　甘淑媛
责任校对　董　颖
责任印制　李佳超

王维诗品汇
WANGWEI SHI PIN HUI

出版发行　长江出版传媒 | 崇文书局
地　　址　武汉市雄楚大街268号C座11层
电　　话　(027)87677133　邮政编码　430070
印　　刷　湖北新华印务有限公司
开　　本　880mm×1230mm　1/32
印　　张　12.5
字　　数　310千
版　　次　2022年4月第1版
印　　次　2022年4月第1次印刷
定　　价　49.00元

前　言

王维（701—761）唐代著名诗人，字摩诘，祖籍太原祁县（今山西祁县），其父徙于蒲州（今山西永济县），遂为河东人；后居京师，又称京兆人。祖父王胄，官协律郎，父处廉，官终汾州（今山西汾阳市）司马，其母为博林崔氏，有弟王缙、王繟、王纮、王紞四人。王维早慧，“九岁知属辞”（《新唐书》本传），十五岁赴长安谋求仕进，十七岁作诗即为人传唱，“昆仲宦游两都，凡诸王驸马豪右贵势之门，无不拂席迎之。宁王（宪）、薛王（业）待之如师友”（《旧唐书》本传）。开元七年（719），赴京兆府试得中。开元九年（721），二十一岁，举进士，释褐为太乐丞。同年，因伶人舞黄狮子事坐累贬济州（今山东茌平西南）司仓参军。开元十四年（726），秩满离开济州，至洛阳候吏部选，复任官淇上，不久弃官隐居于淇上。开元十七年（729），回长安闲居，并从荐福寺道光禅师学佛；其间，曾隐居嵩山、西游巴峡。开元二十二年（734），张九龄任中书令，王维献《上张令公》诗希求援引，次年被擢右拾遗。开元二十五年（737），张九龄为李林甫排挤，贬荆州长史，王维也于同年秋奉命出使河西，任监察御史，兼任河西节度判官。开元二十八年（740），迁殿中侍御史，“知南选”赴岭南，次年北归，隐居终南山。

天宝元年（742），王维复出任左补阙，约于天宝二年（743）、天宝三载（744）间购得初唐诗人宋之问的蓝田辋川别业，此后除因丁母忧而离职外，便一直过着亦官亦隐的生活；官阶虽然由从七品上的左补阙迁升到正五品上的给事中，但王维却不愿与李林甫之流同流合污，而是更倾心于隐逸生活的闲散自得，并创作了具有标志性的辋川诸诗。天宝十四载（755）十一月，“安史之乱”爆发，次年六月，叛军攻陷潼关、占领长安，唐玄宗匆匆奔蜀，王维扈从不及，落于叛军之手，被迫接受伪职给事中。至德二年（757），唐军收复两京，陷贼官员以六等定罪。王维因在被拘菩提寺时曾作抒发内心哀痛与思念朝廷的《凝碧池》，加之其弟王缙请削己职以赎兄罪，从而得到肃宗的特别宽宥，于乾元元年（758）被降官太子中允，后屡迁至中书舍人、给事中。上元元年（760），升任尚书右丞，次年七月卒，葬于由辋川别业捐建的清源寺之西。

王维诗题材广泛，内容丰富多样，包含了诗人生活的诸多方面。其边塞游侠诗为最能体现盛唐精神的题材之一。魏晋以降，九品中正制的废除给庶族知识分子带来了空前的机遇，而投笔从戎，博取功名是他们实现价值的重要捷径，因此自“初唐四杰”以来诗人多有吟咏。游侠诗既是唐代游侠之风盛行的体现，更是年轻诗人甘愿效力沙场、横行大漠的豪迈不羁性情的典型展现；而边塞诗则侧重表现将士英勇杀敌的爱国热情和昂扬斗志，显示戍边将士克敌制胜的威武风采，同时也揭露出将士壮志难酬的悲剧遭遇与功高难赏的命运。其诗还描绘了奇异壮阔的大漠风光、记录了边疆少数民族的生活风情。这些诗真气弥漫、气势雄伟、境界浑融，充分展现年轻诗人强烈的进取精神与浪漫情怀，也完整体现了蓬勃向上的时代精神与盛唐气象。

山水田园诗是王维的擅场，尤以隐居淇上、辋川、终南山、嵩山等地及行旅之诗为代表。《辋川集》《皇甫岳云溪杂题五首》等小诗意新理惬、“在泉为珠，着壁成绘”（殷璠《河岳英灵集》），大自然中刹那间的光影声色变幻和自己稍纵即逝的妙悟灵感，一经诗人识得捕捉、妙笔点染即成永恒的美景，而为后世无数大家讽咏嗟叹！至于其他山水篇什虽然风格意境各有不同，但均能抓住不同对象的审美特征，表现诗人独特的审美感受，并与其闲逸自得的精神与萧散自然的状态高度融合，达到景与情、情与理的契合统一。王维的田园诗或展现乡野的优美风光，或描绘恬静而富有情趣的乡村景象，或摹写农家淳朴的生活场景，表达了诗人淡然自适的隐逸情怀，同时也有表现农家生活疾苦诗篇的《田家》《赠刘兰田》等等。

送别赠答诗也是王维诗歌的重要组成部分，其中名章迥句迭出，一首《送元二使安西》（又名《渭城曲》）更是倾倒无数骚人墨客，“后之咏别者，千言万语，殆不能出其意之外”（李东阳《怀麓堂诗话》），他如《淇上别赵仙舟》《送别》《送沈子福归江东》《奉寄韦太守陟》等等，或劝勉鼓励，或宽慰体贴，或赞誉祝福，或抒惋惜之情，或述惆怅之意，或叙相思之怀，虽然对象不同、际遇各异、场景有别，但大多数诗作都是真挚爽健、情景交融、语浅意长、余韵不尽。至于其奉和应制之作虽然难免歌功颂德、粉饰太平，却恭而不卑、谦而不谀，典雅温润、庄重清新，景象阔大雄壮、抒情深婉曲折，尽显盛唐气象，如其“九天阊阖开宫殿，万国衣冠拜冕旒。日色才临仙掌动，香烟欲傍衮龙浮”（《和贾舍人早朝大明宫之作》）更是气格沉雄、宏赡典丽。他还有一些描写妇女生活变迁、精神孤独与处境艰难的诗章，如《西施咏》《息夫人》《班婕妤三首》等等，这些诗均对妇女所处的地位及其遭遇表现出极大的同情。

王维诗歌有着鲜明独特的艺术特征。一是以画入诗。王维精通绘画，生前即享有盛名，“特妙山水，幽深之致，近古未有”（《封氏闻见记》）、“山水松石，并居妙品”（《唐朝名画录》），所以苏轼称其“诗中有画”。王维以画入诗首先表现为空间结构的变化与远近空间意象的交错。如“塞阔山河净，天长云树微”（《送崔兴宗》），即为平远之景；如“江流天地外，山色有无中。郡邑浮前浦，波澜动远空”，形成远景与近景交错；另外是空间层次感的加强，如“山中一夜雨，树杪百重泉”（《送梓州李使君》），多层的空间结构被压缩在同一个画面之中，形成“高远”之景；复如“分野中峰变，阴晴众壑殊”（《终南山》），即构成“深远”之景。其次表现为色彩的搭配与变化。王维从其审美趣味出发往往采用冷色作为诗歌的基本色彩，甚到将暖色处理成为冷色，如《过香积寺》之“日色冷青松”；即使像“日落江湖白，潮来天地青”这类气势阔大宏伟之景也散发出萧散淡泊的情趣；他如《山中》《书事》等诗也莫不如此。最后表现为线条的组合变化。如“大漠孤烟直，长河落日圆”（《使至塞上》）、“千里横黛色，数峰出云间”（《崔濮阳兄季重前山兴》）、“山下孤烟远村，天边独树高原”（《田园乐》）、“渡头余落日，墟里上孤烟”（《辋川闲居赠裴秀才迪》）等等构图紧凑、意境超然、视角立体、浑厚阔大、极富张力。

王维诗歌的另一个特征是以禅入诗。其母崔氏、其弟王缙虔诚奉佛，王维早年师奉道光，后又与北禅之义福、南禅名僧神会交往，其诗也深受其影响。一是以禅语入诗，如其《与胡居士皆病寄此诗兼示学人二首》等，即以诗谈禅，诗中充满了禅学概念与说理，但终落入理障。二是以禅趣入诗，如其《送别》之“但去莫复问，白云无尽时”，白云之舒卷自如、自由自在正是“禅心”之表征；他如“悠然远山暮，独向白云归”（《归辋川作》）、“羡君栖隐处，遥望白云端”（《酬比部杨员外》）、“湖上一回首，青山卷白云”（《欹湖》）莫不如此。禅宗认为法身高于一切境，存在于“万物色相、日月星辰、山河大地、泉源溪涧、草木丛林”等种种自然现象中，所以山水自然蕴含着深微的意境与宇宙人生的真谛，其名句："松风吹解带，山月照弹琴"（《酬张少府》）、"行到水穷处，坐看云起时"（《终南别业》）均于物我情感相契之外，还富有更为深刻的意趣。三是以禅法入诗，南宗禅自诩"不立文字""教外别传"之"心法"，讲"识心见性"，主张"顿悟"，其诗塑造出顿悟空静的艺术特征，完整浑成、生机勃勃且自净自定；若其《鸟鸣涧》《鹿柴》《辛夷坞》诸诗常常创造出浑然一体、生动活泼、情景交融的意境，令人一唱三叹、赏玩不已。

此外，王维于诗歌形式、艺术风格、诗歌意境等诸多方面均有极高造诣与贡献，为后世留下许多脍炙人口的名篇佳作，现存诗四百余首，本书选出 161 题、200 首有代表性的诗歌以飨世人。前部分 101 题、124 首由陈顺智编写，后 60 题、76 首为徐永丽博士编写，全书由陈顺智统稿。本书在编写过程中参照、吸收了前贤时彦的颇多研究成果，在此并致谢忱！至于书中的错舛误漏，则恳请读者诸君赐正！

陈顺智

2021 年 5 月 5 日

于武汉洪山岳家嘴寓所

目　录

编年诗

过秦皇墓①

古墓成苍岭，幽宫象紫台②。
星辰七曜隔③，河汉九泉开④。
有海人宁渡，无春雁不回。⑤
更闻松韵切⑥，疑是大夫哀⑦。

【注释】

① 诗题原注“时年十五”，依赵《谱》、陈《谱》，王维生于武后长安元年（701），则本诗作于开元三年（715）。秦皇：一作始皇。秦始皇墓，据《史记·秦始皇本纪》载：“（三十七年）九月，葬始皇骊山。”《长安志》：“秦始皇陵在（临潼）县东一十五里。”在今西安临潼区东骊山下。

② 幽宫：昏暗不明的地下宫室。紫台：谓王宫。

③ 七曜：指日、月与金、木、水、火、土五星。曜，同“耀”。

④ 河汉：此泛指河、汉、江、淮四渎。一说指银河。九泉：指人死后葬处。开：展布。

⑤“有海”二句：《汉书·刘向传》载，秦始皇墓中，“水银为江海，黄金为凫雁”。宁，岂。无春，谓墓室中无春秋四季。

⑥ 松韵切：松风之声凄切。

⑦ 大夫哀：据《史记·秦始皇本纪》载："（始皇）乃遂上泰山，立石，封，祠祀。下，风雨暴至，休于树下，因封其树为五大夫。"秦制，爵位有二十级，一级为公士，九级为大夫，二十级为彻侯。

【评析】

此诗是王维早年游历长安途经骊山秦始皇陵时所作，首二句写始皇陵墓之外表，古墓早已成为苍翠的山岭，而依然展现着皇宫的巍峨；颔联写巨大的陵墓将天地日月隔绝开来，自成一个巨大的封闭系统，表现出江、河、淮、汉雄伟壮阔的地理形势；颈联转入议论，即便如此象天理地，可如此江海哪有人横渡？长夜漫漫从无春秋，更无大雁北归！尾联再引秦始皇封禅泰山时封松树为五大夫一事，借松风声之凄切象征秦朝大夫们的悲哀之声。全诗沉著悲慨，却又含蕴低回，诗中表现出来的历史眼光与政治见识，更展现了诗人早年的成熟与胸襟。

故古人如《龙性堂诗话》评道："同题始皇陵诗，王维'星辰七曜隔，河汉九泉开'，许浑'一种青山秋草里，路人惟拜孝文陵'，元好问'无端一片云亭山，杀尽苍生有底功'。侈语、冷语、谩骂语，各有其妙。"又《唐王右丞诗集注说》道："讽其穷奢糜烂不露。"今人陶文鹏《王维孟浩然诗选评》说："王维这首诗含蓄地讽刺、抨击秦始皇暴戾奢靡的行径。首句即点出古墓已成苍岭，语带讥讽。以下五句极写陵墓建筑的宏丽、奇异景象，在铺叙中任寓嘲讽。'人宁渡''雁不回'正是对这位暴君的冷嘲。尾联写闻松涛呜咽之声而疑为秦大夫哀哭，渲染出一种悲凉凄怆气氛，引发人们对王朝兴亡的沉思。此诗虽缺乏深刻思想和沉郁风格，但想象丰富，形象生动，语言洗练，格律严整。诗人时年仅十五岁，可见其超人的早慧。"张勇《王维诗全集》说："本诗为王维离家赴长安途经骊山（今陕西临潼东南）秦始皇墓时所作。首联写眼前的始皇墓历经千年已成为林木森森的苍岭，颔联和颈联由眼前所见浮想墓室景观，尾联思绪回到现实，感慨时光流逝、历史变迁。这首诗想象丰富，气象浑厚，辞丽而感深，结句艺术感染力尤强。"

题友人云母障子[①]

君家云母障，持向野庭开[②]。
自有山泉入，非因彩画来。

【注释】

① 诗题原注"时年十五"，此诗作于开元三年（715）。云母：指云母石。障子：即屏风，以分隔居室内的空间，《后汉书·郑弘传》："置云母屏风，分隔其间。"唐人称屏风为障子，并多见于吟咏。

② 野庭：指堂前空旷的庭院。开：张设。

【评析】

此诗为王维早年初到长安游历时题友人家中屏风诗。首二句写友人家云母屏风与所放置的地方，从空旷的野庭中突显出屏风的显眼；后二句写屏风上的花纹条理如同自然山水风光一样氤氲缭绕，而绝非画工的精彩笔墨。"入"字用得传神入化，极富动感。后人《竹庄诗话》评道："王摩诘有《题云母障子》，胡令能有《题绣障子》，异代殊名，而才调相继。"《诗话总龟》也引《鉴戒录》说："王维摩诘《云母障子》，胡令能《绣障》，亦佳句。王诗曰：'君家云母帐，持向野庭开。自有山泉入，非关彩华来。’胡诗曰：‘白日堂前花蕊娇，争携小笔上床描。绣成挂向春园里，引得黄莺下柳条。’”杜甫也有《题李尊师松树障子歌》，不过杜甫与胡令能所写均是用绢帛绘画的屏风，而此诗所咏则是以云母装饰的屏风。今人邓安生《王维诗选译》说：“云母障子是利用云母石的自然纹理当图画制成的屏风，具有天然的山水趣，这是王维所向往的重自然的美感表现。”刘宁《王维孟浩然诗选评》说：“云母屏风是比较贵重的室内陈设，唐诗中写到云母屏风，经常是用以表现贵族的生活。王维这首诗大概就是他初入长安时，在社交生活中写下的。小诗题咏的是友人家中的云母屏风，诗中写道，云母屏风向野外的庭园展开，仿佛有山泉流入，诗句以一种不经意的错觉来写云母屏风上山水花纹的逼真效果，构思十分巧妙。但是，这首诗的好处并不只是巧，古人说，咏物诗重要的是得其神似，只写屏风上的画如何逼真，还不足以传达其神韵，因为‘神’是事物在人心中所唤起的一种感受。……王维这首诗不仅写出了屏风山水纹理的逼真，更写出了其间的生意。第三句结尾的一个‘入’字，刻画出屏风上的山水，与野庭风物已经融为一体，难分彼我。结尾的‘非因彩画来’并非浮泛之笔，它表面上是说屏风上的花纹为自然形成，不是画工之妙，言外之意则是说屏风纹理之美乃是天工之妙，自然浑成，与前句交相呼应，使读者真切领略山水纹理天然生动的神韵。此诗虽短小，在传神写照上却深有所得。诗的好坏不在长短，天才的妙悟不在年辈的高低，从这首短小的五绝，我们可以理解，王维初入诗坛即得诗名，绝非偶然。”

九月九日忆山东兄弟①

独在异乡为异客，每逢佳节倍思亲。
遥知兄弟登高处，遍插茱萸少一人②。

【注释】

① 诗题原注“时年十七”，则此诗作于开元五年（717）。九月九日：即重阳节。据周处《风土记》、吴均《续齐谐记》等书记载，古人于九月九日有登高、饮菊花酒、将茱萸插头和系臂的风俗，以求去灾、避祸、御寒和长寿。王维故乡蒲州（治今山西永济）在华山之东，而此时作者在华山之西的长安，所以诗题有山东之说、诗中有“独在异乡为异客”之句。

② 茱萸：属乔木，又名越椒，其味芳香浓郁。

【评析】

本诗是王维的代表作之一。古今评述甚多，概括而言，大约有几个方面：一是关于表现兄弟情谊。《诗境浅说续编》说：“杜少陵诗‘忆弟看云白日眠’，白乐天诗‘一夜乡心五处同’，皆寄怀群季之作，此诗尤万口流传。诗到真切动人处，一字不可移易也。”远游在外的游子，本有孤单之感，更何况时值佳节，思亲之情更浓，这是人之常情。本诗的妙处就是将人人心中有、笔下无的这种感情集中凝练，艺术地表达出来，因而唤起了万千人的共鸣。也有很多点评家将这种表达兄弟情谊的主题上溯至《诗经》，如《唐诗解》：“摩诘作此，时年十七，词义之美，虽《陟岵》不能加。史以孝友称维，不虚哉！”《唐贤三昧集笺注》：“情至意新。《陟岵》之思。此非故学《三百篇》，人人胸中自有《三百篇》也。”《唐诗别裁集》：“即《陟岵》诗意，谁谓唐人不近《三百篇》耶？”《陟岵》是《诗经·魏风》篇名，表现的是行役者望乡而思念父母兄长，想象父母兄长思念自己的作品。本诗也是自己独自在外，思念家乡的兄弟，反而写家乡的兄弟如何思念自己，所以与《陟岵》有异曲同工之妙。《唐诗广选》：“蒋仲舒曰：‘在兄弟处想来，便远。’”《緀斋诗谈》：“不说我想他，却说他想我，加一倍凄凉。”二是对本诗之情感真挚而自然，评家也多有称道。《批点唐音》：“真意所发，切实故难。”《王孟诗评》：“真意所发，忠厚蔼然。”《唐诗正声》：“口角边说话，故能真得妙绝，若落冥搜，便不能如此自然。”《唐诗直解》：“诗不深苦，情自蔼然。叙得真率，不用雕琢。”《网师园唐诗笺》：“至情流露，岂是寻常流连光景者？”三是对本诗的艺术构思与表达均予以高度肯定。如《唐诗笺要》：“右丞七绝，飘逸处如释仙杖履，古藻处如轩昊衣冠，其所养者深矣。”《唐诗真趣编》：“从对面说来，己之情自已，此避实击虚法。起二语拙，直是童年之作。”《唐诗选脉会通评林》：“周敬曰：‘自有一种至情，言外可想。’徐充曰：‘“倍”字佳。“少一人”正应“独”字。’”《碛砂唐诗》：“圣叹曾言，唐人作诗每用‘遥’字，如‘遥知远林际’‘遥知兄弟登高处’，皆用倩女离魂法也，极有远致。”《唐人七绝诗浅释》：“只用‘每逢’与‘倍’三个虚字，不但写出佳节思亲，而且将平日无时不思之情也有力地暗示出来……三、四两句从对面写，是诗人想象中情境。本是自己佳节思亲……而说家乡兄弟思念自己，已是翻进一层。而写兄弟的思念自己，又不明说直说……而从插茱萸这一风俗生发……而对方相忆之情自见，自己相忆之情也更为突出鲜明。”

洛阳女儿行[1]

洛阳女儿对门居，才可容颜十五余[2]。
良人玉勒乘骢马，侍女金盘脍鲤鱼。[3]
画阁朱楼尽相望，红桃绿柳垂檐向。[4]
罗帷送上七香车，宝扇迎归九华帐。[5]
狂夫富贵在青春，意气骄奢剧季伦。[6]
自怜碧玉亲教舞，不惜珊瑚持与人。[7]
春窗曙灭九微火，九微片片飞花琐。[8]
戏罢曾无理曲时，妆成只是熏香坐。[9]
城中相识尽繁华，日夜经过赵李家。[10]
谁怜越女颜如玉，贫贱江头自浣纱！[11]

【注释】

① 诗题原注“时年十八”，则此诗作于开元六年（718）。诗题从梁武帝《河中之水歌》诗句“河中之水向东流，洛阳女儿名莫愁”变化而来，所以“洛阳”并非实指。

② 才可：是大约、仅约之意。

③“良人”二句是说她的丈夫骑着青白相间的骏马，缰绳和辔头上都镶有美玉，而她自己也吃着非常精细的美味佳肴。脍是指切得极细的鱼或肉。这两句极写洛阳女儿出身娇贵和豪华生活。

④“画阁”二句是说她的居宅，雕梁画栋的楼房鳞次栉比遥遥相望，而庭院内的桃红柳绿也是向着屋檐错落披纷。

⑤“罗帷”二句写其出入之奢华场面。罗帷，以绫罗做成的帷幔，

也叫步障，古代贵族妇女出行时用以遮身，防人窥视。七香车，用七种香木做成的芬芳华美的车子。宝扇，饰有珍宝的雉羽扇，即长柄扇，贵族妇女出行时用以遮阳避尘。九华帐，指绣有多种花卉的华丽罗帐。

⑥“狂夫”二句写“良人”年少气盛，骄奢任性，甚至超过了奢靡成性的西晋石崇。

⑦“自怜”二句承前二句写奢豪。相传刘宋汝南王有爱妾名碧玉，作《碧玉歌》，后以“碧玉”作侍妾之代名词；诗中以指洛阳女儿，并暗示其侍妾的身份地位。因为爱怜，所以将珍贵的珊瑚随便赠人。珊瑚，用石崇以铁如意轻易击碎珍贵无比的珊瑚树的典故，事见《世说新语·汰侈》。

⑧“春窗”二句写宴饮歌舞通宵达旦。九微，是传说中的仙灯名称，见《博物志》卷八。花琐，一说为不断飞落的灯花，一说为雕花窗格。

⑨“戏罢”二句写通宵达旦宴饮歌舞之后，洛阳女儿再无时间练习弹琴，化妆打扮后唯有焚香默坐。

⑩“城中”二句写良人交往的尽是富豪子弟与权贵人家。

⑪末二句感慨像西施这样贫贱的美女却无人怜爱，唯有自己浣纱江边。

【评析】

后人评价此诗，主要集中在艺术与内容两方面。艺术方面，肯定其艺术成就。《鸿苞论诗》：“丽情艳句，粉黛无色，足使世人遂为情死！”《抱真堂诗话》：“何大复惜摩诘七古未为深造，然《洛阳女儿行》殊是当家！”顾可久《唐王右丞诗集注说》：“初唐王、杨之体如此，俊丽，结（结处）斩绝。”《唐风定》：“非不绮丽，非不博大，而采色自然，不由雕绘。”今人邓安生《王维诗选译》说：“全诗几乎句句用典，讲究对仗，风格接近初唐卢、骆七言歌行，但用典已渐近自然，从中可见王维少年时期诗作的特点。”另一个是关于本诗主题，古今都比较一致地认为是批评讽刺豪贵，如《唐诗快》说："通篇写尽娇贵之态。"《唐宋诗举要》也评："吴北江曰：'借此以刺讥豪贵，意在言外，故妙。'"今人陈贻焮《王维诗选》说："这诗写一个为权贵所宠爱的少妇，过着极其骄奢但又很空虚的生活。末后说贫女虽美，却无人爱怜，藉以感叹世事的不平。"程千帆《古诗今选》说："这篇诗讽刺了当时权贵豪家的奢华生活，同时也以美色暗喻贤才，对当时社会中只重出身不重贤才的风气，发出了不平之鸣。"

李陵咏①

汉家李将军，三代将门子②。
结发有奇策③，少年成壮士。
长驱塞上儿④，深入单于垒⑤。
旌旗列相向⑥，箫鼓悲何已⑦。
日暮沙漠陲⑧，战声烟尘里。
将令骄虏灭⑨，岂独名王侍⑩。
既失大军援，遂婴穹庐耻。⑪
少小蒙汉恩，何堪坐思此⑫。
深衷欲有报⑬，投躯未能死⑭。
引领望子卿⑮，非君谁相理⑯。

【注释】

① 诗题原注"时年十九"，则此诗作于开元七年（719）。李陵：字少卿，西汉名将李广之孙。

② 三代将门：李陵出身将门，自广、当户至陵凡三代，《汉书·李广

苏建传赞》："然三代之将，道家所忌，自广至陵，遂亡其宗。"

③ 结发：男子成童开始束发，《史记·李将军列传》："且臣结发而与匈奴战，今乃一得当单于，臣愿居前，先死单于。"奇策：奇异的计谋。

④ 长驱：谓率军深入敌境。塞上儿：边塞游侠子。

⑤ 单于：匈奴首领的称号。

⑥ 列相向：相对而列。

⑦ 悲何已：谓为敌军围困，心中有无尽悲伤。

⑧ 沙漠陲：沙漠边缘，曹植《白马篇》："扬声沙漠垂。"垂，同"陲"。

⑨ 骄虏：谓匈奴。

⑩ 岂独：岂止。名王侍：汉战胜匈奴后，往往让其名王入朝侍奉，《汉书·宣帝纪》："匈奴单于遣名王奉献，贺正月，始和亲。"颜师古注："名王者，谓有大名以别小王也。"

⑪ "既失"二句：谓李陵孤军深入，由于没有援军，终于寡不敌众，蒙受了降顺之辱。婴，加。穹庐，游牧民族居住的毡帐。

⑫ 何堪：怎堪，怎么经受得了。坐：深。

⑬ 深衷：内心深处。

⑭ 投躯：弃身投降。

⑮ 引领：延首遥望。子卿：苏武字。

⑯ 理：申辩，表白。《汉书·苏武传》载陵谓苏武曰："陵虽驽怯，令汉且贳陵罪，全其老母，使得奋大辱之积志，庶几乎曹柯之盟，此陵宿昔之所不忘也！"

【评析】

此诗为咏史诗，表现了对李陵不幸遭遇的同情。《唐王右丞诗集注说》评道："能道陵意中事，雅正、雄浑、顿挫。"《唐诗快》评说道：“子长尚不能相理，子卿安能相理乎？写出无可奈何，足令鬼神饮泣。”邓安生《王维诗选译》说：“作者没有简单地复述史实，而从李陵是‘三代将门子’的出身落笔，着重描写他对敌作战的勇武精神，表现他对汉室的忠心，对他‘遂婴穹庐耻’的不幸结局和‘深衷欲有报’的心迹表示同情。这种以古人为题的咏史诗虽缺少现实感，还未脱净六朝余气，但从中可以窥见王维少年时代的思想，也可看到他在安史之乱时忍辱期待唐王朝恢复两京的思想由来。”张勇《王维诗全集》说：“全诗共十联，前六联褒奖李陵的才能、志向、勇敢与战绩，第七联为其兵败降敌辩护，后三联写起降后的痛苦心情与打算。整诗语义顿挫，诗味雄浑。”

桃源行①

渔舟逐水爱山春，两岸桃花夹去津。
坐看红树不知远，行尽青溪不见人。
山口潜行始隈隩，山开旷望旋平陆。
遥看一处攒云树，近入千家散花竹。
樵客初传汉姓名，居人未改秦衣服。
居人共住武陵源，还从物外起田园。
月明松下房栊静，日出云中鸡犬喧。
惊闻俗客争来集，竞引还家问都邑。
平明闾巷扫花开，薄暮渔樵乘水入。
初因避地去人间，及至成仙遂不还。
峡里谁知有人事，世中遥望空云山。

不疑灵境难闻见，尘心未尽思乡县。
出洞无论隔山水，辞家终拟长游衍。
自谓经过旧不迷，安知峰壑今来变。
当时只记入山深，青溪几曲到云林。
春来遍是桃花水，不辨仙源何处寻。

【注释】

① 诗题原注“时年十九”，则此诗作于开元七年（719）。

【评析】

这首七言古诗是王维由陶渊明著名的《桃花源记》改写而成，此后改写《桃花源记》成了很多文人的乐趣。如包融、权德舆、武元衡、刘禹锡、韩愈及一些无名人士等等，宋代王安石之后写的人更多，以致桃花源成为一个专门题材。王维此诗也自然成为诗评诗论的话题，其中一个便是王维诗中的桃花源与陶渊明文中的桃花源的异同问题。陶渊明笔下的桃花源是避秦之地，而王维之后则写仙境之游，胡仔《苕溪渔隐丛话》引苏东坡之言云：“世传桃源事多过其实。考渊明所记，止言先世避秦乱来此，则渔人所见，似是其子孙，非秦人不死者也。”对此，胡仔评价说：“东坡此论盖辨证唐人以桃源为神仙，如王摩诘、刘梦得、韩退之作《桃源行》是也。惟王介甫作《桃源行》与东坡之论暗合。”这一观点深深影响了后代，即使是今天的学者，也多持此论，如程千帆《古诗考索》：“王诗将陶诗中对那个无税的小国寡民世界的向往，改为对神仙世界的向往。……（这一主题的更新）正可为王维早年就具有道家神仙思想作证。……王维笔下的灵境不是枯寂凄黯的，而是幽美恬适的。他以自在的笔触描绘了仙源中人自在的生活。”但也有对此观点持异见的，如高步瀛《唐宋诗举要》说："宋人所载苏子瞻之说不尽可信。说诗不当如此。桃花源本渊明寓言,《容斋三笔》(卷十)之说最是。后人各就所见，或以为仙，或以为避秦人后，皆无不可。纷纷致辩，转无味矣。"

王维此诗无疑是同类之作中艺术价值最高的,因此备受后人赞誉。王士禛《池北偶谈》："唐宋以来作《桃源行》最传者，王摩诘、韩退之、王介甫三篇。观退之、介甫二诗，笔力意思甚可喜。及读摩诘诗，多少自在。二公便如努力挽强，不免面赤耳热。此盛唐所以高不可及。"后世评家更从不同角度、不同体会作出阐述。或说叙述章法。如《唐贤清雅集》："长篇提缀铺叙，不板不浮，气体入妙。'空论'两句作纽，顾盼前后成章法。回环往复，去路杳然。"《唐诗归》："将幽事寂境，长篇大幅，滔滔写来，只如唐人作《帝京》《长安》富贵气象，彼安得有如此流便不羁？"《唐诗别裁集》："顺文叙事，不须自出意见，而夷犹容与，令人味之不尽。"《唐贤三昧集笺注》："多参律句，尚沿初唐体。……叙事展怀，段段血脉，段段景象，亲切如画，殊非人境，令人忘世。流丽醇雅。收尽而不尽。"《此木轩论诗汇编》："真千秋绝调。此诗亦作三章看。中三章是正面。'不疑'三韵与"山口"一章相准，'当时'二韵对首章。结二句老僧只管看，观之不足，赞之不尽。所以只如此写，如此住，此言外意也，若曰'吾老是乡耳'。七言古诗，此为第一。"或赞其词句者如《唐诗归》："'不知远'，远近俱说不得矣。写景幻甚。('坐看红树'句下)'散'字写景细。('近入千家'句下)此处已是绝妙结句，因后一结更妙，故添一段不厌其多。('世中遥望'句下)依然就'桃花水'上加'遍是'二字，写出仙凡之隔，又是一世界，一光景。下'不辨'句即从此二字生出。妙！妙！('春来遍是'句下)"王文濡《唐诗评注读本》："姑无论其全首之格律谨严，风神淡古，意境超脱也。即如'遥看'两句，惟一处故曰'攒'，又的是遥看；惟千家故曰'散'，又的是近入。用字俱经千锤百炼。且确是渔人初入桃源，由远而近，一路所见之景，可以入画。此等处，读者切勿轻轻放过。”或赞其风格者如《唐风定》：“质素天然，风流嫣秀，开千古无穷妙境。”《历代诗发》：“较胜靖节诗，其叙事转却处圆活入神。”如此其他，不可一一。

息夫人[①]

莫以今时宠，能忘旧日恩。
看花满眼泪，不共楚王言。

【注释】

① 诗题原注“时年二十”，则此诗作于开元八年（720）。息夫人：即春秋息侯夫人，又称桃花夫人，姓妫，亦称妫息。据《左传·庄公十四年》记载：“楚子（文王）……灭息，以息妫归，生堵敖及成王焉。未言，楚子问之，对曰：‘吾一妇人，而事二夫，纵弗能死，其又奚言？’”这首诗表面上是写息夫人因楚王灭息而被掠的痛苦与悲哀，表达了作者对其命运的深切同情，而实际上本诗还暗藏着一个真实的故事。据唐人孟棨《本事诗》记载：“宁王（即李宪，为睿宗长子、玄宗之兄）曼贵盛，宠妓数十人，皆绝艺上色。宅左有卖饼者妻，纤白明媚，王一见注目，厚遗其夫取之，宠惜逾等。环岁，因问之：‘汝复忆饼师否？’默然不对。王召饼师使见之。其妻注视，双泪垂颊，若不胜情。时王坐客十余人，皆当时文士，无不凄异。王命赋诗。王右丞维诗先成：‘莫以今时宠……。’坐客无敢继者。王乃归饼师，以终其志。”

【评析】

这首诗的创作场景面临的是双重尴尬：一是宁王让饼师夫妇重逢见面；二是面临这种尴尬的状况，宁王居然让文士赋诗，岂不更为尴尬？若肯定卖饼者妻留恋旧情，这于宁王面子上过不去；若肯定宁王强占卖饼者妻的行为，这于人情与良心上亦说过不去。年少机智、勇敢正义的王维选择了历史上息夫人的故事，由此入手写成此篇。所以《唐诗续评》说："以息夫人为题，为宁王讳也。"表面上写息夫人，是咏史，而实际上写饼师妻，是咏事，于里于外，不粘不滞，以非常高超的艺术手段不露痕迹地化解了这场尴尬。难怪《围炉诗话》评道："唐人诗意不必在题中，如右丞《息夫人怨》……。使无稗说载其为宁王夺饼师妻作，后人何从知之？"《载酒园诗话》也说："摩诘'莫以今时宠'云云，正以咏饼师妇佳耳，若直咏息夫人，有何意味！"这种两者兼顾的艺术构思也同样得到高度称赞，如《緄斋诗谈》说："体贴出怨妇本情，又不露出宁王之本情，真得《三百篇》法。止二十字，却有味外味，诗之最高者。"诗歌对饼师妻细节的表现也同样得到许多赞许，如《王孟诗评》说："正尔憔悴得人。……只发一'楚'字，便有无穷悲怨。"《诗法易简录》则说："只就'不言'一事点缀之，不加评论，诗品自高。"也有评家从整体上肯定本诗的艺术成就，如《唐诗笺要》云："非嬉笑，非抢白，有吞有吐，拟容取心，情事宛合。"《唐诗偶评》则说："首二句原其衷曲，三、四写其怨态。三、四从首二生出，实则首二从三、四看出也。忠厚悱恻，词旨凄婉动人。"

从岐王过杨氏别业应教[①]

杨子谈经所，淮王载酒过。[②]
兴阑啼鸟换，坐久落花多。
径转回银烛，林开散玉珂。[③]
严城时未启，前路拥笙歌。[④]

【注释】

① 此诗开元八年（720）作于长安。岐王：李范，是睿宗的四子，玄宗的弟弟。睿宗即位，进封岐王。好学工书，礼贤下士。别业：即别墅。岐王带领王维等人同游杨氏别业并命他们写下这首纪行诗。应教：魏晋以后文人臣属与皇族之间的文字酬唱，于天子叫应诏，于太子叫应令，于诸王叫应教。

② 首二句用典点明诗题。杨子，指西汉扬（一作杨）雄，此处以杨子比杨氏。扬雄晚年写《法言》与《太玄经》，故诗中以“谈经所”称赞杨氏之博学。淮王即西汉淮南王刘安，为人博辩善为文辞，此以淮王喻指岐王。据《汉书·扬雄传》记载：“（雄）家素贫，嗜酒，……时有好事者，载酒肴，从游学。”过，平声，读作“锅”，今人多误读作去声。

③ 中四句写别墅景物。玉珂，马勒上的玉饰。

④ 末二句写归去。严，戒夜，指城门未开。

【评析】

此诗最受赏爱处一在其结构，一在其写景。论其结构者如《唐诗别裁集》说：“杨子云比杨氏，淮王比岐王。三、四言赏玩之久也。后言深夜始归，余情无尽。”《唐诗选脉会通评林》评曰：“以子云况杨氏、淮南比岐王，起语已尽题情。中联酒阑客散之景。夜深始归，见王兴之尽，与从过之幸也。章法之妙，真有笙歌一派、峦巇千回。”《增订唐诗摘钞》说：“贵人出游，着不得寒俭语，然铺张太盛，又未免顾宾失主。此妙在过杨处只淡淡打发二语，而车骑笙歌之盛，却从归途写出，用笔之斟酌如此。”而写景之妙更为诗家玩味，如《诗薮》：“摩诘‘兴阑啼鸟换，坐久落花多’，皆佳句也。……‘换’与‘多’字，觉散缓而韵在言外。”《唐诗评选》说：“‘坐久落花多’自是佳句。末四语巧心得现前之景。”《唐诗选脉会通评林》：“吴山民曰：‘摩诘善作丽语。此是其得意者。“回”跟“转”，“散”跟“开”，下字有法。’陆钿曰：‘结句妙得规讽，含而不露。’周明辅曰：‘此诗绝有步骤，兴致不薄。’”《批点唐音》说：“三四句内生意，若更细，便浅促。”《唐诗镜》：“‘坐久落花多’意景适会。”《唐诗解》说：“起联用事妥，次‘缓’字佳。”也有从诗人诗风的角度来评论的，如《唐风怀》：“胡元瑞曰：‘绮丽精工，沈、宋合调。’”

今人的评点欣赏更多了些现代的审美意识和审美情趣，如朱光潜《诗论说》：“‘兴阑啼鸟换，坐久落花多’，是超然之境。超然之境是诗人在冷静中所回味出来的妙境（王国维所谓‘于静中得之’），没有经过移情作用，所以实是‘有我之境’。”季羡林在《禅和文化与文学》中说：“那一些被神韵家推崇的诗句，比如‘兴阑啼鸟换，坐久落花多’等等，这些诗句当然表达一种情境，但妙处不在这情境本身，而在这情景所暗示的东西，比如绝对的幽静，人与花鸟、物与我一体等等。这些都是没有说出来的东西，这就叫神韵。”

敕借岐王九成宫避暑应教[1]

帝子远辞丹凤阙[2]，天书遥借翠微宫[3]。
隔窗云雾生衣上，卷幔山泉入镜中。
林下水声喧语笑，岩间树色隐房栊。
仙家未必能胜此，何事吹笙向碧空[4]？

【注释】

①此诗开元八年（720）作于长安。皇帝的诏书曰敕，敕借指皇帝将九成宫借给岐王避暑。九成宫：故址在今陕西麟游县西天台山上，本为隋文帝所置的仁寿宫，贞观五年（631）修复作为避暑之地，改名为九成宫。

②帝子：指岐王。丹凤阙：唐长安大明宫南面五门正中之门叫丹凤门，阙是宫门前两边的观楼，此处借指朝廷。

③天书：为天子诏书，即题中所说敕。

④吹笙：用周灵王太子晋典故：晋好吹笙，道士浮丘公接上嵩山，成仙而去。

【评析】

这是一首应制避暑写景诗，三者融而为一，如何构思便可见出诗人水平高下。方东树《昭昧詹言》评道："起二句破题甚细，不似鲁莽疏漏。帝子，岐王也；先安此句，次句'借'字乃有根。中四句实写九成宫之景。收句乃合应制人颂圣口吻。"《王孟诗评》："句法天成，更不可易。起语叙事从容曲尽，下联便见九成景物。结乃费咏，便成收束。"至于诗中写景与用字，历代更多有讨论。《增订唐诗摘钞》说："右丞诗中有画，如此一诗，更不道李将军（思训）仙山楼阁也。'衣上'字、'镜中'字、'喧笑'字，更画出景中人来，犹非俗笔所辨。八句用吹笙事始切。"《唐诗观澜集》说："画亦难到（'卷幔山泉'句下）。处处切避暑意，设色直令心地清凉（'岩间树色'句下）。"《唐贤三昧集笺注》说："对叠起最好，后人多不解此法。鲜润清朗，手腕柔和，此盛唐之足音也。颔联宫上景，颈联宫下景。"又云："使太子晋事翻案，清新俊逸。"《唐诗选脉会通评林》："周敬曰：'写景融情入妙。'蒋一梅曰：'玄思豁语不凡，结佳。'"当然，也有对诗中的用字用词提出异议的。如赵翼《瓯北诗话》说："《九成宫避暑》三、四'衣上''镜中'，五、六'林下''岩前'，句法重出……究是诗中之病。"而王世懋《艺圃撷余》所言则似乎更为公允些："诗有古人所不忌而今人以为病者，摘瑕者因而酷诋之，将并古人无所容，非也。然今古宽严不同，作诗者既知是瑕，不妨并去……《九成宫避暑》三、四'衣上''镜中'，五、六'林下''岩前'，在彼正自不觉，今用之能无受人揶揄？"还有些评家则是从审美效果给予肯定的。如《网师园唐诗笺》说："读之忘暑，当不仅赏其吐属之秀（'卷幔山泉'句下）。"《唐诗观澜集》也说："画亦难到（'卷幔'句下）。处处切避暑意，设色直令心地清凉（'岩间'句下）。"还有评其风格笔力者。如《唐诗成法》："辉煌正大中有典丽清新之致。全无笔墨痕。"《近体秋阳》也说："'何处'二字是实有所闻语，又似若有所闻意，意圆而句老。"等等。

送綦毋潜落第还乡[①]

圣代无隐者，英灵尽来归。
遂令东山客[②]，不得顾采薇[③]。
既至君门远[④]，孰云吾道非[⑤]？
江淮度寒食，京洛缝春衣。
置酒临长道，同心与我违。
行当浮桂棹，未几拂荆扉。
远树带行客，孤城当落晖。
吾谋适不用[⑥]，勿谓知音稀。

【注释】

① 此诗开元九年（721）作于长安。是年春王维进士及第，解褐太乐丞。綦毋潜：（692—约 749），字孝通（一作季通），荆南（今湖北江陵）人，一作虔州南康（今属江西）人。盛唐著名诗人，开元十四年进士，与王维、孟浩然、李颀、高适、储光羲等交好。

② 东山客：指东晋“高卧东山”之谢安，此处暗喻隐居山林的贤人。

③ 采薇：用伯夷、叔齐之典。周武王平殷乱，天下宗周，而伯夷、叔齐耻之，“义不食周粟”，隐于首阳山，采薇而食之，遂饿死于首阳山。

④ 君门：指天子之门，亦即朝廷之门。君门远是对落第客气委婉的说法。

⑤ 吾道非：用孔子厄于陈蔡时所说：“吾道非耶？吾何为于此！”此处宽慰对方，落第并非自己的追求不正确，而是因为竞争太过激烈。据《通典·选举》记载，开元以后，“士无贤不肖，耻不以文章达。其应诏

而举者，多则二千人，少犹不减千人，所收百才有一”。而开元九年，登第进士仅三十八人。

⑥“吾谋”句：用《左传·文公十三年》典故，晋国担心秦国任用士会，设计使士会返晋：“士会乃行。绕朝赠之以策曰：‘子无谓秦无人，吾谋适不用也。’”此句是说綦毋潜之谋略不合主考官之心意，故而落第。

【评析】

这是一首送友落第还乡诗。被送者落第还乡，送者及第留京，二人的心情完全不同，诗歌中不能流露出送者半点自得自矜，也不能有半点的讥诮埋怨，其中的尺度与分寸必须拿捏得恰到好处。因此，本诗受到后人的高度评价。如《网师园唐诗笺》说：“识宏论卓（首句下）。周旋好（‘既至’句下）。行色如绘（‘远树’句下）。足俾怨尤俱化（‘吾谋’句下）。”《唐诗归》：“落第语说得气象（首二句下）。”《唐诗别裁集》：“反复曲折，使落第人绝无怨尤。”落第并非仕途的终点，而恰恰是仕途的开端，对前途充满乐观与希望正是盛唐时代精神之表现与文人心态的准确反映。此外，最受后人赏爱是“远树带行客，孤城当落晖”一联。《王孟诗评》评道：“‘带’字画意，‘当’字天然（‘远树’二句下）。用意厚（末二句下）。”《唐诗归》说：“‘带’字着‘行客’上便妙（‘远树’句下）。”《唐宋诗举要》也说：“《青轩诗缉》曰：‘右丞“远树带行客，孤城当落晖”，“带”字、“当”字极佳，非得画中三昧者，不能下此二字。’”而这二句也正表现出王维诗歌的画境，故《唐贤三昧集笺注》说其为“一幅暮村送别图”。

燕支行[1]

汉家天将才且雄[2]，来时谒帝明光宫[3]。
万乘亲推双阙下[4]，千官出饯五陵东[5]。
誓辞甲第金门里[6]，身作长城玉塞中[7]。
卫霍才堪一骑将[8]，朝廷不数贰师功[9]。
赵魏燕韩多劲卒，关西侠少何咆勃[10]。
报仇只是闻尝胆，饮酒不曾妨刮骨。[11]
画戟雕戈白日寒[12]，连旗大旆黄尘没。
叠鼓遥翻瀚海波[13]，鸣笳乱动天山月。
麒麟锦带佩吴钩[14]，飒沓青骊跃紫骝[15]。
拔剑已断天骄臂[16]，归鞍共饮月支头[17]。
汉兵大呼一当百，虏骑相看哭且愁[18]。
教战虽令赴汤火，终知上将先伐谋[19]。

【注释】

①诗题原注“时年二十一”，则此诗作于开元九年（721）。燕支：即胭脂山，一作焉支山、删丹山，在今甘肃山丹县东南、永昌县西，延绵于祁连山和龙首山之间，东西长百余里，南北二十里；水草茂盛，可放牧，石呈赭色可做胭脂。崔豹《古今注》说：“燕支，叶似蓟，花似蒲公，出西方。土人以染，名为燕支。中国人谓之红蓝。以染粉为面色，谓为燕支粉。”据史书记载，匈奴失去祁连山、焉支山后曾有歌唱道：“亡我祁连山，使我六畜不蕃息！失我焉支山，使我妇女无颜色！”汉武帝时，骠骑将军霍去病曾带领军队万骑出陇西，过胭脂山千余里，击伐匈奴获胜。

② 唐人写诗常常以汉喻唐，“汉家天将”即拟称唐朝大将。

③ 明光宫：汉代宫殿名，太初四年（前 101）为汉武帝所建。

④ 万乘：代指天子。按周代的礼制，天子地方千里，出兵车万乘；诸侯地方百里，出兵车千乘。亲推：指帝王亲自为出征将帅推车的礼节。

⑤ 五陵：指汉代五个帝王安葬的陵寝，汉高祖葬于长陵，惠帝葬于安陵，景帝葬于阳陵，武帝葬于茂陵，昭帝葬于平陵。陵地皆在渭水北岸今咸阳附近，故合称五陵。

⑥ 甲第：旧指贵族的宅邸。金门：汉宫有金马门，金门里借指朝廷。

⑦ 身作长城：用南朝宋檀道济典故，宋文帝要杀名将檀道济，檀大怒道：“乃坏汝万里长城！”后以万里长城比喻能守边的将领。玉塞：即玉门关，旧址在今甘肃安西双塔堡附近，为古时通往西域的门户。

⑧ 卫霍：指西汉名将卫青、霍去病。堪：能担任。

⑨ 不数：不计。贰师：借指李广利。贰师城，在今吉尔吉斯斯坦西南部，产良马。汉武帝求马不得，遣李广利为贰师将军，率兵伐宛，得良马三千余匹。

⑩ 咆勃：大怒的样子。

⑪ 尝胆、刮骨：分别借用卧薪尝胆和刮骨疗伤两个典故，表现将军立志报国的决心，歌颂唐朝将军的勇武刚毅。

⑫ 白日寒：指戟与戈在太阳的照射下泛寒光。

⑬ 叠鼓：一种军乐，小击鼓、急击鼓。

⑭ 麒麟锦带：绣有麒麟的锦带。吴钩：一种似剑而弯曲的兵器。

⑮ 飒沓：纷繁众多的样子。青骊、紫骝：均为骏马名。

⑯ 天骄：古代对匈奴的称呼。

⑰ 月支：即月氏（读音肉枝）国，本西北游牧民族，居敦煌、祁连山之间，后为匈奴击破，匈奴以月支王头作为饮器。

⑱ 虏骑：指匈奴。

⑲ 上将：大将。伐谋：指以计谋征伐，《孙子·谋攻》说："上兵伐谋。"

【评析】

诗歌极力表现汉将率兵出征、行军战斗、凯旋的过程，充满了昂扬向上的盛唐精神，因此也为后人所称道。《批点唐音》道："通前篇（《老将行》）是大学力。"《唐诗选脉会通评林》："周珽曰：'此当有所指，或自喻所负也……言言汪洋自恣，魄力俱大。'梁有遇曰：'空中驰骤，风雨交集。'"《围炉诗话》评道："诗用比兴出侧面，使人深求而得，故曰：'言之者无罪，而闻之者足以戒'也。王右丞之《燕支行》，正意只在'终知上将先伐谋'，法与此同。"当然，也有学者持批评意见。如《诗辩坻》说："七言古至右丞，气骨顿弱，已逗中唐。如'卫霍才堪一骑将，朝廷不数贰师功'，极欲作健，而风格已夷，即曲借对仗，无复浑劲之致。"

扶南曲歌词五首①

其　一

翠羽流苏帐②，春眠曙不开③。
羞从面色起，娇逐语声来。
早向昭阳殿④，君王中使催⑤。

【注释】

① 此组诗疑作于开元九年（721）任太乐丞时。此年春王维及第，授

太乐丞，此官为太常寺属官，太乐令副手，掌管祭祀宴享用的音乐舞蹈。《扶南曲》：杜佑《通典》："武德初，因隋旧制，奏九部乐，四曰扶南。"《新唐书·礼乐志》："至唐，东夷乐有高丽、百济，北狄有鲜卑、吐古浑、部落稽，南蛮有扶南、天竺、南诏、骠国，西戎有高昌、龟兹、疏勒、康国、安国，凡十四国之乐，而八国之伎，列于十部乐。"伯希和《扶南考》："昔之扶南，今之柬埔寨与下南圻（泰国东南，老挝、越南南部）。"王维此组诗即依其声而填词。北宋郭茂倩《乐府诗集》将此组诗列于"新乐府辞"，诗题无"歌词"二字。

② 翠羽：用翠色鸟羽饰帐。流苏：挚虞《决凝要录》："流苏者，缉鸟尾垂之若旒然，以其蕊下垂故曰苏。"此处指以翠鸟羽毛制成者，后世多以丝线制成穗子，垂于帷檐。

③ 曙不开：曙色未明。

④ 昭阳殿：《三辅黄图》："武帝时，后宫八区，有昭阳、飞翔、曾成、合欢、兰林、披香、凤凰、鸳鸯等殿。"葛洪《西京杂记》："赵飞燕女弟，居昭阳殿。"此借指唐皇宫。

⑤ 中使：皇宫中派出的使者，多由宦官充任。

【评析】

此诗写宫女曙色未明即被召入宫：首二句写宫女其流苏帐已见华丽闺阁与"春眠不觉晓"；次二句写睡醒后娇羞慵懒之容貌与声调情态；末二句写宫中宦官催召。

其　二

堂上青弦动[①]，堂前绮席陈[②]。
齐歌《卢女曲》[③]，双舞洛阳人[④]。
倾国徒相看[⑤]，宁知心所亲[⑥]。

【注释】

① 青弦：青色的丝弦，琴瑟的代称。青，同“清”，鲍照《代朗月行》：“靓妆坐帐里，当户弄清弦。”

② 绮席：精美的坐席，阴铿《侯司空宅咏妓》：“佳人遍绮席，妙曲动鹍弦。”

③《卢女曲》：崔豹《古今注》：“《雉朝飞》者，犊木子所作也……其声中绝。魏武帝时有卢女者，故将军阴并之子，年七岁入汉宫学琴，琴特鸣，异于余伎；善为新声，能传此曲。”

④ 洛阳人：指洛阳歌舞伎，谢朓《夜听伎二首》其一：“要取洛阳人，共命江南管。情多舞态迟，意倾歌弄缓。”

⑤ 倾国：指美女，《汉书·外戚传》：“李延年侍上，起舞，歌曰：‘北方有佳人，绝世而独立。一顾倾人城，再顾倾人国。宁不知倾城与倾国，佳人难再得。’”徒：空。

⑥ 宁知：岂知。

【评析】

此首写宫女被召至宫中后于堂上堂前抚琴歌舞：前二句写抚琴；次二句写歌舞；末二句由宫女之外貌转向宫女之内心情感，虽然宫女之轻歌曼舞与倾国倾城之美貌为人所欣赏，但其内心情感之所系却不为人知。《王摩诘诗评》：“（‘倾国徒相看’二句）用得别。”

其　三

香气传空满，妆华影箔通①。
歌闻天仗外②，舞出御楼中。
日暮归何处，花间长乐宫③。

【注释】

①妆华：指宫女身上装饰品的华光。影箔通：谓其光彩倩影透于帘外。影，通“景”，光，照。箔，帘。

②天仗：皇帝的仪仗兵卫。

③长乐宫：汉代宫名，据《汉书·高帝纪》，高帝五年，治长乐宫。七年，宫成。《雍录》：“未央在汉城西隅，而长乐乃其东隅也。……自惠帝以后，人主皆居未央，而长乐常奉母后。”

【评析】

此首进而写宫女歌舞之效果：首二句写宫女之香气弥漫于空中、舞影充满庭院；次二句写歌声与舞姿远传飘散于仪仗御楼之内外；末二句一转，再写日暮之后的归所，留下无限遐想。

其　四

宫女还金屋①，将眠复畏明②。
入春轻衣好，半夜薄妆成③。
拂曙朝前殿④，玉墀多佩声⑤。

【注释】

①金屋：华贵之屋，《汉武故事》：“（汉武帝）数岁，长公主嫖抱置膝上，问曰：‘儿欲得媳妇不？’胶东王（武帝）曰：‘欲得妇。’长公主指左右长御百余人，皆云不用。末指其女问曰：‘阿娇好不？’于是乃笑对曰：‘好！若得阿娇作妇，当作金屋贮之也。’”

②复畏：又怕，又担心。

③薄妆：即薄装。成：穿好，准备好。

④前殿：皇宫中最前面的大殿，古时多以为正殿。

⑤ 玉墀：玉石铺砌的台阶。佩声：玉佩声。

【评析】

此首写宫女于宫中歌舞一天重回闺阁之后的心情与行为：首二句侧重写将眠却又害怕天明的矛盾心情；次二句写春日衣单，梳妆简单，却又半夜已梳妆打扮停当；末二句想象次日早晨再入宫中歌舞于前殿的情景。

其　五

朝日照绮窗①，佳人坐临镜②。
散黛恨犹轻③，插钗嫌未正④。
同心勿遽游⑤，幸待春妆竟⑥。

【注释】

① 绮窗：雕刻或绘饰得很精美的窗户，梁武帝《子夜歌》：“朝日照绮窗，光风动纨罗。”陆机《君子有所思行》：“邃宇列绮窗。”张铣注：“绮窗，窗为锦绮之文也。”

② 临镜：对镜。

③ 散黛：谓以青黑色颜料画眉，南朝梁简文帝《美人晨妆》：“散黛随眉广，燕脂逐脸生。”

④ 插钗：将钗插于发髻中。

⑤ 同心：指心相契合之人。遽游：仓猝出游。

⑥ 幸：希望。春妆竟：梳妆打扮完毕。

【评析】

此首写宫女第二天早晨梳妆时的情景：首二句写晨光照窗，当镜理妆；次二句写梳妆打扮反反复复，总觉得不好，一“恨”字、一

“嫌”字，生动地揭示出宫女内心细腻的情感变化；末二句，直接点出原来她是要与“同心”去春游，所以不能草率行事，而要精心打扮。

【总评】

组诗五首完整地表现了宫女一整天的生活内容与情感变化，表现了她虽然歌舞于宫中殿前，可内心最期待的却是与“同心”的春游。全诗表情婉曲细腻、写景华丽而不香艳，虽是短篇，却余味悠长。顾可久评王维此组诗：“短章亦自婉丽。”张谦宜《絸斋诗谈》说：“《扶南曲》，扶南，外国名，乐工仿其声调为曲，却是律诗格，但截去二句耳。摩诘晓音乐，此曲必是按谱填成，想亦是柔曼靡丽之声。”吴在庆《试论王维的风度》认为此组诗：“与初唐的某些艳冶之作虽可谓同属绮情风流，但意趣却不同。王维的风流乃发自儒雅。”王志清《王维诗选》认为王维此组诗虽为艳诗，但却温婉蕴藉：“王维现存的其他几首艳诗，如《扶南曲歌词五首》等，显示了诗人高超的控制艺术，因此而迥异于梁陈与初唐时期的某些同类题材的艳冶。这些表现和乐之情的欢娱之词，温婉柔丽，蕴藉风流，而并不纤艳淫冶。”韩愈曾说：“欢愉之辞难工，而穷苦之言易好。”在王志清看来：“王维的‘欢娱之词’也不难工，且能够真正做到‘乐而不淫’也。”

少年行四首①

其　一

新丰美酒斗十千②，咸阳游侠多少年③。
相逢意气为君饮，系马高楼垂柳边。

【注释】

① 此组诗应作于早年。少年：对古代青年男子的通称。

② 新丰：古县名，故地在今陕西临潼县东北二十里，古代盛产美酒。斗十千：用曹植《名都篇》“归来宴平乐，美酒斗十千”诗句，形容美酒名贵，非指唐时酒价。

③ 咸阳：借指长安。游侠：指古代好交游、仗义轻生、救人危难的人。

【评析】

这首诗表现出唐人青春年少的人生意气与豪侠仗义的精神风貌，向来为人传诵，也为评家首肯。《唐诗归》说：“‘意气’二字，虚用得妙。”《唐诗笺注》道：“少年游侠，意气相倾，绝无鄙琐局蹐之态，情景如画。”《增订唐诗摘钞》评道：“前开后合格。一言酒，一言人，三、四始说合。相逢意气，言意气相投也。‘意气’二字，是少年人行状。”《唐贤三昧集笺注》：“豪侠凌励之气，了不可折。”《唐贤清雅集》：“雄事说得安雅，是右丞诗体。”《千首唐人绝句》：“以邂逅相逢，即系马痛饮，烘染出游侠意气。末句看似不着力，实乃传神空际之笔。”

今人刘学锴在《唐诗鉴赏辞典》中说：“‘意气’包含的内容很丰富，轻生报国的壮烈情怀，重义疏财的侠义性格，豪纵不羁的气质，使酒任性的作风，等等，都是侠少的共同特点，都可以包含在这似乎无所不包的‘意气’之中。而这一切，对侠少们来说，无须经过长期交往，只要相逢片刻，攀谈数语，就可以彼此倾心，一见如故。这就是所谓‘相逢意气’。……马是侠客不可分的伴侣，写马，正所以衬托侠少的英武豪迈。高楼则正是在繁华街市上那所备有新丰美酒的华美酒楼了。高楼旁的垂柳，则与之相映成趣。它点缀了酒楼风光，使之在华美、热闹中显出雅致、飘逸，不流于市井的鄙俗。而这一切，又都是为了创造一种富于浪漫气息的生活情调，为突出侠少的精神风貌服务。”邓安生《王维诗选译》说：“(《少年行》)第一首写少年游侠们的豪爽。他们重义轻财，意气纵横，只要意气相投，哪怕是偶然相会，也毫不迟疑，立刻下马登楼，开怀痛饮。全诗节奏明快，情调昂扬，也反映盛唐气象。首句先从酒的名贵写起，意在衬托游侠的重然诺，轻黄金，用笔极有章法。‘相逢’二句侧重写他们的精神状态，不惜为知己痛饮。‘系马’句，写五陵景色以相映照，骏马绿杨，人物的英美可想。”陶文鹏《王维孟浩然诗选评》说：“(《少年行》)第一首截取游侠少年相聚豪饮的生活场景，表现他们的身世和豪爽性格。结句画出春日繁华街市、华美酒楼、垂柳轻拂的旖旎风光，也烘托出侠少风流自赏的青春活力。传神空际，诱人想象。”马玮主编《王维诗歌赏析》说：“要从日常生活的描写中显示出少年游侠的精神风貌，选材颇费踌躇。诗人精心选择了高楼纵饮这一典型场景。游侠重义气，重然诺，而这种性格又总是和‘酒’密不可分，所谓‘三杯吐然诺，五岳倒为轻’，把饮酒的场景写活，少年游侠的形象也就跃然纸上了……最后，诗人没有继续描述饮酒的场面，而是镜头跳转到饮酒场所之外的景物：‘系马高楼垂柳边’。作为一个侠客，马是自然少不了的出行工具，诗人将马、高楼、垂柳联系到一起，更能表现游侠的飘逸与洒脱。”

其　二

出身仕汉羽林郎①，初随骠骑战渔阳②。
孰知不向边庭苦，纵死犹闻侠骨香。

【注释】

①出身：指出仕任职。羽林郎：汉代禁卫军官名，掌宿卫侍从，常

以世家大族子弟担任。唐代置左右羽林军，为皇家禁军之一。

②骠骑：指骠骑将军霍去病。渔阳：汉置渔阳郡，郡治在渔阳县（今北京密云区西南）。霍去病曾率军出右北平郡击匈奴，“战渔阳”即借指此事。

【评析】

此诗以其豪迈的侠义精神高歌了少年投身边塞、保家卫国的热情，历来受到评家的高度赞扬。《增订评注唐诗正声》说：“初出身从军，是其侠烈真处。”《唐诗训解》道：“少年场中语，太白‘纵死侠骨香，不惭世上英’正与此同。”《唐诗选脉会通评林》：“黄家鼎曰：‘说得侠士壮怀，凛凛有生气。’”《后村诗话》：“‘纵死犹闻侠骨香’，警句。”但历代评家对“孰知”的不同理解，也导致对末二句解读差异。一说“孰”作“谁”，而“孰知不向”为“孰不知向”之倒置，如《唐人七绝诗浅释》：“谁能知道这种不能到边疆去的苦处呢？”一说作“孰”作“岂”，如王达津《王维孟浩然选集》：“孰知，岂知。”一说“孰知”作“熟知、深知”，如林庚、冯沅君《中国历代诗歌选》：“深知不宜去边庭受苦，但少年的想法是，哪怕死在边疆上，还可以流芳百世。孰知，熟知、深知。”今人陈铁民《王维集校注》、陶文鹏《王维孟浩然诗选评》等从此解。从诗意而言，古今多解读为正面积极昂扬的，但古人也有解读为愤激之词的。如《唐诗解》：“此羽林少年羡布衣任侠而为愤激之词。安知不向边庭之苦者，乃能垂身后名。此盖指郭解之流，虽或捐躯，而侠烈之声不减。”《王右丞集笺注》：“诗意谓死于边庭者，反不如侠少之死而得名，盖伤之也。”

今人邓安生《王维诗选译》说：“这一首写少年游侠随军出征、渴望战死沙场的英雄气概。首二句全借汉朝事来讲，表现少年的报国愿望。诗中侧重写由于现在没有驰骋疆场的机会，所以他向往、期待的情绪更为痛苦。平时的报国心情至此升华到一个更高的境界，想着纵然为国捐躯，也会流芳千古，胜于老死窗牖下。晋张华《游侠曲》中有：‘生从命子游，使闻侠骨香。’结句这里化用其语。”陶文鹏《王维孟浩然诗选评》说：“（《少年行》）第二首采用客观叙述和主观抒情相结合的手法，表现少年不辞辛苦赴边、甘愿为国捐躯的壮美情怀。诗人以古喻今，灵活用典，结句化用前人诗句并使其转折跌宕，加强气势力度，写得豪气干云，掷地有声。”

其　三

一身能擘两雕弧①，虏骑千重只似无。
偏坐金鞍调白羽②，纷纷射杀五单于③。

【注释】

①擘：音掰，拉开弓弩。雕弧：指有雕饰彩绘的弓弩，两雕弧一说为左右开弓，一说为同时拉开两张弓。

②偏坐：一说正坐，一说侧身而坐。调白羽：指调整弓箭。

③单于：泛指匈奴王，五单于泛指敌人首领之多。

【评析】

《唐贤三昧集笺注》评道：“前半隐使李广事，后半隐使霍去病事，而矜才雄，虽散联而隐属对，皆作法之妙。”《诗式》则云：“前二句写少年之技击，四句写少年技击奏功，要从三句转出。信哉！变化工夫全在第三句也。盖‘坐金鞍’写少年方骑马，‘调白羽’写少年方射箭，而‘杀单于’三字自迎机而上矣。豪放。”

今人邓安生《王维诗选译》说：“本篇与上首诗相反，是写和曹植《白马篇》中一样的游侠儿，从军边塞立功，在战场上大显身手。‘偏坐’二句，造型逼真，少年健儿于马上偏左偏右、从容调箭的情景，如在目前。全诗一气贯注，侧重描写实战动态，并且‘一身’与‘千重’是强烈对比，所以能给人完整、深刻的印象。”陶文鹏《王维孟浩然诗选评》说：“（《少年行》）第三首写少年游侠身临战场，武艺高强，勇猛杀敌。诗人运用艺术夸张手法，借坐骑和武器装饰衬托人物，特别是捕捉住人物马上张弓射敌的动作，使其英雄形象神形兼具，栩栩如生。”马玮主编《王维诗歌赏析》说：“这首诗描写了一个少年英雄临阵杀敌的情景，诗人截取了张弓射敌的特定动作，将主人公的英姿描绘得丰满高大，如在眼前。‘一身能擘两雕弧，虏骑千重只似无。’少年英雄技艺超群，浑身是胆，能同时拉开两张大弓，进入敌军阵营如入无人之境。这两句就像一个特写镜头一样，为我们刻画出一位实实在在的英雄少年的形象。敌人的骑兵黑压压地围过来，狂啸、马嘶、金戈之声震天动地，而一位全身盔甲的少年骑在马上，手中是早已备好的弓箭。他静立不动，沉着似水，直到敌人已杀到近前，才动如脱兔，左右开弓，连珠箭发，敌方的许多头目纷纷落马。‘偏坐金鞍调白羽，纷纷射杀五单于’，他偏坐在金属马鞍上准备羽箭，射杀了无数的敌军首领。‘偏坐’表现了少年英雄镇定自若的神态，而‘金鞍’‘白羽’又让他有了一丝洒脱。擒贼先擒王，连续射杀‘五单于’更能说明他的勇武与智慧。这首诗写少年英雄既有勇气，又有技艺，出入敌军如入无人之境。一个‘偏’字，神气活现地写出了少年英雄因武艺高强而视战斗如游戏，虽临大敌，不仅毫不畏惧，而且潇洒自如，扬威耀武。出生入死的战场被诗人写成了少年英雄表演武艺的竞技场，铁血之战竟然充满了诗意的美感。”

其　四

汉家君臣欢宴终，高议云台论战功[①]。
天子临轩赐侯印[②]，将军佩出明光宫。

【注释】

① 云台：指东汉洛阳南宫中的座台，因高入云际而得名。据史载，东汉永平中，显宗追感前世功臣，乃图画二十八将于南宫云台。

② 临轩：天子亲临殿堂檐下栏前的平台，以示礼仪隆重。

【评析】

今人邓安生《王维诗选译》说："这首写胜利凯旋，论功受赏。'云台'是东汉洛阳宫的一座台，明帝时，曾绘开国功臣邓禹等二十八人画像于云台阁上。论战功而在云台，暗示功劳之大；天子临轩，表现场面之盛。这是少年建功立业的理想得以实现的情景，也反映出盛唐诗人普遍的向往与追求。"陶文鹏《王维孟浩然诗选评》说："(《少年行》)第四首写君臣欢宴，云台论功，天子临轩赐印，少年将军佩印出宫。诗人以精练的语言描述了一个个盛大场景，渲染出热烈气氛，特别是突出了少年器宇轩昂无比自豪的形象。"

【总评】

前人对此四首评价极高。《诗源辩体》说："太白七言绝多一气贯成者，最得歌行之体。其他仅得王摩诘'新丰美酒''汉家君臣'，王少伯'闺中少妇'数篇而已。"《唐王右丞诗集注说》："通篇（四首）豪侠纵横之气摹写殆尽，当于言外得之。"《唐诗选脉会通评林》说："摩诘《少年行》诸篇俱激烈慷慨。"《唐贤清雅集》评："雄快事说得安雅，是右丞诗体。"《唐人绝句精华》说："王维此题共四首，大抵美游侠能立边功，又悯其赏功不及，观第二首‘孰知’二句与第四首末句，此意显然。”《唐人七绝诗浅释》说：“这组诗共四首，一写任侠（意气相投，纵情豪饮），二写立志（慷慨出塞，以身许国），三写建功（驰骋疆场，大显身手），四写受奖（凯旋回朝，论功行赏）。有头有尾，有条有理，勾画了这位少年的前半生。……诗人用积极浪漫主义手法……通过对某一个人的几个侧面的描写，给当时的游侠少年的一生画出了一个轮廓，描写了他们的现状，又着重指出他们成长发展的道路。……诗中当然也掺杂了追求功名富贵的个人名利思想，但为国效劳的崇高愿望占支配地位。”《王维诗集笺注》说：“唐代《少年行》所写的游侠，常带有市井气。李白诗：‘五陵年少金市东，银鞍白马度春风。落花踏尽游何处，笑入胡姬酒肆中。’杜甫诗：‘马上谁家薄媚郎，临阶下马坐人床。不通姓字粗豪甚，指点银瓶索酒尝。’都离不开马和酒，王维的第一首也一样。但是，王诗比李（白）、杜（甫）诗要高雅些，立意取境也大不相同，他写的是典型的盛唐少年风貌。”

被出济州①

微官易得罪，谪去济川阴②。
执政方持法③，明君无此心。
闾阎河润上④，井邑海云深⑤。
纵有归来日，多愁年鬓侵⑥。

【注释】

①此诗作开元九年（721）秋天。《河岳英灵集》诗题作《初出济州

别城中故人》，则知本诗为赴济州时的留别之作。此前王维任太乐丞，因属下伶人私自表演了专供皇帝观看的黄狮子舞，而被贬济州司仓参军（从八品下）。

② 川：一作“州”，济川即济水，发源于河南省王屋山，南过黄河，东流至山东省，与黄河并行入海。后来下游为黄河所夺，不再有济水。阴为水之南、山之北。

③ 执政：指当时执掌朝政的宰相。

④ 闾阎：泛指里巷村落。河润：指河水浸润之地，因济州西临黄河之故。

⑤ 井邑：代指城镇，这句说济州近海。

⑥ 多：一作“各”。

【评析】

王维这次被贬，表面看是因为舞黄狮子，而其真实原因可能如邓安生《王维诗选》所说：“当时的执政者是张说，他和太乐宁刘贶的父亲刘知己有矛盾，王维是和刘贶同贬的。”也有可能如陶文鹏《王维孟浩然诗选评》所说：“此事深层的政治背景，极有可能是唐玄宗对他的兄弟岐王李范、宁王李宪、薛王李业防范甚严，而刘贶、王维都是诸王所赏识的人。”但不管如何，王维此次被贬是受牵连的因素更多一些。这首诗是王维早期的五律之一，但已表现出诗人较高的艺术造诣，所以评点者也不少。如《唐诗归》说：“‘易’字可怜（‘微官’句下）。‘持法’二字周旋感慨，立言甚妙！极忠厚，极不忠厚（‘执政’句下）。细（‘闾阎’句下）。交情在‘各’字，若单愁自己则浅矣（末句下）。”《唐诗选脉会通评林》则说：“出调凄怆，寄情婉转，如此题必如此作，方得‘可以怨’之旨。周珽曰：‘极灵透，极蕴藉，妙在心手之间。’徐充曰：‘起句并三、四俱佳。’”《唐诗成法》说："意犹谚'闲将冷眼观螃蟹，看你横行到几时'也。语气和平，令人不觉，妙极。"《北江诗话》评："不特善则归君，亦可云婉而多风矣！（'执政'二句下）"《增订唐诗摘钞》评曰："首句明非真有罪也，以官卑无援，故挤陷易及耳。三、四立言有体，而讽刺实深，谓大臣擅黜陟之柄，人主初不闻。世人只赏退之'臣罪当诛，天王圣明'，却无人称此。此在近体中尤不易得耳。"《唐诗别裁集》评其："亦周旋，亦感愤。（'执政'二句下）"

登河北城楼作①

井邑傅岩上②，客亭云雾间③。
高城眺落日，极浦映苍山。
岸火孤舟宿，渔家夕鸟还。
寂寥天地暮，心与广川闲④。

【注释】

①此诗或作于开元九年（721）赴济州途中。河北：唐县名，属陕州，天宝元年（747）更名为平陆县（今山西平陆东北）。

②傅岩：古地名，一作"傅险"，相传为商代傅说（读作"悦"）版筑之处，在陕州河北县北七里。

③客亭：供旅客停留休息之处。

④广川：指黄河。

【评析】

诗歌表现北方的自然山水宏阔淡雅、雍容闲静。《唐诗分类绳尺》

评道：“王公诗典丽，然骨格自存，不流于容冶。”《唐贤三昧集笺注》也说：“冲雅，情景俱胜。”今人佳评更多。如葛晓音《山水田园诗派研究》说：“此诗展现了北方山水雄伟壮阔的姿貌。王维是在充分吸取南方山水诗表现艺术的基础上，开辟了北方山水田园诗的新境界，以雄浑壮丽与清新自然相结合的风格，实现了汉魏风骨与齐梁词彩相交融的艺术理想。”尚定《走向盛唐》说：“王维诗的意境创造表现出很高的技巧，这在相当程度上得力于王维对那些具有并置意义的实体性名词（或动词）的选择。如‘岸火孤舟宿，渔家夕鸟还’。岸火与孤舟、渔家与宿鸟虽两两并置，粗看各自独立，不相关联。但是‘宿’与‘还’含有的联想之意，使独立的实景构成一幅完整的、动静交错的画面。”张节末《禅宗美学》说：“王维诗中的‘闲’更多的与寂静、空定同义……从对自然的审美经验上看，‘闲’的意义是把自然看空……（‘寂寥’二句）描写登城楼远望所见，天地间暮色寂寥，而诗人的心与广川化为一体，其感受也是闲。”陶文鹏《王维孟浩然诗选评》说：“诗人在赴贬谪途中登城眺望，但见落日苍茫，暮色弥漫，苍山与远浦相映，孤舟伴渔火共宿。他的一颗悠悠之心亦与这寂寥天地和永恒大河冥合无间。诗人以写意笔法，真切生动地展现北方山水雄浑壮阔的风貌。笔墨挥洒自如，却章法严谨，字句合律。”马玮主编《王维诗歌赏析》说：“王维的这首诗，无论从构图章法的错落有致，还是绘画中所要求的动静与虚实等方面来说，都是极为符合绘画的要求并十分具有美感的。并且王维在对画面的描绘中将感情融入，也达到了如盐溶于水般不着痕迹的效果。应该说，这首诗可以代表王维诗歌的成就，并能够当得‘诗中有画，画中有诗’的美誉。”

宿郑州[1]

朝与周人辞[2]，暮投郑人宿[3]。
他乡绝俦侣，孤客亲僮仆。
宛洛望不见[4]，秋霖晦平陆[5]。
田父草际归，村童雨中牧。
主人东皋上[6]，时稼绕茅屋。
虫思机杼悲[7]，雀喧禾黍熟。
明当渡京水[8]，昨晚犹金谷[9]。
此去欲何言，穷边徇微禄[10]。

【注释】

① 此诗或作于开元九年（721）赴济州途中。郑州：唐州名，辖境在今河南荥阳、郑州、中牟、新郑及原阳一带，治所在郑州。

② 周：指洛阳，因为东周都洛阳。

③ 郑人：郑州春秋时为郑国之地，故云。

④ 宛洛：河南南阳与洛阳，东汉时均为繁华之都，此侧重指洛阳。

⑤ 秋霖：指连绵不断的秋雨，凡雨三日以上曰霖。

⑥ 东皋：指村东边的高地。

⑦ 思：悲。杼：织机上的梭。悲：一作“鸣”。

⑧ 京水：源出郑州荥阳县南，东北流经郑州治所，即今河南贾鲁河上游。

⑨ 金谷：原本为山涧名，在今河南洛阳西，晋豪富石崇于此构园，世人谓之金谷园。

⑩ 穷边：贫穷边远之地。徇：以身相求，作曲从解释亦通。微禄：微薄的俸禄。

【评析】

这是一首行旅诗。全诗描写旅途所经、所见、所感，末二句以去向作结，余味无穷。《王孟诗评》说："浅不近俗，当思其难处（'孤客'句下）。蔼然恋阙之情（末句下）。"《汇编唐诗十集》："闲雅幽寂，有彭泽遗韵。"《唐诗选脉会通评林》道："吴山民曰：'起古。"宛洛"四句是一幅秋霖景，于此便动倦游意。'"《唐风定》："深衷密绪，言外不尽。"《唐贤三昧集笺注》："为景入微。真情真意，人所不道。"又云："一结含悔意。"《唐贤清雅集》："前后回环映带，中间叙时景，章法秩然。'朝''暮''明''晚'等字都为题中'宿'字着意，不是漫用。去路结明本意。"也有诗话侧重于讨论其词句表达的，如《升庵诗话》说："崔涂《旅中》诗'渐与骨肉远，转于僮仆亲'，诗话亟称之。然王维《郑州》诗'他乡绝俦侣，孤客亲僮仆'，已先道之矣。但王语浑含胜崔。"王世贞《艺苑卮言》说："昔人谓崔涂'渐与骨肉远，转于僮仆亲'远不及王维'他乡绝俦侣，孤客亲僮仆'，固然。然王语虽极简切，入《选》尚未；崔语虽觉支离，近体差可。要在自得之。"《唐诗别裁集》说："'孤客亲僮仆''雀喧禾黍熟'，此种句子，后人衍之，可成数言。"《岘佣说诗》评道："'孤客亲僮仆'，语极沉至。后人'渐与骨肉远，转于僮仆亲'衍作两句，便觉味浅。归愚尚尝言之。'雀喧'一句亦简妙，可悟炼句法。"今人马茂元《唐诗三百首新编》评析道："征途愁思中织入村野恬宁景物，立意略同于《渭川田家》，而组织则别出机杼。'秋霖晦平陆'，承上'望不见'，又启下村景描写，由情事入景物。'虫思''黍熟'，见时令变换，启下更续征程，复由景物入情事。转接自然，略于痕迹。

‘田父’‘村童’一联，是画境。”张勇《王维诗全集》说：“诗中对郑州大地田园风光的描绘，闲雅简妙，颇具彭泽风韵。最后两句又回到现实，心中仍是愤愤不平。”

早入荥阳界①

泛舟入荥泽②，兹邑乃雄藩③。
河曲闾阎隘④，川中烟火繁。
因人见风俗，入境闻方言。
秋晚田畴盛⑤，朝光市井喧⑥。
渔商波上客，鸡犬岸旁村。
前路白云外，孤帆安可论！

【注释】

① 此诗作于开元九年（721）赴济州途中。荥阳：唐县名，属郑州，在今河南荥阳。

② 荥泽：古泽名，唐时已成旱地，故址在郑州荥泽县（今荥阳东北）北四里。此处比喻舟行黄河，进入荥阳县境。

③ 雄藩：比喻荥阳为藩卫东都洛阳的重镇。

④ 河曲：指黄河曲折之处。隘：形容城里狭窄拥挤。

⑤ 田畴：谷地为田、麻地为畴，此泛指田亩。

⑥ 朝光：指晨光。市井：指集市。

【评析】

诗人夜宿郑州，第二天一早从武牢出发坐船经荥阳东北的敖仓口，入荥泽，写下本诗。《宿郑州》描写田园风光，而本诗则重点描写北方水镇的新奇景象。《唐诗归》说："此句非亲历水害不知（'河曲'句下）。"又云："'安可论'三字，说孤帆便幻。"《汇编唐诗十集》则评价全诗的整体特色道："章法秀整，是右丞本色。"至于今人评价者更多，如邓安生《王维诗选译》评说道："这首写荥阳的地理、形势、风俗及郊野风光，画面多变，声光满纸，作者依次道来，显得意态从容，观察细致。'因人'二句是初到异地接触风土人情的新鲜感受。'渔商波上客，鸡犬岸旁村'，写舟中所见，意境极优美。结尾一语双关，既担心路途遥远，又感叹前途渺茫，寄慨很深。本篇即事即景，写亲历实感，自然与众不同。"葛晓音《山水田园诗派研究》中说："像这样称道北方雄藩大郡水土风俗之美的诗篇，在王维之前至为罕见。"陶文鹏《王维孟浩然诗选评》评述道："此诗写他泛舟进入了荥阳地界，两岸人烟稠密，秋稼茂盛，市井喧嚣，舟船来往。诗人因当地居民的活动，见出当地的风俗；一入其境，就听到不同于京洛的方言。此诗笔笔画出荥泽地区特有的风光，语言简洁，白描手段高超，令人击节叹赏。诗人越是渲染眼前的繁华热闹景象，也就越发衬出游子孤旅的寂寞。结尾水到渠成，自然发出孤帆何往、前途渺茫的感叹，微露被贬谪的怨愤。诗中情与景的关系，可谓相反而又相成。在王维之前，中国诗史上极少见到如此真实描绘并亲切称道北方雄藩大郡山川风俗人情之美的诗篇，这是王维对山水行旅诗题材与境界的开拓创新。"王达津《王维孟浩然选集》说："诗人对山川、风物、人情有特殊爱好。'川中烟火繁''渔商波上客'等句均写出荥泽地区的特有风光。只有'前路白云外，孤帆安可论'二句，微露贬谪之意。"

千塔主人[1]

逆旅逢佳节[2]，征帆未可前[3]。
窗临汴河水[4]，门渡楚人船[5]。
鸡犬散墟落[6]，桑榆荫远田。
所居人不见[7]，枕席生云烟[8]。

【注释】

① 此诗约作于开元九年（721）赴济州任官途中。一说作于开元十七年（729），一说作于开元二十九年（741）春自岭南北归途中。千塔主人：未详所指何人，或为僧人，千塔或当为汴河旁寺名，主人或当指云游在外的僧人。

② 逆旅：客舍。

③ 征帆：远行的船只。

④ 汴河：唐时指连接黄河和淮河的通济渠的东段。

⑤ 楚人船：因汴河下通淮河，而淮河古属楚地，故河中多楚人船只。

⑥ 墟落：村庄。

⑦ 所居：指千塔主人居处。

⑧“枕席”句：据《神仙传》载，蓟子训所到数十处，去后数处有云起。此处借指千塔主人道行深厚；也可解释为屋中枕席似有云烟升起，以盛赞居处幽雅绝尘，超然物外。

【评析】

诗人赴官途中，恰逢佳节顺访千塔主人不遇。首联写赴官；中间二联写主人居所可见之环境，一为汴河景象，一为田园风光；尾联正面写主人居所，又以“云烟”虚化，表现出主人远游方外、居无定所、超然物外的形象。今人邓安生《王维诗选译》评道：“颔联所写的景色，颇有‘人家尽枕河’的江南水乡风光。颈联写山村田野，幽淡闲远，用一‘散’字，写出村落中鸡犬无拘无束、随处觅食的情景，衬托出山村的宁静自然；下句写桑榆繁茂、田地广远的画面。尾联写寄寓的禅院主人外出，作者以虚无缥缈的云烟作点染，盛赞主人的超然物处，枕席之间还存有灵气。他的《游李山人所居因题屋壁》：‘翻嫌枕上席，无那白云何。’《投道一师兰若宿》：‘向是云霞里，今成枕席前。’都是这种写法。”陶文鹏《王维孟浩然诗选评》说：“诗写拜访千塔主人的情景。首联写旅中逢佳节，客舟停开，诗人滞留旅舍，因而有暇一访千塔主人。次联即写所见主人住处环境：窗下汴水奔流，门前船帆来往。这两句状水乡景色颇具画意。颈联写近村鸡鸣犬吠，远田桑榆成荫。一‘散’一‘荫’，宁静秀美，潇洒自然，令人想象千塔主人乐在田园中的高情逸兴。尾联点出走访不遇，但见居处无人，清幽僻静，枕席上有云烟飞升。结句是全篇点题之笔，想象瑰奇，烘托出千塔主人超尘出世的灵气仙风。人物在诗中并未出现，而其神情气度却可想见，这全得力于借景写人、烘云托月的艺术手段。”王达津《王维孟浩然选集》说：“王维自汴东去，故有‘门渡楚人船’之句。诗中三、四句写近岸村落景色，潇洒自然。末二句以虚无缥渺的想象写千塔主人，显出主人超凡拔俗，连枕席还存有灵气。”

济上四贤咏三首（选一）[1]

郑霍二山人[2]

翩翩繁华子[3]，多出金张门[4]。
幸有先人业[5]，早蒙明主恩[6]。
童年且未学，肉食骛华轩[7]。
岂乏中林士[8]，无人献至尊[9]。
郑公老泉石[10]，霍子安丘樊[11]。
卖药不二价，著书盈万言。[12]
息阴无恶木，饮水必清源。[13]
吾贱不及议[14]，斯人竟谁论[15]？

【注释】

① 王维于开元九年（721）离京赴济州任司仓参军，开元十四年（726）离任，此诗约作于济州官任上。一本题下注：“济州官舍作。”济上：济水旁，此指济州。四贤：四位贤德之人，分别为崔录事、成文学与本题所咏之郑、霍二位山人，四人之生平及事迹不详。

② 山人：即隐居山林之人。

③ 翩翩：风流倜傥。繁华子：花花公子。

④ 金张门：指汉武帝时金日磾与张汤二豪门，金为汉武帝的托孤大臣，张的孙子张世安为汉武帝宠臣，其子孙多为显贵，后遂借指权贵。

⑤ 先人业：指祖先的功业。

⑥ 早蒙：很早就接受。明主恩：指唐代的“用荫”制，对从五品至一品的官员，赏给一个儿子从八品下至正七品的官爵，三品以上世袭到

曾孙，五品以上世袭到孙。

⑦ 肉食：指在官位。骛：驱驰。华轩：华丽的车驾。

⑧ 岂乏：难道缺乏。中林士：林中士，指有才而隐居之士。

⑨ 献；推荐。至尊；皇帝。

⑩ 泉石：山水，借指隐居处。

⑪ 丘樊：田园，借指隐居地。

⑫ “卖药”二句：《后汉书·韩康传》：“韩康字伯休，京兆霸陵人。……常采药名山，卖于长安市，口不二价，三十余年。时有女子从康买药，康守价不移。女子怒曰：‘公是韩伯休耶，乃不二价乎？’康叹曰：‘我本欲避名，今小女子皆知有我焉，何用药为！’乃遁入霸陵山中。”盈，满，超过。

⑬ “息阴”二句：陆机《猛虎行》：“渴不饮盗泉水，热不息恶木阴。”李善注：“《尸子》曰：‘孔子……过于盗泉，渴矣而不饮，恶其名也。’江邃《释文》云：‘《管子》曰：“夫士怀耿介之心，不荫恶木之枝；恶木尚能耻之，况与恶人同处？”’”阴，树荫。

⑭ 贱：地位低下。不及议：没有举荐的资格。议，议论，指向朝廷举荐人才。

⑮ 斯人：指郑霍二人。竟谁论：又有谁为他们说话。

【评析】

这组诗共三首，前二首分咏崔录事与成文学，而此首则合写郑、霍二山人。前六句写繁华子不学无术，却蒙受祖荫早早地当上朝廷高官，志得意满、食肉驰轩。“岂乏”二句过渡到中林士。次六句写中林士安于隐居、不求功名，志行高洁，著书万言，却被遗弃于丘壑之间，不得贤明之人举荐于朝廷。末二句回应“岂乏”二句，说自己位卑无权举荐，而其他有权之人竟然也不予以举荐。结意愤懑，余味深长。《四友斋丛说》评道："王右丞五言有绝佳者，如《济上四贤咏》诸篇，格调既高，而寄兴复远，即古人诗中亦不能多见者。"今人邓安生《王维诗选译》说："诗中对不学无术、仅依靠世袭地位而享受高官厚禄的权贵子孙进行了讽刺，同时把他们与既有才学又品节高逸的郑、霍两位隐士相比，揭露了世事的不平。而'吾贱不及议'，其中也流露出对自己被贬的不平之气，感慨很深。……最后这一联实际上道出了正直高洁之士的共同命运，颇有左思《咏史》的风骨。"王达津《王维孟浩然选集》说："诗写法与前二首不同，其先谴责现实贵戚门阀的权势，然后歌颂老于山林的山人，清浊异源，诗意明朗，结句更以史笔出之。"

寓言二首（选一）①

其　一

朱绂谁家子②，无乃金张孙③？
骊驹从白马④，出入铜龙门⑤。
问尔何功德，多承明主恩？⑥
斗鸡平乐馆⑦，射雉上林园⑧。
曲陌车骑盛⑨，高堂珠翠繁⑩。
奈何轩冕贵⑪，不与布衣言⑫。

【注释】

① 此诗约作于济州官任上。寓言：指诗中有所寄托、讽刺之意。

② 朱绂：绂，音弗，系于礼服外的红色蔽腹膝，后泛指官服。

③ 无乃：莫不是。

④ 骊驹：黑色小马，汉乐府《陌上桑》："何用识夫婿？白马从骊驹。"

⑤ 铜龙门：即龙楼门，为汉长安宫门之一，《汉书·成帝纪》颜师古注："张晏曰：'门楼上有铜龙，若白鹤、飞廉之为名也。'"

⑥ "问尔"二句：语本应璩《百一诗》："问我何功德，三入承明庐。"

⑦ 斗鸡：养雄鸡以决胜负的游戏。平乐馆：汉宫观名，在上林苑中，为当时贵族的游乐场所。

⑧ 雉：野鸡。上林园：即上林苑，汉武帝于建元三年（前138）在秦旧苑基础上扩建而成，方圆三百里，苑内放养禽兽供天子射猎。

⑨ 曲陌：即巷陌。曲，街曲，如长安有杜曲、韦曲等。

⑩ 高堂：高大的殿堂。珠翠：贵族妇女穿戴的珠宝首饰，代指贵妇、姬妾、女乐。繁：众多。

⑪ 轩冕：古制，大夫以上乘轩服冕，后代指显贵。

⑫ 布衣：代指寒士。

【评析】

诗歌抒发寒士心声，颇有寄托。前十句表现贵族子弟倚杖旧荫，受皇帝恩宠，高高在上，斗鸡射雉，极尽游乐之兴，而寒士却不能与之交往，只能望而兴叹。所以《唐王右丞诗集注说》评曰："有深意。"《三唐诗品》也说："《寓言》二首，直是脱胎《百一》。"今人邓安生《王维诗选译》说："诗中揭露了那些无功无德却高踞上位的贵族子弟骄奢淫逸的生活，直笔而赋，颇具气骨，与左思《咏史》同旨。唐代门阀制度虽已有所削弱，但世族观念仍然根深蒂固，对寒门出生的文人亦多加轻视和排斥。王维久居京师，耳闻目睹，对这种现象深为不满，故诗中充满愤激之言，不平之气，以结句最为突出，代表了王维诗风的一个方面。”陶文鹏《王维孟浩然诗选评》也说：“唐代门阀制度虽不及六朝森严，但豪门贵戚擅权和封建官爵的荫袭等不合理的社会现象，还是严重存在着。王维由于个人政治上的失意，对当时贵戚气势的煊赫和政治的腐败，有了比较清醒的认识。他在贬居济州期间，写了《济上四贤咏》，抨击官出私门和权贵显赫，为怀才不遇的志士鸣不平。这一主题在《寓言二首》中得到更集中的表现。这首诗展示贵族子弟穷奢极侈、声色犬马的一系列生活场景，讽刺这些纨绔子弟不是凭借自己的功德，而是依恃家族权势和封建荫袭制度飞黄腾达。贫寒志士的前途命运竟然由这班斗鸡射雉者来操纵，当时所谓‘太平盛世’的政治其实已黑暗腐败到何等程度，也就可想而知了。王维这些揭露和抨击封建社会不合理现象的作品，感情愤激，义正辞严，笔锋犀利，痛快淋漓，令人读之触目惊心，亦不由得气愤填膺。”

鱼山神女祠歌二首[①]

迎神曲

坎坎击鼓[②]，鱼山之下。
吹洞萧，望极浦。
女巫进[③]，纷屡舞[④]。
陈瑶席[⑤]，湛清酤[⑥]。
风凄凄兮夜雨，
不知神之来兮不来，
使我心兮苦复苦。

【注释】

① 此诗作于任济州司仓参军期间。此诗是用楚骚体表现民间迎神的风俗，无论在题材还是形式上，都别具一格。鱼山：据《元和郡县志》郓州东阿县载，“鱼山，一名吾山，在县东南二十里”。东阿在今山东阳谷东北阿城镇，本属济州，天宝十三载废济州，改隶郓州。鱼山神女：即神女成公知琼。传说魏济北郡从事掾弦超，夜半独宿，梦有神女来从之，自称天上玉女，姓成公，字知琼，天地哀其孤苦，遣令下嫁从夫。一日来游，遂与弦超结为夫妇。玉女夜来晨去，倏忽若飞，唯超见之，他人不见。后漏泄其事，玉女遂求去。去后五载，弦超奉使赴洛，至济北鱼山下，复见知琼，悲喜交切，因同乘至洛，克复旧好。

② 坎坎：形容击鼓声。

③ 女巫：指以舞降神的女子。

④ 纷：众多的样子。

⑤ 瑶席：如玉般精美贵重的席子。

⑥ 酤：音孤，酒。

【评析】

此诗写迎神。《唐诗解》评道：“此冀神来降之辞。言既击鼓鱼山之下，又吹洞箫以望极浦，迎神之声乐盛矣。又使女巫进舞，列席陈觞，时风雨凄其，神之来否尚未可必也，徒使我心展转忧劳耳。盖极言求神之切，深冀其来格也。”《唐诗笺要》评道：“此首虽逊汉人气骨，其藻翰亦可前后辉映。”清翁方纲《石洲诗话》卷二说：“王右丞《送迎神曲》诸歌，骚之匹也。”今人陈铁民《王维诗选》说：“这两首描写祭祀女神的诗，它们工于渲染气氛，营造出一个恍惚迷离的意境。”陶文鹏《王维孟浩然诗选评》说：“这是王维看到济州百姓祭祀神女的活动时写的。第一首写酒馔俱呈，舞乐正酣，而神女不来，人们苦待的情景，可能寄托了诗人盼望结束贬谪困境的哀怨之情。前半篇用四字和三字句造成急促热烈的节奏，渲染迎神的盛况；后半篇节奏变为舒缓，诗人借凄夜风雨烘托苦待之情，结尾用感叹句直抒心中之苦。‘苦’字叠用，使愁情，苦味漫溢至上。”

送神曲

纷进拜兮堂前，目眷眷兮琼筵①。
来不语兮意不传，作暮雨兮愁空山②。
悲急管，思繁弦，灵之驾兮俨欲旋。③
倏云收兮雨歇④，山青青兮水潺湲。

【注释】

①眷眷：形容左顾右盼的样子。琼筵：形容筵宴之精美。

②“暮雨”句：用宋玉《高唐赋》典故，以巫山神女事来比喻鱼山神女。

③急管、繁弦：均用来形容音乐声节奏急促、丰富多变。灵驾：为神灵的车驾。俨欲旋：好像要回去的样子。

④倏：忽然。

【评析】

此诗写送神。《唐诗解》述说：“此神既降而送之也。言主祭者纷然进拜，若见神之顾我祭矣。虽无音声意象之可传，惟觉空山夜雨之有验。时管弦之声益哀，而知灵驾将归也。于是云收雨歇，山水依然，非神之已去乎？”

【总评】

古今以来，对此二首的整体评价多有肯定。如《批点唐诗正声》

道："二曲俱由楚骚变化，而《送神》尤精致。"《唐诗镜》评道："短箫绝浦，清响瀺灂。"《诗源辩体》说："摩诘楚辞，深得《九歌》之趣，唐人所难。"《緜斋诗谈》评道："《鱼山神女祠歌》，妙在恍惚，所以为神。"《唐诗选脉会通评林》："杨慎曰：'语从楚辞出，亦自雅。'吴山民曰：'闲雅。'"《石州诗话》说："唐诗似骚者……王右丞'送迎神曲'诸歌，骚之匹也。"《删订唐诗解》说："右丞虽不登峰造极，而各体俱佳。因属天姿，亦由闲暇。子美曰：'文章憎命达。'吾欲以此说解之。"

今人的评价如林庚《唐代四大诗人》说："这可以说是《九歌》之后久成绝响的佳作。"邓安生《王维诗选译》说："诗中描写了当地民间祭神的场面，深受《楚辞・九歌》的影响，其中原始神秘场景的描写与缠绵悱恻的情调相融合，表现了一种凄艳哀婉的风格，与《湘君》《湘夫人》等篇尤为相近。《送神曲》写神女似语不语、将去未去的情景，颇有《洛神赋》的情韵；结句境界幽美，余味不尽，与'曲终人不见，江上数峰青'（钱起《湘灵鼓瑟》），同一意趣。"杨文生《王维诗集笺注》说："王维精于书画音乐，其诗歌涵泳于全面艺术修养之中，故诸体皆善。骚体诗亦有深厚造诣，格调情韵都从《楚辞》中来，平易晓畅，音节谐婉，且篇幅大都短小，在唐诗中独具面目，并不多见。"陶文鹏《王维孟浩然诗选评》说："第二首写神女将去和既去情景，'目眷眷''来不语''意不传'活现神女神情意态；而巫山神女典故中云雨意象的描绘，更营造出神女去后的恍惚迷离氛围。而结尾云收雨歇、山清水流的景象，又蕴含着诗人对美好未来的期望。由于这两首骚体诗写得缠绵悱恻，情景交融，寄兴深远，辞采清丽，被朱熹收入《楚辞后语》。由此可见王维热情关注淳厚的民间风俗并善于学习借鉴优秀的文学遗产。"

渡河到清河作①

泛舟大河里②，积水穷天涯③。
天波忽开拆④，郡邑千万家⑤。
行复见城市⑥，宛然有桑麻⑦。
回瞻旧乡国⑧，淼漫连云霞⑨。

【注释】

①此诗作于任济州司仓参军期间。河：黄河。清河：《新唐书·地理志》："河北道贝州清河郡有清河县。"故址在今河北清河县西北。

②大河：黄河。

③积：聚，大河积聚众水，故谓积水。穷：尽，谓河水远接天际。

④天波：形容水波接天，混茫一片。拆：裂开。

⑤郡邑：郡治所在的县城，当指与济州隔河相望的博州治所聊城（今山东聊城东北）。

⑥行复：且又，又将。城市：指清河县。

⑦宛然：依稀隐约貌。桑麻：桑树与苎麻。

⑧回瞻：回望，回看。旧乡国：原先居住的城市，此指京洛。

⑨淼漫：水流广大无际。

【评析】

唐代济州属河南道，贝州属河北道，从济州治所渡黄河西北行，即可至清河，本诗即是从济州渡河去清河时所见黄河水面浩瀚的景象。首联写行舟河面，只见黄河水面横无际涯、远接天边。次联写由远及近、由水面而陆地的视觉感受：突然之间，天地似乎裂开一道缝隙，呈现出郡邑城，进而又呈现出万千人家，诗人的期盼与惊异之情溢于言表。颈联写行舟北上，城市、村落、田野依次隐隐约约展现出来。尾联写既到目的地，再回首瞻望家乡，只留下一片浩大混茫的水流与天际的云霞，从而为读者画出一幅空蒙飘渺的暖色景象。全诗写水面水景虚盈动荡、涵纳天地的壮阔景象与后来所写的同类诸作有异曲同工之妙。今人邓安生《王维诗选译》评说道："这是作者渡黄河到清河县城的途中所写。清河，即今河北省清河县。舟行河上，视野开阔，所以诗中多从大处着墨，勾勒出所见的宏阔景象。'天波忽开拆，郡邑千万家'，不独气势雄浑，意境壮美，而且准确捕捉住坐船时特有的运动感受，落笔自然而有奇致。"陶文鹏《王维孟浩然诗选评》也分析说："此诗写河上行舟所见与思乡之情。诗人着意描绘的都是大景远景、活动变幻之景。他在舟上远望前方，天地混茫，突然裂开一线，露出千家万户的景象。船继续前行，又一座城市若隐若现，仿佛城边还有大片农田桑园。这时，回望故乡，什么也看不到了。生活中寻常的景象，经过诗人精巧的艺术构思，从云波开合的角度来显现，便宛若海市蜃楼般奇妙有趣，读者还能从中体味出诗人行旅中的寂寞、惊喜、神往、惆怅的感情变化。王维喜欢并擅长表现这种远望中迷茫变幻的山水景色。后来他的《汉江临眺》诗，中间'江流天地外，山色有无中。郡邑浮前浦，波澜动远空'四句，便与此诗景象相似。至于《终南山》诗中的'白云回望合，青霭入看无'，两次敏锐捕捉和真切描绘云雾开合之景，但已不是渡河所见而是攀山所遇了。"许总《唐诗史》则说："此诗与《南垞》相较，其中景物的动态与感觉的过程，以及在两个地域的展现与隐失之中造成一种朦胧性感受的特点，显得十分相似。"

赠祖三咏[1]

蟏蛸挂虚牖[2]，蟋蟀鸣前除[3]。
岁晏凉风至，君子复何如？
高馆阒无人[4]，离居不可道。
闲门寂已闭，落日照秋草。
虽有近音信，千里阻河关。
中复客汝颍[5]，去年归旧山。
结交二十载[6]，不得一日展[7]。
贫病子既深，契阔余不浅[8]。
仲秋虽未归，暮秋以为期。
良会讵几日[9]，终日长相思。

【注释】

①诗题原注“济州官舍作”，则此诗约作于开元十二年（724）秋任济州司仓参军期间，一说作于开元十一年（723）秋。祖三：即诗人祖咏（699—约746），洛阳人，与王维、卢象、储光羲等友善，开元十三年进士。细玩“贫病”句，诗当作于祖咏登第之前。

②蟏蛸：音萧梢，即喜蛛、长脚蛛，体小脚长。挂虚牖：谓挂丝网于敞开的窗中。

③除：台阶。

④高馆：指济州官舍。

⑤汝颍：汝水与颍水，此处当指汝坟。祖咏有《汝坟别业》诗云：“失路农为业，移家到汝坟。独愁常废卷，多病久离群。”汝坟在今河南

汝水之北、颍水之南。

⑥ 二十载：就约数而言，非实数，写此诗时王维才二十四岁。《唐才子传》载："（祖咏）少与王维为吟侣。"

⑦ 展：适意展怀。

⑧ 契阔：形容辛苦。

⑨ 讵：岂。

【评析】

这是王维在凄苦孤独的贬谪生活中写的一首怀友诗。诗歌语气平缓从容，章法层次井然，抒情婉转自然，向为后人所推重。论其章法者如《唐诗解》："四语一转，是毛诗分章法。"《而庵说唐诗》："此诗共五解，如清水中数鱼，头头分明。作古诗法见于此。"论其从容者如《唐贤清雅集》："昔人谓王、孟五言难分高下。蒙意王气较和，孟骨差峻；王可兼孟，孟不能兼王，即此微分。故首王而次孟，非同耳食漫推重右丞也。右丞各体俱佳，不谢不随，风规自远，古今绝调。……兴体。诗凡五解，法本汉人，其音节天然安适，是右丞本色，《国风》遗韵。"《此木轩论诗汇编》："凡五章，读之只如书一通。真率温厚，情意可掬，又温丽。"复有论其抒写情性者，如《唐诗选脉会通评林》评道："直叙中有委曲。'闲门''落日'二句含情正远。末实境语，读之使人长叹。"《唐贤三昧集笺注》："取材《三百篇》，便觉色味俱高，此不可不知。四句一韵，深情远意，绵邈无穷。置之《毛诗》中，几不复可辨。此真为善学《三百》者也。"他如《批点唐音》评其："步骤《选》体。"《唐诗镜》说："诗家各有一种习气，磨灭不尽。摩诘似较少，太白亦不多见。五言古时时有之，以此知陶、谢之美。"

今人陶文鹏《王维孟浩然诗选评》说："这首诗先写济州官舍冬夜

冷落僻静的景物环境，勾起对友人的思念；接着写二人被关河阻隔，难得相逢；继之追述多年来的情谊，倾诉困顿失意的共同境遇；最后盼望见面，但良会无期，更惹起不尽的相思。全诗紧扣思念来写，直叙中有委婉曲折，真情流贯，自然而深沉。诗人采用《诗经》的分章法，诗凡五章，读之只如书信一通。四句一章，每章一转韵，韵脚平仄相间。章法整饬，音调却有抑扬起伏之致。”

喜祖三至留宿①

门前洛阳客②，下马拂征衣③。
不枉故人驾④，平生多掩扉⑤。
行人返深巷，积雪带余晖。
早岁同袍者⑥，高车何处归⑦？

【注释】

①此诗约作于开元十三年（725）冬任济州司仓参军期间。是年祖咏擢第授官东行赴任，途经济州，王维留之，祖咏也有和篇《答王维留宿》，诗云：“四年不相见，相见复何为！握手言未毕，却令伤别离。升堂还驻马，酌醴便呼儿。语默自相对，安用傍人知！”

②洛阳客：指祖咏，咏为洛阳人。

③拂：掸拭。征衣：旅途所著之衣。

④枉驾：谓屈尊见访。驾，车乘。

⑤平生：平时。掩扉：谓闭门。

⑥同袍：谓战友，《诗经·秦风·无衣》：“岂曰无衣，与子同袍。”此指朋友。

⑦ 高车：大驾，借车代人。

【评析】

老友相见，自然欣喜异常，更何况是及第任官枉道相访呢？但诗歌对情感控制得体，表达得自然流畅恰到好处。故《唐音癸签》评说：“‘早岁同袍者，高车何处归？’似乎言同袍者之薄，然亦借之以明祖之过我者为厚，其意未尝不婉。若使他人为之，则露矣，直矣。”《甚原诗说》也说：“诗以自然为上，工巧次之。工巧之至，始入自然；自然之妙，无须工巧。五言如王维《终南别业》《喜祖三至留宿》，皆不事工巧，极自然者也。”又《緹斋诗谈》评其颈联说：“‘行人返深巷，积雪带余晖’，互相照应法。”今人陶文鹏《王维孟浩然诗选评》说：“在《赠祖三咏》诗的结尾，诗人还感叹良会难期，没想到不久良会得以实现，祖咏赴任途中经过济州，正好看望老友。诗人喜出望外，写了这首诗。首联点出祖咏来访，切合题中‘至’字，次句‘下马拂征衣’的细节，写出祖咏风尘仆仆、行色匆匆之情状。颔联以‘平生多掩扉’反衬与祖咏交情之深和对他来访之喜，切题中‘喜’字。这一联语淡而情深。颈联写寒冬日暮、雪映夕晖之景，带出尾联委婉留宿之意，将题中字面缴足。全篇毫不修饰造作，语语真挚自然。”张晓明《试论王维山水诗的空灵之美》说：“在王维看来，一门一户已足以将心身隔离，足以使心灵免受尘世污染，使精神享受充分自由。于是其诗便常常写到闭门掩扉。如‘平生多掩扉’‘日暮掩柴扉’‘惆怅掩柴扉’‘寂寞掩柴扉’‘荆扉乘昼关’‘归来且闭关’。在这里，庄学的‘心斋’被具体化个性化了。看起来关的是门掩的是扉，实际上关闭的是对外界的视听。通过闭门掩扉，王维进入了‘无视无听，抱神以静’的人生境界。”

齐州送祖三[1]

送君南浦泪如丝[2]，君向东州使我悲[3]。
为报故人憔悴尽[4]，如今不似洛阳时[5]。

【注释】

①此诗约作于开元十三年（725）冬任济州司仓参军期间。诗题一作《送别》，《万首唐人绝句》《全唐诗》作《齐州送祖三》，王维集中另有一首五言《送别》，故当作本题为是。齐州：唐州名，治所在今山东济南。齐州在济州之东，地近济州。一说“齐州”当为“济州”之误（杨文生《王维诗集笺注》），一说为“王维把他送到齐州，两人就此告别”（张勇《王维诗全集》），一说“寻绎本篇及上篇（《喜祖三至留宿》）之意，可知咏过济州后，复东行赴任，维因送之至齐州，作此诗赠行”（陈铁民《王维集校注》）。

②君：指祖咏。南浦：《楚辞·九歌·河伯》：“子交手兮东行，送美人兮南浦。”江淹《别赋》：“送君南浦，伤如之何！”指南面江河之畔，后泛指送别之地。

③东州：泛指济州之东的州郡，非确指。

④为报：犹如说帮我告诉。故人：指祖咏之外的其他老朋友。一说指祖咏。憔悴尽：容貌衰疲之极，作者自称。

⑤洛阳时：指开元九年（721）诗人被贬济州时途经洛阳，曾与祖咏相会之事。

【评析】

老友久别重逢，欣喜之情是自然免不了的，所以诗人有前诗留宿，而祖咏也有《答王维留宿》；然而，重逢却成别离时，又自然难免唏嘘，更何况多情自古伤别离呢！诗歌的首句即引用饱含浓情别绪的典故“南浦”来表达惜别之情，尚有几分含蓄，而“泪如丝”三字则直接将其伤心之情和盘托出，情感由含蓄一变而为倾泻。送祖咏东去任官，应该高兴才是，但“君”至如此偏远之地任官，与进京追求富贵显达者完全相反，更不知去后景况如何，如此等等，又怎能不“使我悲”呢！前一句说自然伤别，后一句为朋友生悲。情到深处、悲到极致，无法再说，第三句便转换寄语：此番东去若是碰到老友，请告诉他们，我王维已经是苍颜衰老、疲惫之极，再也没了洛阳时的青春模样、意气风发了！表面看是安慰之辞，此番东去一定会遇上老朋友的，大有“莫愁前路无知己”之意；然而深层的却是为友人仕途的坎坷、前途的渺茫而担心，而自己的经历遭际与无数感叹也尽在其中。全诗语词浅近，但却情意宛转；抒情达意，宛转中有直率、直率中含低回，令人反复吟咏，一唱三叹！陶文鹏《王维孟浩然诗选评》也评道：“这首送别诗前三句直抒为友人离别而悲哀，为报答友人相访而憔悴，足见两人情谊之深重。结句直中有曲。诗人只慨叹今不如昔，已把昔日相聚的欢乐和如今困顿失意的辛酸都包含其中，令人咀嚼不尽。”

寒食汜上作①

广武城边逢暮春②，汶阳归客泪沾巾③。
落花寂寂啼山鸟，杨柳青青渡水人。

【注释】

①此诗作于开元十四年（726）春离开济州司仓参军任西归洛阳途

中。汜上：汜水之上。汜水源出于河南巩县东南，北流经荥阳汜水镇西，注入黄河。

②广武：古城名，故址在今河南荥阳东北广武山上，有东西二城，楚汉战争的最后阶段，项羽占东城，刘邦占西城。汜水从广武山西面流过。

③汶阳：汶水之北，即今大汶河，济州在汶水之北。归客：作者自称为西归之客。

【评析】

贬谪四载，忽然归还，本来应有许多欣喜之意，却又恰逢寒食时节渡汜水、过广武，难免生出别样的况味。所以《唐诗笺注》评道："此春暮归途感时之作。落花寂寂，杨柳青青，伤春事之已阑，而归人之尚滞。末二句神致黯然。"《唐诗解》说："景亦佳，通篇细读必有不堪者。"《鸿苞论诗》评："描写至情，历历如诉，一字一句，动魄惊魄。"《四溟诗话》也说："绝句如王摩诘'广武城边逢暮春'云云，与'渭城朝雨'一篇，韦应物'雨中禁火空斋冷'云云，皆风人之绝响也。"他如《批点唐诗正声》："感时伤远。末意只如此，彼自足尽。"《唐人万首绝句选》："上二句写完意思，下只闲闲缀景，意在言外。"此诗以偶句作结，也极受评家关注，如《王孟诗评》："此对结体也，最要意尽，否则半截诗矣。"《增订评注唐诗正声》："对结颇有余思。"《唐诗归》："更胜上句。"《唐贤三昧集笺注》："一幅活画，对收。"

今人也多有评论。如邓安生《王维诗选译》："这首诗的首二句就是直叙这一归途情景。然后移情入景；第三句写暮春百花凋零，山鸟自啼，照应第一句；结句照应第二句，'杨柳青青'与《渭城曲》'客舍青青柳色新'同是衬托寂寞伤情，'渡水人'即为汶阳归客，三字写得十分寂寞。"陈铁民《王维诗选》："这首诗以出色的景物描写，映衬出了作者遭贬四年多后方得以西归的惆怅与伤感。”刘宁《王维孟浩然诗选评》：“这首诗的成功，实在很难总结出有形的技法，它展示了王维从造化中直接点化和捕捉的艺术天才，含蕴不尽，无迹可求，这就是令后人无比神往的盛唐绝句的神境。在王维的一些七言绝句中，我们都能看到这种含吐不露的神韵。”

观别者①

青青杨柳陌，陌上别离人。
爱子游燕赵②，高堂有老亲。
不行无可养，行去百忧新。
切切委兄弟③，依依向四邻。
都门帐饮毕④，从此谢亲宾。
挥泪逐前侣，含凄动征轮。
车从望不见⑤，时见起行尘。
余亦辞家久，看之泪满巾。

【注释】

①此诗或作于开元十四年（726）离开济州司仓参军任西归至洛阳时。

②燕赵：泛指河北诸郡。本为战国七雄之一，燕辖境在今河北北部、辽宁西部一带；赵辖境在今河北西南部及山西中部、北部一带。

③切切：形容再三告诫之词。

④都门：指东都洛阳的城门。帐饮：古时出行，送者在路旁设帐置酒相送。

⑤ 车从：指游子及其仆从。

【评析】

送别与观别角色不同，心情自然也不同，而客中观别，其境况更为悬殊，本诗便是如此。《唐诗归》说："观别者与自家送别，益觉难堪，非深情人不暇命如此题。……情真事真，游人下泪，不须读下二句矣。（'不行'二句下）……贫士老于客游，方知此境。（'切切'句下）"《汇编唐诗十集》评道："浅浅说，曲尽别思，觉雕琢者徒苦。……说他人，其切乃尔，己怀可知。《阳关》所以绝唱。"此外，诗中的部分描写与表达也同样受到肯定，如《王孟诗评》："'切切'两语妙绝，写得此意出。"《围炉诗话》："右丞《观别者》云：'不行无可养，行去百忧新。切切委兄弟，依依向四邻。'当置《三百篇》中，与《蓼莪》比美。"余成教认为"不行"四句，"实能道出贫士临行恋母情状"。《唐诗别裁集》："只写别者之情，'观'字只末二句一点自足。"《网师园唐诗笺》："入情入理（'不行'句下）。'观'意一点便是（'余亦'句下）。"

邓安生《王维诗选译》评道："王维有《别弟缙后登青龙寺望蓝田》诗，有云：'陌上新别离，苍茫四郊晦，……心悲宦游子，何处飞征盖。'与这首《观别者》同一机杼，只是这首写法上很别致，是借陌上人的惜别来表现自己的游宦之悲。古人有折柳送别的习俗，以'青青杨柳陌'起句就点题，已见伤别之意。接着写游子亲老家贫，不出外则无以奉养亲老，出外则离亲别友，倍觉凄苦。表现游子仕与隐都处困境，其真情非过来人不能道出。诗中所着力描写的游子依依惜别的情景，句句伤情，情感细腻深厚。"马玮主编《王维诗歌赏析》说："这首诗描写的场景并不少见，不论是在古代，还是在现代，离别都是人类生活中常见的主题。描写离别场面的诗篇也很多，但王维这首小诗，虽然只是对一个普通离别场景的情景白描，给我们的感触却是那般情深。至亲别离，肝肠寸断，然生活所迫，又无可奈何。历史画卷中，这样的场景重复上演了多少幕。不同的朝代，不同的主角，不变的都是那份难以割舍的情致，亲情、友情、爱情，一幕幕，一出出，在时空的帷幕里掀起层层浪花。”

偶然作六首（选四）[①]

其　一

楚国有狂夫[②]，茫然无心想[③]。
散发不冠带[④]，行歌南陌上。
孔丘与之言，仁义莫能奖[⑤]。
未尝肯问天[⑥]，何事须击壤[⑦]。
复笑采薇人，胡为乃长往[⑧]。

【注释】

①此组诗并非同时之作，前五首约作于开元十五年（727）任官淇上时，王达津《王维孟浩然诗选》以为作于天宝八载（749）左右；其六则作于晚年。

②狂夫：指“凤歌嘲孔丘”的楚狂接舆。

③茫然：指无知无识的样子。

④散发：古代成年男子都束发、插簪、着冠，而衣冠不整正是放浪形骸的一种表现。

⑤奖：勉励，谓即使连孔丘也无法劝其接受仁义之道。据《论语·微

子》载："楚狂接舆歌而过孔子，曰：'凤兮凤兮，何德之衰！往者不可谏，来者犹可追。已而已而，今之从政者殆而！'孔子下，欲与之言，趋而避之，不得与之言。"

⑥ 问天：意谓楚狂从来不肯干预世事，所以无须像屈原那样作《天问》以舒愤写忧。

⑦ 击壤：指《击壤歌》，据《帝王世纪》："（帝尧之时）天下大和，百姓无事，有八十老人击壤于道。观者叹曰：'大哉，帝之德也！'老人曰：'吾日出而作，日入而息，凿井而饮，耕田而食，帝何力于我哉！'"

⑧ 胡为：何为。长往：指去而不返，即死去。

【评析】

此诗写历史上的楚国狂人接舆，从不同角度来展现其"狂"的个性特征。后人点评如《唐诗归》："读此知狂不易言。孔子思狂，正是此一流人。"又云："傲即在此（'茫然'句下）。写出横人（'仁义'句下）。"《唐诗快》评道："既薄孔、孟，复笑夷、齐，又不肯为屈原，此狂夫煞是作怪。"《唐诗别裁集》评："只写狂士行径，然倾倒至矣。"又如王闿运批《唐诗选》说："狂夫则不知商粟周粟之别。"

其　二

田舍有老翁，垂白衡门里①。
有时农事闲，斗酒呼邻里。
喧聒茅檐下②，或坐或复起。
短褐不为薄③，园葵固足美④。
动则长子孙⑤，不曾向城市。
五帝与三王⑥，古来称天子。
干戈将揖让⑦，毕竟何者是？

得意苟为乐，野田安足鄙！
且当放怀去[8]，行行没余齿[9]。

【注释】

①垂白：白发下垂，年老发白。衡门：以横木为门，说明其房屋简陋。

②喧聒：形容喧嚣嘈杂。

③短褐：指粗布短衣。

④园葵：泛指菜园里的蔬菜。

⑤长：养育。

⑥五帝：相传上古有五帝，但说法不同，《史记·五帝本纪》说是黄帝、颛顼、帝喾、尧、舜；《易·系辞》说是伏羲、神农、黄帝、尧、舜；《帝王世纪》说是少昊、颛顼、帝喾、尧、舜。此处应为泛称。三王：指夏禹、商汤、周文王。

⑦干戈：指夏商之后以武力战争夺取帝位。将：与、和。揖让：即禅让，指相传上古尧让位给舜，舜又让位给禹。

⑧放怀：指放任情志，无拘无束。

⑨行行：渐渐。没余齿：指老死。

【评析】

此诗描写田舍翁直率淳朴、自然自足与得意放怀的田园生活，风格颇近陶渊明。所以《王右丞诗集注说》说："类陶，真率。"《唐诗选脉会通评林》说："起六句写出真乐，销尽人鄙吝心。"《三唐诗品》说："'田舍'诸篇，《闲居》之亚也。"另外诗中表现的背离儒家圣贤价值观的思想也向来为人推重，如《唐诗归》说："'五帝'二语，似《水浒传》不读书人语。'古来称天子'句，却是满肚慢世。'干戈'二句，庄、列之语，说得儒者败兴。”葛晓音《盛唐田园诗和文人的隐居方式》说：“以野田来否定古来称贤的五帝三王和治乱变易的是非，这类怀疑和思考，在阮籍和陶渊明诗里是常见的。”诗歌近乎口语的表现形式，也为人称道，如《唐诗别裁集》说：“田野口角如生（‘干戈’二句下）。”《唐诗快》说：“骇语自妙（‘五帝’四句下）。”当然，也有评家说此诗具有“自嘲”的意味，如《唐诗意》云：“此誉而实自嘲也。与《卫风·考槃》意同。”但不管如何，诗中的寄托则是显而易见的，所以锺惺《唐诗归》评道：“读王、储《偶然作》（储光羲有《同王十三维偶然作十首》），见清士高人胸中皆似有一段垒块不平处，特其寄托高远，意思深厚，人不能觉。然储作气和而王作骨傲，储以微胜。”周珽《唐诗选脉会通评林》也说：“《偶然作》二诗，此空空匕首也，当以铅丸摄之。”

其　五

赵女弹箜篌[①]，复能邯郸舞。
夫婿轻薄儿[②]，斗鸡事齐主[③]。
黄金买歌笑，用钱不复数。
许史相经过[④]，高门盈四牡[⑤]。
客舍有儒生，昂藏出邹鲁[⑥]。
读书三十年，腰下无尺组[⑦]。
被服圣人教[⑧]，一生自穷苦。

【注释】

①赵女：战国时赵国女子以擅长弹琴歌舞著名，“游媚富贵，遍诸侯之后宫”（《汉书·地理志》）。箜篌：古代的一种弦乐器。

②轻薄儿：不务正业之人，犹如今之所谓游荡子。

③ 斗鸡：《庄子·达生》："纪渻子为王养斗鸡。"陆德明《经典释文》说："王，司马云，齐王也。"事：侍奉。

④ 许史：指汉宣帝时外戚许氏、史氏，代指权贵。经过：交往。

⑤ 盈：充盈。四牡：四匹雄马拉的车子。

⑥ 昂藏：气度轩昂。邹鲁：孔孟生地，《史记·货殖列传》曰："邹鲁滨洙泗，犹有周公遗风，俗好儒，备于礼。"

⑦ 无尺组：即无官职。尺组，系官印的绶带，唐五品以上官员始得佩玉。

⑧ 被服：亲身蒙受。

【评析】

诗以饱读诗书之儒生与逢迎权贵之轻薄儿两相比较，一者是"黄金买歌笑，用钱不复数"，一者是"读书三十年，腰下无尺组"，其境况出处相去悬绝，讥刺之意、愤懑之情溢于行间。故《唐王右丞诗集注说》云："冲淡复老劲。"《诗比兴笺》说："刺鸡神童之宠幸，而贤材遗弃，与太白诗同旨。"

今人陶文鹏《王维孟浩然诗选评》说："这首针砭时弊的诗歌，运用借古讽今和对比手法，先写赵女夫婿斗鸡事王，挥金如土，沉溺声色，交结权贵；再写儒生苦读经书，遵奉儒教，贫困潦倒。'轻薄者'飞黄腾达，'昂藏者'布衣终身。对照鲜明，讽刺尖刻，令人愤慨。更难得的是，诗人敢于讽刺当今天子，对唐玄宗酷爱斗鸡，竟然让一些人靠斗鸡本领赢得高官厚禄的荒唐腐朽现象予以揭露，显示了他早年的政治勇气和锐气。明代锺惺《唐诗归》说：'读王、储《偶然作》，见清士高人胸中皆似有一段垒块不平处，特其寄托高远，意思深厚。'这段评价大体正确；但他接着说，'然储作气和，而王作骨傲，储似微胜'，却评估失当。在今天看来，王维以愤气傲骨揭露和讽刺反常的社会现象，并不逊于储羲的心平气和，轻描淡写。”

其　六[①]

老来懒赋诗，惟有老相随。
宿世谬词客[②]，前身应画师[③]。
不能舍余习[④]，偶被世人知。
名字本习离[⑤]，此心还不知[⑥]。

【注释】

① 此诗当是晚年之作，元刊刘须溪评本题作《又》，自然独立前篇；《万首唐人绝句》取中间四句作绝句，题为《题辋川图》；陈铁民《王维集校注》亦将本诗析出独自成篇，亦名《题辋川图》。今仍其旧，姑系此。

② 宿世：前世，一作当代。谬：误，误为诗人。

③ 应：应是。

④ 余习：佛教用语，《维摩诘经》：“深入缘起，断诸邪见。有无二边，无复余习。”指前世留下的习染。佛教徒能断烦恼，但不易断余习，只有佛能断。

⑤ 名字：王维，字摩诘，即取自《维摩诘经》。习离：一本作“皆是”。

⑥ 不知：说自己虽有维摩诘之名而居家修行，却无维摩诘之觉悟、智慧，仍然注重于诗画。

【评析】

王维是著名的山水画家，曾画有《辋川图》，有明石刻本传世，现藏于蓝田县文物局。据唐朱景玄《唐朝名画录》载：“（维）复画《辋川图》，山谷郁郁盘盘，云水飞动，意出尘外，怪生笔端。尝自题诗云：‘夙世谬词客，前身应画师。’其自负也如此。”唐张彦远《历代名画记》也说："（王维）清源寺壁上画辋川，笔力雄壮。尝自制诗曰：'当世谬词客，前身应画师。不能舍余习，偶被世人知。'诚哉是言也。"清源寺为王维捐辋川庄所建，则诗题于当时辋川庄可知。后代多有论及者，如宋人葛立方《韵语阳秋》引窦蒙所著《画拾遗》称之曰："诗合《国风》公干之能，画关山水，子华之圣。加以心融外物，道契玄微，则其用笔清润秀整，岂他人之可并哉！"此诗别具一格，将诗画创作与佛学修炼结合来写：首二句说自己老了，什么都懒得做了，唯有"老"相伴相随，似乎是此生一事无成；可是次二句一转，说自己前世应该是误为"词客""画师"，于否定之中寓于肯定；此二句为互文见义，不可拆开来解读。颈联承上而言，说自己不能舍弃前生遗留之习，继续写诗作画，而意外地为世人所知，又是肯定了自己的诗画创作。末二句再次否定：说自己的名字与自己的习性（写诗作画）相背离，而自己却浑然不知，应该按照自己名字所示去好好地修炼佛性，而不应该去追求那些与名字相悖的诗人与画家的浮名。全诗婉转反复于诗、画与佛的前世今生，表现出诗人晚年对自己人生的思考和感悟，如经山川，跌宕起伏。《石园诗话》评道："（'宿世'四句）善于自写。"今人史双元于《唐诗鉴赏辞典补编》中评道："'宿世''前身'，是以禅语入诗；'不能''偶被'，是以禅理入诗；'名字''此心'，是以禅趣入诗。表现了一种对人生真谛的感悟。"

淇上别赵仙舟[①]

相逢方一笑，相送还成泣。
祖帐已伤离[②]，荒城复愁入。

天寒远山净，日暮长河急。
解缆君已遥，望君犹伫立。

【注释】

① 此诗开元十五年（727）作于淇上。诗题一作《齐州送祖三》。淇：指淇水，在今河南北部，古为黄河支流，源出林县东南，流经今淇县，注入卫河。淇上：淇水之畔。别：一作“送”。赵仙舟：开元、天宝时人，生平不详。

② 祖帐：古代送别，在郊外路旁设的帷帐，也指送行的酒宴。

【评析】

此诗或以为古体，而《近体秋阳》则以此诗为近体拗体，正见诗歌由古体向近体发展的痕迹。《近体秋阳》说：“劲直澹怆，此近体中古作也。摩诘诗本由古得，兹且化古于律。然其在古体乃转有寖淫于近制者，端不如收此拗律之为愈矣。”《汇编唐诗十集》也说：“此篇是景体律诗，妙在结句。”《岘佣说诗》则说：“此四韵短古也。三联‘天寒远山净，日暮长河急’用写景之笔宕开，而情在景中，篇幅遂短而不促，此法宜学。”

此诗最为后人激赏的是其抒情写景之妙。如《王孟诗评》评道：“前四句只是眼前道不到者，末句短嫩意伤。”《唐诗广选》说：“起结凄断，令人不能已已。蒋仲舒曰：‘如此起句最老，而不易工。’”《载酒园诗话》也说：“‘相逢方一笑，相送还成泣’‘解缆君已遥，望君犹伫立’，写得交谊蔼然，千载之下，犹难为怀。”《唐贤三昧集笺注》说：“足未出阁门者，不能解此诗之真味。情至，婉曲不尽。”《唐诗归》评道：“幽景入送别中。妙（‘天寒’二句下）。送行图（末二句下）。”《批点唐音》：“积思甚多。‘日暮长河急’句特异。”《网师园唐诗笺》："黯然入画（'天寒'句下）。"《唐诗评注读本》："不设色而意自远，是画中之白描高手。"《唐诗选脉会通评林》："诗神全在数虚字上。"《唐诗别裁集》："著此二语（'天寒'二句下），'望君'句愈觉黯然。"

今人评点如邓安生《王维诗选译》说："写故友刚刚相逢，旋又匆匆别去，一笑一泣，会短离长，感慨万分。后六句全写祖咏走后，自己伫立江边凝望的情景。'荒城''天寒''日暮'三句，写萧索之景，见凄凉之情。写天寒之山，用一'净'字，写长河之水，着一'急'字，极切合情景，急字又下联'解缆'句，含有惜别之情。结句'解缆君已遥，望君犹伫立'，一往情深，言尽而意不尽。"王达津《王维孟浩然选集》说："其写一笑一泣，感慨万端；后六句全就祖三去后，自己伫立遥望落笔，显得空旷悠远，别具一格。"马玮主编《王维诗歌赏析》说："这首诗在表现技巧上最大的特点是虚词的运用。'方''还''已''复''犹'等词把全诗串联起来，让诗人的感情表达得更加浓烈和厚重。"陶文鹏《王维孟浩然诗选评》说："全诗由'一笑'到'成泣'，再到'愁入''伫立'痴望，摹态抒情层层深入。诗为入律古体，押短促的入声韵，也有助于传达离合匆匆的强烈愁情。"

淇上即事田园[1]

屏居淇水上[2]，东野旷无山。
日隐桑柘外[3]，河明闾井间[4]。
牧童望村去[5]，猎犬随人还。

静者亦何事[6]？荆扉乘昼关[7]。

【注释】

①此诗开元十六年（728）作于弃官隐居淇上时。淇上属卫州，是靠近东都洛阳的雄州，多王侯衣冠人物，也有著名隐士如孙登、嵇康等人的历史遗迹，这里是待时而隐的最佳场所。

②屏居：隐居。

③日隐：夕阳西下。柘：音这，植物名，又称黄桑，叶可饲蚕。

④闾井：村庄。

⑤望：往、向。

⑥静者：喜欢清静无为的人，常指隐居之士，作者自谓。

⑦荆扉：柴门。

【评析】

诗人对淇上新任之职并不满意，《偶然作》其三即有“忽乎吾将行，宁俟岁云暮”之句，不久便弃官隐居淇上。诗歌描写淇上田园风光与隐居闲情，淳朴自然，颇有陶渊明之风；颔联写景也深得后人赏爱，如《瀛奎律髓汇评》说：“右丞诗长山林，‘河明闾井间’一联，诗人所未有也。‘牧童’‘田犬’句，尤雅净。三、四如画。此种诗不宜摘句。许印芳云：‘右丞诗笔，无施不可，特以性耽丘壑，故闲适之诗独多。虚谷（即方回）遂谓其长于山林，岂知右丞者哉！’”

今人如邓安生《王维诗选译》说：“作者所描写的景物紧紧围绕薄暮所见：因为田园平旷，所以看到太阳隐没到村边桑柘之外；夕阳照着河水，所以水面的波光映亮了闾巷；而‘日之息矣，牛羊下来’，所以‘牧童望村去，猎犬随人还’。这与王绩《野望》‘牧童驱犊返，猎马带禽归’句意相近。作者以‘静者亦何事？荆扉乘昼关’一联作结，其间流露出对自己无所事事的自嘲。他的《归嵩山作》'归来且闭关'，《归辋川作》'惆怅掩柴扉'和此诗一样，都是'卒章显其志'，表现他欲用事而未能的感慨。”陶文鹏《王维孟浩然诗选评》说：“这首田园诗抒写作者隐居的闲适生活与心境，其显著的艺术特色是深谙画理，饶有画意。诗中所写的是同一时间和空间——傍晚乡村的风光景物，诗人按照画面构图远近、主次、隐显、虚实的要求，将所写景物有层次地一一展现出来。人物和景物有动有静，而其整体性的效果是一种静止性的呈现。诗人又以其作为画家，对于光色明暗的敏锐感觉，描绘落日隐没，桑柘渐暗；河水却因反射夕晖，在村庄间闪闪发亮。加上处于画面前景的回村牧童与牛羊、猎人与猎犬的动态，从而美妙地表现出乡村黄昏活跃而宁静的情调气氛，给予我们极大的视觉美感享受。”王达津《王维孟浩然选集》说：“此诗写田园风光，明显受有陶渊明的影响。诗中'日隐桑柘外，河明闾井间''牧童望村去，猎犬随人还'均系即事，但有隐有显，色彩鲜明。结句'静者亦何事？荆扉乘昼关'，似对一些不谙田园之趣者表示不以为然。”

不遇咏①

北阙献书寝不报②，南山种田时不登③。
百人会中身不预④，五侯门前心不能⑤。
身投河朔饮君酒⑥，家在茂陵平安否⑦？
且共登山复临水⑧，莫问春风动杨柳⑨。
今人作人多自私，我心不说君应知⑩。
济人然后拂衣去⑪，肯作徒尔一男儿⑫！

【注释】

① 此诗或开元十六年（728）作于淇上，也有学者以为作于早年未及第时，或作于开元二十一年（733）闲居长安时。

② 北阙：臣子等候朝见或上书奏事的地方，后代指朝廷。寝不报：搁置而不答复。

③ 时：常常。不登：指无收成。

④ 百人会：指朝廷盛会。身不预：指自己不能亲身参与。

⑤ 五侯：指汉成帝同日封舅王谭兄弟五人为侯，谭为平阿侯、商为成都侯、立为红阳侯、根为曲阳侯、逢时为高平侯，此处泛指权贵豪门。心不能：是说自己不愿奔走于权贵豪门。

⑥ 河朔：泛指黄河以北地区，王维时居淇上，其地正在唐河北道卫州境内。

⑦ 茂陵：本为汉武帝陵，在陕西兴平东北，此处借指长安。

⑧ 登山、临水：化用宋玉《九辩》“登山临水兮送将归，坎廪兮贫士失职而志不平”句。

⑨ 春风动杨柳：化用《子夜四时歌·春歌》“陌头杨柳色，已被春风吹。妾心正断绝，君怀那得知”诗句，形容闺中妻子的思念。

⑩ 不说：不高兴，说，通“悦”。

⑪ 济人：指救济世人。拂衣：振衣，表示决绝、归隐之意。

⑫ 肯：岂肯、哪肯。徒尔：枉然、白白地。

【评析】

诗歌表现了诗人仕途不遇的忧愤和愿意功成身退的志向，以此得到后人的充分肯定。如《唐诗归》说：“真不堪（‘百人会中’句下）。‘心不能’，妙在‘能’字，把不遇说得肮脏，不是穷愁（‘五侯门前’句下）。四句语直而婉，是高、岑绝妙歌行。读此方知右丞真简寂，经济人原躁不得（未四句下）。”又如《唐诗选脉会通评林》载：“作不遇诗，辄多怨尤，语易腐。此独破胆选声，入云出渊。”《唐诗镜》说：“快小结，作浅着色。”今人葛晓音《初盛唐七言歌行的发展》评析道：“由于以散句精神贯穿全篇，盛唐歌行乐府不乏鲜明的音节，但已不再以悠扬宛转的声情见长，而以气势劲健跌宕取胜了。如《不遇咏》中有四句连用四个‘不’字，虽然是两对偶句，四层排比，但一句一意，只觉节奏顿挫，气势充沛。”陶文鹏《王维孟浩然诗选评》：“这首诗写一个志士有济世大志却又到处碰壁，他对于世态炎凉与世人的自私非常憎恶。在穷途落魄的境况中，他仍决心做一番轰轰烈烈的事业，然后功成身退，拂衣漫游江湖。诗人在他的身上寄托了自己怀才不遇的怨愤之情。……诗中感情和时空大幅度跳荡、飞跃，使全诗腾挪起伏，跌宕多姿，诗的节奏也快速奔放，犹如龙腾虎跃。开篇采用比较整饬的骈偶句，在历数四种具有代表性的不遇之后，变骈为散，节奏加快。而四句一韵，韵脚平仄交替，也使诗的节奏变化更鲜明，从而紧扣读者的心弦。”

送孟六归襄阳①

杜门不欲出②，久与世情疏。
以此为长策③，劝君归旧庐。
醉歌田舍酒，笑读古人书。
好是一生事，无劳献《子虚》④。

【注释】

①此诗开元十七年（729）作于长安。孟六：即诗人孟浩然。此时

王维已从淇上返回长安，赋闲在家，正从荐福寺道光禅师学佛，同时与孟浩然、张九龄等文士交往密切。孟浩然于开元十六年（728）参加进士试，落第滞留长安，十七年（729）冬离京归襄阳，临别作《留别王维》，王维则以此诗送别。

② 杜门：即闭门。

③ 长策：即以闭门疏世为良策。

④ 献《子虚》：是用司马相如向汉武帝献《子虚赋》事来比喻以求闻达。

【评析】

此诗向来为人称道，一则是诗人真心直陈，不作掩饰，非真知己不能如此。如《唐诗矩》说："全篇直叙格。劝人归休，非真正知心之友不肯作此语。盖王已饱谙宦情，孟犹未沾一命，故因其归赠以此诗。言外有许多仕路险巇、人情翻复之感，俱未曾说出。人言王、孟淡，不知语淡而意实深至，所以可贵。若淡而不深，则未免寡薄之诮矣，岂知真王、孟哉！"《古唐诗合解》说："市朝不恋，而栖田舍。荣辱黜陟，不经于心。有酒即醉，醉而有歌焉，其乐陶然。今人难亲，而亲古人，其书尚在，我'笑读'之，是尚友也，'笑'字更有情趣。"又说："归旧庐之乐如此，不觉赞一声好！是真乃君一生事也，又何劳献《子虚》之赋而求用哉！"《瀛奎律髓汇评》也评说："送浩然归，乃为此骨鲠之论，其甘与世绝，怀抱高尚可想见云。结却太尽。必以甘与世绐为高，终是偏见。"《唐诗归》评道："极真！极厚！不作一体面勉留套语，然亦愤甚，特深浑不觉。"一则是诗歌语言平淡自然。如《唐贤三昧集笺注》评："虽清澈，学之易浅薄。五、六平平中亦自有味。"《小清华园诗谈》说："何谓自然？曰：近体则王子安之《送杜少府之任蜀川》，太白之《送友人》，右丞之《送孟六归襄阳》，少陵之《旅夜书怀》等篇是也。”此外，《五七言今体诗钞》认为：“此诗即效孟公体。”而《此木轩论诗汇编》则以为：“细玩之，亦伤于薄。”

今人陶文鹏《王维孟浩然诗选评》评道：“由于济州贬居几年，经历过仕途的坎坷，他对孟浩然说的这些话看似冷淡寡情，其实句句是发自肺腑的真言，言外蕴含着对权贵压抑人才的愤懑，对仕途险恶、人情翻覆的感慨。不是真正知心朋友，绝不肯直爽陈词。此诗语淡而意实深至。颔联用流水对仗，十分自然；颈联正对，十个字生动具体地写出归隐闲居之乐，清浅有味。”

送綦毋校书弃官还江东[①]

明时久不达[②]，弃置与君同[③]。
天命无怨色[④]，人生有素风[⑤]。
念君拂衣去[⑥]，四海将安穷[⑦]。
秋天万里净，日暮澄江空。
清夜何悠悠[⑧]，扣舷明月中[⑨]。
和光鱼鸟际[⑩]，澹尔蒹葭丛[⑪]。
无庸客昭世[⑫]，衰鬓日如蓬[⑬]。
顽疏暗人事[⑭]，僻陋远天聪[⑮]。
微物纵可采[⑯]，其谁为至公[⑰]？
余亦从此去，归耕为老农。

【注释】

①此诗约作于开元十七年（729），一说约作于天宝初。綦毋校书：

即綦毋潜，诗人有《送綦毋潜落第还乡》，见前。潜开元十四年（726）进士登第，释褐为秘书省校书郎，正九品上，潜“食之无味”（《新唐书·艺文志》），因弃官还江东。江东：古称三国吴国所属之地，当指綦毋潜故乡虔州。

② 明时：政治开明时代。

③ 弃置：指不被任用或重用。

④ 天命无怨色：谓天命不济，所以毫无怨色。

⑤ 素风：朴素之风，《文选》袁宏《三国名臣赞》：“郎中（指袁涣）温雅，……操不激切，素风愈鲜。”

⑥ 拂衣：指綦毋潜辞官归隐。

⑦ 安穷：安于穷困。

⑧ 何：多么。悠悠：闲暇貌。

⑨ 扣舷：唱歌时扣打船舷以为节奏。

⑩ 和光：《老子》：“和其光，同其尘。”谓含敛光芒，与尘俗相随而不标新立异、特立独行。

⑪ 澹尔：犹澹然，恬静貌。蒹葭：芦苇。

⑫ 无庸：无用，无所为，《诗经·王风·兔爰》：“我生之初，尚无庸。”客昭世：客居于政治开明之时，鲍照《拟青青陵上柏》：“浮生旅昭世，空事叹年华。”

⑬ 衰鬓：衰老的鬓发。日：日益。如蓬：《诗经·卫风·伯兮》：“首如飞蓬。”

⑭ 顽疏暗人事：谓性情顽愚疏懒，不懂得人世应酬之事，嵇康《幽愤诗》：“匪降自天，实由顽疏。”

⑮ 僻陋：偏执鄙陋。远：远离。天聪：皇帝之听闻。

⑯ 微物：微贱之物，指小人物，自谦之辞。纵：纵然，即使。可采：可取之才德。

⑰ 其谁：又有谁。至公：科举时代对主考官的敬称，谓其大公无私。

【评析】

此诗虽为送别綦毋潜弃官还江东，但却将诗人自己的命运联系起来，表现出对现实政治的愤慨与失望，同时也表达了安天乐命的坦然。前六句送别，从自己说起而转入綦毋潜弃官；中六句写綦毋潜还江东后悠然自在的江湖生活，令人神往。次六句写现实政治状况，语意讥刺之中颇多愤慨：天聪不聪、至公不公！末句以肯定认同綦毋潜弃官作结，表示自己也将归耕田园。陶文鹏《王维孟浩然诗选评》说："这首送綦毋潜弃官归隐的诗，抒写出诗人复杂的思想感情：既表示乐天知命，又不抱怨明时失意，劝告朋友收敛锋芒，安心隐居，不必与世俗争名；又慨叹皇帝天聪，亦不闻远僻处的人才，当政者无人能公正地举荐贤能，自己也将步友人后尘，归耕为农。在对友人的勉慰中流露出对现实黑暗的失望与愤懑。诗中想象綦毋潜弃官后浪迹江海的生活一段，绘景明净优美，境界阔大，情趣盎然，可见诗人对隐逸生活的神往。此外，'天命无怨色，人生有素风'一联，也是情理相融启迪人心的佳句。"史双元于《唐诗鉴赏辞典补编》中评中六句道："富于清淡之味，隽永之趣，清空闲远，神韵超然。'净、澄、清、明、淡'等语言上的冷色调合成一种'单纯的静穆'，突出了自然界的清幽、静谧。"

华　岳①

西岳出浮云，积雪在太清②。
连天凝黛色③，百里遥青冥④。

白日为之寒，森沉华阴城[5]。
昔闻乾坤闭[6]，造化生巨灵[7]。
右足踏方止[8]，左手推削成[9]。
天地忽开拆[10]，大河注东溟[11]。
遂为西峙岳，雄雄镇秦京[12]。
大君包覆载[13]，至德被群生[14]。
上帝伫昭告[15]，金天思奉迎[16]。
人祇望幸久[17]，何独禅云亭[18]？

【注释】

① 此诗作于开元十八年（730）。华岳：即西岳华山，一名太华山，在今陕西华阴县南。

② 太清：天空。

③ 黛色：青黑色。

④ 青冥：天空，此形容远望华山青霭溟蒙。

⑤ 森沉：阴沉幽暗貌。

⑥ 乾坤闭：谓天地尚未开辟。

⑦ 造化：造物者，或自然界。巨灵：河神，曾将华山劈开，河水得从中流过，《水经注·河水》："华岳本一山当河，河水过而曲行。河神巨灵，手荡足踏，开而为两，今掌足之迹，仍存华岩。"

⑧ 方止：即首阳山下的方形脚趾，《艺文类聚》引《述征记》曰："华山对河东首阳山，黄河流于二山之间，云本一山，巨灵所开，今睹手迹于华岳，而脚迹在首阳山下。"

⑨ 削成：谓山势峻峭，有如削成，《华山记》："山之东北则为仙人掌，即所谓巨灵掌也。岩壁黑色，石膏自璺中流出，凝结成痕，黄白相间，远望之见其大堵五岐如指，好奇者遂传为巨灵劈山之掌迹。"

⑩ 开折：开裂。

⑪ 大河：黄河。东溟：东海。

⑫ 秦京：关中本秦地，汉为京师，故称秦京。

⑬ 大君：天子。包覆载：犹如其德之大，可包容天地。包，犹兼。覆载，天覆地载。

⑭ 至德：崇高的恩德。被：披及。群生：百姓、万物。

⑮ 上帝：天帝。伫：盼望。昭告：明告，《左传·成公十三年》："昭告昊天上帝。"此句谓天帝盼望封禅。

⑯ 金天：指华山神，据杜佑《通典》，唐先天二年（713）"封华岳神为金天王"，西岳属金，故称。思奉迎：希望皇帝前来奉迎报功。

⑰ 人祇：人和地神。祇，音其，地神。望幸久：盼望天子临幸的时间很久了。

⑱ 何独：为何。禅：封禅。云亭：泰山下的云云山和亭亭山。《史记·封禅书》："昔无怀氏封泰山，禅云云；伏羲封泰山，禅云云；神农封泰山，禅云云；炎帝封泰山，禅云云；黄帝封泰山，禅亭亭。"此以"禅云亭"代指封泰山。

【评析】

开元十三年（725）唐玄宗东封泰山，十八年，群臣和华州父老多次上表请封西岳华山，玄宗未许，诗人所以作此诗。全诗极力赞美华山，呈现出雄伟壮观的宏大气派，风格自与清幽秀丽者不同。葛晓音《论山水田园诗派的艺术特征》评道："《华山》诗运用大谢诗写景'堆金积粉'、沉厚深雄之理，以浓墨重彩染出华山堵塞天地的气势，构图铺天盖地、满纸苍翠，并将盘古开天辟地的气魄赋予巨灵的形象，展现华岳雄峙秦中的神威。全诗犹如一幅格调典雅、笔力沉雄的金碧山水画。要求封禅华山，也表达了要求圣恩均等地施予万民的愿望。”陶文鹏《王维孟浩然诗选评》说：“诗人为华山遭到的冷遇鸣其不平，借以表达圣恩须均等地施与四方万民的强烈愿望。为了感动皇帝，诗人以艺术夸张笔法引入神话故事，讴歌巨灵劈开华山、放黄河东流的伟力，赋予华山不朽的精魂，从而突出华山自开天辟地以来便奇雄镇秦京的神威。诗的前六句描写华山高出浮云之外，层层叠翠积聚在太清之中，百里之内天空都凝注成一片混茫的黛青之色，使白日笼罩上一层寒气，华阴城也在它的遮蔽下显得森冷阴沉。诗人宛若画家，解衣盘礴，使薄纸苍翠，铺天盖地，向读者扑面而来。从绘画角度看，这是一幅大写意的青绿山水长卷；从诗的角度看，这是一首气势雄伟、境界神奇的山水颂歌，显示出王维作为山水诗画一代宗师的大手笔、大气魄。”

自大散以往深林密竹蹬道盘曲四五十里至黄牛岭见黄花川①

危径几万转②，数里将三休③。
回环见徒侣④，隐映隔林丘⑤。
飒飒松上雨⑥，潺潺石中流⑦。
静言深溪里⑧，长啸高山头⑨。
望见南山阳⑩，白日霭悠悠⑪。
青皋丽已净⑫，绿树郁如浮⑬。
曾是厌蒙密⑭，旷然消人忧⑮。

【注释】

①此诗约于开元二十年（732）作于闲居游蜀途中。大散：即大散关，在陕西宝鸡南五十二里大散岭上，为秦蜀往来必经之路，通褒斜大

路，两边山高谷险。蹬道：登山之道。黄牛岭：在大散关南，为去黄花川的必经之路。黄花川：水名，在凤州黄花县境内、今陕西凤县东北。

② 危径：陡峭的山路。

③ 三休：多次休息。

④ 回环：指迂回盘环的山路。徒侣：同伴。

⑤ 隐映：忽隐忽现。

⑥ 飒飒：形容风雨声。

⑦ 潺潺：流水声。

⑧ 静言：寂静无声。言，语助词。

⑨ 长啸：撮口发出长而清越的声音。陆机《猛虎行》："静言幽谷底，长啸高山岑。"二句说深谷幽寂，山顶风吼；一说诗人在山谷中沉思，在山顶上长啸。

⑩ 南山阳：终南山南坡。

⑪ 霭：云雾之气。悠悠：安闲之貌。

⑫ 青皋：青葱的原野。

⑬ 郁如浮：积聚的林木仿佛飘浮在原野。

⑭ 曾是：已是。厌蒙密：草木茂密貌。厌，足。

⑮ 旷然：心胸开阔貌。王粲《从军诗》："朝入谯郡界，旷然消人忧。"

【评析】

诗写穿行深山密林之间所见所感，幽深之景、恬淡之情跃然纸上。《唐王右丞诗集注说》称："直直写去，景象宛然中更条理井井有作法，自是高。"《雪夜诗谈》说："摩诘诗佳句甚夥，如'青皋丽已净，绿树郁如浮'，皆超然绝俗，出人意表。"又《湘绮楼论唐诗》评道："'黄花川''石门'等作，能得山水理趣。"今人邓安生《王维诗选译》说："这首诗写从大散关至黄花川沿途所见优美景色，题目已将所写的内容梗概点明。在大散关的盘山路上曾经过的蒙密的丛林，诗人捕捉了山行时特有的情趣；险道尽时，豁然开朗，又觉得心旷神怡了。全诗让人产生渐入佳境之感。"陶文鹏《王维孟浩然诗选评》说："诗里描述他从大散关山行几十里到黄牛岭沿途的见闻和感受。'万转''三休'二句，先夸张，后实写。'回环''隐映'二句，表现山路盘曲之状，极真切。'飒飒'以下四句，写山中雨、水、风的声响，传达听觉感受，以叠字词模拟松上雨声与石中溪声，令人恍若亲耳听闻。'望见'以下四句，写山中云雾悠悠飘荡，水边绿地秀丽明净，树林葱郁茂密宛如浮在半空，写出视觉和幻觉美感。全篇直叙游程，层次分明，移步换景，景象宛然，境界由峻峭深邃、幽寂到悠远、明净、奇丽，不断转换变化，最后收笔于临高眺望所见壮美空旷之景，表现出诗人热爱大自然的情趣和宽阔的胸襟。"

青　溪①

言入黄花川②，每逐青溪水。
随山将万转③，趣途无百里④。
声喧乱石中，色静深松里。
漾漾泛菱荇⑤，澄澄映葭苇⑥。
我心素已闲⑦，清川澹如此⑧。
请留磐石上⑨，垂钓将已矣⑩。

【注释】

①此诗约于开元二十年（732）作于闲居游蜀途中。诗题一作《过青

溪水作》。

② 黄花川：在陕西凤县东北黄花镇附近。

③ 万转：形容山路千回万转。

④ 趣途：指走过的路程。

⑤ 漾漾：形容水波动荡的样子。菱荇：为两种水生植物，此处泛指水草。

⑥ 澄澄：形容溪水清澈透明的样子。葭苇：芦苇。

⑦ 心素：形容高洁的心怀。闲：指性情之悠闲淡泊。

⑧ 澹如此：指自己恬静安然如清溪一般。

⑨ 磐石：即大而平的石头。

⑩ 将已矣：是说将以此终其身、从此算了。

【评析】

此是一首山水游览诗，描写山川之清秀闲静，风格冲和淡雅、清新自然，同时也融入了诗人自然的审美爱好、表现了诗人自己的生活趣味。因此，后之评家多从写景与抒情两方面着手，如《唐诗归》："亦是真境（'随山'二句下）。'喧''静'俱极深妙（'声喧'二句下）。'如此'字奇（'清川'句下）。"《王右丞诗集注说》："淡雅。"《唐诗快》："右丞诗大抵无烟火气，故当于笔墨外求之。"《唐贤三昧集笺注》："诗亦太澹。"也有从形式格律方面来讨论的，如《声调谱》："（五古）《青溪》。近体有用仄韵者。仄韵古诗，却自不同，只在粘联及上句落字中细玩之。"

今人的评述则角度更新颖、内容更丰富。如钱锺书《七缀集》说："王维《过青溪水作》'色静深松里'，把听觉上的'静'字来描写深净的松色。诗人对事物往往突破了一般经验的感觉，有深细的体会，因此推敲出新奇的词句。"葛晓音《山水田园诗派研究》说："黄花川中山转水绕的万般情趣都集中在青溪水的动态的声色之中，以便着力于意境的创造。诗人将色调的冷暖之感和声音的闹静之感沟通，以水声的喧闹，反衬出松林的冷色调，以静的听觉感受表现对松色的视觉印象，烘托出乱石中急流喧豗的飞动之感，便真切地概括了青溪幽清如画的环境和静中见闹的意趣。”周裕锴《中国禅宗与诗歌》说：“在王维的诗里，禅家的精神主要表现为一种冲淡美，‘我心素已闲，清川澹如此’。有此恬淡的心境，出之以平淡的语言，就构成意境的冲淡。”金性尧《唐诗三百首新注》说：“‘我心素已闲’二句，是心境也是诗境。”杨文生《王维诗集笺注》：“‘色静深松里’，此《庄子》所谓‘听之于心’。”陶文鹏《王维孟浩然诗选评》说：“全篇除首尾两联外，中间各联都用了对仗，对得毫不着力，毫不做作，诗情在起伏摇漾中一气流走。读之，仿佛有一条清溪从我们的眼前和心中流过。晚唐司空图评王维诗：‘趣味澄敻，若清流之贯达。’（《与王驾评诗书》）此诗正是典型的例子。”

纳　凉①

乔木万余株，清流贯其中。
前临大川口，豁达来长风②。
涟漪涵白沙③，素鲔如游空④。
偃卧磐石上⑤，翻涛沃微躬⑥。
漱流复濯足⑦，前对钓鱼翁。
贪饵凡几许⑧？徒思莲叶东⑨。

【注释】

①此诗约作于开元二十年（732）游蜀经黄花川时，陈铁民《王维集校注》说："此诗所描写的景象及所使用的语言与上诗颇近，疑亦入蜀途中经黄花川时所作。"

②豁达：开阔通达的样子，刘桢《公宴诗》："华馆寄流波，豁达来风凉。"

③涟漪：细小的波纹。涵：一作"含"。

④素鲔：鲟鱼，背青碧，腹白。鲔，音伪。

⑤偃卧：仰面躺着。

⑥沃：浇。微躬：卑贱的身体，诗人自谦之词，沈约《郊居赋》："绵四代于兹日，盈百祀于微躬。"

⑦漱流：《世说新语·排调》载："孙子荆少时欲隐，语王武子'当枕石漱流'，误曰'漱石枕流'。王曰：'流可枕，石可漱乎？'孙曰：'所以枕流，欲洗其耳；所以漱石，欲砺其齿。'"后代指士大夫的隐居，《晋书·隐逸传》："藏声江海之上，卷迹嚣氛之表；漱流而激其清，寝巢而韬其耀。"濯足：《楚辞·渔父》："（渔父）乃歌曰：'沧浪之水清兮，可以濯吾缨；沧浪之水浊兮，可以濯吾足。'"

⑧贪饵：贪饵之鱼。凡几许：共有多少。凡，共。

⑨徒思：空思，枉思。莲叶东：古乐府《江南》："江南可采莲，莲叶何田田！鱼戏莲叶间。鱼戏莲叶东，鱼戏莲叶西，鱼戏莲叶南，鱼戏莲叶北。"

【评析】

全诗十二句，可作三层来读：前四句从大处着笔，大山高松，长川长风，清凉之气顿生；中四句着重写大川水清沙白，鲟鱼优游自在，清静之心立显；后四句写垂钓渔翁，虽然渔获不多，仍然垂钓不已。诗歌表现一股清凉之气、闲遐之情，故后人如《四友斋丛说》评道："王右丞五言有绝佳者，如《纳凉》篇，格调既高，而兴寄复远，即古人诗中亦不多见者。"《縨斋诗谈》则说："《纳凉》，自在却不放。'乔木万余株，清流贯其中'，开口如画，已有凉意。"今人陶文鹏《王维孟浩然诗选评》说："诗写他在清流中洗濯纳凉的情景，抒发他与大自然身心交融的闲逸之情。首联起笔如画，画出一条清流贯穿万株乔木之中的情景，似有清爽之气迎面扑来。次联写他纳凉之处前临大川口，地势开阔，整日有长风吹送。此联以豪放之笔写出旷远之景，凉意更加充沛。第三联却转以轻清之笔，描绘微波粼粼，白沙耀目，鲟鱼似在空中翔游。这两句写水清鱼乐，美妙之至，可谓出神入化。……以下几句写他仰卧于盘石上洗沐，漱流濯足，对着垂钓的渔翁思绪翩翩。诗人借用典故和民歌的句子，自然而含蓄地表达物我同一、身心两忘之乐，意味无穷，诱人遐想。全诗情、景、事、理兼具，又融为一体，意境幽凉、清澈、悠闲、旷远。"张勇《王维诗全集》评道："先描写乔木、清流、长风、游鱼等自然美景，再写偃卧磐石的自己与意不在鱼的钓者，全诗始终贯穿着一种自在的'凉'意，格调极高，兴寄深远。最后两句带有几分俏皮，妙趣横生。"

戏题磐石①

可怜磐石临泉水，复有垂杨拂酒杯。
若道春风不解意，何因吹送落花来？

【注释】

①此诗约于开元二十年（732）作于闲居游蜀途中。王达津认为作于

隐居辋川时。

【评析】

诗歌描写春日旅途中闲暇野外独酌的情趣，饶有兴致，深得后人称赞。如《王孟诗评》说："迭荡，野兴甚浓。"《唐诗绝句类选》说："景物会心处在乎无意相遭，类如此。"《唐诗选脉会通评林》道："'若道''何因'四字妙。唐孟庄曰：'四语俱适。'"《唐诗评注读本》说："踞石酌酒，垂杨拂杯，如此佳趣，已觉可爱，而春风复解人意，吹送落花。'若道''何因'四虚字。咀嚼有味。"《诗式》细评道："首句就题起，'磐石'二字亦已点清，而'磐石临泉水'故觉可怜。二句承磐石写，言石畔复有垂杨。坐石上，临水边，酌酒举杯，而垂杨复来拂之，此境大可玩，要从开首'可怜'二字贯下。三句转变，此为虚接，言人坐石上举杯，垂杨可以来拂之，只是春风吹来，似解人意而为人增趣者。而句法反跌，作开笔，紧呼下意，谓不是春风解意，何以又吹送落花于石上举杯时耶？两句开与合相关，下句如顺流之舟矣。以落花显出垂杨，以拂杯显出临水，以春风解意显出磐石可怜，各尽妙境。自然。"

今人也多有评论，如王达津《王维孟浩然选集》说："诗写诗人傍石临水饮酒的逸趣，悠闲自得，婉然若画。"杨文生《王维诗集笺注》说："春风解意，落花有情，磐石之心，此时动否？颇耐思量。"陶文鹏《王维孟浩然诗选评》："全诗运笔灵活，又环环相扣，章法自然而严谨。首句'磐石'二字点题，因'临水'故觉'可怜'。二句承磐石写，言石畔复有垂杨。诗人坐石上，临水边，举杯酌酒，而垂杨复来拂之。忽然春风将缤纷花瓣吹落诗人身上，使他感到春风似解人意而为人增趣，于是灵感爆发，写出三、四句，却不直述，而用疑问和猜测的语气出之，更显得唱叹有情，令人回味无穷。在诗人笔下，磐石、泉水、垂杨、春风、落花俱通人情，为怡悦助兴；而泉水、垂杨、春风、落花既相互映衬，又都围绕着磐石各显风姿，那么可爱。因此诗的起首‘可怜’二字，事实上贯通全篇。后来大历诗人韦应物的《滁州西涧》以‘独怜’直贯全篇，可能受了王维此诗的启发。”又马玮主编《王维诗歌赏析》分析说：“这是一首颇有哲理意味的情趣小诗。写春日野行途中坐在巨石上独酌的情景，透露出享受生命、怡然自得的欣悦之情。题目说‘戏’，有开玩笑的意味。……‘若道春风不解意，何因吹送落花来？’结尾两语，以问答和猜测的语气抒情遣意，似浮泛，实空灵，耐人咀嚼回味，泉水激石、垂杨拂杯、春风送花，都在无意之间，使人徐徐得到一种清新秀丽的艺术享受。这首诗流淌着诗人陶醉于山间磐石的独得意趣。尤其是诗中的磐石、泉水、垂杨、春风、落花，似通人意，杨柳拂杯，春风送花，各尽其能，纷纷为诗人的逸乐助兴。自然景物的灵动和谐，使诗意变得活跃跳动，闪现着智性的光辉。”

晓行巴峡①

际晓投巴峡，余春忆帝京。
晴江一女浣，朝日众鸡鸣。
水国舟中市②，山桥树杪行③。
登高万井出④，眺迥二流明⑤。
人作殊方语⑥，莺为故国声。
赖多山水趣，稍解别离情。

【注释】

①此诗约于开元二十年（732）作于闲居游蜀途中。但王达津、邓安生等认为开元二十八年（740）诗人知南选曾到荆州襄阳，后溯江西至三峡，诗应作于此时。巴峡：泛指重庆至涪陵间的众多峡谷，因其在古巴县或巴郡境内，故统称巴峡，非指湖北巴东县境之巴峡。

②舟中市：指水上人家在船上做买卖。

③山桥：指在山间架木而成的栈道。树杪：即树梢。

④万井：犹万户千家。

⑤二流：指长江与巴峡附近汇入长江的支流。

⑥殊方语：即蜀方言。

【评析】

此诗描写蜀中新奇景象，抒发怀念帝京长安的感情，艺术表现自然淳厚。《王孟诗评》评道："自然好。不为其巧。"又云："近拙。"《增订评注唐诗正声》："真好巴峡诗，惜晓行意未畅。"《唐诗选脉会通评林》："周敬曰：'秀拔匀称。'徐中行曰：'其言尽入妙境，可思而不可解。然只个中非有难晓。'吴山民曰：'"晴江"二语如画。"人作"一联似拙。'"《唐贤三昧集笺注》："清雅。人语已殊，只有莺声同于故国耳。顺叠收。"《闻鹤轩初盛唐近体读本》："'晴江'下三韵皆写叙眼前景物，语语作致，声调高卓，是最能手。陈德公曰：'笔笔生，作结稍松耳。"际晓""余春"字皆生着，有情致。'"《唐诗合选详解》："黄钟大吕之音，迥异铮铮细响。"《唐诗增评》："'水国'一联，写得峡江栈道景物如睹。"

今人葛晓音《山水田园诗派研究》评道："描绘巴峡暮春早晨明丽清新的风光，在'山水趣'中包含的风土人情之美，使这首行役诗自有一种宏丽气象。"陶文鹏《王维孟浩然诗选评》："全篇从际晓与余春两个方面着笔，以排律形式铺叙巴蜀的独特景观，笔笔新鲜美妙，语语饶有情致，声调高卓清朗，组合成宏丽的境界，洋溢着诗人游蜀的新奇感和对山水的兴趣。‘水国’‘山桥’二句表现远处景物重叠的错觉，画意尤浓郁。”邓安生《王维诗选译》说：“诗中虽流露出独在异乡的淡淡离愁，但总的看来，他的情绪并不低沉，他是以欣赏的目光来观察异地风光的。作者既好山水，又善于捕捉异地的优美景物、风俗民情等特殊美感。诗中‘晴江一女浣’‘水国舟中市’等句子，都写出了即目所得的优美风光。”

归嵩山作[①]

清川带长薄[②]，车马去闲闲[③]。
流水如有意，暮禽相与还。
荒城临古渡，落日满秋山。
迢递嵩高下[④]，归来且闭关。

【注释】

① 此诗作于开元二十二年（734）秋隐居嵩山时。王达津认为诗人由济州还时曾逗留洛阳，有嵩山别业。

② 薄：为草木丛生之地。

③ 闲闲：形容从容不迫的样子。

④ 嵩高：即嵩山，一名嵩高山。是年秋，王维至洛阳向升任中书令的张九龄献《上张令公》诗表达出仕的愿望，以求举荐，随后便归隐于嵩山别业。

【评析】

此诗描写归嵩山别业途中萧散旷远的景物，表现出闲适宁静的心情，情景交融，语言简净，为历代诗家所激赏。如《瀛奎律髓汇评》载：“闲适之趣，澹泊之味，不求工而未尝不工者，此诗是也。纪昀：‘非不求工，乃已雕已琢，后还于朴，斧凿之痕俱化尔。学诗者当以此为进境，不当以此为始境，须从切实处入手，方不走入流易。’冯班：‘第四直用陶句，非偷也。’何义门：‘三、四则见得鱼鸟自尔亲人，归时若还归故我。’”《王孟诗评》：“造语已近自然。”《批点唐音》说：“起是《选》语。”《唐诗归》评：“‘如有意’深于无意（‘流水’句下）。”《诗薮》说：“孟诗淡而不幽，时杂流丽；闲而匪远，颇觉轻扬。可取者，一味自然。王维‘清川带长薄’‘中年颇好道’，远矣。”《诗源辩体》说：“摩诘五言律，如‘清川带长薄’，闲远自在者也。”复如《唐诗笺要》说：“信心而出，句句自然，前辈所谓‘闲适之趣，澹泊之味，不求工而自工者’，此也。”《唐律消夏录》评道：“看右丞此诗，胸中并无一事一念。口头语，说出便佳；眼前景，指出便妙。情境双融，心神俱寐，三禅天人也。”《唐诗别裁集》点评道：“写人情物性，每在有意无意间。”《网师园唐诗笺》：“闲远（‘暮禽’句下）。”《唐贤清雅集》：“苍凉在目，神韵要体味。”还有一些评家则从诗歌的章法结构上来评点，如《唐诗矩》说：“全篇直叙格。二语虽是写景，却连自己归家之喜一并写出，看其笔墨烘染之妙，岂复后人所及（‘流水’二句下）。”《而庵说唐诗》说：“右丞作此诗时，犹未到家也。诗做至此，工夫方满足。岂可尽人去做，信手涂来，辄矜敏捷也？”《唐贤三昧集笺注》说：“冲古（冲和古朴）。此等诗当知其作法条理，前四句叙归途景色之趣，后四句叙嵩山景色闲旷、可以超遁之趣。景自分属不窒。”《历代诗评注读本》

则说："前六句一路写来，总为'迢递'二字作势，谓经多少夕阳古渡、衰草长堤，而嵩山尚远也。末句'且'字，乃深一层说，言时衰世乱，姑且闭门谢客耳。"

今人也有持不同看法的，认为此诗表现出诗人的落寞、惆怅之情。如刘宁《王维孟浩然诗选评》说："诗中'车马去闲闲'与'暮禽相与还'等句，都直接流露出取法陶渊明之诗句的痕迹，前者脱化于陶诗之'结庐在人境，而无车马喧'，后者脱化于'山气日夕佳，飞鸟相与还'。但是，陶诗对田园的刻画，更为温情，像'暧暧远人村，依依墟里烟'等诗句，充满田园生活的安详自适。田园对于陶渊明，固然是摆脱尘累的避风港，但更是躬耕以偿素质的心灵乐土和理想世界，因此，其隐逸虽有'穷巷寡轮鞅'的寂寞，但更多的还是'闻多素心人，乐与数晨夕'的恬淡快乐。王维这首诗虽有'闲'，但'适'并不多，多的是落寞。全诗的结尾'归来且闭关'，这个离绝人事的姿态，正点出了其内心的萧瑟。这一分萧瑟，说明他并没有像陶渊明那样袪除尘累，在与自然田园的冥合中追求心境的恬淡自适，相反，他的内心还未能忘情于世事，还有惆怅的微波。联系他此次隐居嵩山的因由，以及他不久就离开嵩山赴任为官的举动，诗中的心情也就不是很难理解了。"

过乘如禅师萧居士嵩丘兰若[①]

无著天亲弟与兄[②]，嵩丘兰若一峰晴。
食随鸣磬巢乌下[③]，行踏空林落叶声。
迸水定侵香案湿[④]，雨花应共石床平[⑤]。

深洞长松何所有？俨然天竺古先生[⑥]。

【注释】

① 此诗作于开元二十二年（734）秋至二十三年（735）春隐居嵩山时，杨文生《王维诗集笺注》以为作于天宝八载（749）。乘如禅师：俗姓萧，精研律部，擅长宣讲佛经，早年居嵩山，后居东都爱敬寺、永泰年间居长安大安国寺。禅师是对和尚的尊称。萧居士：当是乘如禅师的兄弟，居士为居家奉佛修道之人。嵩丘：即嵩山少室山。兰若：为梵语"阿兰若"之略称，一般指佛寺。

② 无著：梵名阿僧伽，北印度健陀罗国人，初奉小乘，后归大乘。天亲：为无著之弟，后也皈依大乘，二人共创法相宗，被尊为菩萨，此以二人比喻萧氏兄弟。

③ 鸣磬：为佛寺的钟磬声，寺院食前都要鸣磬。

④ 迸水：指喷涌而出的清泉，据载慧远初创龙泉寺时，远离水源，慧远以杖掘地，清泉涌出，蓄而为池，此借用慧远的典故比喻禅师的法力与寺院环境。

⑤ 雨花：据《妙法华莲经·序品》载，佛祖讲完大乘经后，静坐身心不动，于是天上下起曼陀罗华、摩诃曼陀罗华、曼殊沙华、摩诃曼殊沙华（均为花名）。此句形容萧氏兄弟的禅定功夫。

⑥ 俨然：庄重的样子。天竺：古代对印度的称呼。古先生：道教称老子西至天竺为佛，号称古先生。此句比喻兄弟二人仿佛西方之佛。

【评析】

此诗描写诗人经过佛寺，将佛寺的环境、事物与主人巧妙地融合起来，并盛赞萧氏兄弟的法力修为之深。此诗禅机诗意妙合无垠，深为后人赞赏。如《贯华堂选批唐才子诗》说："写二大士受食而巢乌亦下，此犹与有情平等。经行而落叶有声，此直与无情平等。然则为是二大士各有一晴峰，为是一晴峰双现二大士？吾欲与天下道人参之。庞居士常曰：‘但愿空诸所有，慎勿实诸所无。’后四句正特表二大士已尽得空诸所有，而先生妙笔反戏写其实诸所无，以俟人之从空悬解。二十八字只为欲写‘何所有’三字，却乃翻作如此异样笔墨，真诗林之罕事也。”复如《唐诗归》评：“朴（‘无著天亲’句下）。不贪（‘嵩丘兰若’句下）。踏声妙甚。……禅机（‘行踏空林’句下）。”《唐诗镜》也称：“三、四清真，绝去色相。”此诗的章法与句表现，古人也多有论及。如《唐诗选》说：“中四句俱新巧。”《唐诗选脉会通评林》也说：“布格整而意超，用事恰而调逸。周珽曰：‘灵机慧语，自是青莲社中人口眼。’陈继儒曰：‘蜜谛冷绝，一叶舟俄登彼岸矣。’宗臣曰：‘逸思动荡。’黄家鼎曰：‘起朴后静。中禅悟，未许躁人解参。’”《增订唐诗摘钞》评析道：“起用一菩萨，一居士，唤出二人，接即离开，且写其所居之地。三、四又承写二句，言我来此，唯见落叶满林，巢乌下食，则其兰若之孤高，人迹所不到，可以意想也。五、六写禅师，七、八写居士，方与起句相接。而叙事处，亦只是写景，章法之开合，笔墨之神化，皆登无上神品矣。”

今人陶文鹏《王维孟浩然诗选评》评说：“诗中描绘佛寺景色，古朴幽奇，清冷深僻，又多用佛家典故，语带禅机，使诗篇染上浓厚的佛家色彩。但全篇写人、叙事、状景，笔墨精炼灵活，章法开合自如，诗句流动变化，在艺术表现上有可供学习借鉴之处。”

献始兴公[①]

宁栖野树林[②]，宁饮涧水流。
不用坐梁肉[③]，崎岖见王侯[④]。
鄙哉匹夫节[⑤]，布褐将白头[⑥]。
任智诚则短[⑦]，守仁固其优[⑧]。
侧闻大君子[⑨]，安问党与仇[⑩]？
所不卖公器[⑪]，动为苍生谋。
贱子跪自陈[⑫]：可为帐下不[⑬]？
感激有公议[⑭]，曲私非所求[⑮]。

【注释】

① 此诗作于开元二十三年（735）被任为右拾遗时。题下原注："时拜右拾遗。"始兴公：即唐玄宗开元时期名臣张九龄，于开元二十三年三月受封始兴伯（始兴县在今广东省北部）。王维由张九龄擢拔任右拾遗，故献此诗。右拾遗为中书省下属官员，从八品上，掌供奉讽谏。

② 宁：宁可、宁愿。栖：栖身，此指隐居。

③ 坐：犹致，获得。梁肉：本指美食佳肴，此喻富贵生活。

④ 崎岖：形容内心不安的样子。

⑤ 鄙：指固陋而不慧。匹夫节：指平民百姓的节操。

⑥ 布褐：指粗布短衣。

⑦ 任智：谓运用智慧。

⑧ 守仁：谓坚守仁义。

⑨ 侧闻：谓从旁听说，谦词。大君子：指张九龄。

⑩ 安问：不顾，哪管。

⑪ 所不：即不，所为语气词。公器：即共用之器，指官爵。

⑫ 贱子：诗人自谦之词。

⑬ 帐下：指下属。不：同“否”。

⑭ 感激：感动奋发。

⑮ 曲私：曲意偏私。

【评析】

这是一首典型的干谒诗，既求世用却又不卑不亢，既赞扬了始兴公的不卖公器、公允无私，也表达了自己愿投帐下、为国效力，表现出盛唐文人的傲然风骨。后人如《唐诗归》评论道：“不读此等诗，不知右丞胸中有激烈悲愤处。‘坐’字写尽贪恋情状，可悲（‘不用’句下）。‘崎岖’二字妙！说得权门人人退步不前（‘崎岖’句下）。如此自鄙妙甚（‘布褐’句下）！感慨之言，胸中目中真有所见（‘动为’句下）。低回慷慨（‘可为’句下）。”今人点评肯定的更多。如刘宁《王维孟浩然诗选评》：“全诗开篇八句，用陡健的句式表达自己不苟合世事以求荣名的节操；接下来的四句，赞扬张九龄正直无私、为国为民的德行。最后四句表示自己愿意成为张九龄的属下，希望张九龄以公心来任用自己。诗人刚正不苟的节操与张九龄公正无私的胸襟，在诗中交相辉映，将希望张九龄进一步信任自己，提携自己的干谒之情，表现得磊落光明。”陶文鹏《王维孟浩然诗选评》：“诗写得光明磊落，议论正大，低回慷慨，感激振奋。一些字眼用得新鲜警拔，如‘坐’字写尽贪恋情状，可悲，‘崎岖’二字，活现干谒权贵者费尽心机、惴惴不安之态，又警示人们干谒王侯，并非光明正大之途。”王锡九在《唐诗鉴赏辞典补编》中说：“这首诗结构上很完整，思想境界也很光明磊落，比古代大多数干谒诗文不知高出多少倍！诗中通俗明快的语言，高亢健举的格调，乃至某些句式和词汇，都可以看出它深受汉魏诗歌的浸润。”

韦给事山居[1]

幽寻得此地[2]，讵有一人曾[3]。
大壑随阶转，群山入户登。
庖厨出深竹，印绶隔垂藤[4]。
即事辞轩冕[5]，谁云病未能[6]。

【注释】

① 此诗作于开元二十五年（737）春。韦给事：即韦恒，为韦嗣立次子，时任给事中，按唐制，门下省置给事中四员，正五品上，掌陪侍左右，分判省事。韦给事山居，即其东山别业，为其父韦嗣立所建，在骊山。开元二十四年（736）十月，王维随玄宗返长安，任右拾遗；次年正月，韦恒在别业休假，王维陪游而有是作及《同卢拾遗韦给事东山别业二十韵》。

② 幽寻：即寻幽探胜。

③ 讵：岂。

④ 印：官印。绶：组绶，绶带。汉代贵官腰系绶带，带端垂系官印；唐代五品以上官员腰系双绶，但不佩印。

⑤ 轩冕：大夫所乘之车与所戴之冠，此指官职。

⑥ 病：患，顾虑。

【评析】

诗写韦给事山居之深幽独绝，天下无双。首联力赞山居之幽胜无一人曾有；颔联写山居之周遭环境、山势形貌如簇拥山居而至，气势雄伟、意度磅礴；颈联写山居之内物产丰富、庖厨皆备，景象之幽深曲折、隔藤不见；尾联总束前意，照应首联：有如此山居足以令人深信值得辞官归隐、高卧山林。全诗起结巧妙，写景抒情妙合无垠，故为后人所赞赏，如《瀛奎律髓汇评》说："此诗善用韵，曾、登二韵，险而无迹。'群山入户登'一句尤奇，比之王介甫'两山排闼送青来'，尤简而有味。'大壑'句亦雄阔。冯舒云：'幽奇深秀。'"《筱园诗话》也说："律诗炼句，以情景交融为上……情景交融者，景中有情，情中有景，打成一片，不可分拆。……如右丞'白云回望合，青霭入看无''松风吹解带，山月照弹琴''行到水穷处，坐看云起时''时倚檐前树，远看原上村''大壑随阶转，群山入户登'等句，皆是句中有人，情景兼到者也。"又《唐诗快》评道："不知山居若何，但觉幽碧深寒，苍翠满眼。"今人宗白华《艺境》则评道："谢灵运《山居赋》：'罗曾崖于户里，列镜澜于窗前。因丹霞以赪楣，隐碧云以翠椽'。已写出网罗天地于门户，饮吸山川于胸怀的空间意识。中国诗人多爱从窗户、庭阶，词人尤爱从帘、屏、镜、栏杆，以吐纳世界景物。'大壑'二句这种移远就近，由近知远的空间意识，已经成为我们'天地为庐'的宇宙观的特色。"陶文鹏《王维孟浩然诗选评》说："此诗描绘韦给事的山居别业，运笔简练雄放，极有表现力。颔联意为别业建在大壑中，于别业里循阶转行，在处皆见大壑；别业为群山环绕，门前户后皆重峦叠嶂。但在诗人笔下，大壑竟随阶而转，群山欲登门入户，将静止的山壑写活，写得气象非凡。北宋王安石《书湖阴先生壁二首》（其一）的'一水护田将绿绕，两山排闼送青来’，疑从王维此联化出。王安石一联更富于色彩感，王维一联却简而有味。颈联写别业中布满深竹垂藤，故而庖厨似从深竹中跃出，游客身上印绶每被垂藤遮隔。诗人并未用一个色彩字面，读之如见苍翠深碧中有红色隐现。此联二十字，妙造幽奇深秀之境。诗的句法新颖多变，动词‘随’‘转’‘入’‘登’‘出’‘隔’无不生动精妙，以‘曾’‘登’‘藤’‘能’为韵，新鲜而自然。”

寄荆州张丞相①

所思竟何在？怅望深荆门②。
举世无相识，终身思旧恩。
方将与农圃③，艺植老丘园④。
目尽南飞鸟⑤，何由寄一言！

【注释】

①此诗作于开元二十五年（737）秋。荆州：唐州名，治所在今湖北江陵。唐于此置大都督府，统辖荆、峡、岳、复、郢诸州，都督府置长史（从三品）一人。唐制，亲王任大都督，例由长史知府事。张丞相：张九龄于开元二十四年（736）迁尚书右丞相，二十五年（737）四月因故贬为荆州大都督府长史。

②深：远。荆门：位于湖北宜都西北长江南岸，唐人多称荆州为荆门。

③与农圃：参与耕地种菜，意指隐居。

④艺植：种植。老丘园：即终老田园，丘园代指隐居之地。

⑤鸟：一作“雁”。

【评析】

此诗语缓而情浓、词淡而意切。《唐诗归》点评说："悠然，渊然（'怅望'句下）。悲甚！厚甚！非过时人不知（'终身'句下）。此二句不说思归，其意更深（'方将'二句下）。直朴，深致（末句下）。"《汇编唐诗十集》："八语一直说下，使人读不断。"《唐诗成法》评道："本为浮沉宦海，今将决计归田，回思旧恩举世无二，文义极顺，然不成作法矣。今先写丞相，接写感恩，决计归田反写在五、六，文势意味方陡健深厚。"《唐贤三昧集笺注》评："清深质直，写情冲淡。"

今人也多有评论，如邓安生《王维诗选译》说："张九龄是一位贤相，对王维又有知遇之恩，他的被逐，对王维来说，意味着他理想中的开明政治的终结。王维的这首诗即寄托对张九龄的深切怀念，抒发世无知音，自己也将归老丘园的情怀。尾联写鸿雁过尽，无从抒发自己难言的隐痛，言在意外。"陶文鹏《王维孟浩然诗选评》评析道："在这首诗中，他先抒发对张九龄的深深思念，接着写他身处奸佞邪险、朋党倾轧的政治环境中，感到'举世无相识'的孤寂，终身感激张九龄提拔的旧恩。第三联写他决计回乡隐居躬耕，终老于田园。尾联与首联呼应，写他目尽南飞之雁，竟无语可寄，将满腔难言的隐痛从言外婉曲表出。全篇八句直贯而下，一气呵成，使人感到读不断，并从中感受到诗人直朴而深沉的悲愤、惆怅、感激、思念、黯然等丰富复杂的情绪。"刘宁《王维孟浩然诗选评》则从语言风格方面论析道："作为一首五律，这首诗采用了平淡自然的风格，以古体的调式运篇，不讲求格律的严谨，语言流畅而不重雕琢，这个特点很值得注意。王维精于近体，但在贬官济州以后，古体创作开始增多，开元中期，他在长安闲居，与孟浩然、张九龄等人开始交往，其近体诗中具有平淡自然风格的作品开始增多。……王维近体创作上的这种变化，也许是受到了张九龄、孟浩然的影响。……无论是《送孟六归襄阳》，还是这首《寄荆州张丞相》，都是在知己遭逢坎坷时的内心深情的表达。因此诗人无一例外地采用了这种平淡自然的语言风格，这种艺术趣味的流露，也许正是彼此心意相通，忧戚与共的最好证明。”

使至塞上①

单车欲问边②，属国过居延③。
征蓬出汉塞④，归雁入胡天⑤。
大漠孤烟直⑥，长河落日圆⑦。
萧关逢候骑⑧，都护在燕然⑨。

【注释】

① 此诗作于开元二十五年（737）夏初至凉州（今甘肃武威）时，一说作于出塞途中。是年三月，河西节度副使崔希逸战胜吐蕃，王维时任监察御史，奉使出塞宣慰将士。

② 单车：指单车独行，不带随从。欲：犹正、方。问：慰问、访问。

③ 属国：有二说，一说：“不改其本国之俗而属于汉，故号属国。”（颜师古《汉书·霍去病传》注）一说指官名，为秦汉典属国之简称，唐代人常以典属国代指使臣，此处为诗人自称。居延：据《后汉书·郡国志》载，凉州有张掖，居延属国，汉末将居延置为县，在今甘肃张掖县北，玉门关外，临大漠。林庚、冯沅君《中国历代诗歌选》解释此句说：“边塞的辽阔，附属国直到居延以外。”

④ 征蓬：飞扬的蓬草，此喻诗人自己行旅漂泊。

⑤ 胡天：泛指匈奴居住的西北地区。

⑥ 大漠：辽阔无边的沙漠。孤烟：一说为用狼粪燃起的燧烟，其烟浓聚直上，是古时边塞告警或报平安的信号；一说边外多回风，其风迅疾，袅袅烟沙直上，俗称尘卷风，常见于温暖晴空时。

⑦ 长河：一说指黄河，一说疑指流经凉州以北沙漠的石羊河。

⑧ 萧关：在今宁夏固原县东南，借用何逊“候骑出萧关”诗句，并非确指，一说指陇山关，在今甘肃平凉县境，为古代边境要塞。候骑：侦察的骑兵。

⑨ 都护：都护府的最高长官，此指崔希逸。燕然：山名，即杭爱山，在今蒙古国境内。东汉窦宪击匈奴，大破北单于，登燕然山刻石记功而还。

【评析】

本诗为王维的最为著名的代表作之一，古今评论极多。或论其风格，如《唐诗解》说：“李于鳞选律，多取边塞，为其尚气格也。此篇与《送平淡然》《送刘司直》三诗，才情虽乏，神韵有余，终是风雅正调。蒋仲舒云：‘孤烟如何直，须要理会。’夫理会何难，骨力罕敌。”《唐诗选脉会通评林》说：“宗臣曰：‘阔大悲壮。’黄家鼎曰：‘别调。’”或论其结构。如《唐诗成法》说：“前四写其荒远，故用‘过’字、‘出’字、‘入’字。五、六写其无人，故用‘孤烟’、‘落日’、‘直’字、‘圆’字。又加一倍惊恐，方转出七、八，乃为有力。”《唐诗评选》说：“右丞每于后四句入妙，前以平语养之，遂成完作。……一结平好蕴藉，遂已迥异。盖用景写意，景显意微，作者之极致也。”最为人赞赏的则是颈联，如《唐诗镜》说：“五、六得景在‘日圆’二字，是为不琢而佳，得意象故。”《而庵说唐诗》说：“‘大漠’‘长河’一联，独绝千古。”《唐贤三昧集笺注》评：

"'直''圆'二字极锤炼，亦极自然。后人全讲炼字之法，非也；不讲炼字之法，亦非也。"又说："雄浑高古。"《闻鹤轩初盛唐近体读本》说："五、六苍亮，骎骎气分，写景如生，足为名句。汪玉杓曰：'前半气势莽苍，倒排山海。五、六写景如生，然亦是其自然本色中最警亮者。结另意，有开拓。'"《緄斋诗谈》说："'大漠'两句，边景如画，工力相敌。"《唐贤清雅集》："'直'字、'圆'字，十二分力量。"

此外，本诗中地域方位常常引起误解与争执，程千帆《古诗考索》之说或可释疑："汉唐两朝有许多可以类比的地方，因而以汉朝明喻或暗喻本朝，就成为唐代诗人的一种传统表现手法，其例举不胜举。当诗人们写边塞诗的时候……诗中或全以汉事写唐事，专用汉代原有地名；或正面写唐事，但仍以汉事作比，杂用古今地名。由于是用典的关系，所以对古地彼此之间，乃至今地与古地之间的方位、距离不符合实际的情况，也就往往置之不顾了。"

出塞作①

居延城外猎天骄②，白草连山野火烧③。
暮云空碛时驱马④，秋日平原好射雕。
护羌校尉朝乘障⑤，破虏将军夜渡辽⑥。
玉靶角弓珠勒马⑦，汉家将赐霍嫖姚⑧。

【注释】

①此诗唐玄宗开元二十五年（737）秋作于河西凉州。题下原注："时为御史，监察塞上作。"御史，指监察御史，唐官名，掌内外纠察，监祭

祀及监诸军并出使等事。

② 天骄：匈奴，此处借指吐蕃。

③ 白草：西域所产牧草。野火烧：指围猎时用野火烧草驱赶野兽。

④ 空碛：空旷的沙漠。

⑤ 护羌校尉：汉武官名。乘障：登上城堡御敌。

⑥ 破虏将军：汉时将军名号，此处借指唐将。渡辽：汉昭帝时辽东乌桓反，以范明友为度辽将军率兵击之，此处借指唐将，非实指。

⑦ 玉靶：镶玉的剑柄，此处指代宝剑，一说为有玉饰的马辔。角弓：饰以兽角的良弓。珠勒马：配有珠勒（用珍珠做装饰的带嚼子的笼头）的骏马。

⑧ 霍嫖姚：西汉名将霍去病，曾任嫖姚校尉。

【评析】

此诗写敌军的强悍勇猛与唐军的积极备战、严阵以待，气势矫健宏伟。历代评论或评其风格者，如《诗源辩体》说："摩诘七言律，如'居延城外'，宏赡雄丽者也。"《唐风定》说："唐人关塞、宫词，罕有入七言律者，右丞此篇，千秋绝调，文房《上阳》次之。"《唐诗镜》评道："三、四妙得景色，极其雄浑，而不见雄浑之迹。诗至雄浑而不肥，清瘦而不削，斯为至矣。"《笺注唐诗》说："先生诗温厚和平之气溢于言表，而其神俊逸，其势矫健，少陵而外，罕有为之匹者。"《五七言今体诗钞》称："右丞尝为御史，使塞上，正其中年才气极盛之时。此作声出金石，有麾斥八极之概矣。"《唐诗选脉会通评林》载评道："起劲而浑，次平而壮，三典而工，结讽而厚。周启琦曰：'伸眉吐婉，转蕴生风，即渴虹下饮玉池，不过是也。'"或论结构者，如《唐诗别裁集》："上言疆场有警，下言命将出师。一结得'彤弓弨兮，受言藏之'意。"《金圣叹选批唐诗》评："前解

（前四句）写天骄是真天骄，后解（后四句）写镇边是真镇边。……前解不写得如此，便不足以发我之怒；后解不写得如此，便不足以制彼之骄。”《昭昧詹言》评：“此是古今第一绝唱，只是声调响入云霄。……前四句目验天骄之盛，后四句侈陈中国之武，写得兴高采烈，如火如锦，乃称题。收赐有功得体。浑颢流转，一气喷薄，而自然有首尾起结章法。其气若江海水之浮天，惟杜公有之。”《唐诗续评》评道：“以‘居延城外’字点破出塞。用一‘猎’字，下三句皆猎也，然只是写猎事，未见有猎之人，故五、六喝破将军校尉等。‘朝乘障’‘夜渡辽’，皆言其勇于赴敌也，朝廷赏赉其可已乎？结言其所将赐者如此，又歆动之，又硬押‘霍嫖姚’三字，见必待有功，非同滥予。”或论用字笔力者，如《贯华堂选批唐才子诗》：“看他起笔‘居延城外’四字，三、四‘暮’字、‘时’字、‘秋’字、‘好’字，却似一道紧急边报然。”《唐贤三昧集笺注》说：“气体甚好，然却不是声从屋瓦上震者，此雅笔俗笔之分，精气粗气之别，辨之。虚字多用固不可，亦不能全不用。斟酌得宜，是在善学。唐人以音节为主，故不拘平仄。第七句用三叠名法，倍见挥斥，此秘旨也。”《闻鹤轩初盛唐近体读本》评道：“三、四峭健，纯用生笔，作使警动。结亦作意，错落矫秀。”

此诗两用“马”字，也引来争论。《艺苑卮言》说：“‘居延城外猎天骄’一首，佳甚。非两‘马’字犯，当足压卷。然两字俱贵难易，或稍可改者，‘暮云’句‘马’字耳。”《汇编唐诗十集》则认可其说：“仲言云：‘王元美欲取此为盛唐第一，恨其叠二“马”字。’余复恨其连连失粘，然骨力雄浑，不失为开、天名作。”而《唐诗评选》则认为：“自然缜密之作，含意无尽，端自《三百篇》来，次亦不失《十九首》，不可以两押‘马’字病之。”又曰：“意写张皇边事，吟之不觉。”《唐七律选》也说：“二‘马’字偶不检，无碍高句，似成语椎炼而无斧锻之迹。”《王右丞诗笺注》则以为：“诗中复字，初盛名手往往不忌，以此摘为疮痏，未免深文。至欲改易一字以为全璧，亦如无意味画工割蕉加梅，是则是矣，岂妙手所谓冬景哉！”

陇西行①

十里一走马②，五里一扬鞭。
都护军书至③，匈奴围酒泉④。
关山正飞雪⑤，烽戍断无烟⑥。

【注释】

①此诗约唐玄宗开元二十五年（737）冬作于河西凉州。陇西行：乐府古题，一名《步出夏门行》，《乐府解题》曰：“若简文帝‘陇西四战地’，但言辛苦征伐，佳人怨思而已。”陇西，陇山之西，在今甘肃省陇西县以东。

②走马：驰马。

③都护：官名，汉代设置西域都护，唐代设置六大都护府以统辖西域诸国。

④匈奴：这里泛指我国北部和西部的少数民族。酒泉：郡名，在今甘肃省酒泉市东北。

⑤关山：泛指边关的山岳原野。

⑥烽戍：边防上报警的烽火台。古代边疆告警，以烽燧为号，白天举烟为“燧”，夜晚举火为“烽”。断：中断联系。

【评析】

诗写边陲战事突起，迫促急切，短劲有力。《王右丞诗集注说》评价说："起束皆突兀急骤，流丽宏古。"《岁寒堂诗话》说："世以王摩诘古诗配太白，盖摩诘古诗能道人心中事而不露筋骨，如《陇西行》《息夫人》《西施篇》《羽林骑闺人》等篇，信不减太白。"今人评价也多有称赞，如章培恒《中国文学史》中说："王维现存边塞诗有三十余首，艺术处理上往往表现出高度的概括力。如《陇西行》，在险急的军情后面略一点景便戛然而止，把酷烈的酣战场面一并隐去，全部付诸读者的想象。全诗以歌谣式的明快节奏起头，收煞处截断众流。突兀的起结造成了饱满的张力，用语寥寥而效果强烈。"刘德重在《唐诗鉴赏辞典》中说："这首诗，取材的角度很有特色。它反映的是边塞战争，但并不正面描写战争……而是仅仅撷取军使飞马告急这样一个片段、一个侧面来写，至于前前后后的情况，则让读者自己用想象去补充。这种写法，节奏短促，一气呵成，篇幅集中而内蕴丰富，在艺术构思上也显得不落俗套。"邓安生《王维诗选译》说："匈奴入侵，酒泉告急。作者避开正面描述，只截取军中送书的一个片段，简洁勾画出一幅关山飞雪远戍图，笔墨十分精炼。"陶文鹏《王维孟浩然诗选评》说："这首采用乐府旧题的边塞诗表现敌人入侵、边防告急的情景。按照叙事顺序，前两句应放到最后，但那样写便平淡无奇。诗人运用倒叙手法，一开篇便用夸张之辞、民歌明快活泼的句式，写快马飞驰递书告急的场面，使诗突兀而起，扣人心弦。然后再写酒泉被围、大雪纷飞不能举火或燃烟报警的危机境况。以景语急骤作结，渲染出边关雪野迷茫壮阔和沉寂中隐伏着紧张的战争气氛，使人想象正在待命驰援的将士热烈、激动的神态心情，令人回味无穷。全诗动静相生，环环紧扣，首尾呼应，节奏急缓变化，张弛有度，更因构思巧妙，收到以少总多、意余象外的艺术效果。”

凉州赛神[1]

凉州城外少行人，百尺峰头望虏尘[2]。
健儿击鼓吹羌笛[3]，共赛城东越骑神[4]。

【注释】

① 此诗约唐玄宗开元二十五年（737）至二十六年（738）作于河西凉州。题下原注：“时为节度判官，在凉州作。”凉州：当所在今甘肃武威，为唐时河西节度使幕府所在地。

② 百尺峰：指边防报警的烽火台。百尺，形容其高。虏尘：敌方兵马驰走卷起的沙尘，喻敌方的动静。

③ 健儿：指唐朝军士。羌笛：乐器，原出古羌族，竹制，长二尺四寸，有三至五孔。

④ 赛：祭祀酬报神恩。越骑神：唐军所祀主骑射之神。越骑，唐时骑兵之名。《旧唐书·职官志》：“凡卫士，三百人为一团，以校尉领之，以便习骑射者为越骑，余为步兵。”

【评析】

此诗描写戍边将士祭祀骑兵之神的热闹场景。邓安生《王维诗选译》说：“这首诗写的则是军队自身在凉州城东的赛神活动，反映了当时军旅生活的一个侧面。从‘健儿击鼓吹羌笛’的气氛中，人们可以感觉到赛神情绪的热烈。全诗军事紧张中有娱乐，同时赛越骑神也是一种庆祝胜利和鼓舞士气的举动。”陶文鹏《王维孟浩然诗选评》

说：“这一首写的是守边军士赛骑神。首句写凉州城外行人稀少，因为人们都赶往城东，看军士赛神去了。次句写在这赛神的日子里，在高高的烽火台上守望的军士更加警惕，密切注视着敌情。这两句所写的情景，在寂静中隐伏着紧张。后两句才描绘守边军士赛神的场面：这些健壮的小伙子们兴高采烈地擂鼓吹笛，在欢快的鼓乐声中，骑士们犹如脱弦之箭飞驰竞逐，他们要追上‘越骑神’，显示自己的勇武和高超骑技。前两句的阒寂紧张与后两句的欢乐热闹形成了鲜明的对照，却又体现了守边军士赛神与备战结合的特色。诗人从军士赛事活动这个侧面，歌颂了他们保卫祖国边疆的豪情壮志。诗的题材新鲜，艺术构思也很巧妙。”

凉州郊外游望①

野老才三户②，边村少四邻③。
婆娑依里社④，箫鼓赛田神⑤。
洒酒浇刍狗⑥，焚香拜木人⑦。
女巫纷屡舞⑧，罗袜自生尘⑨。

【注释】

① 此诗约唐玄宗开元二十五年（737）至二十六年（738）作于河西凉州。题下原注：“时为节度判官，在凉州作。”

② 野老：田野老人。三户：谓户数不多。

③ 边村：边地村庄。

④ 婆娑：翩然起舞貌。依：依傍、靠近。里社：乡里的土地祠。

⑤ 赛田神：用祭祀来报答神明所降的福泽叫赛神，一般在秋获之后。

田神：即田祖神农，一说是土地神后土和五谷神后稷。

⑥ 刍狗：即用干草扎成的狗。刍，音除，干草。《淮南子·齐俗训》："譬若刍狗。"高诱注："束刍为狗，以谢过求福。"《三国志·魏志·方技传》："刍狗者，祭神之物。……祭祀既讫，则刍狗为车所轹（碾轧）。……既车轹之后，必载以为樵。"

⑦ 木人：木偶，木刻的神像。

⑧ 女巫：古时以装扮为神歌舞替人祈祷为职业的女性，也叫巫婆、神婆。《说文》："巫，祝也，女能事无形，以舞降神者也。"纷：形容舞蹈人数之多。屡：形容舞蹈次数之多。

⑨ 罗袜：丝袜。生尘：沾上灰尘。曹植《洛神赋》："凌波微步，罗袜生尘。"

【评析】

诗歌描写凉州城外荒凉僻远的村庄秋收后祭神的热闹场景。邓安生《王维诗选译》说："由于久在内地，所以边地的风土民俗给他以全新的感受。王维喜欢写风土民情，所以诗中描绘了当地人民祭神求福的场面，对凉州的祭赛巫风写得很生动。结句化用曹植《洛神赋》'凌波微步，罗袜生尘'，表现出女巫婆娑起舞的可爱。"陶文鹏《王维孟浩然诗选评》说："王维在凉州生活期间，边地风光与民俗给予他耳目一新的感受，使他用诗笔描绘出一幅幅彩色缤纷的民俗风情画。这首五律描写凉州地区农民祭祀田神的活动，层层渲染，笔笔紧凑。首联写边地村庄人家虽然比内地稀少，但这里的农民同样有丰富的生活情趣，有热烈欢乐的赛神活动。以下三联，具体地展现他们在赛神中吹箫打鼓、婆娑起舞、酒浇刍狗、焚香拜神的情景，结尾写女巫们歌舞不停，罗袜生尘，把热烈的气氛推向高潮。全篇情景生动，内容丰富，概括力强，饶有浓郁的乡土气息和鲜明的地方特色，反映了唐军保卫边疆胜利后当地人民和平安宁的生活，也流露出诗人兴奋的心情。”王达津《王维孟浩然选集》说：“王维以监察御史身份出参河西节度使崔希逸幕府，直到凉州地区。由于崔希逸在保卫河西走廊的战斗中取胜，王维颇受鼓舞。到达凉州后，塞外风光与民俗给他以全新感受。此诗写凉州祭赛巫风颇生动，反映出边州的安定。”张应斌《王维的田园诗》说：“恰如一幅乡村风俗图，展示出一千多年前，边塞农村人文景观，具有浓厚的民俗文化情调。”

从军行①

吹角动行人②，喧喧行人起③。
笳悲马嘶乱④，争渡金河水⑤。
日暮沙漠垂⑥，战声烟尘里。
尽系名王颈⑦，归来报天子。

【注释】

① 此诗疑唐玄宗开元二十五年（737）至二十六年（738）作于河西凉州，一说作于天宝四载（745）。《从军行》：为乐府古题，属相和歌辞平调曲，《乐府解题》曰：“从军行，皆军旅辛苦之辞。”

② 角：军中乐器，类似今天的军号。动：命令出发。行人：出征的人。

③ 喧喧：部队出发时的喧杂声。

④ 笳：中国古代北方的少数民族的一种乐器。

⑤ 金河：在今唐肃州（甘肃酒泉）附近，高居诲《使于阗记》载：“自甘州（今甘肃张掖）西始涉碛……西北五百里至肃州，渡金河，西百

里出天门关，又西百里出玉门关。”

⑥ 垂：边陲。

⑦ 名王：匈奴诸王中最重要者。系颈：以绳系颈，即缚颈，语出《汉书·贾谊传》：“陛下何不试以臣为属国之官，以主匈奴，行臣之计，请必系单于之颈而制其命。”

【评析】

此诗从侧面描写了发生在西北的一场战争，技法高超，风格雄浑。《唐王右丞诗集注说》评道：“雄浑，善摹写。”今人邓安生《王维诗选译》说：“盛唐时代的许多诗人都喜欢用这个古题写诗，反映边塞情况和将士生活。王维的这首，写军队出征、赴敌、激战、凯旋的情景。着力于气氛的渲染，表现战士英勇杀敌立功的英雄气概和思想感情。层次分明、意气昂扬，在同类题材的作品中别具一格。”陈铁民《王维诗选》说：“这首诗用极省净的语言，绘出了一幅有声有色的战斗图画，表现了战士们争先杀敌的英雄气概。”陶文鹏《王维孟浩然诗选评》说：“王维作为一名音乐家，对声音的感受特别敏锐。他不仅借表现声音细致地描绘自然景物，而且把声音作为诗的构思的主要元素。这首抒写守边将士出征杀敌的诗，便从军中号角吹响落笔，在八句中描摹了将士闻角即起的喧闹声，胡茄悲鸣声，战马嘶叫声。而在描叙战士们抢渡金河、日暮在大沙漠边缘与敌军激烈鏖战情景时，我们似乎还听到了浪花激溅声、呐喊声、厮杀声、兵器撞击声、开弓飞剑声、追敌战鼓声等战声。诗人捕捉住边地雄壮、激烈、悲凉的种种声响来描写，造成了构思新颖、笔墨集中、情景逼真、气氛紧张的艺术效果。”刘宁《王维孟浩然诗选评》说：“《从军行》是乐府古题，在唐代以前就逐渐形成了两个主题：一是描绘军威、军容，表现军队驰骋疆场的气概；一是写征战之苦，尤其是侧重军旅的艰苦与征人思妇的绵绵相思。在唐代，这两个传统都有很出色的发扬，……王维这首诗写于出使塞上期间，从内容上看属于前一个表现传统……这首诗不直接描绘战争的场面，而是把笔力放在战争气氛的捕捉上。开篇四句，写军营里集合出发时的喧喧人声，以及行军中的悲笳马嘶，战事的急迫无形中已跃然纸上，而争渡金河的场面，更使这急迫的行军达到高潮。对于交战的过程，诗中不着一笔，只侧面写出沙漠烟尘中传出的阵阵喊杀之声。战事进行了一天，大漠上是辽阔的夕阳晚景，烟尘中传来阵阵交战的喊杀之声，扣人心弦。这里，诗人巧妙地调动读者的联想，因为大漠越是辽阔空旷，交战的战场就越显得遥远，而烟尘中传来的喊杀之声越模糊不清，越让人不知其胜负而无比焦虑。战争的紧张气氛至此已充盈于笔端。这就是古人所推重的'不着一字，尽得风流'的高妙技巧。……这首作品是比较纯粹的诗。它不以静态的视觉形象为主，而更多诉诸听觉的想象，诉诸极富动感的渡河意象，展现战争由出兵到凯旋的过程，这些都不是绘画所能胜任的。"

陇头吟①

长安少年游侠客，夜上戍楼看太白②。
陇头明月迥临关③，陇上行人夜吹笛。
关西老将不胜愁④，驻马听之双泪流。
身经大小百余战，麾下偏裨万户侯⑤。
苏武才为典属国⑥，节旄空尽海西头⑦。

【注释】

①疑此诗唐玄宗开元二十五年（737）至二十六年（738）作于河西

凉州。《陇头吟》：为乐府古题，属横吹曲辞汉横吹曲，多写边地征戍之情。

② 戍楼：为边防驻军的瞭望楼。太白：即金星，古人认为它主兵象，可据之以预测战事。

③ 陇头：即陇山，借指边塞。迥：远。关：即陇山之关，又名大震关，在今陕西陇县至甘肃平凉县一带，为甘陕要塞。

④ 关西：指函谷关以西，即陕甘地区，古为秦地，风俗尚武，故有“关西出将”之说。不胜：不能忍受、经受不住。

⑤ 麾下：即部下。偏裨：指偏将、副将。万户侯：即食邑万户的侯爵。

⑥ 苏武：西汉人，武帝时出使匈奴，被留十九年，牧羊北海，历尽艰辛，回国后汉昭帝授其典属国之职。

⑦ 节旄：节末端的旄牛尾装饰。节为使臣所持节符，以竹竿为柄，长八尺。空尽：意谓徒然脱尽。

【评析】

此诗写长安少年立功心切、夜观太白，而关西老将经历百战、未获封赏，两相对比，令人悲怆。所以《唐诗别裁集》说：“少年看太白星，欲以立边功自命也。然老将百战不侯，苏武只邀薄赏，边功岂易立哉！”又如《唐诗选脉会通评林》：“吴山民曰：‘起有乘衅邀勋意。次景语含情。次数奇之叹。结强引子卿自解，可伤。’周启琦曰：‘结怨得婉。’”《网师园唐诗笺》也说：“立功之难，从听者意中写出。（‘关西老将’句下）”至于艺术表现方面，《王孟诗评》说：“次第转折，恨惋何限，非长篇可及。”《唐贤三昧集笺注》评道：“三、四句有景有情。收句若倒转便少味。句法顿挫流丽，并使二事，一隐一显，是变幻作法，悲壮雄浑。”《七言诗三昧举隅》评析道：“此则空际振奇者矣，与前篇（指《夷门歌》）之平实叙事者不同也。……平实叙事者，三昧（梵语‘正定’，此谓奥秘、诀窍）也；空际振奇者，亦三昧也；浑涵汪茫，千汇万状者，亦三昧也。此乃谓之万法归原也。若必专举寂寥冲淡者以为三昧，则何万法之有哉！”《批点唐诗正声》评道：“《陇头吟》音节气势，古今绝唱。”也有论诗结构的，如《昭昧詹言》说：“起势翩然，‘关西’句转收，浑脱沉转，有远势，有厚气，此短篇之极则。”《唐贤清雅集》说：“极凄凉情景，说得极平淡，是右丞家数。少年、老将，宾主相形法。”《围炉诗话》说：“起手四句是宾，‘关西老将不胜愁’六句是主。主多于宾，乃是赋义。”

今人评析如钱锺书《管锥编》说：“王维《陇头吟》，少年楼上看星，与老将马背听笛，人异地而事同时，相形以成对照，皆在凉辉普照之下，犹‘月子弯弯照九州，几家欢乐几家愁’；老将为主，故语焉详，少年为宾，故言之略。”程千帆《古诗今选》：“此诗与《老将行》用意相同，而写法各别。《老将行》以铺叙见长，本篇却以一位想从戎立功的侠少与一位久历戎行而功名蹭蹬的老将对照，展现主题，而以老将听侠少吹笛这一情节，将两人绾合，格局甚新。全诗十句，四句少侠，四句老将，最后两句挽入史事，按而不断，耐人寻味。”

老将行[①]

少年十五二十时，步行夺得胡马骑[②]。
射杀山中白额虎[③]，肯数邺下黄须儿[④]。
一身转战三千里，一剑曾当百万师。

汉兵奋迅如霹雳，虏骑崩腾畏蒺藜[5]。
卫青不败由天幸[6]，李广无功缘数奇[7]。
自从弃置便衰朽，世事蹉跎成白首。
昔时飞雀无全目[8]，今日垂杨生左肘[9]。
路旁时卖故侯瓜[10]，门前学种先生柳[11]。
苍茫古木连穷巷，寥落寒山对虚牖。
誓令疏勒出飞泉[12]，不似颍川空使酒[13]。
贺兰山下阵如云，羽檄交驰日夕闻。
节使三河募年少[14]，诏书五道出将军。
试拂铁衣如雪色，聊持宝剑动星文[15]。
愿得燕弓射大将，耻令越甲鸣吾君[16]。
莫嫌旧日云中守[17]，犹堪一战取功勋。

【注释】

①疑此诗唐玄宗开元二十五年（737）至二十六年（738）作于河西凉州，王达津以为“此诗作大约与《燕支行》作于同时”。

②“步行”句：据《史记·李将军列传》载，李广被擒，途中夺取胡骑驰回。

③“射杀”句：据载李广为右北平太守时，多次射杀山中猛虎。白额虎：典出《晋书·周处传》，据说性情十分凶猛。

④肯数：岂可只算。邺下：曹操封魏王时，建都于邺（今河北临漳）。黄须儿：指曹操第二子曹彰，绰号“黄须儿”，曾大破代郡乌丸，颇为曹操爱重，曹操曾持彰须曰：“黄须儿竟大奇也。”

⑤蒺藜：植物名，此指古代打仗时铺在路上阻敌人进攻的铁质障碍物。

⑥卫青：汉代名将，汉武帝皇后卫子夫之弟，因为征伐匈奴数建战

功而官至大将军。

⑦ 数奇：指命运不好。奇，音机。

⑧ 飞雀无全目：据皇甫谧《帝王世纪》载：吴贺让羿射雀，贺要羿射雀左目，却误中右目。这里强调老将像羿一样射术精湛，能使雀双目不全。

⑨ 垂杨生左肘：是说左肘长瘤，无法射箭了。杨，应作“柳”，通“瘤”，肿瘤，语出《庄子·至乐》：“俄而，柳生其左肘。”

⑩ 故侯瓜：秦时东陵侯在秦亡后沦为平民，生活贫窘，种瓜于长安城东，所种瓜其味甘美。

⑪ 先生柳：指晋代隐士陶渊明，因门前种有五株杨柳，遂自号“五柳先生”，有《五柳先生传》。

⑫ “誓令”句：据《后汉书·耿恭传》载，东汉永平十八年耿恭与匈奴作战，据守疏勒城（在今新疆境内），匈奴来袭于城下绝其涧水，耿恭亲率士卒于城中穿井，至十五丈犹不得水，他仰叹道：“闻昔贰师将军（李广利）拔佩刀刺山，飞泉涌出，今汉德神明，岂有穷哉。”转身对井祈祷，终而得水。

⑬ 颍川空使酒：汉人灌夫，颍阴人，为人刚直，好饮酒骂人，后与丞相田蚡不和，因在蚡处使酒骂座，戏侮田蚡，为田蚡所劾，以不敬罪族诛。

⑭ 节使：即持符节的使者。三河：为古代地区名，指河东、河内、河南三郡，后泛指这一地区。

⑮ 星文：指宝剑上的七星文。

⑯ “耻令”句：用《说苑·立节》典，越国军队攻进齐国国都，雍门子狄认为越国军队惊动了齐君，自己应当以身殉君，遂自刎死。越军知之，遂引军而退。

⑰ 云中守：指云中郡太守魏尚，据《汉书》载，魏尚与匈奴打仗，

呈报战功时差六个人的首级，便削去爵位，充作苦工，冯唐为之力争，魏尚得以复职。云中郡在今内蒙古托克托。

【评析】

此诗写老将功高不得封赏，被弃置冷落，却反而以身许国的高尚情操。全诗十句一节，结构匀称，用典贴切，情调慷慨悲壮，为边塞诗之佳作。《此木轩论诗汇编》评道："（此诗）凡三章，章五韵，最整之格。每一韵为一章，一章之中又各两小章，而意则各于末句见之。前二章之末韵犹所谓过文，'卫青'二句渡下，'李广'句自谓也，'誓令'二句又渡下。结二句勿连读……章法最为清明整肃者也。看摩诘写此老将，何等有志气、有身份，不但本事绝人而已，如'李广无功'云云，实命不犹，悲而不怨，诗人之致也。'誓令疏勒'云云，赤心报主，说礼敦诗，名将之风也。推此类可见，不能一一具言之。"《围炉诗话》说："《老将行》起语至'数奇'是兴。'自从'下是赋，'贺兰'下以兴结。"一些评论关注此诗之用典对偶，如《唐诗解》说："对偶严整，转换有法，长篇之圣者。史称右丞晚年长斋奉佛，无仕进意，然观此诗，宦兴亦自不浅。"《唐诗选脉会通评林》说："'卫青''李广'二句，天然偶对。'苍茫''寥落'二句，忽入景，妙。尾数语雄浑，力可鞭策龙虎。吴山民曰：'陡然起便劲健。次六语何等猛烈。"卫青"句正不必慕，"李广"句便自可叹。"苍茫"二句说得冷落。"誓令"二句猛气犹存。末六句老趫何如。'"《唐诗别裁集》说："此种诗纯以对仗胜。学诗者不能从李、杜入，右丞、常侍自有门径可寻。"也有论其风格变化者，如《王孟诗评》说："满篇风致，收拾处常嫩而短，使人情事欲绝。起语娇嫩，复胜老语。愈出愈奇。（'苍茫古木'句下）"《唐风定》评道："绝去雕组，独行风骨，初唐气运至此一变。歌行正宗，千秋标准，有外此者，一切邪道矣。"《唐贤清雅集》评："起势飘忽，骇人心目。七古长篇概用对句，错落转换，全以气胜，否则支离节解矣。转接补干，用法精细，大家见识。"《唐宋诗举要》评道："雄姿飒爽，步伐整齐。"

哭孟浩然[1]

故人不可见[2]，汉水日东流。
借问襄阳老[3]，江山空蔡洲[4]。

【注释】

①此诗作于开元二十八年（740）为殿中侍御史知南选途经襄阳时。原题注："时为殿中侍御史，知南选，至襄阳有作。"孟浩然：（689—740），盛唐著名诗人，王维的好友，襄州襄阳人，与王维同是盛唐山水田园派的代表作家，并称"王孟"。

②故人：老朋友，指孟浩然。

③借问：请问。襄阳老：指襄阳耆老。

④空：只有。蔡洲：《水经注·沔水》："沔水又东南径蔡洲。汉长水校尉蔡瑁居之，故名蔡洲。"《荆州图记》："襄阳县南八里，岘山东南一里，江中有蔡洲。"此指孟浩然生前居留之地。

【评析】

王孟为生前好友，此番王维南下，途经襄阳，突遇故人病亡，伤哀之情难以言尽，诗歌辞短情长。《唐贤三昧集笺注》评之曰："老成凋谢，空余蔡洲之江山耳。王、孟交情无间，而哭襄阳之诗只二十字，而感旧推崇之意已至。盛唐人作近古如此，后人则尚敷衍。"又《千首唐人绝句》说："汉水东流，故人不见，江山寂寞，风流顿歇，殊见悼惜之深。"今人邓安生《王维诗选译》说："王维与孟浩然是好朋友，两人志趣相投。孟浩然游京师，与王维常相往来，他的诗作也颇受王维称道。据王士源《孟浩然集序》：'开元二十八年，王昌龄游襄阳，时浩然疾疹发背，且愈，相得甚欢，浪情宴谑，食鲜疾动，终于冶城南园。'王维于本年以殿中御史知南选，开元二十九年春到襄阳时，孟浩然已死，所以王维此哭悼，故人已矣，如江水东流，唯能追寻他的遗踪以寄托哀思。孟浩然的'人事有代谢，往来成古今，江山留胜迹，我辈复登临'，也正是王维此诗所寄托的感慨。"陶文鹏《王维孟浩然诗选评》说："这首五绝悼念亡友孟浩然。首句直抒故人不可见，暗喻亡故；次句写汉水依旧东流，隐以水之东流不回象征故人去而不复，出于悲咽沉痛。明知故人已逝，第三句写他仍向襄阳耆旧打听故人消息，可见怀念情深，已忘了生死永隔。末句感叹故人往昔游过的蔡洲江山空虚寂寞，将悼念、伤感、惋惜、怅惘之情融入景中。全篇四句，直中有曲，景中含景，反复唱叹，感人至深。"刘宁《王维孟浩然诗选评》说："王维这首诗写诗翁不在，空余江山满目，这一份深长的感慨，也从侧面烘托了孟浩然的隐士风神。作为一位天真疏放、清俊磊落的隐士诗人，孟浩然和襄阳的山山水水已经融为一体，所以诗人才会睹江山胜景而思故人。王维将故友的形象，寄托在无限江山之中，如此开阔的笔力，这是对孟浩然最好的写照。"

汉江临眺[1]

楚塞三湘接[2]，荆门九派通[3]。

江流天地外，山色有无中。
郡邑浮前浦④，波澜动远空。
襄阳好风日，留醉与山翁⑤。

【注释】

① 此诗作于开元二十八年（740）为殿中侍御史知南选途经襄阳时。汉江：即汉水，源出陇西嶓冢山，流经陕西汉中、安康，湖北襄阳、汉川，在武汉市流入长江。临眺：一作“临泛”。

② 楚塞：谓楚地疆界，襄阳古时为楚境。三湘：为蒸湘、沅湘、潇湘的总称，一说泛指湘江流域及洞庭湖地区。

③ 荆门：即荆门山，在今湖北宜都市西北的长江南岸，战国时为楚之西塞。九派：为长江的九条支流，长江至浔阳分为九支，此指江西九江。

④ 浦：谓水边。

⑤ 山翁：指山简，晋代“竹林七贤”之一山涛的幼子，西晋将领，镇守襄阳，有政绩，好酒，每饮必醉，此借指襄阳地方官。

【评析】

此诗为王维代表作之一，古今评论甚多，尤其集中于颔、颈二联。赞扬者如《瀛奎律髓》说：“右丞此诗，中两联皆言景，而前联尤壮，足敌孟、杜《岳阳》之作。”《王孟诗评》说：“此等处本浑成，但难拟作，恐近浅率。”《增订评注唐诗正声》说：“气象涵蓄，浑浑无际，浅率者拟学不得。”《唐诗归》道：“真境说不得（‘江流’句下）。”《唐诗意》评：“胸中有一段浩然广大之致，适于泛江写出，可风亦可雅。”《唐诗选脉会通评林》说：“刘辰翁曰：‘无意之意。’魏庆之曰：‘三、四轻重对法，意高则不觉。’吴山民曰：‘起有注《水经》笔意。’”《唐贤三昧集笺注》评：“三、四气格雄浑，盛唐本色。五、六即第三句之半。”《覜斋诗谈》评：“‘江流天地外，山色有无中’，学其气象之大。”《唐诗近体》评：“三句雄阔，四句缥缈，此换笔之妙。”《唐宋诗举要》说：“雄伟有气力，学者宜从此等入手。”也有论之画境与禅意的。如《弇州山人四部稿》说：“‘江流天地外，山色有无中。’是诗家极俊语，却入画家三昧。”《唐诗镜》说：“‘山色有无中’，此语亦落小乘。”还有专门就中间二联字词对偶发论的，如《唐诗隽》说：“‘有无中’尤在虚字传神。”《养一斋诗话》说：“‘外’字人不敢下。‘有无’对‘天地’，亦微魄力。”《删订唐诗解》说：“以‘有无’对‘天地’，甚妙。”《续诗人玉屑》评：“诗有句中自对者，谓之就对。如‘江流天地外，山色有无中’，天自对地，有自对无。”另一方面也有少数持异议者，如《姜斋诗话》说：“有大景，有小景，有大景中小景。‘柳叶开时任好风’，‘花覆千官淑景移’，及‘风正一帆悬’‘青霭入看无’，皆以小景传大景之神。若‘江流天地外，山色有无中’‘江山如有待，花柳更无私’，张皇使大，反令落拓不亲。宋人所喜，偏在此而不在彼。”《瀛奎律髓汇评》说：“纪昀曰：‘三、四好，五、六撑不起，六句尤少味，复衍三句故也。’”复如《初白庵诗评》说：“第一、第三句中两用‘江’字。不但此也，三江、九派、前浦、波澜，篇中说水处太多，终是诗病。”

送宇文太守赴宣城[1]

寥落云外山[2]，迢遥舟中赏[3]。
铙吹发西江[4]，秋空多清响[5]。
地迥古城芜[6]，月明寒潮广[7]。

时赛敬亭神⑧，复解罟师网⑨。
何处寄相思？南风吹五两⑩。

【注释】

①此诗作于开元二十八年（740）为殿中侍御史知南选途经夏口（今湖北武汉）时，杨文生以为作于天宝十二载（753）。宇文：郁贤皓《唐刺史考》："宇文某，李白于天宝十二载由幽州归梁苑琮宣城，有《赠宣城宇文太守兼呈崔侍御》。"安旗《李白全集编年注释》："宇文太守，或为宇文融之子审。《新唐书·宇文融传》："（融子）审……擢进士第，累迁大理评事。……为岭南监决处置使，活者甚众。后终和、永二州刺史。"宣城：郡治在今安徽宣城市。

②寥落：冷落、冷清。唐元稹《行宫》诗："寥落古行宫，宫花寂寞红。"

③迢遥：遥远貌。

④铙吹：指演奏铙歌。铙，即铙歌，军中乐歌，为鼓吹乐的一部。西江：指长江的西边。长江在夏口境内向东北方向斜流，而以此段江为标准确定东西和左右，故唐人常称此段为西江。

⑤清响：清脆的响声。

⑥地迥：地远。

⑦寒潮：寒流。

⑧赛神：祭祀报答神福。敬亭：《元和郡县志》："敬亭山，（宣）州北十二里，即谢朓赋诗之所。"谢朓为宣城太守时曾赋《赛敬亭山庙喜雨诗》诸诗。

⑨解网：解开渔网放生。罟师：渔夫。

⑩五两：古代的测风器，以鸡毛五两或八两系于高竿顶上，借以观测风向、风力。许慎《淮南子注》："綄，候风也，楚人谓之五两也。"

吹五两，风力足以悬帆。

【评析】

诗送宇文赴宣城任，景象清旷辽阔，劝勉情词肯切。首二句写送别背景，江山辽阔；次二句写登舟扬帆，铙声清响；再次二句写宣城之城芜潮广；九、十句期望太守至州后重民众而解民困；末二句写别后相思之情无以相寄，更显深情绵渺。《唐贤三昧集笺注》评其：“‘清响’字甚灵（‘秋空’句下）。‘地迥’十字最妙绝（‘地迥’句下）。”《唐贤清雅集》也评道：“兴比清旷，字字响。”《唐诗选》也说：“悠然无尽。明七子、王渔洋好处皆不有过此。”

登辨觉寺①

竹径从初地②，莲峰出化城③。
窗中三楚尽④，林上九江平⑤。
软草承趺坐⑥，长松响梵声⑦。
空居法云外⑧，观世得无生⑨。

【注释】

① 此诗作于开元二十九年（741）春自桂州北归经九江庐山时。辨觉寺：一作“新觉寺”。

② 从：向。初地：佛教菩萨修行分十个阶段，为大乘菩萨十地，第一地即初地，名欢喜地，此借指寺前台阶。

③ 莲峰：即江西庐山莲花峰。化城：比喻小乘佛教所达到的境界，为大乘佛教到达“宝处”（涅槃彼岸）的中间休息处，此处借喻寺中殿宇

犹如化城。

④ 三楚：秦、汉时将楚国故地分为西楚、东楚和南楚，泛指黄淮及湖南一带。

⑤ 上：一作“外”。九江：即长江之九条支流。

⑥ 趺坐：也叫结跏趺坐，为佛教徒禅修静坐的坐法。趺，音肤。

⑦ 梵声：即念佛诵经之声。

⑧ 空居：法（世间一切事物）即是空，则人居世间，乃是空居。法云：《华严经》：“不坏法云，遍覆一切。”喻佛法如云，覆盖一切。外：内。

⑨ 观世：观察世事。得无生：获得对无生的认识，佛教说，修得无生，即是涅槃。

【评析】

此诗写登庐山僧寺所见所感，禅意深远，境界辽阔。《瀛奎律髓》评道：“此似是庐山僧寺。三、四形容广大，其语即无雕刻，而‘窗中’‘林外’四字，一了数千里，佳甚。”《唐诗广选》也说：“无论兴象，兼是故实，此诗亦然。”《唐诗解》说：“摩诘梵刹诗，率以了悟见赏，此则景象弘远，声调超凡，登眺中绝唱。”《四溟诗话》评道：“王左丞《登辨觉寺》：‘窗中三楚尽，林外九江平’，旷阔有气，但‘上’字声律未妥。”《唐诗选脉会通评林》论析说：“首叙寺宇原为佛地，次写登寺之景，三咏登寺之事，结言禅心空寂，觉有所得，见登寺之益。眼界开旷，舌峰秀丽，非深于禅理，不能语语造微入妙如此。黄家鼎曰：‘次联真豁然大观。’”《小清华园诗谈》评曰：“宜以诗生韵，不宜以韵生诗。意到其间自然成韵者也，上也；句到其间韵自来凑者，次也。韵之自然与句凑者，右丞之‘窗中三楚尽，林外九江平’‘白云回望合，青霭入看无’之类是也。”《唐贤三昧集笺注》评：“雅正。”《闻鹤轩初盛唐近体读本》说：“三、四苍括，老手名句。第六亦乃警亮。”《瀛奎律髓汇评》说：“五、六句兴象深微，特为精妙。‘平’一作‘明’，明字较胜。冯舒云：‘“窗中”十字，足敌洞庭“气蒸”“波动”之句。’”

今人陈铁民《王维新论》说：“‘窗中’二句，上句写自庐山僧寺远眺，‘一了数千里’，三楚尽收眼底；下句写庐山下望，近处是一片树林，林外有水阔波平的彭蠡（今鄱阳湖）和注入彭蠡的湖汉水（今赣江）及其八大支流，句中用一‘上’字，表现出景物的远近层次（画中可把远处的九江画在近处的树林上）。二句气象阔大，写出了庐山一带的地理特征。”张勇《王维诗全集》说：“首联写辨觉寺的地理位置，颔联写高处所见，颈联写禅坐，尾联写禅想。‘窗中三楚尽，林上九江平’两句，大笔勾勒出包罗万象、寥远阔大的景象。上句一‘尽’字写出广阔感；下句‘上’字写出景色的层次感，‘平’字写出画面的宁静感。”

送赵都督赴代州得青字①

天官动将星②，汉上柳条青。
万里鸣刁斗③，三军出井陉④。
忘身辞凤阙⑤，报国取龙庭⑥。
岂学书生辈，窗间老一经！

【注释】

①此诗或作于开元二十九年（741）自桂州回长安后。赵都督：名字不详。都督唐时掌郡州军事，并兼任所驻州之刺史。代州：治所在今山西代县，天宝元年（742）改为雁门郡。得青字：与人分韵作诗，拈得

"青"字韵。

②天官：即天上的星官。将星：《隋书·天文志》说，天上有十二个天将军星，主兵象，大将星摇晃是战争的预兆，大将星出而小星不同出，是出兵的预兆。

③刁斗：军中用具，白天用来烧饭，夜间用于打更报警。

④井陉：即井陉口，又名土门关，古要塞，在今河北井陉县境内。

⑤凤阙：为汉代宫阙名，在建章宫东，因其上有铜凤凰而得名，后泛指宫廷。

⑥取龙庭：指誓歼敌虏。龙庭，原指匈奴单于祭天的地方。

【评析】

此诗送将军出征，气势雄浑，对仗精工，深受后人赏爱。《诗源辩体》说："摩诘五言律。如'天官动将星'，整栗雄厚者也。"《岘佣说诗》评道："起处须有崚嶒之势。……如'万壑树参天，千山响杜鹃''天官动将星，汉上柳条青'，皆起势之崚嶒者，举此可以类推。"《网师园唐诗笺》说："一鼓作气，雄劲无前。（'忘身'句下）"《小清华园诗谈》也说："'天官动将星，汉上柳条青'沉毅。"《唐诗别裁集》论道："右丞五言律有二种：一种以清远胜，如'行到水穷处，坐看云起时'是也；一种以雄浑胜，如'天官动将星，汉上柳条青'是也。"《瀛奎律髓汇评》说："许印芳按：'前四句笔力雄大，右丞五律，每有此等篇什。'"

邓安生《王维诗选译》说："首联说赵都督出征上应天象，下得春时，并暗切'细柳营'，起调很高。第三句暗用程不识治军严整故事（见《汉书·李广传》）。第四句既写实，又切韩信出兵井陉故事。三联写他忘身家远赴代北。结联写他投笔从戎，立志的宏愿。全诗意气昂扬，风格豪迈，不仅是为出征者壮行色，也表现了诗人自己立功边疆的思想。”陶文鹏《王维孟浩然诗选评》：“这首欢送将军出征的诗，写出三军官兵浩浩荡荡地行军出塞的情景，歌颂将军忘身报国的英雄气概，也表达诗人立功边陲的壮志豪情。全诗笔力雄健，一鼓作气。”王达津《王维孟浩然选集》说：“诗对仗精工，风格俊逸，表现出诗人自己也有立功边陲之志。”

终南别业①

中岁颇好道②，晚家南山陲③。
兴来每独往④，胜事空自知⑤。
行到水穷处，坐看云起时。
偶然值林叟⑥，谈笑无还期⑦。

【注释】

①此诗作于开元二十九年（741）回长安后不久隐居终南山时。一说作于开元二十年（732）从济州回后隐居终南山时。别业：即别墅。

②中岁：指中年。道：指佛教禅宗。

③晚：指晚近、近时。南山：即终南山，为秦岭主峰之一，在今陕西西安南，西起秦陇，东至蓝田，绵延数百里。陲：旁边。

④每：常常。

⑤胜事：指美好、快意之事。空：只。

⑥值：遇上。林叟：山中老者。

⑦无还期：忘了回家的时候。

【评析】

此诗是王维代表作之一，历来受到诗家的盛赞。如《苕溪渔隐丛话》说："此诗造意之妙，至与造物相表里，岂直诗中有画哉！观其诗，知其蝉蜕尘埃之中，浮游万物之表者也。山谷老人云：余顷年登山临水，未尝不读王摩诘诗，顾知此老胸次定有泉石膏肓之疾。"《瀛奎律髓》评："右丞此诗，有一唱三叹不可穷之妙。"《王孟诗评》说："无言之境，不可说之味，不知者以为淡易，其质如此，故自难及。"《批选唐诗》也说："迫近性情，悄然忘言。"《唐诗镜》评："五、六神境。"《唐诗归》说："此等作只似未有声诗之先，便有此一首诗，然读之如新出诸口，及初入目者，不觉见成，其故难言。……只是作人，行径幽妙。"《唐诗选脉会通评林》说："为一意体，以纵横放肆，外如不整，中实应节也。僧慧洪曰：'不直言其闲逸，而意中见其闲逸，谓之遗意句法。玩"偶然"二字，得趣幽深。'陆钿曰：'律合古意，趣非言尽。盖有一种悠然会心处，所见无非道也。'"《唐诗评选》说："清靡为时调之冠，亦令人欲割爱而不能。"《唐律消夏录》评道："'行''坐''谈''笑'，句句不说在别业，却句句是别业。'好道'两字，先生既云'空自知'矣，予又安能强下注脚？予友继庄先生曰：'此诗若只作文字读，辜负先生慈悲不少。然文字三昧，必须于此等诗领会得，方有悟门。''还期'二字，与'别业'略一照应。"《此木轩论诗汇编》评曰："观其意若不欲为诗者，其诗之绝境乎？'胜事空自知'正不容他人知。诗有两字诀，曰'无心'。"《古唐诗合解》说："此诗不必粘题，亦不必分解，清微之至。"《唐诗成法》论析说："一家别业之由；二别业；三、四承一、二；五、六承三、四；七、八承五、六结。无一语说别业，却语语是别业，神妙乃尔。以'中岁'生'晚家'，以'独往'生'自知'，以'行到'应

‘独往’，以‘坐看’应‘自知’，以‘水穷’‘云起’应‘兴来’‘胜事’，以‘林叟’‘谈笑’而用‘偶然’字总应上，此律中带古法。”《近体秋阳》评道：“不脱落一切尘凡，便际此境界，未必有此领略。能此领略，道邪非邪？流对天然，占断终古。八句只如一句，近体中纤纤出尘，夷犹入道，未有过于此作者。孟浩然雅以泉石自骄，却无此等一作，以虽立品高清，而天怀不如右丞之夷旷也。然而气格严举，孟又当过之矣。”《唐诗从绳》分析说：“此全篇直叙格。五、六句法径直。此种句法不假造作，以浑成雅健为贵。通首言中岁虽参究此事，不免茫无着落，至晚年方知有安身立命之处。得此把柄，则行止洒落，冷暖自知，水穷云起，尽是禅机，林叟闲淡，无非妙谛矣。以人我相忘作结，有悠悠自得之意。”《緭斋诗谈》说：“一气贯注中不动声色，所向惬然，最是难事。古秀天然，杜不能尔。”《唐诗别裁集》评：“行所无事，一片化机。末语‘无还期’，谓不定还期也。”《瀛奎律髓汇评》说：“冯班曰：‘第三联奇句惊人。查慎行曰：‘五、六自然，有无穷景味。’纪昀曰：‘此诗之妙，由绚烂之极归于平淡，然不可以躐等求也。学盛唐者，当以此种为归墟，不得以此种为初步。’又云：‘此种皆熔炼之至，渣滓俱融，涵养之熟，矜躁尽化，而后天机所到，自在流出，非可以摹拟而得者。无其熔炼涵养之功，而以貌袭之，即为窠臼之陈言，敷衍之空调。矫语盛唐者，多犯是病。此亦如禅家者流，有真空、顽空之别，论诗者不可不辨。’”

终南山[①]

太乙近天都[②]，连山到海隅[③]。

白云回望合，青霭入看无[4]。
分野中峰变[5]，阴晴众壑殊[6]。
欲投人处宿，隔水问樵夫。

【注释】

① 此诗作于开元二十九年（741）隐居终南山时。

② 太乙：又名“太一”，秦岭的主峰，唐人常称终南山为太乙。天都：为天帝所居，此指帝都长安。

③ 海隅：即海边。

④ 青霭：指山中的岚气。

⑤ 分野：古时以地上的州国与天上的星辰位置相匹配，称为分野。

⑥ 众壑：众多的山谷。

【评析】

此诗极力描写终南山的雄伟广袤、阴晴变化，是王维代表作之一，颇得后人佳评。如《王孟诗评》说：“语不必深辟，清夺众妙。”《唐诗直解》道：“王摩诘‘欲投人处宿，隔水问瞧夫’，孟浩然‘再来迷处所，花下问渔舟’，并可作画。末语流丽。”又《唐诗镜》：“‘阴晴众壑殊’一语苍然入雅。”《唐诗选》说：“‘入看无’三字妙入神。”《唐诗选脉会通评林》：“蒋一梅曰：‘三、四真画出妙境。’周敬曰：‘五、六直在鲛宫蜃市之间。’周启琦曰：‘摩诘终南二诗，机熟脉清，手眼俱妙。’”《唐风定》评道：“右丞不独幽闲，乃饶奇丽，但一出其口，自然清冷，非世中味耳。”《唐诗评选》评：“工苦，安排备尽矣。人力参天，与天为一矣。‘连山到海隅’非徒为穷大语，读《禹贡》自知之。结语亦以形其阔大，妙在脱卸，勿但作诗中画观也，此正是画中有诗。”《姜斋诗话》则说：“‘欲投人处宿，隔水问瞧夫’，则山之辽廓荒远可知，与上六句初无异致，且得宾主分明，非独头意识悬相描摹也。”《唐律消夏录》说：“通首俱写终南山之大。全是白云、青霭，一中峰而分野已变，历众壑而阴晴复殊，游将竟日尚无宿处，其大何如？”《增订唐诗摘钞》评：“结见山远人稀。”《唐诗观澜集》说：“屈注天潢，倒连沧海，而俯视一气，尽化烟云。一结杳渺寥泬，更有凭虚御风之气。”《而庵说唐诗》评：“是诗如在开辟之初，笔有鸿蒙之气，奇观大观也。”《唐贤三昧集笺注》说：“神境。四十字中无一字可易，昔人所谓四十位贤人。”《唐诗别裁集》评曰：“‘近天都’言其高，‘到海隅’言其远，‘分野’二句言其大，四十字中无所不包，手笔不在杜陵下。或谓末二句似与通体不配。今玩其语意，见山远而人寡也，非寻常写景可比。”《覞斋诗谈》说：“于此看‘积健为雄’之妙。‘白云’两句，看山得三昧，尽此十字中。”《唐诗从绳》说：“此尾联补题格。中四句分承说，此立柱应法。回望处白云已合，入看时青霭却无，错综成句，此法与倒装异者，以神韵不动也。”《网师园唐诗笺》评：“得此形容，乃不同寻常登眺。（‘青霭’句下）”《唐宋诗举要》评：“壮阔之中而写景复极细腻（‘青霭’句下）。接笔雄俊（‘分野’句下）。”

今人张勇《王维诗全集》说：“诗写游终南山的所见所感。诗人从不同视角勾勒终南山的宏伟轮廓。开篇从遥望的角度，用夸张的笔法渲染终南山高耸入云、连绵到海的巍峨、浑茫气象。第二联由远及近，写登山途中感受：攀行山间，回望来路，白云青霭苍茫成片，然而身在其中，却又无影无踪。第三联由高而下，写登上山巅的观感，亦是大笑勾勒，突出终南山的辽阔幽深。至此，终南山高、远、深、大的雄伟景象尽收眼底。尾联在此基础上作点睛妙笔，勾勒一幅深山问路图，写出高山大壑带给人心的荒远幽深之意，以小见大，耐人寻味。全诗笔力劲健，气韵生动，是王维山水诗的高妙之作。”

答张五弟①

终南有茅屋，前对终南山。
终年无客长闭关②，终日无心长自闲。
不妨饮酒复垂钓，君但能来相往还？

【注释】

① 此诗作于开元二十九年（741）隐居终南山时。张五：即张諲，盛唐书画家，官至刑部员外郎，明《易象》、善草隶、尤长于山水画，与李颀友好，事王维为兄，因排行第五，故称张五。

② 闭关：谓闭门。

【评析】

此诗写隐居终南山平淡自然、闲旷悠远的生活情景。古人对其胸襟、幽居、结构、用语多有评论，如《增订评注唐诗正声》说："只在笔端拈弄，奇情缭绕。"《唐诗直解》说："'君但能来'四字意深。"《唐诗训解》："四'终'字弄出真趣，然非安排可得。此述幽居之闲适也。"《唐诗选》："末句自在之极。"《唐诗镜》："语气清绝。"《汇编唐诗十集》："略不构思，语极清迥，无《考槃》《衡门》心胸拈此不出。'"《唐诗评选》："末以乐府语入闲旷，诗奇绝。"《唐诗选脉会通评林》："周敬曰：'这少许胜人多多许。'周启琦曰：'澄水明霞。'"《古唐诗合解》："'终年'二句，言自己居终南之自得处。特重两终字于两终南之下，又用两长字、两无字，双声叠韵，用急调于短章，奇绝之作。六句四韵中，包含无限静思。右丞是学道人，出语精微，俱耐人想。古诗中用才情、用绮丽者，居其次矣。"《而庵说唐诗》:“作诗要知伸缩法，能将古人长篇缩得短，方才是会作长篇的人。短诗要包含，长篇要无尽。吾说七言古多长篇，而短者则惟摩诘《答张五弟》一首。摩诘道人也，一切才情学问洗涤殆尽，造洁净精微之地，非上根器人不喜看，看亦不知其妙也。”《唐诗合选详解》:“此篇五七言后以两句结，却有余韵，妙在言外。”

今人陶文鹏《王维孟浩然诗选评》评说:“诗人以诗代简，招邀友人前来相聚。一、二句写终南山别业的清幽，淡淡着墨，不加藻饰，意在引起友人联想。三、四句写自己幽居生活之闲适和孤寂，巧妙地把终南山的‘终’字移用到时间上。前后四个‘终’字两个‘常’字的叠用，节奏缓慢，烘托出清闲、寂寞、单调的环境和心态，盼望友人前来相伴之意不言而喻。结尾两句又以饮酒、垂钓的赏心乐事撩拨友人的兴致。全篇似未构思，随便写来，句式灵活，出语清迥精微，末句自在之极，抒写出对志趣相投的友人的真挚情谊。”

戏赠张五弟諲三首①

其　一

吾弟东山时②，心尚一何远③。
日高犹自卧，钟动始能饭④。
领上发未梳，床头书不卷。
清川兴悠悠，空林对偃蹇⑤。
青苔石上净，细草松下软。
窗外鸟声闲，阶前虎心善。
徒然万象多⑥，澹尔太虚缅⑦。

一知与物平⑧，自顾为人浅⑨。
对君忽自得⑩，浮念不烦遣⑪。

【注释】

① 此组诗作于开元二十九年（741）隐居终南山时，一说作于开元二十一年（733）隐居嵩山时。题下原注："时在常乐东园走笔成。"常乐东园，谓常乐坊东头园林，此是兴庆宫南第二坊。

② 东山：东晋谢安早年隐居今浙江上虞之东山，后因以东山指隐居之处。

③ 心尚：志向。远：高远。

④ 钟动：指寺庙中午斋钟声响。

⑤ 偃蹇：犹安卧，即偃卧不事之意。偃，仰卧。蹇，屈曲的样子。

⑥ 徒然：枉然。万象：万事万物，宇宙间的一切景象。

⑦ 澹尔：恬静安然的样子。太虚：天空，宇宙。缅：遥远。

⑧ 与物平：与物齐一。

⑨ 自顾：诗人自称。

⑩ 自得：内心有所领悟。

⑪ 浮念：虚妄的念头。遣：排除。

【评析】

此诗虽是朋友间的戏谑玩笑，却生动形象地展现出张諲高卧闲逸、萧散淡泊的名士之风。《王孟诗评》评曰："不必其人，直自输写（'日高'一联下）。警语不在深（'阶前'句下）。"又《唐诗归》评道："题中'戏赠'二字意颇难看，似嘲其隐志不能自坚。……此'善'字押得甚有道气（'阶前'句下）。"而《唐贤三昧集笺注》则说："有陶家遗韵。"今人马玮主编的《王维诗歌赏析》评析说道："自古才子多倜傥，他们恃才而傲物，洒脱而不拘小节。张諲的才子风度尤为突出，和他长年同处的王维也敏锐地发现了这一点，所以用三首诗分别从三个侧面再现了张諲的生活场景，并以此为背景表现张諲的性格特征。第一首诗，王维描写张諲隐居生活的日常状态，借以表现他不拘形容、自适自安、淡泊自处的个性。（‘吾弟’）这六句诗，王维集中刻画兄弟张諲隐居东山时‘懒散’的生活状态，突出一个‘懒’字。张諲首先懒于应对俗世之人，偏居东山，清心淡欲。……（‘清川’）这八句诗，王维借助于描写自然之景表现隐士张諲的心灵世界。屋前清溪潺潺，悠悠逸兴对溪水远流，空寂幽然的林子里觅得一片空地安卧，任思绪随清溪流水的声音流向远方。原来外形的放荡不羁只不过是个形式，张諲的内心世界如此悠远静谧：青翠油亮的苔藓簇生于石上，轻细柔嫩的小草遍生于松树下；松间苔草，似乎暗示的是张諲的清洁精神；窗外鸟鸣声轻淡悠然，就连阶前倚卧的石虎也隐去了王者的霸气，面呈慈善之色。鸟声‘闲’、虎心‘善’，意象奇诡，似乎暗示张諲的仁善内心。置身此境的张諲，持一颗宁静淡泊之心，哪怕世间万象纷繁复杂，终究也奈何不了他，他依旧能够在这清洁宁静的世界里自适自安。朴素而细腻的勾勒，将张諲闲适自在的生活清晰而生动地描绘出来。……结篇这四句诗，诗人通过自我与张諲对比，表达对张諲悟道之深的感慨。王维说五弟已经达到物我一体的境界，反观自己，认识肤浅，远比不上张五弟。王维又进一步慨叹：面对张諲，他也顿悟出一些道理，所谓浮世杂念，经由一颗淡泊自适之心，或许就可以自行消解了。诗人通过写张諲对自身的影响，侧面表现张諲的道行非同一般，用笔虽淡，着意却深。”

其　二

张弟五车书[①]，读书仍隐居。

染翰过草圣[2]，赋诗轻《子虚》[3]。
闭门二室下[4]，隐居十年余。
宛是野人野[5]，时从渔父渔[6]。
秋风日萧索[7]，五柳高且疏[8]。
望此去人世[9]，渡水向吾庐。
岁晏同携手[10]，只应君与予[11]。

【注释】

①五车书：形容书多，要用五辆车装载，后多指学问富博，《庄子·天下》："惠施多方，其书五车。"

②染翰：以笔蘸墨而书写，谢惠连《秋怀》："宾至可命觞，朋来当染翰。"过：超过。草圣：后汉张仙芝擅草书，有"草圣"之称，《三国志·魏志·刘劭传》裴注引《文章叙录》曰："汉兴而有草书……弘农张伯英者，因而转精其巧，凡家之衣帛，必书而后练之，临池学书，池水尽黑，下笔必为楷则，号匆匆不暇草。寸纸不见遗，至今世人尤宝之。韦仲将（韦诞）谓之草圣。"一说指唐代草圣张旭。

③轻：看轻，不逊于。《子虚》：汉代司马相如所著的《子虚赋》。

④二室：嵩山其东为太室，其西为少室，合称二室，在今河南登封市北。

⑤宛是：简直像。野人：山野村夫。野，形容自然淳朴、无拘无束。

⑥时从：可从、偶从。渔父：打鱼的人，《庄子》《楚辞》中多指隐者。渔：打鱼。

⑦日：一天天地。萧索：形容秋风声。

⑧疏：稀疏。

⑨望此：看此，观此。去：离开。

⑩岁晏：岁晚。携手：指携手归隐。

⑪ 应：犹“是”。

【评析】

全诗十四句，宜作三层来读：首四句写张谭学问富博、擅长草书，又兼辞赋。中六句写张谭隐居嵩山十年的高世之情，时或如山野村夫，却比山野村夫更无拘无束；时或如隐居的渔父，也常常打鱼；时或则像隐居避世的五柳先生陶渊明。末四句写诗人见张谭的隐居生活，辄起隐逸之心，而他时必当如昔日与子携手同隐。陶文鹏《王维孟浩然诗选评》评析说：“前六句称赞张谭喜好读书，学问富博，又有作草赋诗的超卓才华，却闭门隐居十年。在明快流畅的叙述中，荡漾着闲逸淡泊的情趣。‘宛是野人野，时从渔父渔’一联，以新颖洒脱的叠字对仗句，描写张谭隐居渔钓之乐，写出张谭陶情于山水渔钓的风神，生动而概括。‘秋风’以下六句，即景叙事，因事抒情，回忆自己与张谭同在嵩山隐居时的生活。结句既抒写二人志同道合的情谊，也寓有才难用知音稀少的感慨。”马玮主编《王维诗歌赏析》说：“第二首诗，王维集中笔墨描写张谭非凡的才情。……染翰赋文，皆是高人，恬静安适的隐居生活中充溢着文墨的清新素雅之味。……‘宛是野人野，时从渔父渔。’这只是张五弟生活的一个片段，却更显五弟闲云野鹤的气质。一切自然如流水，一切平淡，万虑尽除，生活自在闲适。‘秋风自萧索，五柳高且疏。’即使是秋风日见萧索，柳枝衰飒，似乎没有了清新触动心弦之美，然而‘望此去人世，渡水向吾庐。岁晏同携手，只应君与予’，张五弟却依旧愿与诗人携手隐居，原因是他对诗人的承诺。可仅仅如此吗？承诺只是个表面的说辞罢，真正的是诗人与五弟内心的共同向往，在精神自由的世界中，能得与自己相投的好友，对山煮酒赋诗，临水奏乐高歌，恰如《兰亭集序》所描述的那番和乐之景。”

其　三

设罝守毚兔[①]，垂钓伺游鳞[②]。
此是安口腹[③]，非关慕隐沦[④]。
吾生好清静[⑤]，蔬食去情尘[⑥]。
今子方豪荡[⑦]，思为鼎食人[⑧]。
我家南山下[⑨]，动息自遗身[⑩]。
入鸟不相乱，见兽皆相亲。[⑪]
云霞成伴侣，虚白侍衣巾[⑫]。
何事须夫子，邀予谷口真[⑬]。

【注释】

① 设罝：设置捕兔之网。罝，音拘。毚兔：狡兔。毚，音蝉。鲍照《拟古诗八首》其一：“伐木清江湄，设罝守毚兔。”

② 伺：等候。游鳞：游鱼。

③ 安口腹：使口腹安逸。

④ 隐沦：隐逸。谢朓《敬亭山诗》：“隐沦既已托，灵异俱然栖。”

⑤ 静：一作“净”。

⑥ 情尘：情识之尘垢，指世俗的欲求与思想情感等，王巾《头陀寺碑文》：“爱流成海，情尘为岳。”

⑦ 豪荡：即豪宕，豪放之意。

⑧ 鼎食：古代富贵人家常列鼎而食。

⑨ 南山：终南山。

⑩ 动息：犹言进退、出处。谢朓《观朝雨》：“动息无兼遂，歧路多徘徊。”《文选》李善注：“动息，犹出处。言出处之情有疑，譬临歧路而多惑也。”遗身：忘身、忘己。

⑪“入鸟”二句：《庄子·山木》：“辞其交游，去其弟子，逃于大泽，衣裘褐，食杼栗，入兽不群，入鸟不乱行。鸟兽不恶，而况人乎！”二句即用此意，谓自己清静无欲、毫无机诈之心，则鸟兽不惧，可以入群而相亲。

⑫虚白：为虚室生白之略语。《庄子·人间世》：“虚室生白，吉祥止止。”陆德明《经典释文》：“崔云：‘白者，日光所照也。’司马云：‘室比喻心，心能空虚，则纯白独生也。’”诗取崔注义，以“日光”与“云霞”相对。侍衣巾：侍候穿衣着巾，即为侍者之意。

⑬谷口真：即谷口郑子真。《高士传》卷中：“郑朴，字子真，谷口人也。修道静默，世服其清高。成帝时，元舅大将军王凤以礼聘之，遂不屈。扬雄盛称其德，曰‘谷口郑子真，耕于岩石之下，名振京师。’冯翊人刻石祠之，至今不绝。”此以郑朴喻己。谷口，古地名，在今陕西醴泉县东北。

【评析】

陶文鹏《王维孟浩然诗选评》评析说：“写张諲设网捕兔，垂钩钓鱼，只为一饱口腹，似与隐逸不相关。以下用对比手法，写二人性情与志趣亦有不同之处：自己志在清静无为，素斋蔬食，弃绝世俗情尘；而张諲则任侠使气，仍嗜食鱼肉，思富欲贵。‘我家’以下八句，进一步说明自己隐居终南，与鸟兽同群，和云霞作伴，非但去世离俗，甚至忘却自身存在，因此无需张諲邀去作伴。全篇从反面写张，从正面抒发自己高蹈出世超然尘外的情趣，与前首不同，正见诗题嘲戏之意。张九龄遭贬后，奸相李林甫专权，朝政日非，官场险恶，王维不免有理想破灭之感，进取之心和用世之志已销减殆尽。他在隐居终南期间的逃避现实思想，比起前两次隐居时更突出和浓厚。这组诗正是当时诗人心境的真实写照。”

【总评】

此组诗三首旨趣各有侧重。赵殿成《王右丞集笺注》说："前二篇，美张能隐居乐道，物我两忘，与己合志；后一篇，嗤张之钓弋山中，只图口腹，譬如李家娘子，才出墨池，便登雪岭，何一日之间，黑白不均乎！题曰戏赠，良有以也。"。

送丘为落第归江东①

怜君不得意，况复柳条春。
为客黄金尽②，还家白发新。
五湖三亩宅③，万里一归人。
知祢不能荐④，羞为献纳臣⑤。

【注释】

① 此诗作于天宝元年（742）春。丘为：盛唐诗人，苏州嘉兴（今属浙江）人。初屡试不第，唐玄宗天宝二载（743）进士及第。历任主客郎中、司勋郎中，迁太子右庶子。年逾八十以左散骑常侍致仕。唐德宗贞元四年（788），又复官。年九十六卒。江东：指长江下游地区。

② 为客：指为应试客居长安。黄金尽：用苏秦典故，《战国策·秦策》："苏秦说秦王，书十上而说不行，黑貂之裘敝，黄金百斤尽。"

③ 五湖：有多种不同说法，诗中当指太湖流域一带的湖泊。三亩宅：语出《淮南子·原道训》："故任一人之能，不足以治三亩之宅也。"此指丘为之家。

④ 祢：指祢衡，《后汉书·祢衡传》："祢衡字正平。……少有才辩，而气尚刚傲……唯善鲁国孔融与弘农杨修。……融亦深爱其才。衡始弱

冠，而融年四十，遂与为交友。上疏荐之。”此句说深知丘为的才智如祢衡，自己却不能像孔融那样加以推荐。

⑤献纳臣：指谏官（补阙、拾遗等），进言以供采纳，也有荐贤之职责。作者于天宝元年（742）任左补阙，故有此言。

【评析】

此诗写送友人落第还乡，既描写出友人的潦倒失意，也表现了自己的深切同情，于送别诗中别具一格。后人评论最多的是诗歌的立意，如《唐诗归》说：“此二语出先达口，则为自责；出贫士口，则为尤人。易地则失之矣。（末联下）”《唐诗矩》评：“尾联转换格。三怜其困，四怜其老，五怜其穷，六怜其贱，如此写不得意，尽情尽状。则凡在相知不能效吹嘘之力者，对之自当抱愧，故结处不能再作他语，惟有痛自引咎而已。”《唐贤三昧集笺注》说：“追深好。三、四善道不得意客情。五、六最重。”《唐诗意》评：“慰人失意，而己反为之下泪，爱其情至，意其为变风矣。”《养一斋诗话》评：“无字不悲，收亦厚极，不愧古人。”也有评诗艺章法的，如《王孟诗评》说：“起缓语妙。”《唐诗选脉会通评林》：“陈继儒曰：‘神完气足，即盛唐亦不多得。’徐充曰：‘八句皆佳。’魏庆之曰：‘五、六连珠句法。’”《历代诗发》评道：“‘黄金’‘白发’，如此用便新脱。后来‘黄金’‘白发’雪尘积乾坤，本不关字面也。”另外，此诗也引起两个讨论，一是说其风格渐入中唐。如《唐诗镜》说：“稍近销削，开中唐之渐。”又如《唐诗归》说：“似刘长卿句（‘万里’句下）。”而《闻鹤轩初盛唐近体读本》则辨析道：“第二用第四微映增年之感，章法方成。五、六如是直置省力语，觉自爽亮。末对法又错落自放，故当未落中唐。”二是说其用数字过多，不足为法。如《四溟诗话》便认为：“两联皆用数目字，不可为法。……‘五湖三亩宅，万里一归人’，此联叠用数目字，不可为病。”又如《诗辩坻》也说：“‘五湖三亩宅，万里一归人’，句法孤露，意兴欲尽，尤易为浅学效颦，作者不欲数见者也。”也有对此二句持相反的看法，称赞王维对数字的运用的。如《诗源辩体》说：“摩诘五言律，如‘怜君不得意’，一气浑成者也。‘为客黄金尽，还家白发新。五湖三亩宅，万里一归人。’浑圆活泼，而气象风格自在。”而《緄斋诗谈》更直接反驳道：“‘五湖’宽说具区，‘三亩’方切本家，‘万里’约举往返，‘一归人’紧贴本身，并非堆垛死胚。毛稚黄以为病，何也？”

哭殷遥①

人生能几何②？毕竟归无形③。
念君等为死④，万事伤人情。
慈母未及葬，一女才十龄。
泱漭寒郊外⑤，萧条闻哭声。
浮云为苍茫，飞鸟不能鸣。
行人何寂寞，白日自凄清。
忆昔君在时，问我学无生⑥。
劝君苦不早，令君无所成。
故人各有赠，又不及生平⑦。
负尔非一途⑧，恸哭返柴荆⑨。

【注释】

①此诗约作于天宝初年。殷遥：句容（今江苏句容）人，家贫，卜居许州（今河南许昌）西；开元十五年（727）后任忠王府仓曹参军，二十一

年（733）已任秘书省校书郎；与王维、储光羲结交，志趣高洁，诗风闲雅。芮挺章于天宝三载（744）《国秀集》中收王维《送殷四葬》七绝一首，故殷遥去世时间当为天宝元、二、三载间。又蜀本作《哭殷遥二首》，此为其一，其二即为《送殷四葬》。

② 几何：多少，曹操《短歌行》："对酒当歌，人生几何？"

③ 无形：谓死。

④ 等为死：同样是死，《史记·陈涉世家》："今亡亦死，举大计亦死，等死，死国可乎？"

⑤ 泱漭：广漠无边的样子，张衡《西京赋》："山谷原隰，泱漭无疆。"

⑥ 问我：向我。无生：指佛教。

⑦ 生平：谓生前。

⑧ 一途：一处、一端。

⑨ 柴荆：谓柴门荆扉，指村舍。

【评析】

友人早逝，生者哀恸。虽是人生当终归于虚无，但念其"慈母未及葬，一女才十龄"，便哀恸难抑。故《湘绮楼论唐诗》称："右丞诸作，吐属高华，实宜台阁，唯《哭殷遥》诗，为特沉痛。"又《唐诗归》："此句妙（'浮云'句下）。似有声出余纸外（末句下）。"今人陶文鹏《王维孟浩然诗选评》说："明人锺惺说：'右丞禅寂人，往往妙于情语。'（《唐诗归》卷八）确实，王维不仅善于写景，也善于抒情。他的内心感情丰富，对诗中所表现的思想感情多有深切的体验，故而他的抒情诗往往语浅情深，感人肺腑。这首哭悼亡友的诗，先写人死情伤，次写殷遥死时，老母未葬，幼女十岁，境况悲惨，亲友哭声哀切。最后忆昔抚今，悲恨交加，自责负友不止一端，恸哭返回柴荆两句，尤为凄怆动人。全篇将叙事、写景、抒情结合起来。诗中寒郊泱漭、浮云苍茫、飞鸟不鸣、行人寂寞、白日凄清等景象，烘托出浓厚的悲恸氛围。”张勇《王维诗全集》说：“本诗用直白抒情的语言，沉痛哀悼友人殷遥的早逝。”

班婕妤三首①

其　一

玉窗萤影度②，金殿人声绝。
秋夜守罗帏③，孤灯耿不灭④。

【注释】

①此组诗约作于天宝三载（744）年前，或任太乐丞时。《班婕妤》：一曰《婕妤怨》，为乐府古题，《乐府解题》曰：“《婕妤怨》者，为汉成帝班婕妤（班况之女、班彪之姑）所作也。……（婕妤）美而能文，初为帝所宠爱，后幸赵飞燕姊弟，冠于后宫，婕妤自知见薄，乃退居东宫，作赋及《纨扇诗》以自伤悼。后人伤之，而为《婕妤怨》也。”《国秀集》选第三首作《扶南曲》，因此本组诗当作于天宝三载（744）之前。

②玉窗：精美的窗户。萤影：萤火虫的影子。

③罗帏：指宫室的帐幕。

④耿：明亮。

【评析】

此首写失宠宫人夜深独居、孤灯难眠之状。《唐诗解》说：“此叙秋夜独居之景，凄切有情。”而《王维诗评》则称：“咏婕好而犹为含嚬希宠之态，似非婕好本相。”《唐诗笺要》则从艺术表现方面说：“可怜在一‘守’字，若换为‘掩’字、‘卧’字，便是索然。”今人邓安生《王维诗选译》说：“此诗写女主人公深夜独坐凝望，抱着期待君王临幸的一线希望；然而玉窗萤影暗飞，金殿人声阒寂，君王早已憩息，而只剩自己长守空帏，坐对孤灯明灭。全诗无一字说怨，而失宠不眠之情见于言外。”

其　二①

宫殿生秋草②，君王恩幸疏③。
那堪闻凤吹④，门外度金舆⑤。

【注释】

①《河岳英灵集》选此诗题作《婕妤怨》。

② 生秋草：用班婕妤《自悼赋》“宫殿尘兮玉阶苔，中庭萋兮绿草生”句意。

③ 恩：一作“宠”。疏：疏远。

④ 那堪：怎能禁受。凤吹：《列仙传》：“王子乔，周宣王（应为周灵王）太子晋也，好吹笙作凤鸣，游伊、洛之间。”后因以喻笙、箫、竽等细乐。

⑤ 金舆：皇帝乘坐的车轿，《史记·礼书》：“人体安驾乘，为之金舆错衡，以繁其饰。”

【评析】

诗写门内门外的巨大反差：一边是秋草日生，一边是凤吹铺地；一个是君宠渐疏，一个是金舆日度。语淡而意深，故《王孟诗评》评曰："语皆不刻而近。"又《唐诗选脉会通评林》："蒋一梅曰：'凄然动人。'"《唐诗从绳》说："本意一毫不露，作法高绝。"《唐诗笺注》云："意分两层，曲折沉挚。"《增订唐诗摘钞》："此暗用辞辇事（婕妤曾婉辞与成帝共辇），而反其意以写之，言同列之承恩者尔尔，本意一毫不露，作法高绝，从来诸作，皆可废矣。"《唐诗偶评》说："首二正叙，下二转从近处验出疏来，语气一气层递而下，是加一倍渲染之法。"《唐人万首绝句选》评道："门内秋草日生，门外金舆自度，如此看便妙。"《唐诗解》则说："梦得（刘禹锡）翻是联（后二句）为《阿娇怨》，语意更新。"

其　三

怪来妆阁闭①，朝下不相迎②。
总向春园里③，花间语笑声④。

【注释】

①怪来：难怪。妆阁：供梳妆之用的楼阁，闭则不再梳妆打扮。

②朝下：指成帝下朝。不相迎：指成帝不再宠幸班婕妤的委婉说法。

③向：在。

④语笑声：指成帝与新得宠者的笑语声。

【评析】

此诗写班婕妤自己倦于梳妆，皇帝也不再临幸；春园春花时节，皇帝总是与新得宠者欢声笑语；诗意婉转含蓄。《冷斋夜话》说："诗有句含蓄者，如老杜曰：'勋业频看镜，行藏独倚楼。'……有意含蓄者，……如《嘲人》诗曰'怪来妆阁闭，朝下不相迎。总向春园里，花间语笑声'是也。"《诗薮》说："唐五绝，初盛唐前多作乐府。然初唐只是陈隋遗响，开元以后句格方超。如崔国辅《流水曲》《采莲曲》，储光羲《江南曲》，王维《班婕妤》，崔颢《长干曲》，皆酷得六朝意象，高者可攀晋、宋，平者不失齐、梁。”《姜斋诗话》说：“《十九首》及‘上山采蘼芜’等篇，止以一笔入圣证。自潘岳以凌杂之心，作芜乱之调，而后元声几熄。唐以后间有能此者，多得之绝句耳。一意中但取一句，‘松下问童子’是已。如‘怪来妆阁闭’又止半句，愈入化境。”《唐王右丞诗集注说》评道：“含蓄、悠长、冲雅。”《唐诗解》说：“此言班姬甘幽默也。言人怪我近来闭妆阁，罢朝之后便不复相迎。我想总向春园之中，亦惟花间语笑而已，无他好也。其不与赵氏争宠可见。”《唐诗笺注》说：“花间语笑是别有相迎之人，‘总向’二字，与‘怪来’相应。”《唐诗摘抄》也说：“向日闻君退朝必开妆阁以相迎，近来恩不及己，故妆阁闭而不相迎也。然不言恩疏而反为自怪之词，更深。三、四从承恩者反映。”《而庵说唐诗》说：“夫第一等人诗，必须第一等人作，婕妤诗，定须右丞作。……从来后宫，谁不迎合至尊，而婕妤则以古君子之道自处，力辞同辇，惟恐以好色累却君王，故罢朝之暇，即闭却妆阁，不复相迎。在婕妤则以为常，而他人见之，岂不以为怪乎。又推婕妤之意，谓我即相迎，总无益处，亦不过向春园里花间，多一人笑语声耳，即无我去，又岂无笑语之声哉！”

奉寄韦太守陟[1]

荒城自萧索，万里山河空。
天高秋日迥，嘹唳闻归鸿[2]。

寒塘映衰草，高馆落疏桐。
临此岁方晏[3]，顾景咏《悲翁》[4]。
故人不可见，寂寞平陵东[5]。

【注释】

① 此诗约作于天宝四载（745）秋贬襄阳时。韦太守陟：即韦陟，字殷卿，为三朝宰相韦安石之子，韦陟为人“风标整峻，独立不群”“刚肠疾恶，风彩严正”，李林甫忌之，先后出为襄阳、钟离、义阳、河东、吴郡等地太守。

② 嘹唳：形容响亮凄清的雁声。

③ 方晏：将晚，指岁暮。

④ 咏《悲翁》：古乐府有《思悲翁》，暗喻对韦陟的思念。

⑤ 平陵东：陵，一作“林”。平林故城在湖北随县东北。

【评析】

诗歌以荒凉萧索的景物表达对友人的思念之情，风格平淡自然，韵味隽永深长，深得后人赏爱。如《唐诗广选》说：“由工入微，不犯痕迹。”《唐诗境》评：“疏冷。”《唐诗选脉会通评林》：“唐陈彝曰：‘叙景潇洒。“顾景咏《悲翁》”，情惨。’蒋一梅曰：‘淡而有味。’”《唐贤三昧集笺注》说：“其妙处纯在自然。六朝人名句足千古者，莫不是自然。高致自然，读之使人气平。”又说：“（‘寒塘’二句）‘月映清淮流’‘疏雨滴梧桐’，不能专美。”《唐贤清雅集》也说：“高疏细密。‘寒塘’二语，尤见风调。”

今人也多有述评，如邓安生《王维诗选译》说：“作者想象韦陟被贬后的处境，通过岁暮时节萧索的荒城、嘹唳的归鸿、倒映寒塘的衰草、客舍飘落的疏桐，烘托出韦陟孤独寂寞的心情。全诗不做正面描写，而是通过侧面的渲染，对友人的思念和关心之情却表现得更加淋漓尽致。”马玮主编《王维诗歌赏析》说：“全诗以层层递进之法，精练简洁地描绘出边塞荒凉之景，借悲景诉悲情，把荒城之忧、故乡之思、怀人之戚、悲秋之愁，夹杂缠绕在一起，表达得荡气回肠、久久不息。”王达津《王维孟浩然选集》说：“此诗全从韦陟一边落笔，怀念之情愈深。结语点出韦陟所在之地及寂寞之情，是全诗要旨。”张勇《王维诗全集》说：“全诗以友人视角写景抒情，用秋日的萧索之景衬托友人的怀故之情。前三联融情于景，‘荒城’‘归鸿’‘寒塘’‘衰草’‘高馆’‘疏桐’等一系列疏冷的意象叠加，构成一幅萧索秋日图，意境潇洒悲凉。后两联融景于情，刻画友人相思情状。全诗构思精巧，不落痕迹，情景俱胜，淡而有味。”陶文鹏《王维孟浩然诗选评》“此诗多从韦陟一边落笔，描绘韦陟所在之地襄阳的深秋景色：荒城萧条冷落，山川空旷明净，寒塘映照衰草，高馆疏桐叶落，景象凄清，渗透着诗人怀念、关切之情。后四句写自己于岁晚对景吟咏，倾述怀念友人的哀伤，并想象友人在襄阳的寂寞。此诗景凄清而情深挚，妙处纯在自然。”

新秦郡松树歌[①]

青青山上松，数里不见今更逢。
不见君[②]，心相忆，此心向君君应识[③]。
为君颜色高且闲[④]，亭亭迥出浮云间[⑤]。

【注释】

①诗约作于天宝四载（745）任侍御史出使新秦郡时，一说作于开元

十四年（726）。新秦郡：《新唐书·地理志》：“关内道。……开元十二年析胜州之连谷、银城置，十四年废。天宝元年复置。”故址在今陕西神木县北四十里。

② 君：指松树。

③ 识：知。

④ 为：因为。颜色：姿态、容貌。高且闲：高雅而闲静。

⑤ 亭亭：高耸貌。迥出：远出、高出。

【评析】

赞美松树，或以松树作为人的精神的象征，是古代诗歌乃至中国文化的重要特征。但此诗以相识、相知、相忆的老友关系来描写松树则更进一层，匠心独具，颇有创新。首二句写山路盘旋起伏，青青松树时隐时显，数里之后终于再见，表现出格外的欣喜之情。次二句直接坦露心迹：不见时总是“心相忆”，而以第二人称的“君”来称呼松树，俨然已将松树视作老友相知了，所以才有“此心向君君应知”一句；“君应知”更强化了诗人的情感与松树的相知。在将相知之情渲染得极其浓厚之后，末二句再度直接表露出相知之因，原来是“颜色高且闲”，而且还“亭亭迥出浮云间”，如此一来，松树的内在精神气度与外在的高出物表的超然之姿便被淋漓尽致地揭示出来，而诗人自己的心迹与追求也就不言而喻了。明人《王右丞诗集注说》评道：“短短写亦自婉曲清古。”今人陶文鹏《王维孟浩然诗选评》评道：“诗写一棵高山青松，将它拟人化，既描绘它雄劲秀丽形貌，又表现其高雅从容气度，可谓形神兼备。‘数里’句把它看作知交挚友，恨不得朝夕相处。一旦重逢，则喜溢言表。‘君不见’三句，直抒对松树的思念和向往。一‘忆’一‘向’，再加上‘君相识’，满腔深情倾泻而出。四个‘君’字连用，频频呼唤，情意绵绵。物与我，人与松，志趣相投，肝胆相照，都显示出高洁不凡、傲然不屈，怡然不躁的品格。诗句为三、五、七言，长短错落，几乎句句押韵，韵脚密更显出感情激切。平仄韵相间，转换自如。开篇写松树之形色，结尾写生松之神态，叠字形容词'青青'与'亭亭'也前后呼应。全篇语言真率、浅近、活泼、自然，有民歌风致，可以看出诗人从乐府民歌《青青河畔草》和刘桢'亭亭山上松，瑟瑟谷中风'（《赠从弟》）中汲取了思想艺术营养。"王达津《王维孟浩然选集》也说："诗意和刘桢《赠从弟》'亭亭山上松，瑟瑟谷中风'相近。"王友怀《王维诗选注》评说："从'心相忆''心向君'等语正可看出，松树的气质仪度，恰是作者所追慕的。实际上也是隐逸之士风操的写照。"

榆林郡歌①

山头松柏林，山下泉声伤客心②。
千里万里春草色，黄河东流流不息③。
黄龙戍上游侠儿④，愁逢汉使不相识⑤。

【注释】

①诗约作于天宝四载（745）任侍御史出使榆林郡时。榆林郡：与新秦郡辖区相连。《旧唐书·地理志》："隋置胜州，大业为榆林郡。武德中，平梁师都，复置胜州。天宝元年，复为榆林郡。乾元元年，复为胜州。"故址在今内蒙古准格尔旗东北。

②伤客心：乐府诗《陇头歌辞》："陇头流水，鸣声幽咽。"

③黄河：据《元和郡县志》载，唐榆林郡北治所榆林县境内有黄河，"西南自夏州朔方界流入"。

④ 黄龙戍：黄龙城即唐营州治，为控御东北的边防重镇，故名黄龙戍，故址在今辽宁朝阳县，此借指榆林。游侠儿：见《少年行四首》其一注，此借指戍边将士。

⑤ 汉使：以汉喻唐，诗人自称。

【评析】

与盛唐时期表现建功立业、高昂激切的边塞作品不同，此诗着重表现戍守榆林边防将士的艰辛与悲苦。首二句写驻守的山头，山上柏林森森，透出丝丝寒意，山下流水呜咽，如诉绵绵悲凄。次二句写山上所见，一望无际的春草色漫天遍野年年如此，东流不断的黄河水一去不回天天如斯，暗示了戍边日期的无穷无尽。末二句正面写戍边将士，却以“游侠儿”代称，更展现了将士们那种重然诺、轻生死、敢担当的特征；等到他们终于迎来朝廷的慰问使者，却是不相识的异乡人，其失望与惆怅之情一下跌落谷底！全诗描写烘托、层层推进，最终将将士的边警频仍之愁、戎马辛苦之愁、功业未立之愁、有家难归之愁推向高潮！所以《唐王右丞诗集注说》评道：“见汉使而不相识，犹非乡人也，何以慰愁，意尤凄切。摹写荒远愁绝之景可想。”《唐诗评选》也评说：“真情、老景、雄风、怨调，只此不愧汉人乐府。”今人陶文鹏《王维孟浩然诗选评》评道：“此诗抒写戍边将士生活的艰辛孤寂和思乡愁情。头二句写他们守卫的山。山上松柏成林，山下泉水呜咽，使远离家乡的征人为之伤心。中间二句写山野春草凄凄，黄河奔流不息，景象阔大、荒凉，触动征人愁思茫茫。最后二句写守边的游侠少年好不容易见到朝廷派来慰问的使者，却发现是不相识的异乡人，深感失望，更加忧愁。诗人通过写景叙事来抒情，笔墨简洁，情调悲怆。诗以一个五言句领起两个七言句，由平韵转为仄韵，用重言错综和排比句加强诗的音乐性，饶有民歌风味。”

重酬苑郎中并序[①]

顷辄奉赠[②]，忽枉见酬[③]。叙末云："且久不迁，因而嘲及。"诗落句云："应同罗汉无名欲[④]，故作冯唐老岁年。"亦解嘲之类也。

何幸含香奉至尊[⑤]，多惭未报主人恩[⑥]。
草木岂能酬雨露[⑦]，荣枯安敢问乾坤[⑧]？
仙郎有意怜同舍[⑨]，丞相无私断扫门[⑩]。
扬子《解嘲》徒自遣[⑪]，冯唐已老复何论[⑫]！

【注释】

① 诗约作于天宝五载（746）或六载（747）为库部员外郎时。题下原注："时为库部员外。"苑郎中：即苑咸，京兆人，天宝五载（746）为中书舍人，正五品上。

② 奉赠：指王维作诗赠苑咸。

③ 枉：屈尊。见酬：指苑舍人所作《酬王维》一诗。

④ 罗汉：阿罗汉的简称，是小乘佛教修证的最高果位。

⑤ 含香：古代尚书郎奏事答对时，口含鸡舌香以除气味，后常指侍奉君王，沈括《梦溪笔谈》："《日华子》云：'鸡舌香治口气。'所以三省故事，郎官口含鸡舌香，欲其奏事对答，其气芳芬。"

⑥ 主人：臣子以君上为主人。

⑦ 草木：喻臣子。雨露：喻君恩。

⑧ 安敢：岂可。乾坤：天地。

⑨ 仙郎：唐时尚书郎之美称，指苑咸。同舍：同僚。

⑩ 丞相：指李林甫。扫门：指禁绝请托，典出《史记·齐悼惠王世家》："魏勃少时，欲求见齐相曹参，家贫，无以自通，乃常独早夜扫齐相舍人门外。相舍人怪之，以为物而伺之，得勃。勃曰：'愿见相君无因，故为子扫，欲以求见。'于是舍人见勃曹参，因以为舍人。"

⑪ 扬子《解嘲》：《汉书·扬雄传》："哀帝时，丁、傅、董贤用事，诸附离之者或起家至二千石。时雄方草《太玄》，有以自守，泊如也。或嘲雄以玄尚白，而雄解之，号曰《解嘲》。"

⑫ 冯唐已老：《史记·张释之冯唐列传》："武帝立，求贤良，举冯唐。唐时年九十余，不能复为官，乃以唐子冯遂为郎。"

【评析】

苑咸能书写梵文并擅长梵音，所以王维有《苑舍人能书梵字兼达梵音皆曲尽其妙戏为之赠》一诗，随后苑咸也回赠《酬王维》诗，此诗则为"重酬"再赠之作；但王维二诗中对苑咸的称呼前为"舍人"，后为"郎中"，王达津以为"或王二次赠诗时苑的官职已有变迁"。全诗诗意婉转反复，《唐王右丞诗集注说》评道："中间意绪转折太多，约略一篇文字数百言，尽于五十六字中，此等诗最高品也。"《王维诗集笺注》评曰："是自家要断，却丞相要断，委婉中见志趣。"张勇《王维诗全集》说："首联自我解嘲，惭愧自己未能建立功业，为君主分忧。颔联借草木喻臣子，表述自己对圣上感恩戴德，不敢过问升迁与否。颈联写即使苑咸同情自己，而丞相也是公正不阿，禁绝请托的。尾联借典故表达自己的淡泊之志。全诗委婉蕴藉，内容丰富。"陶文鹏《孟浩然王维诗选评》说："诗人巧妙地借用典故叙事抒情，使所叙之事清晰生动，诱人联想，也使所抒之情含蓄蕴藉，动人心弦。全篇八句，几乎一句一层甚至两层意绪，一句一转，层层转折。五十六字中表达出数百字文章的思想内容，可谓高度精炼。"

待储光羲不至[1]

重门朝已启[2]，起坐听车声[3]。
要欲闻清佩[4]，方将出户迎。
晚钟鸣上苑[5]，疏雨过春城。
了自不相顾[6]，临堂空复情[7]。

【注释】

① 此诗约作于天宝元年（747）或天宝七载（748）春。储光羲：（约706—763），润州延陵（今江苏金坛）人。开元十四年（726）登进士第，曾任县尉，后隐居终南。约天宝六、七载（752、753）间出山官太祝，寻迁监察御史。为盛唐田园山水诗代表诗人之一，也是王维的好友。

② 重门：层层的帝宫门，一说指诗人家中之门。

③ 起坐：起立、坐下。

④ 要欲：好像。清佩：清脆的玉佩声。

⑤ 上苑：皇家园林。

⑥ 了自：已经明了。顾：看。

⑦ 空：独自。复：多。

【评析】

此诗写待友相访，深婉怅然，尤其以虚字曲尽其情，使诗意摇曳多姿。《唐诗归》云："'要欲''方将'等虚字下得极苦心，所谓苦吟，正如此（'要欲'二句下）。此十字正是待人，莫作境与事看（'晚钟'二句下）。"《诗源辩体》说："摩诘五言律，如'重门朝已启'，闲远自在者也。"《唐律消夏录》说："上四句是'待'，下四句是‘不至’，章法甚明。妙在从最早待至极晚。‘要欲’‘方将’说得倾心侧耳。及上苑钟鸣、春城雨过，方知其‘了自不相顾’也。‘空复情’，‘空’字说无数相待之情皆已成空，‘复’字说无数相待之情仍然未已。”《闻鹤轩初盛唐近体读本》也评道：“中有生致，虽轻不萎。‘要欲’‘了自’，字法自高。”《抱真堂诗话》说：“王摩诘有‘忽过新丰市’‘疏雨过春城’，‘过’字妙。”

今人邓安生《王维诗选译》说：“诗中很细腻地写诗人早朝时等待好友而不至的心情。先是在宫门刚开时就盼望他的车声，继之想象一听到玉佩声，自己就出门迎接。而钟正鸣于上苑，雨恰洒过春城，则是在写最后的期盼。结句写已明知友人不来，而期待之情仍萦绕在怀，经久不去。这一首诗深一层的意思实在前四句，即肯定储光羲的值得人敬爱的为人，所以写期待之殷。”陶文鹏《王维孟浩然诗选评》说：“此诗写他自早至晚久待友人不至。前四句写‘待’，后四句写‘不至’，章法清晰，题意写足。首联写层层门户在清早就已经打开，他在等待友人前来。诗人忽而站起，忽而坐下，聆听门外过往车声。这一动作细节，传达出急切盼望友人的心情。颔联写他好像听到友人身上玉佩的清脆响声，正要出门迎接，原来是自己弄错了。这两句把诗人因急切盼望而生幻听错觉的情态，描摹得极为真切、生动。虚词‘要欲’‘方将’下的精妙。……颈联写钟鸣、雨过，借景写出时间推移，已到傍晚，友人未至，自己心神不宁。‘过’字，使人如闻疏雨飒飒之声，感觉诗人对疏雨之埋怨，似乎听到诗人喃喃自语为何雨来而人未来之心音。此看似平常，其实含意深妙。尾联上句紧接前联，点出已知友人不会来相聚，下句写自己怀着惆怅心情回到堂上。‘空复情’三字，收尾亦妙。‘空’字说出从早到晚无数相待之情皆已成空，‘复’字又表明无数相待之情仍然未已。诗人运用矛盾修辞手法，在‘空复’二字之间，传写出落寞失望却又仍然充满期待的矛盾复杂心理。后来南宋赵师秀的七绝名篇《约客》，同样抒写期客不至的情景，可与此诗对读。”

崔九弟欲往南山马上口号与别①

城隅一分手②，几日还相见③？
山中有桂花④，莫待花如霰⑤。

【注释】

① 此诗应作于天宝九、十载（750、751）之前。崔九弟：即崔兴宗，见《与卢员外象过崔处士兴宗林亭》注。南山：即终南山。口号：诗题用语，表示随口吟成，义同“口占”。

② 城隅：城边、城角落。

③ 几日：何时。还：回来。

④ 桂花：当指春桂。

⑤ 如霰：花落地上犹如冰粒，柳恽《独不见》：“芳草生未积，春花落如霰。”霰，音现，即冰粒。

【评析】

内弟崔兴宗将往终南山隐居，王维口号一绝送别，言浅情深，委婉平淡，所以《唐王右丞诗集注说》评其“言外意不尽，冲淡自然”。《唐诗摘抄》也评说：“恐不能即会，故以落花促其归也。”《唐贤三昧集笺注》也说：“古甚。亦极有味，耐人领略。”而《唐贤三昧集评》则说：“右丞五绝全用天机，故尝独步一时。”今人陶文鹏《王维孟浩然诗选评》说：“刚一分手，便盼再见。‘几日还相见’语极平常，情极真挚。后半却又一转，劝友人赶快归山，以便及时观赏未落之桂花，流露出对友人归山的赞许与对隐居生活的向往。全篇言简意丰，语淡情深。王维的五绝多用口语，自然真率，故而独步一时，此诗可见一斑。”

与王维同时送别内崔兴宗的裴迪也作诗一首，说：“归山浅深去，须尽丘壑美。莫学武陵人，暂游桃源里。”则是另辟诗意，所以《批点唐音》说：“此兴自高，人道不得。”《诗境浅说》详解道：“临别赠言，令人增朋友之重。……此诗送人归隐，则云‘莫学武陵人’，良以言行相顾，事贵实践，若高谈肥遁，恐在山泉水，瞬为出岫行云矣。应知巢、由高躅，非一蹴可几也。”今人刘逸生《唐诗小札》则说得更明白了：“寻味这四句诗，觉得他还含有一种做人处世的道理。一个人要在一生中干点事业，就得下定一干到底的决心，不能浅尝辄止，或半途而废。诗人虽然不是意在宣扬道理，我们又何妨汲取其中的哲理成分。”

归隐终南的崔兴宗自然也少不了留别一首：“驻马欲分襟，清寒御沟上。前山景气佳，独往还惆怅。”诗歌将归去与惜别两层意思绾合起来，故《唐诗续评》道：“别离故堪惆怅，然妙在用‘景气佳’三字，更深一层。独字见情。”《唐贤清雅集》也说：“爱山景，恋友朋，两意合写，十分浓至。”

酬比部杨员外暮宿琴台朝跻书阁率尔见赠之作[①]

旧简拂尘看[②]，鸣琴候月弹。
桃源迷汉姓[③]，松树有秦官[④]。

空谷归人少，青山背日寒。
羡君栖隐处，遥望白云端。

【注释】

① 此诗约作于天宝八载（749）。一说为卢照邻诗，而卢照邻《幽忧子集》未收此诗，应属王维。酬：以诗相答。比部：刑部四司之一，负责内外赋敛，经费俸禄，置员外郎一员，从六品上。天宝十一载（752）改名司计，至德初复旧。杨员外：不详其人，作者另有《同比部杨员外十五夜游有怀静者季》诗，此诗当于杨员外去官归隐后。琴台：在山东单县东南一里旧城北，即宓子贱弹琴处；宓子贱名不齐，孔子弟子，为单父宰，鸣琴不下堂而治，孔子称之为君子。跻：登上。书阁：藏书之阁，当在琴台附近。率尔：急遽貌。

② 旧简：旧书。简，竹简。

③ 桃源：即陶渊明《桃花源》笔下之桃花源。迷汉姓：即桃花源中人“不知有汉，无论魏晋”。

④ “松树”句：用秦始皇典，说其居处有古松，见《过秦皇墓》注。树，一作“径”。

【评析】

此诗首二句说杨员外去官归隐之后，朝登书阁披阅古籍、夜临琴台待月弹琴，切题中朝跻书阁、暮宿琴台之事；颔联写杨员外隐居处如世外桃源、乐居其间，罕知世事；颈联写其隐居环境之幽寂少人、唯有青山白云相伴；尾联表现作者唯有遥遥相望的期羡之情。《唐诗镜》评道：“三、四意境之妙。大略意境既成，则神色自传，声调即不欲而合矣，此第一上流。”《唐诗续评》说：“‘松径有秦官’，用古极化。‘羡君栖隐处’，酬意作结。”又：“首联写杨栖隐之事，中二联栖隐之处，结点醒之。酬诗与和诗不同，和诗必见和意，酬诗不必也，但必要似答其人口气，如‘羡君’云云。”《闻鹤轩初盛唐近体读本》也评道：“三、四工而婉，第六尤警，作对更如不意。赵横山曰：‘看简、弹琴着“拂尘”“候月”字，便增多许情致。三、四亦止言桃与松耳，使典工琢，遂成绝隽名联。’”今人陶文鹏《王维孟浩然诗选评》说：“杨员外将他夜宿琴台朝登书阁的诗赠给王维，王维作此诗酬答。首联想象杨在书阁批阅古籍，于琴台弹琴，切诗题‘暮宿琴台朝跻书阁’事。诗人分别以‘拂尘’‘候月’四字形容，便表现出杨探寻古籍的专注与欣悦，增添许多情韵。颔联想象杨隐居处人情古朴、风景幽美，仅写桃花与松树，用典精妙对仗工整，意深境美，诱人遐想，遂成绝隽名联。颈联再以空谷人少、青山日寒之景，渲染其境地幽静，自然地引出尾联羡慕杨隐居之情，并以遥望白云怀思友人作结。”

与卢员外象过崔处士兴宗林亭①

绿树重阴盖四邻②，青苔日厚自无尘。
科头箕踞长松下③，白眼看他世上人④。

【注释】

①此诗疑作于天宝二年（743）或天宝三载（744）夏。一说作于天宝八载（749）至九载（750）卢象为膳部员外郎时。卢员外象：即卢象，字纬卿，汶上（今山东泰安、曲阜一带）人，开元年间，张九龄任丞相后擢为左拾遗、河南府司录；天宝初入为司勋员外郎，与贺知章、王维、李颀等交游，为飞语所伤，约于天宝四载（745）左迁齐、汾、郑三郡司

马，入为膳部员外郎。员外郎，为尚书省六部诸司副长官。处士：谓有才德而隐居不仕者。崔兴宗：为王维内弟，曾与王维、裴迪隐居终南山。约天宝五载（746）出仕，一说天宝九载（750）、十载（751），后在蓝田亦有别业，称东山草堂，西距辋川庄不远。天宝十一载（752）官右补阙。

② 重阴：浓阴。

③ 科头：不戴冠帽、裸露头髻，《抱朴子·刺骄》："或乱项科头，或裸袒蹲夷。……此盖左衽之所为，非诸夏之快事也。"箕踞：谓伸其两脚而坐，一说其坐姿似箕，二者均为不讲礼仪的坐姿。

④ 白眼：《晋书·阮籍传》："籍又能为青白之眼，见礼俗之士，以白眼对之。"

【评析】

诗人与卢象、王缙、裴迪三人过访崔兴宗隐居的林亭而有此作，极赞崔兴宗之高世情怀。故《王维诗评》说："白眼，亦如锺会与嵇康。"《唐诗评注读本》也说："处士之高傲如此，则惟己与象为其所契，独蒙青眼。可于言外见之。"《说诗晬语》则评道："诗有当时盛称而品不贵者。王维之'白眼看他世上人'、张谓之'世人结交须黄金'、曹松之'一将成功万骨枯'、章碣之'刘项原来不读书'，此粗派也。"今人陶文鹏《王维孟浩然诗选评》说："脱帽科头，在林亭里箕踞而坐，以一双白眼，冷看世人。林亭周围，苍松如盖，荫蔽四邻，青苔如茵，净洁无尘。四句诗，二十八字，诗人便勾画出人物及其所处的清幽环境，一位甘于寂居林下、孤高傲世的隐士形象，形神栩栩，呼之欲出。可见，诗人兼画家王维既是山水诗画的大师，又是人物诗画的高手。"马玮主编《王维诗歌赏析》说："这首诗的特点是塑造了一个栩栩如生的人物形象。通过描写人物所在的清幽洁净的环境，然后抓住人物'科头箕踞'的动作和'白眼看人'的神态，寥寥两笔，便栩栩传神地塑造出一位寂居林下、孤高傲世的隐士形象。……作者没有描写崔兴宗的日常生活，没有写他如何待人接物，也没写他如何在山野里享受山水，只是从一个拜访者的角度，写了一个从远处看到的概貌，就像画了一幅静态写生一样。在一个浓荫如盖的院子里，透过篱笆可以看到地面上厚厚的青苔，一棵青松之下，一个散披头发、一脸孤傲之态的人，正伸开两腿，以最舒服却最不合礼法的姿势坐在那里。就这么远远望去，一个远离尘世喧嚣的世外桃源，一个率性逍遥的隐士形象就跃然纸上。值得注意的还有一个诗人特意点出的一个景物：松。我们知道在中国古代文化符号里，松树不畏暴风骤雨，不畏酷暑严寒，是坚强、挺拔、高傲的象征，一向用来比喻君子的品格。崔兴宗坐在松树之下，这个意象说明，诗人虽然没有在诗句里有明确的褒贬，对崔兴宗的认可与赞赏却明明白白地体现了出来。”

酬诸公见过[①]

嗟余未丧[②]，哀此孤生[③]。
屏居蓝田[④]，薄地躬耕。
岁晏输税[⑤]，以奉粢盛[⑥]。
晨往东皋，草露未晞[⑦]。
暮看烟火，负担来归[⑧]。
我闻有客，足扫荆扉[⑨]。
箪食伊何[⑩]？副瓜抓枣[⑪]。
仰厕群贤[⑫]，皤然一老[⑬]。
愧无莞簟[⑭]，班荆席藁[⑮]。

泛泛登陂[16]，折彼荷花。
静观素鲔[17]，俯映白沙。
山鸟群飞，日隐轻霞。
登车上马，倏忽雨散[18]。
雀噪荒村，鸡鸣空馆。
还复幽独[19]，重欷累叹[20]！

【注释】

① 此诗约作于天宝九、十载间（750—751），天宝九载（750）正月，王维丁母忧，离朝屏居辋川。题下原注：“四言。时官出，在辋川庄。”见过：来拜访，探望。

② 嗟：感叹词。未丧：谓其母其妻已逝而自己仍然独居苟活。

③ 孤生：据《旧唐书·王维传》载，王维妻子死后独居三十年余年而未再娶，今又丁母忧。无父曰孤，无母曰哀，故曰孤生。

④ 屏居：隐居。屏，音饼。

⑤ 岁晏：年底。晏，晚。输税：纳税。

⑥ 以奉粢盛：粢盛，音资成，用作奉献给皇帝的宗庙祭祀谷物；《左传·桓公六年》：“粢盛丰备。”孔颖达疏：“粢是黍稷之别名，亦为诸谷之总号。祭之用米，黍稷为多……盛，谓盛于器。”

⑦ 晞：干。

⑧ 负担：背负肩挑。

⑨ 足扫：遍扫。

⑩ 箪：竹制容器，圆形叫箪，方形叫笥，《论语·雍也》：“一箪食，一瓢饮，在陋巷。”伊何：什么。

⑪ 副：音僻，剖分。抓：音瓜，扑打。

⑫ 仰厕：谦词，谓自己高攀而侧身于诸贤之中。

⑬ 皤然：头发花白貌。皤，音婆。

⑭ 莞簟：莞，音关，植物名，俗称席子草，此指用莞草编制的席子；簟，音垫，竹席。《诗经·小雅·斯干》："下莞上簟。"郑玄笺："莞，小蒲之度也。竹苇曰簟。"

⑮ 班荆：铺开荆条。班，铺。《左传·襄公二十六年》："（伍举、声子）遇之于郑郊，班荆相与食。"席藁：以藁草为席。藁，稻麦之类的秸秆。

⑯ 泛泛：船浮动貌。陂：音杯，池塘。

⑰ 素鲔：白色的鲟鱼。鲔，音伪。

⑱ 倏忽：转瞬间。雨散：如雨一样飘散，谢朓《和刘中书》："山川隔旧赏，朋僚多雨散。"

⑲ 幽独：幽寂孤独。

⑳ 重欷：反复抽咽。累叹：连续叹息。

【评析】

此诗是王维集中唯一的四言诗，也是唯一详细反映他在辋川庄生活境况的诗。前十句表现了诗人在辋川孤独艰辛的生活；中十六句描写诸公来访的情景；末二句写诸公去后，诗人的生活重归寂寥孤凄。《唐诗归》评道："韵高气厚。"又："四言诗，字字欲学《三百篇》，便远于《三百篇》矣。右丞以自己性情留之，味长而气永，使人益厌刘琨、陆机诸人之拙。"《絸斋诗谈》则评说："《酬诸公见过》，只是一篇雅词，尚未到汉、魏境界，《雅》《颂》又无论矣。向后人作四言体，却只宗此派。"今人邓安生《王维诗选译》说："四言诗至汉魏作者渐少，作品多质木呆板，而王维这首诗却可以算是比较成功的作品，有地方受了嵇康、陶渊明的影响。诗的开头写作者孤独的隐居生活，诗中说道诗人躬耕南亩，其中'晨入'四句，以四言体写农家生活，韵味不减陶渊明的‘晨兴理荒秽，荷月带锄归’。写景细腻传神，优美如画。这首诗采用三句一换韵的方式，并以平仄韵交换使用，造成韵律上的回环之美。写朋友游赏用平声韵，显出轻快的节奏；写朋友离去后的情景则用仄声韵，表现心情的抑郁沉重，音韵的使用也充分地为诗的内容服务取得了较好的效果。”

敕赐百官樱桃①

芙蓉阙下会千官②，紫禁朱樱出上兰③。
才是寝园春荐后④，非关御苑鸟衔残⑤。
归鞍竞带青丝笼⑥，中使频倾赤玉盘⑦。
饱食不须愁内热⑧，大官还有蔗浆寒⑨。

【注释】

① 此诗作于天宝十一载（752）。题下原注：“时为文部郎中。”文部即吏部，天宝十一载（752）改吏部为文部，至德二载（757）复改回为吏部。唐吏部设郎中二人，从五品。敕赐：皇帝恩赐。

② 芙蓉阙：指皇宫，古代宫门前有双阙，状如芙蓉，故称。

③ 上兰：汉代观名，在上林苑中，此借指唐代禁苑。

④ 寝园：指先帝陵园。园，指帝王墓地，古帝王陵园都有寝殿，故谓之寝园。春荐：指春日祭献，唐李绰《岁时记》载：“四月一日，内园进樱桃，寝园荐讫，颁赐百官各有差。”

⑤ 御苑：天子禁苑。鸟衔：《吕氏春秋·仲夏纪》：“羞（进献）以含桃。”高诱注：“进含桃，樱桃。莺鸟所含食，故言含桃。”

⑥ 青丝笼：指系青丝绳的篮子。

⑦ 中使：此指被派去收摘或运送樱桃的宦官。赤玉盘：《艺文类聚》："后汉明帝于月夜宴群臣于照园，太官进樱桃，以赤瑛为盘，赐群臣，月下视之，盘与桃同色，群臣皆笑，云是空盘。"

⑧ 内热：《食疗本草》："（樱桃）食多无损，但发虚热耳。"

⑨ 大官：即太官，掌管百官膳食。蔗浆寒：用甘蔗汁做成的饮料，性寒。

【评析】

此诗写皇帝赏赐百官樱桃，词旨圆活温润，颂而不谀。如《唐诗选》说："'才'与下句方有照应，令作'总'者非。将无作有，若君恩有余意。"又如《緄斋诗谈》说："《敕赐百官樱桃》描写君恩之厚，得《三百篇》遗意。三、四言其新，五、六言其多，七、八用补笔跳结，意更足，法更妙，笔更圆活。"复如《一瓢诗话》说："王摩诘学佛，不得已也。如《敕赐百官樱桃》，当时赋诗纪恩者不一，独摩诘三、四两句，人所忽而不言者，而独言之。是天理人心之砥柱，不是他人一味铺张盛事夸耀君恩而已。"《唐贤清雅集》也说："即一赐樱桃，写得君恩深厚无已，是大家。（首句下）"作为咏物诗，本诗也受到关注与点评。如《姜斋诗话》评道："咏物诗，齐、梁始多有之。……至盛唐以后，始有即物达情之作，'才是寝园春荐后，非关御苑鸟衔残'，贴切樱桃，而句皆有意，所谓正在阿堵中也。"也有与同类诗比较评论者，如《唐诗广选》说："胡元任曰：'退之亦有《谢樱桃》诗，五、六语云："香随翠笼擎初重，色映银盘泻未停。"与此诗五、六语相似，然摩诘诗浑然自胜。'"又如《诗境浅说》评道："咏樱桃者，以摩诘及少陵《野人赠朱樱》诗为最。王诗注重承赐，处处皆纪恩泽之隆。杜诗注重又见樱桃，处处皆见怀旧之切。"此外，更多的评论者则侧重于诗歌的表达技巧方面。如《唐诗直解》

说："典而致，在三、四句尤见本事。"《唐诗解》说："五、六对偶工，用事妥。别生议论作结，亦是巧思。"《唐诗成法》说："诸虚字皆从'会''出'二字生来，不是凭空乱写，应制诗至此神矣、化矣，无以加矣。"《唐诗别裁集》评："起句敕赐之由，三、四见敬礼臣下，结见君恩无已。词气雍和，浅深合度，与少陵《野人送朱樱》诗，均为三唐绝唱。"而论诗之细密则非《贯华堂选批唐才子诗》莫属："敕赐樱桃诗，妙在第一句全不提起樱桃，只奋大笔先书曰'芙蓉阙下会千官'。盖阙下即至尊也，阙下会千官，即会朝至尊也。如此便见君臣同德，日会阙下。朝廷之事，必有大者，而此樱桃，不过一日偶然宣赐之微物，此谓'笔墨所争其微，而立言所关其大'也。如出小人俗手，必将一起便写樱桃，则不知千官为樱桃故来会阙下乎，抑阙下为樱桃故召会千官乎？竟不成话说矣。三、四两使樱桃事，最精切。然妙实在写出一片敬爱其臣之盛，正不徒以精切为能也。五写先受赐者，六写后受赐者，不谓连百官之'百'字，先生妙笔，直有本事教都写出来，读之分明立在门左右，亲看其纷纷续续而去也。末又意外再写君恩无穷，又如逐员宣谕之。"

同崔员外秋宵寓直①

建礼高秋夜②，承明候晓过③。
九门寒漏彻④，万井曙钟多⑤。
月迥藏珠斗⑥，云消出绛河⑦。
更惭衰朽质，南陌共鸣珂⑧。

【注释】

① 此诗作于天宝十一载（752）秋。同：即唱和。崔员外：即崔圆，清河东武城（今河北清河东北）人，时任司勋员外郎；一说为崔颢。寓直：值宿禁中，直，同“值”。

② 建礼：汉宫门名，其内为尚书台所在地。《汉官仪》：“尚书郎主作文书起草，夜更值（轮流值宿）五日于建礼门内。”

③ 承明：汉未央宫内殿名，殿旁有承明庐，此借指唐尚书省值宿处，一说借指唐皇宫之门。

④ 九门：《礼记·月令》郑玄注云：“天子九门者，路门也，应门也，雉门也，库门也，皋门也，城门也，近郊门也，远郊门也，关门也。”此泛指京城，一说泛指皇宫之门。寒漏：寒夜滴漏声。漏，铜壶滴漏，古代计时器。

⑤ 曙钟：拂晓之钟声。

⑥ 迥：《广韵》：“迥，光也，辉也。”藏：隐没。珠斗：北斗星相贯如珠。

⑦ 绛河：即银河。

⑧ 共鸣珂：珂，马勒上的饰物，马行时作声。此句谓与崔同时骑马而归。

【评析】

此诗写与崔圆于尚书省共同值夜、归家时情景，全诗命意不深，而气象宏大、境界尽出，古人佳评者也多在此。如《诗源辩体》评道：“九门寒漏彻，……云消出绛河。浑圆活泼，而气象风格自在。”又说：“摩诘五言律，如‘建礼高秋夜’，一气浑成者也。”《诗薮》也说：“王维《岐王应教》《秋宵寓直》《观猎》俱盛唐绝作，视初唐格调如一，而神韵超玄，而气概闳逸，时或过之。”又：“‘建礼高秋夜’篇，绮丽精工，沈、宋合调者也。”《唐诗选脉会通评林》：“杨慎曰：‘大概宏敞，“九门”二句雄丽卓绝。’吴山民曰：‘三、四整而暇，五、六语丽。’”《瀛奎律髓汇评》：“纪昀曰：‘了无深意，而气体自然高洁。“藏”字、“出”字炼得自然，不似晚唐、宋人之尖巧。末二句入崔员外，却突兀。’”《唐诗观澜集》评：“自然好（‘万井’句下）。清华秀丽，十字画出禁中秋宵（‘月迥’二句下）。”《唐贤清雅集》则与襄阳相较而论：“右丞多解语，襄阳多苦词，固是性情，亦由境遇不同也。右承五律诗苍浑秀逸，气体甚大。襄阳清秀足相尚，而微偏峻厉，似当逊一筹。丽而逸，无士宦气。”更有评析者论其字词之照应者，如《唐诗成法》说：“‘建礼’‘秋夜’承以‘漏彻’‘曙钟’，似不写夜景矣，直到五、六方转笔写夜景，此倒叙法，唐人多有。‘更惭’接上，简妙，言同值己惭矣。‘更’字、‘共’字相呼应。”《闻鹤轩初盛唐近体读本》也评道：“陈德公曰：‘三、四迥亮，殆是名句。五、六彩丽，仍饶隽姿。王得四句眼字力，‘藏’字更出意，‘珠’‘绛’是作意色泽字，经隽笔俱增生致，故当不俗。’”而《唐诗矩》则更为细致地阐释了诗歌的旨意与风格：“尾联见意格。一‘更’字便唤醒前面，寓直之景皆与崔所同也。味结语便知崔在壮年，壮年之人立朝可以有为，今己方衰朽，展效无力，犹然窃位苟禄，对之能不怀惭。无限语意只以‘惭’字见出，盛唐人笔力不可及者以此。右丞诗分艳、淡二种，艳在初年，淡归晚岁，所谓‘绚烂之极，乃造平淡’者也。”

送陆员外[1]

郎署有伊人[2]，居然古人风[3]。
天子顾河北[4]，诏书隶征东[5]。
拜手辞上官[6]，缓步出南宫[7]。
九河平原外[8]，七国蓟门中[9]。
阴风悲枯桑，古塞多飞蓬。
万里不见虏[10]，萧条胡地空。
无为费中国[11]，更欲邀奇功[12]。
迟迟前相送[13]，握手嗟异同[14]。
行当封侯归[15]，肯访南山翁[16]。

【注释】

① 此诗当作于天宝十一载（752），一说作于隐居终南山期间。陆员外：其人不详。员外，即员外郎，唐尚书省六部诸司（每部下设四司）各置员外郎一至二人，是诸司郎中（诸司长官）的副手。

② 郎署：本为汉宿卫侍从官的公署，此借指唐之郎官。伊人：此人、那人。

③ 居然：竟然。

④ 顾：顾念。河北：河北道名，唐开元十五道之一，辖境相当于今北京、河北、辽宁大部，河南、山东古黄河以北地区。

⑤ 隶：隶属，一作“除”。征东：征东将军，此借指当时任河北采访处置使的安禄山。

⑥ 拜手：低头至首，古代跪拜礼的一种。

⑦ 南宫：唐人通常指尚书省。

⑧ 九河：《尚书·禹贡》："济河惟兖州。九河既道（导）。"孔安国传："河水分为九道，在此州界平原以北是。"当为泛称汉平原郡北的众多水流，一说平原在今山东平原西南。

⑨ 国：指幽州，治所在蓟县，《晋书·地理志》："幽州统郡国七。"即范阳国、燕国、北平郡、上谷郡、广宁郡、代郡、辽西郡。蓟门：古地名，又名蓟丘，在今北京德胜门外土城关。

⑩ 虏：敌兵，此指奚、契丹。

⑪ 无为：犹不用、不必。费：耗费。中国：国中。

⑫ 邀奇功：《汉书·段会宗传》："会宗为人，好大节，矜功名，与谷永相友善，谷永闵其老复远出，予书诫曰：'……方今汉德隆盛，远人宾服，傅、郑、甘、陈之功，没齿不可复见，愿吾子因循旧贯，毋求奇功。'"此借指安禄山事，《资治通鉴》卷二一六："（玄宗天宝十一载）三月，安禄山发蕃，汉步骑二十万击契丹。"

⑬ 迟迟：有所思而缓行貌，《诗经·邶风·谷风》："行道迟迟，中心摇摇。"

⑭ 嗟：感叹。异同：讨伐奚、契丹的不同意见。

⑮ 行：且。封侯：指建立卓著的功勋而封侯。

⑯ 南山翁：诗人自称。南，一作"商"。

【评析】

邓安生《王维诗选译》评道："陆员外是与王维同属尚书郎省的员外郎，奉命出参安禄山军事，将赴幽、燕一带，王维作此诗送别。安禄山当时任平卢、范阳、河东节度使，与奚、契丹之间屡有战事，安禄山杀了不少契丹人。天宝九载，安禄山封东平郡王（诗喻为'征东'）并入朝献奚俘千人。诗中'万里不见虏，萧条胡地空'，描写了边地人烟稀少、萧条冷落的景象。因此作者大声疾呼：‘无为费中国，更欲邀奇功。’谴责安禄山穷兵黩武、妄开边衅。作者借送别抒发了他对时局的观点，表现了他高远的政治眼光，这在他的诗中是不多见的。”王达津《王维孟浩然选集》评道：“诗当作于天宝十一载。其时杨国忠当政，表面繁荣的唐帝国已危机四伏。安禄山在北方多次引诱奚、契丹入境，杀戮很多。天宝十一载，安禄山兵败，又要发兵二十万征奚、契丹，以邀战功。诗中所写，即是对这种情况的讽喻。”

赠从弟司库员外絿①

少年识事浅，强学干名利②。
徒闻跃马年③，苦无出人智④。
即事岂徒言⑤，累官非不试⑥。
既寡遂性欢⑦，恐招负时累⑧。
清冬见远山，积雪凝苍翠。
皓然出东林⑨，发我遗世意⑩。
惠连素清赏⑪，夙语尘外事⑫。
欲缓携手期⑬，流年一何驶⑭。

【注释】

①此诗约作于天宝十一载（752）后至安史之乱前，一说作于天宝二年（743）。从弟：堂弟。司库员外：即库部员外郎，库部为兵部四司之一，《通典》：“库部郎中，……龙朔二年改为司库大夫，咸亨初复旧。天宝十一载，又改库部为司库，至德初复旧。”《旧唐书·职官志》：“兵部……库部员外郎一人（从六品上）……员外郎之职，掌邦国军州戎器、

仪仗。”王綵：生平不详。

② 干：追求，追逐。

③ 跃马年：指贵显得志，《史记·范雎蔡泽列传》：“蔡泽者，燕人也。游学干诸侯，小大甚众，不遇，而从唐举相。……唐举曰：‘先生之寿，从今以往者四十三岁。’蔡泽笑谢而去，谓其御者曰：‘吾持梁刺齿肥，跃马疾驱，怀黄金之印，结紫绶于要，揖让人主之前，食肉富贵，四十三年足矣。’”

④ 出人智：超出常人的智慧。

⑤ 即事：就事，就职。岂徒言：哪里是空谈不做实事。

⑥ 不试：不被任用。

⑦ 遂性：顺遂性情。

⑧ 负时累：《汉书·武帝纪》：“故马或奔踶而致千里，士或有负俗之累而立功名。”负，违，意谓恐因不合时宜而招致政治上的牵累。

⑨ 皓然：心胸旷达貌。

⑩ 发：兴起、产生。遗世：避世。

⑪ 惠连：谢惠连，南朝宋人，为谢灵运堂弟。《宋书·谢惠连传》：“幼而聪敏，年十岁，能属文，族兄灵运深相知赏。”此指王綵。清赏：清尚，风度洒脱。

⑫ 夙：往昔。尘外事：世外隐居之事。

⑬ 携手：一同归隐。

⑭ 流年：时光。一何：何其、多么。驶：急，迅疾。

【评析】

虽然对此诗的写作时间诸家有不同的看法，但后人对诗歌中所表达对官场仕途的厌倦和流露出的归隐之意却有相同的认识。今人陈贻焮认为此诗明显地表露出避世远祸的思想，他在《王维的政治生活和他的思想》中说："李林甫（独揽朝政），曾公开召集谏官们训示：'今明主在上，群臣将之不暇，乌用多言。诸君不见立仗马乎？食三品料，一鸣辄斥去，悔之何及！'……其时王维正任谏官（右拾遗），在这种黑暗的政治重压下，何况他还是张九龄的旧人，又怎教他不感到'既寡遂性欢，恐招负时累'呢！"邓安生《王维诗选译》说："王维从开元九年（721）出仕以来，至李林甫专权，其间将近二十年，虽小有迁升，其实始终只屈沉于右拾遗、左补阙一类小官，才智得不到施展。故在诗中自嘲自己并无超人的才智，而现在身在仕途，心为形役，很不自由，还时时刻刻担心招来牵累，以此引出归隐之意，忧谗畏祸的心情溢于言表。又因冬日所见清景，更加触发了遗弃世事的心意，表白急欲归山的心情，同时暗含有规劝从弟一同归隐之意，发言旷远，用笔委婉。"

西施咏[①]

艳色天下重，西施宁久微[②]？
朝为越溪女[③]，暮作吴宫妃[④]。
贱日岂殊众，贵来方悟稀。
邀人傅香粉[⑤]，不自着罗衣。
君宠益娇态[⑥]，君怜无是非。
当时浣纱伴，莫得同车归。
持谢邻家子[⑦]，效颦安可希[⑧]！

【注释】

①此诗初载于《河岳英灵集》，其选诗下限为唐玄宗天宝十二载

（753），故诗当作于此前。西施：春秋时越国美女，越王勾践得之于苎萝山，“饰以罗縠，教以容步，习于土城，临于都巷，三年学服而献于吴”。

② 宁：岂。微：贫贱。

③ 越溪：若耶溪，在浙江绍兴东南二十八里，相传为西施采薪浣纱之地。

④ 吴宫：吴王夫差宫室，以豪华著称于史。

⑤ 傅：通“敷”，涂抹之意。

⑥ 益：更加。

⑦ 持谢：奉告。

⑧ 安可希：谓西施之颦之不可效仿，西施之际遇也同样不可效仿。

【评析】

此诗借西施际遇之巨变，感叹命运之不可测，也暗讽得势者骄矜之态。古今评论多由此展开。如《王孟诗评》说：“语有讽味，似浅似深（‘贱日’二句下）。妙（‘君宠’二句下）。”《唐诗广选》说：“状出肉眼如画（‘贱日’二句下）。蒋仲舒曰：‘娇情如画。’”《唐诗归》评：“情艳诗到极深细、极委曲处，非幽静人原不能理会，此右丞所以妙于情诗也。彼以禅寂、闲居求右丞幽静者，真浅且浮矣。”又说：“写尽暴富人骄态（‘不自’句下）。冶情中入微之言。宫怨妙语（‘君怜’句下）。说得荣衰变态，咄咄逼人（‘莫得’句下）。”《全唐风雅》说：“黄绍夫云：‘写出新贵人得意之状，讽在言外。’”《唐诗评选》评道：“讽刺亦褊，其转折浑成，犹有元韵。”《唐贤三昧集笺注》评：“托意深远（‘艳色’句下）。寓意在言外，甚妙。”《唐诗别裁集》评道：“写尽炎凉人眼界，不为题缚，乃臻斯诣。入后人手，征引故实而已。”《网师园唐诗笺》评道：“直为俗眼写照（‘贱日’句下）。”《唐诗笺要》说：“摩诘极描暴贵娇养气象，不加褒贬，神致自肖。”《诗比兴笺》说：“吴修龄《围炉诗话》曰：‘唐人诗意不必在题中。……可见《西施篇》之“贱日岂殊众”六句，当是为李林甫、杨国忠、韦坚、王鉷辈作。’”

邓安生《王维诗选译》说：“这首诗以西施为题，写君王重色，西施不会久处贫贱，一旦得宠，便足以乱国。”陶文鹏《王维孟浩然诗选评》说：“历代咏西施的诗，对西施多赞美，王维此诗却是讽刺。诗中尽管也肯定西施容貌出众，并感叹她的美貌是不可效仿的；但主要是讽刺她得到吴王宠爱后的娇贵行为和神态，认为她是微贱的浣纱女时，并没有与众女伴不同之处；一旦被宠幸起来，才叫人感到稀少高贵。诗人其实是借咏西施揭示士人的穷达贵贱，并非取决于有无才德，而是取决于‘君宠’与否，寄寓着下层士人怀才不遇的不平与感慨。通篇紧扣西施来写，托意不露，深婉有味。”马玮主编《王维诗歌赏析》说：“这首诗采用比兴寄托的方式，借西施从平民到宫廷宠妃的历史典故，来揭示人生浮沉全凭际遇的炎凉世态，抒发怀才不遇的下层士人的不平与感慨，具有深婉含蓄的特点。”

赠刘蓝田①

篱间犬迎吠②，出屋候柴扉③。
岁晏输井税④，山村人夜归。
晚田始家食⑤，余布成我衣⑥。
讵肯无公事⑦，烦君问是非⑧。

【注释】

①此诗疑作于天宝十二载（753）前居辋川时。此诗又见载于卢象

集，但《河岳英灵集》《唐文粹》均作王维诗，又王集诸本均录此诗，当作王维诗为是。蓝田：即今陕西蓝田县。刘蓝田：蓝田县令，未详名字。

② 篱间：篱笆里面。

③ 柴扉：即柴门。

④ 岁晏：一年将尽的时候。输井税：交纳官田租税。唐制，课租户口每丁岁纳租粟，仲冬起输，孟春纳毕，故称。

⑤ 晚田：晚稻之田。

⑥ 余布：向官府纳调（唐时每丁每年需缴纳一定数量的布或绢绫等物，称为“调”）后剩余的布帛。

⑦ 讵肯：岂可、岂能。无公事：本指服公田劳役，此引申为交纳税调。

⑧ 问是非：虽为公事，但其中也有曲直是非。

【评析】

本诗名为赠县令，实则是代民问县令：赋税租调之中，究竟有无曲直是非？诗意含蓄婉转、语气醇厚平和。故《唐王右丞诗集注说》评道：“急征繁苦之意，见于言外。”《唐诗归》说：“厚甚。为此一句不入律内，然盛唐人不拘。（‘余布’句下）”《历代诗发》也说：“着笔全不尤人。”《唐诗成法》评曰：“气味淳正，笔法疏落，从陶诗中涵咏深者。”《唐贤三昧集笺注》论析道：“前六句极写村人之淳朴安乐，所以美其政也。今人美县令诗，谁及此之大雅而深至者？末二句言岂必无公事，烦君一问是非，正见公事之稀也。立言之超妙无匹乃尔！”今人钱锺书《谈艺录》说：“东坡称渊明诗‘质而实绮，癯而实腴’。王右丞田园之作，如《赠刘蓝田》《渭家田川》《春日田园》，太风流华贵，持较渊明《西田获早稻》《下潠田舍获》《有会而作》等诗，似失之过绮。”陶文鹏《王维孟浩然诗选评》说：“王维也有少数田园诗反映出农民生活贫困和封建剥削的严重，有针砭现实的思想意义。本篇即是其一。诗中描写由于缴纳租税，这户山村农夫‘晚田始家食，余布成我衣’，过着缺食少衣的生活。结句用隐曲之笔，微婉讽刺。尽管讽刺的力量不足，毕竟表现出对农民的同情与关切。诗人将诗赠给蓝田县令，也是要提请做‘父母官’的应当注意百姓的疾苦。”马玮主编的《王维诗歌赏析》说：“此诗所展现的是一幅农村生活的场景。平常之语中透露出的是农家的辛酸艰苦，以及免去沉重赋税的悲呼，表现了诗人对农家人的同情，以及希望改变这种状况的努力。……王维的诗歌很多都是在描写田园生活之美，像这样表现赋税压身、控诉疾苦的诗篇，非常之少，而这样的生活，才是乡村田园的真实写照。……全诗词语浅近易懂，亦怀深层感慨，虽未直接点明赋税之重，却直指不干实事、耽于享乐的官僚阶层，更是深层的讽谏。”

送秘书晁监还日本国①

积水不可极②，安知沧海东？
九州何处远③，万里若乘空④。
向国惟看日⑤，归帆但信风⑥。
鳌身映天黑⑦，鱼眼射波红⑧。
乡树扶桑外，主人孤岛中⑨。
别离方异域⑩，音信若为通⑪。

【注释】

①此诗作于天宝十二载（753）秋。晁监：即晁衡，日本人，本名阿倍仲麻吕，两《唐书》作仲满，开元五年（717）三月随使团来唐留学，

后应举入仕，曾任左拾遗、左补阙、司马、秘书监兼卫尉卿等职。诗原有长序，今不录。

② 积水：指大海。极：至、尽。

③ 九州：指中国。

④ 乘空：谓升空、腾空。

⑤ 向：前往。

⑥ 但：只。信风：随风。

⑦ 鳌：海中大鳖。

⑧ 鱼：鲸鱼。

⑨ 主人：指晁衡或其家人，或谓日本国王。孤岛：指日本。

⑩ 方：将。

⑪ 若为通：如何通。

【评析】

此诗送晁衡归日本，描写想象中之海上情景与别后思念之情，别具一格，姚合《极玄集》选唐诗百首推此篇为压卷之作，此后评价者称赞不断。评其整体特色的有《唐诗选注》："神境具到，送日本诗无有过之者（'归帆'句下）。"《唐诗归》："韵诗难得如此浑成，常宜诵之，以接喉间清气。亦复壮幻。"《五七言今体诗钞》："奇警称题。"《唐诗选脉会通评林》："句字葩流，直与蜃楼龙藏争奇。"《唐诗笺要》："层转不穷，忘其骈俪。"《唐贤三昧集笺注》："正大雄浑。"其他如评其起结句与中间数联的有《唐诗广选》："皇甫子循曰：'首二语可谓工于发端矣。谢灵运《发海口盘屿山》诗："莫辨洪波极，谁知大壑东。"良自有本。'《唐风怀》："四句雄绝古今，五、六亦工妙。"《而庵说唐诗》："'九州何处远，万里若乘空'，'若乘空'此三字从晁监心上写来者。'九州''万里'二句于法为承，而此若提笔作顿者，然笔下直是生龙活虎，不可捉摸也。总写不忍相别之情，可谓淋漓尽致矣。”《网师园唐诗笺》：“起得突兀。紧贴还日本，语不泛设（‘向国’句下）。”《闻鹤轩初盛唐近体读本》：“起四气势浩浩，称其题。‘鳌身’二句奇横，推铄沈、宋矣，仍不堕入险怪，作俑长吉，故为盛音。五、六、九、十亦极秀琢也。”《唐人五言排律》：“直从日本说起，起忽（‘万里’句下）。结送意极真。”

文达三在《唐诗鉴赏辞典》中说：“王维采用了另外一种别开生面的手法：避实就虚，从有限中求无限。‘向国惟看日，归帆但信风’，要说的意思只开了一个头便立即带住，让读者自己去思索，联想，补充，丰富。……最有特色的，还是‘鳌身映天黑，鱼眼射波红’两句。在这里，诗人不只是没有实写海上景象，而且虚构了两种怪异的景物：能把天空映黑的巨鳌，眼里红光迸射的大鱼，同时展现出四种色彩：黑，红，蓝（天），碧（波），构成了一幅光怪陆离、恢宏阔大的动的图画。你看，波涛在不停地奔涌，巨鳌与大鱼在不停地出没，四种色彩在不断地交织和变幻。这就不能不使人产生一种神秘、奇诡、恐怖的感觉。诗人借怪异的景物形象和交织变幻的色彩刺激读者的感官，唤起读者的情感体验，把海上航行的艰险和对友人安危的忧虑直接传达给了读者。”

送张五諲归宣城①

五湖千万里②，况复五湖西③。
渔浦南陵郭④，人家春谷溪⑤。
欲归江淼淼⑥，未到草萋萋⑦。

忆想兰陵镇[⑧]，可宜猿更啼[⑨]！

【注释】

① 此诗疑作于天宝十三载（754）。张五諲：即张諲，见《答张五弟》注。宣城：治所在今安徽宣城，天宝元年（742）改宣州为宣城郡，乾元元年（758）复为宣州。

② 五湖：系泛指太湖流域一带的湖泊。

③ 五湖西：指宣城，宣城在太湖之西。

④ 渔浦：江河边渔船的出入口。南陵：即今之安徽南陵县，东邻宣城市，宣城下辖宣城、泾县、南陵、当涂、太平等县。

⑤ 春谷溪：在南陵县境内，《水经注》："江连春谷县，北又合春谷水。"汉春谷县唐时属南陵。谢朓《宣城郡内登望》："山积陵阳阻，溪流春谷泉。"

⑥ 淼淼：水阔貌。

⑦ 萋萋：草盛貌，《楚辞·招隐士》："王孙游兮不归，春草生兮萋萋。"

⑧ 忆想：料想、意料。兰陵镇：地名，后魏曾置兰陵县，属高塘郡，故址在今安徽宿松。

⑨ 可宜：岂宜，那堪。猿更啼：猿鸣声哀，故称猿啼，《水经注》："巴东三峡巫峡长，猿啼三声泪沾裳。"

【评析】

诗写送归，着重悬想宣城景色，故《王孟诗评》称其"最是自得"。古人诗评多侧重其章法结构，如《唐诗成法》说："一、二已虚写宣城，三、四实接，五、六复虚写，七又实接，八又虚写，虚实相间法也。以'千万里'喝醒'况复'，以'欲归''未到'拟途中情景，以‘忆想’收上六句，起下‘可宜’，法密。起突然，结悠然，有无限深情在语言之外。”《唐贤三昧集笺注》说：“起首远意。句法第三字用实字，最有力，下用叠字，更动荡，施于五、六，尤得解。水国荒远之景可想，平平写亦自雅。”《闻鹤轩初盛唐近体读本》也说：“起境缥缈，后半全作轻盈。王源涤曰：‘起二作两层入，三、四即承“五湖西”，申说宣城境地。后半方及送归，结更委婉不尽。’”《唐诗摘抄》说：“一、二送，三、四宣城，五、六归途，七、八归况。四用地名点缀。”也有论者评点其词句的，如《唐诗归》说：“‘未到’妙（‘未到’句下）。‘可宜’二字问得妙（末句下）。”《增订唐诗摘钞》也说：“可宜者，岂可宜也，言因猿啼，益动相思之惨。”《唐诗选》评其：“一字一珠。”

今人邓安生《王维诗选译》述评说：“张諲此行当时辞官归宣城郡，王维写了这首诗送他，诗中表现了与故友分离的哀伤。‘渔浦南陵郭，人家春谷溪’两句，点出张諲故乡之美，而‘欲归江淼淼，未到草萋萋’一联，写景含情，余味不尽。友人将要远归，因此，望着浩淼的江水，自然怀着游子的无限惆怅，多少话语，都在不言之中；下句写张諲已行而未到之时，看见秋草萋萋，景色萧瑟，平添离人的苍凉迟暮之感。这两句诗看似平淡而感情深沉，写出了作者的别离之情。”陶文鹏《王维孟浩然诗选评》评道：“通篇是诗人想象张諲归途中的风光景色。诗人视通万里，随意点染五湖、渔浦、春谷溪几个地名，便觉生动自然，引人入胜。细加品味，他写景更妙用了虚实相间手法。首联以虚写宣城，颔联实接，颈联复虚写，尾联出句实接，对句又虚写。从构思章法说，首联突兀而起，以‘况夫’将‘万千里’推进一层，写出张諲归途之遥远，境界缥缈，愁情绵长。中两联紧扣水乡荒原的景色特征展开描绘。‘淼淼’‘萋萋’两叠字状景真切，深情动人。尾联悬想张諲至兰陵闻猿啼的孤寂悲愁心境，含蓄表现此时别离之难堪，有无限深情在语言之外。”

送张五归山[1]

送君尽惆怅，复送何人归[2]。
几日同携手[3]，一朝先拂衣[4]。
东山有茅屋[5]，幸为扫荆扉[6]。
当亦谢官去[7]，岂令心事违[8]。

【注释】

①此诗约作于天宝十三载（754），一说作于天宝七载（748）左右。

②复：又。

③携手：谓同朝为官。

④拂衣：见《送綦毋校书弃官还江东》注。

⑤东山：东晋谢安曾隐居浙江上虞东山，后泛指隐居之地，此处指王维与张諲一同隐居过的嵩山，一说指辋川。

⑥幸为：希望为我。荆扉：柴门，喻隐者清贫的门户。

⑦当：将。谢官：辞官。

⑧心事：指厌恶昏浊的官场、希望一同解职隐居的心思。

【评析】

诗人与张諲志趣爱好多有相同，感情融洽，曾一同隐居，又同朝为官。张諲辞官而去，自然引起诗人的惆怅之情。全诗毫不隐讳，直接抒写感情，如老友对话，所以《唐王右丞诗集注说》评道：“情话成文，冲淡高古，不可句摘。”今人邓安生《王维诗选译》说：“《旧唐书》载，杨国忠秉政，郎官不附于己者悉出于外。张五是王维的友人张諲，擅长书画，尤工山水，曾同王维一起隐居嵩山，后来出仕，官刑部员外郎，又与王维同朝，二人相互酬唱，交情很深。这次归山，当也是由于杨国忠的排斥，所以王维十分感慨，再次产生归隐思想。用笔委婉曲折，饱含了对友人去官的安慰，又表明了自己的怀抱。”陶文鹏《王维孟浩然诗选评》说：“张諲与王维乃诗酒丹青之友，情同手足。二人昔日曾同隐，今张諲突然辞官归山，诗人惆怅茫然，因萌追步友人辞官之意，以不负平生之愿，又可与友人朝夕相处。诗直抒胸怀，感情真挚，一气倾注，毫不做作，系古诗而兼律味。”马玮主编《王维诗歌赏析》说：“张五是王维的朋友，辞官归隐之际，王维作了这首诗送别。诗歌前后相互照应，作者‘尽惆怅’的伤感不仅在于依依惜别、难舍难分的情谊，更在于现在所作所为与自己的‘心事违’。作者身在污浊不堪的名利官场，心却向着澄澈宁静的山林。羡慕友人‘先拂衣’，实际上归隐也正是他的心愿所在。因此结尾发出喟叹：‘当亦谢官去，岂令心事违。’将自己的志向明了表露。诗歌情真词新，余味无穷。”

崔濮阳兄季重前山兴[1]

秋色有佳兴，况君池上闲[2]。
悠悠西林下[3]，自识门前山。
千里横黛色[4]，数峰出云间。
嵯峨对秦国[5]，合沓藏荆关[6]。
残雨斜日照，夕岚飞鸟还[7]。

故人今尚尔[⑧]，叹息此颓颜[⑨]。

【注释】

①此诗约作于天宝十三载（754）或十四载（755）秋。原题下有注："山西去，亦对维门。"苏源明《小洞庭洄源亭宴四郡太守诗》序："天宝十二载七月辛丑，东平太守扶风苏源明、觞濮阳太守清河崔公季重、鲁郡太守陇西李公兰、济南太守太原田公琦、济阳太守陇西李公倰于洄源亭。"高步瀛《唐宋诗举要》说："观原注，似此时季重已罢濮阳太守而居蓝田矣。"邓文生《王维诗集笺注》："《新唐书·宰相世系表》：'清河大房崔氏：孝童，监察御史，濮阳刺史；嗣童，陵州刺史；惠童，驸马都尉。'则季重是孝童之讹。"濮阳：在今山东鄄城北。兴：兴致。

②闲：安闲、闲散。

③悠悠：闲适自得貌。

④黛色：青黑的山色。

⑤嵯峨：巍峨高峻貌。秦国：秦都咸阳，此指长安。

⑥合沓：山峦重叠貌。荆关：柴门。

⑦夕岚：暮霭，陶渊明《饮酒》其五："山气日夕佳，飞鸟相与还。"

⑧故人：指崔季重。今尚尔：今天依然如此。尚，犹。尔，如此。《古诗十九首·客从远方来》："相去万余里，故人心尚尔。"

⑨颓颜：衰颓的容貌，王维自称。

【评析】

此诗写友人山居悠闲自得的生活与门对重峦叠嶂的自然景色，最后称赞季重风采依旧，而感叹自己却容貌衰颓。"千里""残雨"四句写景极佳，颇得后人赞赏。《王维诗评》说："又别又别，有道之言。（'门前山'句下）学陶。"《唐贤三昧集笺注》评道："起爽朗。此首略近青莲。”又曰：“四语阔大（‘千里’四句下）。”《诗源辩体》则说：“摩诘诗如‘残雨斜日照，夕岚飞鸟还’，诗中有画者也。”《唐诗快》评：“何其澹远。”《唐宋诗举要》评：“超逸。”今人陈铁民《王维新论》说：“王维在其诗中，十分注意语言尤其是表动态字的提炼。山本来是不会动的，用一‘横’字、‘出’字，却使它有了动态，皆千锤百炼而出以自然。”尚定《走向盛唐》说：“王维十分注意对自然色感的刻画，力求从视觉上把握自然。诗人运用两种色彩的反差形成醒目的视觉形象，如‘千里横黛色，数峰出云间’。或采用三种或更多色彩进行对比，展示自然界丰富的色感，如‘清溪一道穿桃李，演漾绿蒲涵白芷’。”章培恒《中国文学史》说：“王维善于表现景物的空间层次，每每通过一些点题之笔写出错落有致的纵深感的立体感。如‘千里’二句以群山连绵和数峰高耸构成横向与纵向的配合。”

酬郭给事①

洞门高阁霭余辉②，桃李阴阴柳絮飞。
禁里疏钟官舍晚③，省中啼鸟吏人稀④。
晨摇玉佩趋金殿⑤，夕奉天书拜琐闱⑥。
强欲从君无那老⑦，将因卧病解朝衣⑧。

【注释】

①此诗作于天宝十四载（755）春。是年，王维转任给事中。给事：唐门下省置给事中四员，正五品上，掌陪侍皇帝左右，分判省事。郭给事：即郭纳，颍川人，后任陈留采访使，据《姓纂》载，天宝十四载（755）十二月，安禄山陷陈留郡，执太守郭纳。或误作郭慎微。

②洞门高阁：指门庭楼阁。

③禁里：禁宫中。

④省中：门下省内。

⑤玉佩：腰间玉饰。

⑥天书：皇帝诏书。拜琐闱：《后汉书·百官志》刘昭注引《汉旧仪》："黄门郎，属黄门令，日暮入对青琐门拜，名曰夕郎。"琐门为宫中侧门，因其门上镂刻有连琐图案故名。

⑦无那：无奈。

⑧解朝衣：辞官。

【评析】

此诗酬答同事，恭敬而不自卑，颂扬而无谀词，表现了诗人平和温婉的个性与诗风。故深得后人赞赏，如《王孟诗评》说："看渠结中下字，乃见盛唐温厚。右丞善作富丽语，自其胸怀本色，开口便是。结语深厚，作者少及。"《唐诗直解》评曰："趣得闲适，中四语秀整有度。"《唐诗援》评道："结语多少蕴藉，令人一唱三叹。"《唐诗解》评："起语闲雅，三、四深秀，五、六峻整。"《唐诗选脉会通评林》说："意深语厚，温雅之章。陈继儒曰：'韵致高迥，自动奇眼。'"《唐贤三昧集笺注》说："起句不可太平，熟读此种可思。清俊温雅。"《闻鹤轩初盛唐近体读本》说："疏雅不群，试讽三、四，风情独绝。"《唐宋诗举要》说："收见右丞高致。"《唐诗成法》评道："前四夜之寓直寂寞，浑涵不露。五、六昼之公务不闲，逼出七、八欲谢病。和平典雅，具自然之致。"也有述评其结章技法与遣词用心的如《贯华堂选批唐才子诗》说："看他写余晖，却从'洞门高阁'字着手，此即'反景入深林，复照青苔上'文法，言余晖从洞门穿入，倒照高阁也。再加'桃李'句，写余晖中一人闲坐，真是分明如画。

再如禁钟、省鸟，写此花阴柳絮中间闲坐之一人，方且与时俱逝，百事都指，真又分明如画也。前解先生自道，比来况味，只得如此。后解始酬郭给事也。言摇玉佩，奉天书，与君同事，岂不夙愿？然晨趋夕拜，老不堪矣。诵之使人油然感其温柔敦厚，不觉平时叫嚣之气皆失也。”《唐体余编》也说：“岑诗‘官拙自悲白头尽，不如岩下掩荆扉’，以‘官拙’二字顺带，此以‘朝衣’二字倒煞，同一法。三字关锁。倘作‘返岩扉’未尝不是，而局稍散矣。细心人试参之。（‘将因卧病’句下）”《诗式》说：“凡赠诗须切适人地位。给事在殿中，故发句上句曰‘洞门高阁’，起便壮丽；下句倍极风华。颔联‘禁里疏钟’‘省中啼鸟’，写景。颈联晨趋金殿、夕拜琐闱，写事。落句言未尝不欲从君，只以年老卧病，故解下朝衣而将老也。摩诘两居给事中，故尔云云。起联、颔联、颈联俱华贵，落句尤极蕴籍。题为摩诘《酬郭给事》，在摩诘口中必须推重给事，此即尊题之法。如李颀《宿莹公禅房闻梵》一首，落句云‘始觉浮生无住著，顿令心地欲皈依’，与此将毋同。”

奉和圣制从蓬莱向兴庆阁道中留春雨中春望之作应制①

渭水自萦秦塞曲②，黄山旧绕汉宫斜③。
銮舆迥出仙门柳④，阁道回看上苑花⑤。
云里帝城双凤阙⑥，雨中春树万人家。
为乘阳气行时令⑦，不是宸游玩物华⑧。

【注释】

①此诗疑应作于天宝十四载（755）。蓬莱：即大明宫。唐玄宗开元

二十三年（735），唐朝从大明宫经兴庆宫，到城东南的曲江，筑阁道相通，帝王后妃可直达曲江。阁道修成后，唐玄宗游览阁道，在雨中望春赋诗一首，王维奉旨唱和。留春：赏春、留连春景。应制：应皇帝之命作诗。

② 渭水：即渭河，为黄河最大支流。秦塞：指古时秦地，因其四周有关塞之固，故有“四塞之国”的称呼。

③ 黄山：指黄麓山，在今陕西兴平县东南。汉宫：借指唐宫。

④ 銮舆：即皇帝的乘舆车驾。迥：辽远。仙门：喻宫门。

⑤ 上苑：即上林苑，谓皇家林苑。

⑥ 双凤阙：汉代建章宫有凤阙，此泛指皇宫中的楼观，阙为宫门前的望楼。

⑦ 乘：指利用。阳气指春气。行时令：指遵行节候之气、发布应时之政。

⑧ 宸游：指皇帝出游。宸为北辰所居，借指皇帝居处。物华：指自然景色。

【评析】

此诗为应制诗中少见的佳作，所以每每为后人称道。如赞其结构的有《梘斋诗谈》：“一、二从外景写‘望’字，三、四阁道中写‘望’字，五、六方切雨中望，末又回护作结，章法密致之极。”《历代诗发》评道：“题无剩意。一句中用‘雨中春’三字，写‘望’字入神，只添得四字成句也。诗家每设渲染，时不知白描之为上，思过半矣。”《昭昧詹言》评曰：“起二句，先以山川将长安宫阙大势定其方位，此亦擒题之命脉法也。譬如画大轴画，先界轮廓，又如弈棋，先布势子，以后乃好依其间架而次第为之。三、四贴题中‘从蓬莱向兴庆阁道’。五、六贴‘春望’，贴‘雨中’。收‘奉和应制’字。通篇只一，还题完密，而兴象高华，称台阁体。”如赞其应制之佳的有《王孟诗评》：“此篇状物题景，春容典重，用字深厚，不见工力，结归之正，足见襟度。”《唐诗直解》也说：“前六句就眼前光景拈出，意致有余，结归雅正，更有回护。”《汇编唐诗十集》评：“应制大都谀词，独此有箴规意。”《唐诗选脉会通评林》：“周敬曰：‘起得完整，联多神采，结有回护，雅诗正礼。’周珽曰：‘宏丽之中，更饶贵重。’”《此木轩论诗汇编》评：“字字冠冕，字字轻隽，此应制中第一乘也。”《唐诗别裁集》评：“结意寓规于颂，臣子立言，方为得体。应制诗应以此篇为第一。”如赞其写景如画的有《唐诗广选》：“摩诘诗中有画，即此亦是。”《网师园唐诗笺》说：“诗传画意（‘云里帝城’句下）。”《唐七律隽》说：“二句是一幅禁城春雨宫殿图，此小家手笔所能梦见耶？（‘云里帝城’句下）”《唐贤三昧集笺注》说：“颔联入画，然却是盛唐人语，故妙。”《山满楼笺注唐诗七言律》说：“一结得赞颂体，得规讽体，将通篇粉墨俱化作万顷烟波，此所谓‘画中有诗’者非耶？”如称赞其风格神韵的有《批选唐诗》：“藻丽铿锵。”《唐风定》也说：“壮丽高奇，钧天之奏，非人间有。”《唐诗观澜集》评：“端庄流丽，无字不妙。”《唐诗镜》评道：“前四语布景略尽，五、六着色点染，一一俱工。佳在写题流动，分外神色自饶。摩诘七律与杜少陵争驰。杜好虚摹，吞吐含情，神行象外；王用实写，神色冥会，意妙言先，二者谁可轩轾？”《唐诗摘钞》说：“风格秀整，气象清明，一脱初唐板滞之习。盛唐何尝不应制？应制诗何尝不妙？初唐逊此者，正是才情不能运其气格耳。后人厌其弊，并欲举气格而废之，谬矣！一、二不出题，三、四方出，此变化之妙。出题处带写景，此衬贴之妙。前后二联俱阁道中所见之景，而以三、四横插于中，此错综之妙。”

和太常韦主簿五郎温汤寓目[①]

汉主离宫接露台[②]，秦川一半夕阳开。
青山尽是朱旗绕，碧涧翻从玉殿来[③]。
新丰树里行人度[④]，小苑城边猎骑回[⑤]。
闻道甘泉能献赋，悬知独有子云才。[⑥]

【注释】

① 此诗疑作于天宝十四载（755）安史之乱前。太常主簿：唐代为太常寺掌管印章、簿书等事的官员，从七品上。韦五：不详名字。温汤指骊山温泉，唐于此置温泉宫，天宝六载（747）改名华清宫。寓目：即即目、观看。

② 汉主离宫：指华清宫。露台：露天高台，在华清宫内。

③ 翻从：反从。

④ 新丰：古县名，治所在今陕西临潼东北。

⑤ 小苑：指华清宫。

⑥“闻道”二句：用扬雄献《甘泉赋》事。悬知，料想。

【评析】

此诗写华清宫一带景色极为典丽宏大，唐时流传甚广并已入乐，曲名为《想夫怜》《相府莲》，后人也多有赞扬。如赞其风格，《王孟诗评》说："此篇铺写景象雄浑富丽，造作句律温厚深长，皆足为法。"《批点唐诗正声》也说："诗思宏丽，开阖变化，尤深典雅，近时何、李所极力模仿者。"《唐风定》评曰："音韵嘈呟，气骨苍冷，深厚浑雅，众妙备矣。"《唐诗选脉会通评林》评："开口琳琅有声，后亦多锤炉之妙。”如赞其写景，《唐诗归》：“为‘一半夕阳开’五字选之，要知此等诗却不曾深厚，不曾浑雅。将小景写出大气象（‘小苑城边’句下）。”《唐七律隽》说：“落句以甘泉比温泉。诗中只写离宫之景，将温泉淡淡点出，若落俗手，必将温泉极力描写。”《贯华堂选批唐才子诗》评道：“此前解是写温泉，然吾详玩其四句次第，却是细细又写寓目。譬如作大幅界画者，其正经主笔，本自定于一幅之居中，而其初时起手，却必是最下一角，先作从旁小景，既而渐渐添成，便是远近正偏，无数形势，一齐俱备矣。某尝言：‘看好山水，眼中须有章法；述好山水，口中须有章法。’如此一解四句，便是右丞满胸章法，其为画家鼻祖，岂无故而然乎？（首四句下）”《唐诗观澜集》说：“好景如画，然用意极深，看颈联‘尽是’‘翻从’，托出得蕴藉如许，前人论之详矣。”《闻鹤轩初盛唐近体读本》评道：“爽笔写异景，绝不尖近，此为盛唐。三、四老成警出。五、六是其自然本色，亦有媚媚情致，不为衰苶。又从题中‘寓目’字抒写，故佳。”《唐贤清雅集》说：“法度整齐，分远、近写景，诗中有画。”也有赞其语含规讽的。如《唐诗镜》说：“前四语带讽情。五、六景色妙入绘笔。”《升庵诗话》也说：“夫唐至天宝，宫室盛矣，秦川八百里，而夕阳一半开，则四百里之同皆离宫矣，此言可谓肆而隐。奢丽若此，而犹以汉文惜露台之费比之，可谓反而讽。末句欲韦郎效子云之赋，则其讽谏可知也。言之无罪，闻之可戒，得扬雄之旨者，其王维乎！”《唐诗评选》评道：“题云‘温泉寓目’，固有规讽。通篇皆含此旨，故首以‘汉主’二字隐之，乃使浅人不测。”

冬日游览[1]

步出城东门[2]，试骋千里目[3]。
青山横苍林，赤日团平陆[4]。
渭北走邯郸[5]，关东出函谷[6]。
秦地万方会，来朝九州牧[7]。
鸡鸣咸阳中[8]，冠盖相追逐[9]。
丞相过列侯[10]，群公饯光禄[11]。
相如方老病，独归茂陵宿。[12]

【注释】

① 此诗作于安史之乱前，具体时间不详，王达津以为作于天宝二年（743）左右。

② 城：指长安城。

③ 千里目：形容极目眺望。

④ 团：圆，何逊《学古诗三首》其一："阵云横塞起，赤日下城圆。"平陆：平坦的陆地。

⑤ 走邯郸：即有大路直通邯郸。邯郸，即今河北邯郸。

⑥ 关东：函谷关以东。函谷：旧关在今河南灵宝东北。

⑦ 九州牧：指诸州长官。

⑧ 咸阳：原为秦都，此指长安。

⑨ 冠盖：官员的官帽和车盖，借指达官贵人。班固《西都赋》："冠盖如云，七相五公。"

⑩ 过：拜访。

⑪ 饯：以酒食相送。光禄：此处指光禄大夫，唐有光禄大夫、金紫光禄大夫、银青光禄大夫，是从三品至从二品的文散官。

⑫ “相如”两句：相如，汉代著名辞赋家，《史记·司马相如传》“相如口吃而善著书。常有消渴疾。……其进仕宦，未尝肯与公卿国家之事，称病闲居，不慕官爵。……相如既病免，家居茂陵。”茂陵，在今陕西兴平市东北，本名茂乡，汉武帝葬此，因置茂陵邑。

【评析】

此诗写冬日出游长安城东所见所感。刘辰翁评道：“平实悲壮，古意雅辞，乐府所少。”“青山”二句用笔简净，富有概括力，为后人所称誉，如《王摩诘诗评》说：“下字佳（‘青山’二句下）。”周珽《唐诗选脉会通评林》：“吴山民曰：‘青山一联，景语，旷。“丞相”二句，意实有谓。结有翛然之思。’周敬曰：‘运得妙，不觉其填。’”

葛晓音《山水田园诗派研究》认为此诗笔力雄健，具有汉魏古诗的浑厚古朴气象：“诗中的境界随着想象开扩到视野之外。纵横劲健的笔力，加上沿用汉《古诗》‘步出城东门’的开头，使汉魏浑厚古朴的气象在山水诗中得到了再现。”张福庆《唐诗美学探索》则认为此诗打破了诗画界限：“德国美学家莱辛的《拉奥孔》说，绘画不宜处理事物的运动变化与情节，而宜描写静物；诗不宜充分逼真地描写静止的物体，而只宜叙述动作。但王维山水诗的突出特点，却恰恰在于打破了这种诗画界限，他的景物描写，有一些属于略去事物运动变化的过程，将一刹那间在空间中的真实结构、色彩和形状记录下来，形成一种相对静止的画面。如‘清冬见远山，积雪凝苍翠’（《赠从弟司库员外絿》）、‘青山横苍林，赤日团平陆’（《冬日游览》），等等。”陶文鹏《王维孟浩然诗选评》说：“诗人于冬日出城游览，纵目远眺，青山苍林秀美，赤日平原雄阔，秦川形势险要，唐都长安繁荣，都使他心旷神怡，然而官场上的趋炎附势、追名逐利、污浊腐朽，也令诗人憎恶厌倦，不由感叹自己衰老多病，真该归乡独居了。此诗景色旷远，情语悲壮，笔力雄健，加上首句套用古乐府《东门行》和《步出厦门行》之题，颇有汉魏乐府古朴浑厚的风格。诗中动词锤炼精警，‘骋’‘走’‘出’‘会’‘朝’‘过’‘饯’‘宿’，字字准确、生动、有力。尤其是‘横’字表现出青山苍林绵延不尽，‘团’字写出赤日浑圆滚动，可谓以俗为雅，平中出奇，使画面具有线条之美。”

送张判官赴河西①

单车曾出塞，报国敢邀勋②。
见逐张征虏③，今思霍冠军④。
沙平连白雪，蓬卷入黄云。
慷慨倚长剑⑤，高歌以送君。

【注释】

①疑作于安史之乱前。张判官：其人不详。河西：即河西节度，《新唐书·地理志》：“河西节度使，断隔羌胡。统赤水、大斗、建康、宁寇、玉门、墨离、豆卢、新泉等八军，张掖、交城、白亭三守捉。河西节度使治在凉州（今甘肃武威），管兵七万三千人。”

②敢邀勋：岂敢居功请赏。

③见逐：谓受命追随。张征虏：《三国志·蜀书·张飞传》：“先主既定江南，以张飞为宜都太守、征虏将军。”

④霍冠军：汉代名将霍去病，《史记·卫将军骠骑列传》：“大将军（卫青）姊子霍去病年十八，幸，为天子侍中，善骑射，再从大将军，受

诏与壮士，为剽姚校尉，与轻勇骑八百，直弃大军数百里赴利，斩捕首虏过当。于是天子曰：‘剽姚校尉去病斩首虏二千二十八级，及相国、当户，斩单于大父行籍若侯产，生捕季父罗姑比，再冠军，以千六百户封去病为冠军侯。’”

⑤ 倚长剑：出自江淹《杂体诗·鲍参军昭戎行》：“倚剑临八荒。”倚，仗。

【评析】

此诗为送别友人赴河西节度判官而作，诗人激励张判官慷慨赴边，杀敌报国，全诗气象雄浑，慷慨激昂，展现了盛唐人昂扬自信的风貌。许学夷《诗源辩体》说：“摩诘五言律，如‘单车曾出塞’，整栗雄厚者也。”顾可久《唐王右丞诗集注说》评：“雄浑。”倪木兴《王维诗选》说：“（此诗）把人物放在荒漠广阔的背景中，形象突出，格调高昂。”王志清《王维诗选》评“沙平”二句说：“既是想象之景，又源自诗人的边塞生活，最妙的是渲染了一种悲壮肃穆的送行气氛。此二句对举而出，而使行文屈曲有度，虚实相济，也自然过渡到尾联的‘送’。”张勇《王维诗全集》说：“本诗为送别友人赴任河西节度判官而作。前三联都是写张判官的威武勇猛，首颔两联为直写，颈联借写塞外恶劣环境从侧面衬托，尾联转到送别场景。整首诗写得慷慨激昂，气象雄浑。”陶文鹏《王维孟浩然诗选评》说：“这首送人赴边从军之作，热烈颂扬赴边友人的报国志向与英雄气概。诗中写这位张判官曾经单车出塞，追随过屡建奇功的大将在边关杀敌，却不居功邀赏；此刻再次远赴河西，仍想在霍去病一样的名将麾下征战立功。结尾以‘慷慨倚长剑’之句，突出其威武形象，在高歌送别中，抒发了自己的敬慕、向往之情。全篇情怀激越，格调高昂，节奏雄放。‘沙平’‘蓬卷’一联，描绘出河西风光，动静结合，黄白相映，景象荒凉、广阔而奇丽，有力地衬托出人物昂扬豪放的情怀。”

送平淡然判官[①]

不识阳关路[②]，新从定远侯[③]。
黄云断春色[④]，画角起边愁[⑤]。
瀚海经年到[⑥]，交河出塞流[⑦]。
须令外国使，知饮月支头[⑧]。

【注释】

① 此诗疑作于安史之乱前。平淡然：其人不详。

② 阳关：在今敦煌西南一百三十里，因在玉门关之南，故名，古时为通往西域的要道。

③ 定远侯：即班超，《后汉书・班超传》载，汉明帝时，班超奉命出使西域，“（永平）十六年，奉车都尉窦固出击匈奴，以超为假司马……多斩首虏而还。固以为能，遣……使西域。……封超为定远侯，邑千户。”此借指唐安西或北庭（治所在今新疆吉木萨尔北）节度使。

④ 黄云：指边地风沙蔽天、黄色如云。

⑤ 画角：古代军中所用彩绘号角。

⑥ 瀚海：大沙漠。经年到：极言沙漠之遥远。

⑦ 交河：发源于天山，河水分流经交河城下，因而得名，在今新疆吐鲁番地区。

⑧ 月支头：月支，古西域国名。《史记・大宛列传》：“至匈奴老上单于，杀月支王，以其头为饮器。”

【评析】

诗为送别平淡然判官出使边塞所作。张勇《王维诗全集》说："首联点出赴任之所，颔联描写大漠景象，颈联叙写路途见闻，尾联寄予期望。'黄云断春色，画角起边愁'，雄浑苍凉，超然绝俗，为本诗警句。"许学夷《诗源辩体》说："摩诘五言律，如'不识阳关路'，整栗雄浑者也。"高步瀛《唐宋诗举要》评："雄壮。"卢彝《闻鹤轩初盛唐近体读本》说："酬应正声，见公苍浑一斑矣"。王达津《王维孟浩然选集》说："此诗描写边塞景色，气氛苍凉，音节铿锵。"但也有诗论家认为此诗气象浅薄。如《唐诗直解》云："壮怀磊落，尾联略见振作。若刻之使深，逼之使露，则有伤根动窟之病，纵有佳句精彩，薄而气象浅矣。"姚鼐《五言今体诗钞》说："此首气不逮'绝域'（《送刘司直赴安西》）一首，而工与相埒。"

"黄云"两句为本诗警句，诗论家对此多有赞誉，如《唐诗选》说："玉遮曰：'"黄云"二句悲壮，不堪再读。'"彭端淑《雪夜诗谈》说："摩诘诗佳句甚夥，如'黄云断春色，画角起边愁'，皆超然绝俗，出人意表。"周珽《唐诗选脉会通评林》也说："徐充曰：'三、四'断'字、'起'字工甚。'"陆时雍《唐诗境》评："三、四意象深露，自然入妙，所以为佳。"潘德舆《养一斋诗话》评说道："文章各有境界，宜繁而繁，宜简而简，乃各得之。推简者为工，则减字法成不刊典，而文章之妙晦而不出矣。王右丞'黄云断春色'；郎士元'春色临关尽，黄云出塞多'，一语化作两语，何害为佳。必谓王系盛唐，能以简胜，此矮人之观也。"结尾二句，呼应开头，自然关合，周培芳《唐贤三昧集笺注》评曰："收亦最重，此极神旺。"

送刘司直赴安西[1]

绝域阳关道[2]，胡沙与塞尘。
三春时有雁，万里少行人。
苜蓿随天马[3]，蒲桃逐汉臣[4]。
当令外国惧，不敢觅和亲。

【注释】

① 此诗为送别刘司直赴任安西节度而作，疑作于安史之乱前。刘司直：未详何人。司直，唐大理寺属官，《旧唐书·职官志》："大理寺……司直六人，（从六品上）……掌出使推核。"安西：指安西都护府，治所在龟兹（今新疆库车地区）。

② 绝域：指极远的地域。

③ 苜蓿：一种多年生开花植物，马的主要食物之一。天马：骏马名，《史记·大宛列传》："得乌孙马好，名曰'天马'。及得大宛汗血马，益壮，更名乌孙马曰'西极'，名大宛马曰'天马'。"

④ 蒲桃：即葡萄，原产西域，西域人以葡萄为酒，富人藏酒至万余石。

【评析】

本诗气象雄浑。黄培芳《唐贤三昧集笺注》说："此是雄浑一派，所谓五言长城也。"姚鼐《五七言今体诗钞》评："雄浑。"高步瀛《唐宋诗举要》评："此首有雄直之气。"贺贻孙《诗筏》说道："王右丞诗境虽极幽静，而气象每自雄伟。如'苜蓿随天马，蒲桃逐汉臣'；'日落江湖白，潮来天地青'；'云里帝城双凤阙，雨中春树万人家'

等语，其气象似在‘九天阊阖开宫殿，万国衣冠拜冕旒’之上。如但以气象语求之，便失右丞远矣。”许学夷《诗源辩体》说：“摩诘五言律，如‘绝域阳关道’，一气浑成者也。‘三春时有雁，万里少行人。苜蓿随天马，蒲桃逐汉臣。’浑圆活泼，而气象风格自在。”沈德潜《唐诗别裁集》评：“一气浑沦，神勇之技。”前两联描写边塞萧条寂寥之景象，《唐诗直解》说：“起便酸楚，中俱实境实事。”陆时雍《唐诗镜》说：“三、四清警自在。”颈联写史，吴修坞《唐诗续评》说：“五、六实写‘赴’字。借古为喻。”陈志明在《唐诗鉴赏辞典补编》中说：“‘苜蓿’一联如同翻看历史上光荣的一页，沟通了历史与现实，使作品获得一种深沉的历史感。然后又以历史映照现实，得出尾联的结论。”尾联勉励友人建功业，扬国威，周珽《唐诗选脉会通评林》：“周敬曰：‘结语壮。与《送平淡然》诗同调。’周珽曰：‘唐时吐蕃强盛，每争安西，中国常与之和亲，以公主嫁吐蕃，大损国威。故此诗结励刘司直当别建远谟，俾夷人畏服，勿敢希蹈前图，致重国耻。通篇典雅醇正，音合大调。’黄家鼎曰：‘惨淡。’”《唐诗近体》评：“末用勉以送之，结得雄健。”总而言之，此诗格意俱高。《闻鹤轩初盛唐近体读本》说：“陈德公曰：‘起二已是纵笔。三、四亦错落作对。’评：入手苍莽，承以凄楚之联，便觉满目萧条。五、六如是直置，引起结绪，章法浑成。”王寿昌《小清华园诗谈》说：“炼字不如炼句，炼句不如炼意，炼意不如炼格。何谓格炼？右丞之《送刘司直赴安西》、少陵之《野人送朱樱》等作，皆格之最整炼者也。”

秋夜独坐[1]

独坐悲双鬓，空堂欲二更[2]。
雨中山果落，灯下草虫鸣。
白发终难变[3]，黄金不可成[4]。
欲知除老病[5]，唯有学无生[6]。

【注释】

①此诗或作于天宝末年。

②欲：将近。

③终难变：《列仙传》载，朱璜入浮阳山玉女祠，八十年后，白发尽黑。

④黄金：丹金术，《史记·孝武本纪》载："致物而丹砂可化为黄金，黄金成，以为饮食器则益寿。"

⑤欲知：已知。老病：指佛教生老病死四苦谛之老病。

⑥无生：不生不灭之涅槃境界，此代指佛教。

【评析】

此诗抒情写景平淡自然、真切细腻、蕴含丰厚，表现出王维深厚的修养与高超的艺术技巧。后世点评如《王孟诗评》说："极平易，有点化。"《诗源辩体》也说："摩诘五言律，如'独坐悲双鬓'，澄淡精致者也。"《唐律消夏录》评道："上半首沉痛迫切，下半首直截了当。胸中有此一首诗，那得更有余事？须知右丞一生闲适之乐，皆从此'悲'字得力也。"《唐诗选脉会通评林》："黄俞言曰：'自然语，要是锻炼中来。'周启琦曰：'出口语圆湛轻便。'"《历代诗发》

评曰："神伤幽独，是夜情景，万古如生。"《唐贤三昧集笺注》评："真意溢于楮墨，其气充足。清婉。"《唐贤清雅集》评："一气说下，最浑成。"也有从诗句字词方面点评的。如《唐诗镜》说："三、四轻便。"《此木轩五言律七言律诗选读本》说："全首只注'唯有学无生'句。'双鬓''白发''老病'似乎言之复矣，须知是心口俱忙，不觉其然。悠悠生死海中者何以知之？"《此木轩论诗汇编》说："五、六从来不留顿，学者须一眼注定下文。识此，则知五、六之不求甚工者，乃所以为工，而求工者多不成诗也。"《闻鹤轩初盛唐近体读本》说："读之萧瑟，增人道念。'欲二更'，'欲'字尖颖。后四婉不伤雅，笔高故然。"《唐宋诗举要》评："挺起得势（'白发'句下）。"此外，"山中"一联更为后人所赏，评论也多。如《带经堂诗话》说："严沧浪以禅喻诗，余深契其说，而五言尤为近之。如王、裴辋川绝句，字字入禅。他如'雨中山果落，灯下草虫鸣'，'明月松间照，清泉石上流'……妙谛微言，与世尊拈花，迦叶微笑，等无差别。能其解者，可语上乘。"《养一斋诗话》评道："一唱三叹，由于千锤百炼。今人都以平淡为易易，知其未吃甘苦来也。右丞'雨中山果落，灯下草虫鸣'，其难有十倍于'草枯鹰眼疾，雪尽马蹄轻'者。到此境界，乃自领之。略早一步，则成口头语而非诗矣。"《葚原诗说》评道："写景之句，以工致为妙品，真境为神品，淡远为逸品。……'明月松间照，清泉石上流'，'雨中山果落，灯下草虫鸣'，……皆逸品也。"《诗筏》说："吾尝谓眼前寻常景，家人琐俗事，说得明白，便是惊人之句。盖人所易道，即人所不能道也。'枫落吴江冷''空梁落燕泥'，与摩诘'雨中山果落，灯下草虫鸣'、老杜'叶里松子僧前落'，四'落'字俱以现成语为灵幻。"

送李太守赴上洛[1]

商山包楚邓[2]，积翠蔼沉沉。
驿路飞泉洒，关门落照深[3]。
野花开古戍[4]，行客响空林。
板屋春多雨[5]，山城昼欲阴[6]。
丹泉通虢略[7]，白羽抵荆岑[8]。
若见西山爽[9]，应知黄琦心[10]。

【注释】

① 此诗约作于天宝年间，姑系于此。李太守：不详名字，据郁贤皓《唐刺史考》，当是天宝六载后任上洛太守者。上洛：唐郡名，即商州，天宝元年（742）改为上洛郡，乾元元年（758）复为商州，治所在今陕西商县。

② 商山：一名商洛山、地肺山，在今陕西商县东南。包：包含、环绕。楚邓：唐邓州，在今河南邓县，春秋时属楚地。

③ 关：疑指峣关，在今陕西蓝田南九十里，因峣山而名，为自长安至上洛途中必经之地。一说指武关，在唐上洛郡商洛县东，今陕西丹凤东南。

④ 古戍：古代驻兵守卫的营垒。

⑤ 板屋：木板房。

⑥ 欲：犹、如。

⑦ 丹泉：丹水，出上洛县西北冢岭山，东南过县南，又东南至于丹水县。虢略：地名，在今河南卢氏、灵宝一带。

⑧ 白羽：古地名，在今河南西峡县。荆岑：即荆山，在今湖北南漳县以西。

⑨ 西山爽：用《世说新语·简傲》典："王子猷（徽之）作桓车骑（冲）参军。桓谓王曰：'卿在府久，比当相料理。'徽之初不答，直高视，以手版柱颊云：'西山朝来致有爽气。'"西山，即首阳山，为殷末伯夷、叔齐隐居之地，此代指商山。

⑩ 黄琦：为商山四皓之夏黄公、绮里季，此代指秦时隐居商山的四皓。

【评析】

此诗写送李太守赴上洛，直写一路行经景色而无送别之意，颇具匠心，别具一格。后之评论也多在此，如《唐诗直解》说："全篇叙行色，末书吊古意，老成醇雅。"《唐诗解》说："通篇幽胜，几失太守。今人作此，安免行者之患？"《唐贤清雅集》："气局浑成，魄力自大。应转'商山'，回环成章。"也有评论其写景与用语的。如《唐诗选》："玉遮曰：'排律须庄次雄浑，警句亦不可少，如摩诘"野花开古戍，行客响空林"……语殊胜人。'"《唐诗选脉会通评林》："吴登之曰：'情景相适。'周启琦曰：'"板屋"二语，深山景象画出。'"《闻鹤轩初盛唐近体读本》："陈德公曰：'秀琢之章，王、岑正响。三句"洒"字是大家字法。"行客"句自然隽雅。起二亦极作异，"商山""西山"首尾映发，是绾合处，不得以重犯为嫌。'"还有论其重复用字的，如《唐诗评选》说："点染亦富，而终不杂。'驿路'二字便是入题，藏于排偶中，不复有痕。'关门落照深'，灵心警笔。山字三用。"《诗辩坻》说："王维'商山包楚邓'篇十二句，凡十二见地形，虽全叙行色，而写送流利，不觉烦；然终是诗律未细处。"《王右丞集笺注》说："诗中复二'泉'字，三'山'字，凡十二见地形，竟无太守意，古人不以为病。李于麟选唐诗，去取极刻，亦登此首，则诗之所尚，概可知矣。彼吹毛索垢者，必执一例以绳古人之诗，又安能得佳构于牝牡骊黄之外哉！”

今人陶文鹏《王维孟浩然诗选评》说：“这首诗送李太守赴上洛，内容与写法别具一格。全篇不见送别李太守之意，只是描叙李太守此行途中景色。诗人在西北地区长期生活，对那里的山水地理和风俗人情十分熟悉，因此信笔点染，便能抓住特征，表现真切。如首联毫不着力便写出商山的绵延广阔及其积翠森沉；次联写驿路飞泉与关门落照，一动一静，一明一暗；三联写山林幽秀之景，自然隽雅；‘板屋’二语，更活画出西北山乡和山城的民俗与气候特点。全篇气局浑然，老成醇雅，‘商山’与‘西山’及‘四皓’首尾映发，回环成章。”

送友人归山歌二首（选一）①

其　二

山中人兮欲归，云冥冥兮雨霏霏。②
水惊波兮翠菅靡③，白鹭忽兮翻飞，君不可兮褰衣④。
山万重兮一云⑤，混天地兮不分。
树晻暧兮氛氲⑥，猿不见兮空闻。
忽山西兮夕阳，见东皋兮远村⑦。
平芜绿兮千里⑧，眇惆怅兮思君⑨。

【注释】

①此诗约作于天宝末，其一后四句云：“愧不才兮妨贤，嫌既老兮贪

禄。誓解印兮相从，何詹尹兮可卜。”仔细玩味，当是晚年景况与语气；一说作于天宝五载（746）至天宝六载（747）间。

② 冥冥：昏暗貌。霏霏：雨纷乱貌。

③ 翠菅：青茅。靡：披靡，草木随风雨倒伏。

④ 褰衣：提衣。此句谓不可冒雨归去。

⑤ 一云：谓乌云一片。

⑥ 晻暧：音俺爱，昏暗貌。氛氲：雾气弥漫的样子。

⑦ 东皋：泛指田野，多指隐居地。

⑧ 平芜：杂草繁茂的原野。

⑨ 眇：《九章·哀郢》：“眇不知其所跖。”王逸注：“远视渺然，足不知当所践跖也。”意谓远望友人迷茫不见。惆怅：失意感伤的样子。

【评析】

诗歌送人，以景状情，表现了诗人的惜别之情与离别后的惆怅失落之感；而此情此景以楚调楚语出之倍觉动人。《王孟诗评》引宋人刘辰翁评论说：“点景状意，色色自别。（‘云冥冥兮’句下）”又评道：“宋玉之下，陶潜之上，甚似晋人。不知者以为气短，知者以为琴操之余音也。……丽句极多，骚之变也。”《唐诗选脉会通评林》：“周敬曰：‘幽境中翻出新意，语语成锦。’周珽曰：‘寝食衣履于楚骚，故学积而气通，形神俱肖。’吴山民曰：‘起数语用楚辞比兴法，见世不可居。中引兴自佳。末芳草王孙之思。楚格、楚语，结撰自别。’”《唐风定》评其：“妙气氤氲，笔墨蹊径，无复可寻。”《王右丞诗集注说》评道：“摹写景物，各有分属，玄虚，高古，俊彩。”《唐诗别裁集》说：“‘山万重兮’以下，写去后情事，如披图画。”陈铁民《王维新论》评论说：“因情造景是王诗谋求达到景情合一的途径之一。此诗以景状意，前五句用雨骤风狂的景象，表达不愿友人离去的情意；后八句也用多种景物，烘托别后思念友人的怅惘之情。全诗的景，多为达情而设，它经过作者的选择与改造，而非眼前实景的再现。”

辋川集并序（选十三）[①]

余别业在辋川山谷，其游止有孟城坳、华子冈、文杏馆、斤竹岭、鹿柴、木兰柴、茱萸沜、宫槐陌、临湖亭、南垞、欹湖、柳浪、栾家濑、金屑泉、白石滩、北垞、竹里馆、辛夷坞、漆园、椒园等。与裴迪闲暇各赋绝句云[②]。

【注释】

① 此组诗约作于天宝三载（744）至天宝十五载（756）间。辋川：在陕西蓝田县南辋谷内。天宝三载左右，王维得初唐诗人宋之问辋川别墅，复加经营，与道友裴迪浮舟往来，弹琴赋诗，啸咏终日，并集二人所咏绝句各二十首为《辋川集》。

② 裴迪：关中（今陕西）人，《唐诗纪事》载：“迪初与王维、兴宗俱居终南。天宝后，为蜀州刺史，与杜甫友善。”后返长安，与王维交往密切，曾为尚书郎。

孟城坳[①]

新家孟城口[②]，古木余衰柳。
来者复为谁[③]？空悲昔人有[④]。

【注释】

① 孟城坳：即孟城口，原为古城，刘宋武帝所筑思乡城在此。坳，两山之间低洼处。

② 新家：刚刚住到。

③ 来者：后来的人。复：又。

④ 空：徒然地。昔人：过去的人，指宋之问。

【评析】

诗歌为初居辋川别墅时所作，写景简洁，发慨深长，颇得后世佳评。如《王孟诗评》说："'复欲'二语，如此俯仰旷达不可得。"《批点唐诗正声》说："物化忘尽，成壮烈极语。"《唐诗镜》评："倒折，简而深。"《唐音癸签》评道："非为昔人悲，悲后人谁居此耳。总达者之言。"《汇编唐诗十集》也说："寄慨来者，感兴自深。流利清婉。"《诗法易简录》评曰："四句中无限曲折，含蓄不尽。"《而庵说唐诗》说："此达者之辞。我新移家于孟城坳，前乎我，已有家于此者矣，池亭台榭，必极一时之胜。今古木惟余衰柳几株，吾安得保我身后，衰柳尚有余焉者否也。后我来者，不知为谁；后之视今，亦犹吾之视昔，空悲昔人所有而已。"《唐人万首绝句选》评道："淡荡人作淡荡语，所以入妙。格调峻整，下二句一倒转，便不成语矣。所以诗贵调度得法。"《千首唐人绝句》评："'新'字、'古'字是全篇之脊，故下半转接不嫌突兀。"《诗境浅说续编》评曰："孟城新宅，仅余古柳，昔年居此者，重重陈迹，荡焉无存。今虽暂为己有，而人事变迁，片壤终归来者。后之视今，犹今之视昔。……摩诘诚能作达矣。"

今人陈允吉《王维〈辋川集〉之〈孟城坳〉佛理发微》说："此诗究底包孕着的理旨，实际上就是佛教的'无常''无我'思想。从佛教缘起因果的观点看，现象界之一切尽处于迁流不居的变异之中，无有不变有常住者，这是‘无常’。持‘无常’的观念去体察人生本相，人乃四大、五蕴元素的因缘假合，生命之存在只是上述元素刹那生灭的连续显现，人与一切有情众生，都没有一个常住不变的、起着主宰作用的自我，故谓‘无我’。王维依其实际经遇，托兴咏怀，将自己信解的宗教义理，巧妙地灌输入这首小诗，达成了情、理与景物三者交叉互融的效果。”邓安生《王维诗选译》说：“组诗以这首为第一篇，目的在写所经营的一切，将来也不会属于自己，所以作者写孟城坳，满眼所见，竟是一片凋败荒凉景象！……王维写孟城坳，象征事物有盛必有衰。后二句便由此引出感慨。辋川原本是初唐诗人宋之问的别墅，宋曾以文采出众和媚附权贵而显赫一时，后来两度贬谪，客死他乡。如今物易其主，而又荒凉如此，因此作者不仅触景伤情，并进而推今例往。此诗反映了作者为自己经营辋川，建立一种得不足喜，失不足悲的思想基础，也为后来献辋川庄为寺张本。”陶文鹏《王维孟浩然诗选评》说：“诗人新家于孟城口，眼前一片古木衰柳，内心顿时生出春秋代序、昔盛今衰、人生无常的悲哀。但想到以后来此居住的人是谁，也不得而知，于是又觉得今日自己为昔日的主人而悲伤也是徒然的。四句诗寄慨深沉，由悲哀到旷达，曲折层深。”

华子冈

飞鸟去不穷①，连山复秋色②。
上下华子冈，惆怅情何极③！

【注释】

①去：离开。

②连山：形容重叠的山峦。复：又。

③ 惆怅：因失望而伤感。何极：没有穷尽，无法排遣。

【评析】

关于华子冈的景色，王维《山中与裴秀才迪书》描写道：“夜登华子冈，辋水沦涟，与月上下。寒山远火，明灭林外，深巷寒犬，吠声如豹，村墟夜舂，复与疏钟相间。此时独坐，僮仆静默。多思曩昔，携手赋诗，步仄径，临清流也。”而诗中意蕴，前贤也多有发明。《王孟诗评》说：“萧然更欲无言。……调古兴高，幽深有味，无出此者。”《梘斋诗谈》说：“《华子冈》，根在上截。”《千首唐人绝句》评道：“‘上下’字与‘惆怅’字相应，如见其人徘徊于秋山暮色中也。”

今人陈铁民《王维诗选》说：“辋川山谷东西两侧都是连绵的群山，华子冈是辋川山谷中段东侧的一座山峰，属自然景观。这首诗上截写景，以大笔勾画出寥阔无尽的境界；下截写情，抒发由空间的无穷触发的无限惆怅之情，两者相互融合。”葛晓音《汉唐文学的嬗变》论析道：“飞鸟远去似乎永远飞不到尽头，连山和秋色也同样杳无边际。这是以空间的无极烘托人在登临时的无限惆怅，由于诗人仅用虚线勾勒轮廓，因而使情与景都整合于无限开阔杳远的境界中。”陶文鹏《王维孟浩然诗选评》说：“诗人大笔挥洒出一幅秋山暮色图。字面上虽未着色，却使人如见漫山遍野斜晖惨淡黄色飘零的景象和色彩，同初唐诗人王绩的‘树树皆秋色，山山唯落晖’（《野望》）颇相似。细味知之，又见出诗人思致细密。鸟去‘不穷’与愁情‘无极’前后映照，‘上下’与‘惆怅’也相互呼应，情与景交融成一个深层、浩阔、悲凉的境界。”刘宁《王维孟浩然诗选评》说：“诗中的悲哀，已经不是简单的悲秋，而是一种哲理顿悟的悲慨。诗人写出了人在辽远的宇宙面前，一种深刻的无助与凄凉；这也许就是诗人在现实中茫然无着的折射，然而诗意所呈现的深邃意境，已经远远超出了具体的人事，使我们领悟生命中许多无力左右的悲哀。”陈允吉《王维〈辋川集〉之〈孟城坳〉佛理发微》则从另一角度作出剖析：“‘飞鸟去不穷，连山复秋色’，意在示现世界万类的瞬息迁灭。《华严经》说过‘了知诸法寂灭，如鸟飞空无有迹’。此即对‘无常’作出形象化的演绎。”陈节末《禅宗美学》进而说：“飞鸟是许多佛经中均可见的一个譬喻。……《增一阿含经》：‘如鸟飞空，无有挂碍。’《涅槃经》：‘如鸟飞空，迹不可寻。’”他认为王维诗中的飞鸟是去无踪迹，刹那变迁，飞去不飞回的。飞鸟意象是超绝（“无迹”）的、寂灭的，它是自然之空性的直观。王维将佛教典故融入所创造的艺术形象，几臻天衣无缝的境界，即使缺乏佛教修养，也不会妨碍欣赏诗的美感。

文杏馆①

文杏裁为梁②，香茅结为宇③。
不知栋里云④，去作人间雨⑤。

【注释】

①文杏：即银杏、白果树。

②裁：截断。

③香茅：又名香茅草、菁茅，叶有三脊，气味芬芳。宇：屋檐，屋面。

④不知：不意。

⑤作：为。

【评析】

诗写文杏馆用材之精美芳洁、所处之超尘脱俗。《緦斋诗谈》评曰：“《文杏馆》，力注下截。”《唐贤三昧集笺注》说：“当是馆在空山中，景色虚旷可想。”《诗法易简录》评道：“玩诗意，馆应在山之最高处。首二句写题面，三、四句写出其地之高。山上之云自栋间出而降雨，而人犹不知，则所居在山之绝顶可知。”

邓安生《王维诗选译》评析道：“前两句极写文杏馆结构的精美，以表现其主人品格的高洁。文杏香茅都不是写实，而是用古人香草美人的比兴手法。后两句由梁由宇及云，云居深山，好比贤人君子隐居林壑，古诗中云常与隐世的形象联系在一起，王维诗中也多用‘独向白云归’‘空林独与白云期’这类句子来写隐居之志。这里把‘栋里云’人格化，写它飘去就化作造福人间的雨，也寄托着作者的问世之意。这诗通篇兴寄，全出自然。”陈铁民《王维诗选》说：“这首诗以栋里云彩飞到人间化而为雨的优美想象，摹写出文杏馆的高远、幽静，犹如仙境一般。”葛晓音《山水田园诗派研究》中说：“栋里云飞到人间化而为雨的优美遐想，将本因高远而与山外阻隔的文杏馆与人间联系起来，令人联想到诗人洁身自好却又不愿高蹈出世的精神境界。”陶文鹏《王维孟浩然诗选评》说：“诗人笔下的文杏馆是截取珍贵的文杏为梁柱，铺香茅做屋顶而建成的。从它栋梁间涌出的云，落到人间化作了滋润万物的甘雨，而不为人所知。这栋处于空山绝顶的文杏馆，幽雅、精美，还带点神秘，俨然是迥出尘世而又为人间造福的佛教理想境界的象征，是诗人心目中的‘佛香阁’。诗的前二句点题用排比句式，信口吟出。后二句从缭绕于栋梁间的云，想象它们化作洒遍人间的雨，一实一虚，互相叠映，景色幽深清绝。流水对仗，使诗意流贯而下，轻爽自然。‘不知’二字承上启下，以否定词语，在转合之间构成喟叹之致，尤有韵味。”刘宁《王维孟浩然诗选评》说：“以文杏为梁、香茅为宇的文杏馆，它是这样高雅脱俗，远离尘世，那萦绕在它栋梁间的白云，飘向人间，就化作滋润万物的雨水。全诗前两句化用《楚辞》以香草喻君子的笔法，用文杏、香茅这些名贵芳香的植物，烘托文杏馆的高洁；后两句则以‘栋里云’与‘人间雨’的相互映衬，表面上看，拉近了文杏馆与人间的距离，实际却恰恰突显了文杏馆的孤高飘缈、迥脱凡尘。徜徉在辋川山水之间的诗人，正是渴望在精神上营造起这样一座文杏馆，远离尘世的烦扰，维系内心的高洁。这是山水的佳致，更是诗人心声的流露。”

鹿　柴①

空山不见人，但闻人语响②。
返景入深林③，复照青苔上。

【注释】

① 鹿柴：为形似鹿角的篱落，此指有篱落的村墅。柴，通“寨”。

② 但：只。闻：听见。

③ 返景：夕阳返照的光。景，同“影”。

【评析】

此诗为《辋川集》中著名篇章之一，言词简洁，写景入画，包含无穷意蕴，故后人评论多而且异，或叙其画境，或论其幽深，或析其浓淡，或评其色彩，或究其禅境，各不一一。

《王孟诗评》评道：“无言而有画意。……此篇写出幽深之景。”《唐诗广选》：“李宾之曰：‘诗贵淡不贵浓，贵远不贵近。如杜诗“钩帘宿鹭起，丸药流莺转”、李诗“桃花流水杳然去，别有天地非人间”与摩诘“返景”二语，皆淡而浓、近而远，可为知者道，难与俗人言也。’”《唐诗直解》评道：“‘复照’妙甚。”《唐诗训解》评曰：“不见人，幽矣；闻人语，则非寂灭也。景照青苔，冷淡自在。摩诘出入渊明，独《辋川》诸作最近，探索其趣，不拟其词。如‘结庐在人境，而无车马喧’，喧中之幽也；‘空山不见人，但闻人语响’，幽中之喧也。如此变化，方入三昧法门。”《唐诗选注》评：“只四语，令人应接不暇。”《唐诗笺要》说：“景到处有情，情到处生景，可思不可象，摩诘真五绝圣境。”《而庵说唐诗》说：“此首眼目在‘空山’二字。……右丞笔下直是大光明藏，无有一字在也。”《唐贤三昧集笺注》说：“五绝乃五古之短章，最难简古浑妙。唐人此体，右丞可称妙手。”《唐诗别裁集》评道：“佳处不在语言，与陶公‘采菊东篱下，悠然见南山’同。”《唐诗笺注》论析说：“‘不见人’‘闻人语’，以林深也。林深少日，易长青苔，而反景照入，空山阒寂，真麋鹿场也。诗细甚。”《诗法易简录》分析说：“人语响，是有声也；返景照，是有色也。写空山不从无声无色处写，偏从有声有色处写，而愈见其空。严沧浪所谓‘玲珑透彻’者，应推此种。沈归愚谓其‘佳处不在语言’，然诗之神韵意象，虽超于字句之外，实不能不寓于字句之间，善学者须就其所已言者，而玩索其不言之蕴，以得于字句之外可也。”《唐贤清雅集》评：“空而非空，宛而不宛，闲淡入妙。”《唐人万首绝句选》评：“写出幽深。”《诗境浅说续编》也评道：“深林中苔翠阴阴，日光所不及，惟夕阳自林间斜射而入，照此苔痕，深碧浅红，相映成采。此景无人道及，惟妙心得之，诗笔复能写出。”

朱光潜《诗论》评价说：“这首诗俨然是画境，是从混整的悠久而流动的人生世相中摄取来的一刹那，一片段。本是一刹那，艺术灌注了生命给它，它便成为终古。诗人在一刹那中所心领神会的，便获得一种超时间性的生命，使天下后世人能不断地去心领神会。本是一片段，艺术予以完整的形象，它便成为一种独立自足的小天地，超出空间性而同时在无数心领神会者的心中显现形象。”陈允吉《论王维山水诗中的禅宗思想》说：“作者一开始就着眼于绘写‘空山’的意境，正是为了以此说明自然界的空虚；其后又在寂静的深林中添上一笔返照的回光，也是极力强调自然现象不过是瞬息即逝的幻觉。禅宗最为尊奉的《金刚般若经》说：‘凡所有相，皆是虚妄。’王维在这首诗所寄托的理念，它的思想本质同这个观点是相通一致的。”

木兰柴①

秋山敛余照②，飞鸟逐前侣③。
彩翠时分明④，夕岚无处所⑤。

【注释】

①木兰：又名玉兰，落叶乔木，叶互生，花大，内白外紫。

②敛：收。余照：落日余晖。

③前侣：飞在前面的伴侣。

④彩翠：形容余晖照映下木兰柴的绚丽景象。时：有时，时而。

⑤岚：山中雾气。无处所：犹言无定处。

【评析】

诗写木兰柴秋山夕照，一片氤氲缭绕、光影变幻。《王孟诗评》说：“犹是《鹿柴》之余。”《唐诗归》评：“此首殊胜诸咏，物论恐不然。”《唐贤三昧集笺注》说：“是咏木兰柴一时景色逼人，造化尽在笔端矣。”《诗源辩体》说：“摩诘诗‘彩翠时分明，夕岚无处所’，诗中有画者也。”《带经堂诗话》说：“余两使秦、蜀，其间名山大川多矣，经其地始知古人措语之妙。如右丞‘秋山敛余照’二十字真为终南写照也。”《唐人万首绝句选》说：“令人心目俱远。”《千首唐人绝句》说：“写霎时所见，备极变幻，所谓‘状难写之景如在目前’。”

今人之评论也多。如邓安生《王维诗选译》说：“这首诗写夕阳，作者用了一个‘敛’字，使人似乎能看见日落时秋山逐渐由明转暗的变化；写飞鸟归巢，作者用了一个‘逐’字，写出变幻的动感，十分细腻生动。夕阳的余晖点缀山色彩翠相间、明灭不定，写出黄昏时岚气飘移，山林景色多变的特点，使人如临其境。”陈铁民《王维新论》说：“一副绚烂明丽的秋山夕照图：秋山上的夕阳逐渐收敛它的余光，归林的鸟儿连翩相逐而飞，满山秋叶在夕阳中时或显露其斑斓色彩，夕岚在山间流动，无有定处。秋色佳丽，美不胜收，诗人置身其中，心情是愉快的。”吴功正《唐代美学史》说：“在诗的审美境界上，产生了闪动明灭、恍惚迷离之美。‘彩翠’二句，景象的陆离状态正体现了它的不确定性，从而出现严羽《沧浪诗话》所说的‘羚羊挂角，无迹可求’的审美境界。”陈允吉《论王维山水诗中的禅宗思想》说：“他用闪烁明灭的笔法，写到了夕阳的余光在秋山上收敛了，天空中竞相追逐着的飞鸟消逝了，一时看到彩翠分明的山色又模糊了，自然界所呈现的各种现象，都是随生随灭，仿佛只是在感受上倏忽之间的一闪，如同海市蜃楼那样，不过是变幻莫测的假象。”刘宁《王维孟浩然诗选评》说：“王维深通佛理，这首诗如此善于捕捉景象的变幻莫测之处，也许可以见出佛教色空观的影响，当然，诗意的旨归并不是佛理的阐释，而是诗人心绪的传达。只是当我们驻足于诗人所描绘的这一幅秋山夕景图时，总能感到它不仅仅是绘出了自然界的美景，更有一种深邃的意趣萦绕其间，令我们欲辨忘言，这也许就是浸润于佛教禅趣的诗心所具有的微妙之处。”

南　垞[①]

轻舟南垞去[②]，北垞淼难即[③]。
隔浦望人家[④]，遥遥不相识。

【注释】

①南垞：欹湖南面居民村落。垞，音茶，小丘。

②轻舟：小船。

③北垞：欹湖北面居民村落。淼：水面宽阔。即：靠近。

④浦：指湖水。

【评析】

诗写舟中所见，轻盈飘渺，兴味悠然。《精选唐诗分类评释绳尺》评称："独景远俗。"《唐贤三昧集笺注》说："摹写玄妙，不容更添一物。"《唐绝诗钞注略》说："此作亦淡远有神。"《唐人万首绝句选》评道："写得渺漫，如在目前。"《诗境浅说续编》说："此诗纯咏水乡。舟行南垞，见北垞之三五人家，掩映于波光林蔼间，一水盈盈，可望而不可即。写水窗闲眺情景，如身在轻桡容与中也。"

今人也有评论，如葛晓音《汉唐文学的嬗变》分析道："王维不写南垞之景而只写在此远眺的兴致，从遥远北岸反写南垞，以民歌般天真的语调的情韵，表现对隔岸人家生活的向往，不但湖上清波淼漫的风光、天边远村的人家轮廓依稀可见，而且觉得分外兴会深长。"再如师长泰《〈辋川集〉王裴五绝诗比较》则说："题为《南垞》，却从对面落笔，写北垞之渺远，欹湖之浩淼，使人从虚实映照之中，去想象南垞的优美景色。"陶文鹏《王维孟浩然诗选评》说："诗写在船窗中闲眺所见湖水的空阔景象。诗人乘轻舟离开南垞，放眼远望，湖水浩淼，感到北垞渺远难以到达。再细细观察，隐约见到三五人家，掩映于波光林霭之间，但太遥远了，也不知道那里住的都是谁家。诗人用层层递进手法，不仅将湖水'写得渺漫，如在目前'（《唐人万首绝句选》），而且表露出自己热爱辋川山水、游兴盎然的情致。读此诗，我们也宛若身在轻桡容与之中。"张勇《王维诗全集》说："诗人乘舟往南垞，于湖上远望，北垞人家映于波光林霭之间，可望而不可即。全诗勾画出一幅幽独清寂图景，衬托出南垞清逸脱俗气质。”

欹　湖[①]

吹箫凌极浦，日暮送夫君。[②]
湖上一回首，青山卷白云。

【注释】

①欹湖：辋水汇积而成的一个湖泊，因湖底西南高东北低，呈侧斜状而得名。欹，音欺，侧斜。

②“吹箫”二句：化用《楚辞·九歌·湘君》“望夫君兮未来，吹参差（排箫）兮谁思”与“望涔阳兮极浦”诗意。凌，越过。极浦，遥远的水边。夫君，对男子的敬称。

【评析】

诗写湖上送客，深情款款，轻盈洒脱，借景抒情，不着痕迹。《唐王右丞诗集注说》评道：“前《临湖亭》迎客，此送客，各具足一时之景，极闲澹会情。”《唐诗解》评道：“摩诘辋川诗，并偶然托兴，初不着题模拟。此盖送客欹湖，而吹箫以别，回首山云，有怅望意。”《唐诗续评》说：“末句无限深情，却于景中写出。”《养一斋诗话》说：“右丞‘相送临高台’‘吹箫凌极浦’，皆天下之奇作。”

今人也多有佳评，如邓安生《王维诗选译》说：“王维的这首避开眼前实景，用《九歌》中《湘君》‘思夫君兮未来’，《河伯》‘送美人兮南浦’‘惟极浦兮寤怀’等写法，想象吹洞箫，凌极浦，送美人，以神话境界写欹湖。结尾写‘湖上一回首，青山卷白云’，与钱起《省试湘灵鼓瑟》‘曲终人不见，江上数峰清’意境相近，即女神已去，唯见留下青山与白云。全诗写得虚无缥缈，很有神韵。”陈铁民《王维诗选》说：“这首诗写在湖上送客时所见美景。末二句能够捕取自然景物中最为动人的一个侧面加以刻画，颇具以少胜多之长。”陶文鹏《王维孟浩然诗选评》评道：“这首诗别开生面，不直接写欹湖景色，却化用《楚辞·九歌·湘君》中湘夫人驾舟寻找湘君的凄清美丽意境，想象出一个女子日暮时分乘舟送别夫君的情景。诗中写箫声呜咽，回荡水面，一直传送到遥远的湖口。夕阳照耀着舟上的情人，依依不舍。他们蓦然回首，但见青山寂寂，白云舒卷。诗人表现的是他面对欹湖时生出的幻象，因此人和景都迷离恍惚，神奇瑰丽。结尾的青山白云，融入了女子送夫君的缱绻深情，同时也传达出诗人陶醉于欹湖风光之美的诗情。”张勇《王维诗全集》评说道：“前两句写日暮乘舟吹箫以送友人，渲染离别的感伤气氛。后两句写湖上回望之景，水光山色，白云悠悠，清景之中蕴含无限深情。”

栾家濑①

飒飒秋雨中，浅浅石溜泻②。
跳波自相溅③，白鹭惊复下。

【注释】

① 栾家濑：辋川景点之一。濑，指浅水从沙石上急流而过之处。

② 浅浅：浅，音坚，水疾流的样子。石溜：石上浅水，《楚辞·九歌·湘君》：“石濑兮浅浅。”

③ 跳波：冲激石头而跳起的水珠。

【评析】

诗描绘辋川在栾家濑浅滩急流的景象，清新自然，颇具野趣。《王孟诗评》评道：“此景常有，人多不观，唯幽人识得。”《唐诗镜》评：“古趣。”《唐贤三昧集笺注》说：“闲景闲情，岂尘嚣者所能领会，只平平写，景自见。”《诗境浅说续编》评道：“秋雨与石溜相杂而下，惊起濑边栖鹭，回翔少顷，旋复下集。惟临水静观者，能写出水禽之性也。”

今人也多有述评，如葛晓音《山水田园诗派研究》说：“后二句，以一连串分解动作的特写，便使幽静清冷的栾家濑充满了活泼的生趣。”郝世峰《隋唐五代文学史》评论说：“（这首诗）完全不涉及人的活动，水自流，波自跳，白鹭自起自落，一切都是那么自在自足，它们无意识无目的，自身就是一切。”王明居《唐诗风格美新探》说：“以物寄我。画面上见到的是物，但这种物却是诗人趣味的显现。王维虽未露面，却流露出他那欢快的明朗的情绪色彩。”邓安生《王维诗选译》说：“这首诗别创新意，写得活泼而富有生趣。大自然中，并无人在，秋雨飒飒，山泉激流，溅起的水花惊起了白鹭。它们飞起又落下，一切终于归于宁静。反映出王维捕捉自然生态美的审美眼光。”陈铁民《王维诗选》说：“这首诗写雨中山溪之水的迅击流泻和溪边白鹭的惊飞，画面活跃、生动，但渲染出的境界，却是生僻幽静的，作者很善于借动态来表现静境。”陶文鹏《王维孟浩然诗选评》评道：“诗的前三句写秋雨、石溜、跳波的声响动态，都是为了烘托第四句‘白鹭惊复下’：跳珠溅在白鹭身上，使它突然吃了一惊，扑腾着翅膀飞上半空；等到明白这只不过是一场虚惊，水石四周并没有人和动物威胁它，便又飞了下来，落在原处，继续全神贯注地等候啄食水中的游鱼。诗人仅用五个字便把这只小动物受惊而飞、飞而复下的神情动态写得活灵活现！可见诗人眼明手快，善于捕捉大自然中生动活泼、富有诗意的情景，又善于以灵活跳脱的笔墨，将这些瞬息即逝的动人镜头呈现出来。作为一位音乐家，他也十分善于捕捉和表现大自然的美妙丰富声响。‘飒飒’摹状秋天雨丝的连绵和雨声的细密，‘浅浅’形容濑水的清浅和轻快流泻之音响，都使人犹如耳闻目见。就全篇说，诗人写雨声、急流、流白鹭都是为了以声响动态反衬出栾家濑的安宁、幽静。人和动物，在这里都能无忧无虑、自由自在地生活。诗人喜爱并神往这种清幽宁静又充满生机的境界，无疑反映出他对当时危机四伏的官场政治漩涡的反感与厌恶。”张勇《王维诗全集》：“诗前两句写飒飒秋雨及石间流水，渲染清幽气氛。精彩之处在后两句。雨水溅起的水花，惊起水中的白鹭，发现为虚惊一场，又放心地落下。诗人于静中写‘惊’，又以‘惊’写静，自然而有情致。全诗以一派自然天真的秋日小景蕴含诗人静逸安闲的气韵风度。”

白石滩①

清浅白石滩，绿蒲向堪把②。
家住水东西③，浣纱明月下④。

【注释】

① 白石滩：辋川上一处多白石的浅滩。

② 绿蒲：又称香蒲，沼泽中草本植物，叶细长而尖，有香味。向：渐，将近。堪把：可用手握住。

③ 水东西：指人家住在辋川的东西两岸。

④ 浣纱：漂洗轻纱。

【评析】

诗描绘月下白石滩浣纱景象，清新动人，饶有情致。《唐贤三昧集笺注》说：“此使西施浣纱石事咏之。如此白石滩，安得不洗纱，有‘清斯濯缨’之意。曰‘明月下’，景益清切。”《千首唐人绝句》

说："写白石滩浣纱女子，点缀绿蒲明月，素雅绝尘。"今人如葛晓音《山水田园诗派研究》说："整个情景在柔和的明净的调子中沁透着青春的气息。如果没有景中人与人中景的浑融为一，没有诗人根据生活感受加以高度提炼的艺术想象，这处水景不过是平淡无奇的水泊罢了。"邓安生《王维诗选译》说："写白石滩的月夜景色，是组诗中最富有生活气息的一首诗。前两句写物，写白石滩的静态美。清水、白石、绿蒲相映成趣，'向堪把'表现香蒲的肥大，形象具体，几可触摸。后两句写人，写白石滩的动态美。有意思的是作者通篇以浣纱女作主体，只写她们的生活感受，而不具体写人和动作，给读者对白石滩留下无限广阔的想象空间。'明月'又是全诗的诗眼，和白石相映衬。这首诗表现了作者对生活中自然美的追求，和'竹喧归浣女，莲动下渔舟'有相通的地方。"陈铁民《王维诗选》说："白石滩的景色原本平淡无奇，但诗人却通过艺术想象，构造了一个春夜月下少女在滩边浣纱的场面，使明月、溪流、绿蒲、白石与浣纱的少女相映成趣，组成一幅色彩明丽、境界幽美、充满生意的图画，并透过这一图画，表露了作者对大自然和田园生活的爱恋之情。"陶文鹏《王维孟浩然诗选评》点评道："诗人用极素净的也极优美的文字描绘清水、浅滩、白石、绿蒲，它们相互映衬，更把皎洁的月色衬托出来，真是表现月色的妙笔。月下浣纱的少女，使幽静明媚的白石滩增添了开朗活泼又温馨甜美的青春气息，整幅画面都活起来了。"刘宁《王维孟浩然诗选评》说："初看起来，这首诗似乎与王维辋川绝句的基调不太吻合，我们在其中读不出《鹿柴》《竹里馆》那种幽寂与孤清，但诗中所营造的清新爽洁的意境，则是诗人理想的精神境界的象征。青青的蒲草与清澈的辋水，映衬着白石滩的雅洁，而在明月下洗衣的村女，她们是那样淳朴天真，诗人在这里有意用'浣纱'来代替村女的'浣衣'。绝代美女西施在入宫前曾是一名浣纱女，诗人用'浣纱'这个典故，使普通的村女浣衣，也显得高雅无比；加之明月的映衬，一副素雅绝尘的图画便如在目前。”

北　垞[1]

北垞湖水北[2]，杂树映朱栏[3]。
逶迤南川水[4]，明灭青林端[5]。

【注释】

① 北垞：欹湖北岸的村落，与南垞相对。

② 湖：即欹湖，裴迪同咏曰：“南山北垞下，结宇临欹湖。”

③ 映：掩映。朱栏：朱红色的栏杆。

④ 逶迤：蜿蜒曲折貌。

⑤ 明灭：忽明忽暗。端：顶端。

【评析】

诗写北垞景象，宛若画卷，故《诗源辩体》说：“摩诘诗‘逶迤南川水，明灭青林端’，诗中有画者也。”又如《唐贤三昧集笺注》也说：“犹是南垞余景。‘逶迤’‘明灭’字，曲尽丛林长流景色。”《千首唐人绝句》说：“前半近景，后半远景，掩映生姿，可以入画。”今人也多从此展开讨论，如宗白华《中国诗画中所表现的空间意识》说：“在西洋画上有画大树参天者，则树外人家及远山流水必在地平线旁缩短缩小，合乎透视法。而此处南川水却明灭于青林之端，不向下而向上，不向远而向近，和青林朱栏构成一片平面。而中国山水画家却取此同样的看法写之于画面，使西人诧中国画家不识透视法。然而这种看法是中国诗中的通例。……这不是西洋精神的追求无穷，而是饮吸无穷于自我之中。”许总《唐诗史》说：“近景‘杂树朱栏’历历在目，中景‘青林’依稀可见，远景‘南川水’则明灭幻忽……清晰地展现出随‘人眼的远近距离所产生的差异’的透视作用下的空间层次。”吴功正《唐代美学史》说：“王维在对对象的描述上至为精细，但体验和传达时却空灵、缥渺。如《北垞》。”陶文鹏《王维孟浩然诗选评》点评道：“碧湖、珠栏、白亮的河水、青青的树木，组成了一幅青绿山水画。前半是近景，后半是远景，‘映’‘逶迤’‘明灭’，使画面有静有动，光色变幻。特别是后二句，把逶迤的南川水‘画’在青林之端，又一次表现出诗人以画家的眼睛观察景物的特点，画意浓厚。”张勇《王维诗全集》说：“北垞为欹湖北面的小丘，与南垞隔湖相望。前两句写近景，朱红色的栅栏在树木的掩映之下或隐或显，宁静而安详；后两句写远景，丛林之中曲折蜿蜒的南川水明灭变幻，若有若无，空灵而缥缈。‘逶迤’‘明灭’两词尤妙，清黄培芳说：‘曲尽丛林长流景色。’”

竹里馆[①]

独坐幽篁里[②]，弹琴复长啸[③]。
深林人不知，明月来相照。

【注释】

① 竹里馆：辋川景点之一。

② 幽篁：深密幽暗的竹林。

③ 复：与。长啸：撮口发出清越悠长之声，为魏晋隐士高人的一种行为风尚与标志。

【评析】

诗写幽篁独坐，弹琴长啸，融入自然，一片清新澄明之气。《王孟诗评》说：“一时清兴，适与景会。”《唐诗解》评：“林间之趣，人不易知。明月相照，似若会意。”《唐诗广选》评：“人不知而月相照，正应首句‘独坐’二字。”《鸿苞论诗》说：“‘独坐幽篁里’‘中岁颇好道’，冲玄清旷，爽气袭人。如寒泉漱齿，烦嚣顿除；神丹入口，凡骨立蜕。”《唐贤三昧集笺注》说：“幽迥之思，使人神气爽然。”《唐诗笺注》说：“《辋川》诸诗，皆妙绝天成，不涉色相。止录二首（指《鹿柴》及此诗），尤为色籁俱清，读之肺腑若洗。”《唐人万首绝句选》评：“毋乃有傲意。”《诗境浅说续编》评说：“《辋川集》中，如《孟城坳》《栾家濑》诸作，皆闲静而有深湛之思。此诗言月下鸣琴，风篁成韵，虽一片静景，而以浑成出之。坊本《唐诗三百首》特录此首者，殆以其质直易晓，便于初学也。”《唐诗摘抄》说：“人不知而月相照，正见独坐。”杨逢春《唐诗偶评》说：“此写竹里馆之幽也。首便含三句意，若无第二句，一直下耳，妙在第二偏说得音响激越，然后落到林深而人不知，则境之幽愈显矣。且三之应上，亦是口头语，妙又借明月烘托，则仍是人不知意，而幽趣倍添。来相照，照其琴，照其长啸也，说得何等有情，此皆是加一倍渲染之法。”

今人之评价更是褒扬有加。如钱锺书《谈艺录》说：“澄而不浅，空而生明，谓之漏。如《竹里馆》。”刘永济《唐人绝句精华》说：“以上四诗（指《鹿柴》《栾家濑》《竹里馆》及《鸟鸣涧》），皆一时清景与诗人兴致相会合，故虽写景色，而诗人幽静恬淡之胸怀亦缘而见。此文家所谓融景入情之作。”陈铁民《王维新论》说：“诗歌创造出一个远离尘嚣、幽清寂静的境界，其中分明活动着一个高雅闲逸、离尘绝世、弹琴啸咏、怡然自得的诗人形象。诗人以寂静为快乐，内心是淡泊、平和、恬静的，就像一潭没有波澜的水。”邓安生《王维诗选译》：“王维辋川绝句多从客体着笔，描写环境的空幽。这首却全从主体入手，写人与大自然独处的乐趣。作者坐于竹丛深处，弹琴长啸。嵇康弹琴，孙登（晋隐士）长啸，他们似乎还想要人知道，王维却写弹琴长啸，人都不知，只有明月自相照。情趣的超然，自然呈现。”王达津《王维孟浩然选集》说：“诗写竹林幽静，自坐馆内弹琴长啸，与明月为伴，不须人知。”

辛夷坞①

木末芙蓉花②，山中发红萼③。
涧户寂无人④，纷纷开且落⑤。

【注释】

① 辛夷坞：辋川地名，因盛产辛夷而得名。辛夷，落叶乔木，花苞尖如笔头，又名木笔花，花开枝头，似芙蓉，有红紫二色。坞，四面高中间低的谷地。

② 木末：树梢。芙蓉：指辛夷。《楚辞·九歌·湘君》：“搴芙蓉兮木末。”

③ 红萼：指红花。萼，本为花瓣外部的绿色花托，此代指花苞。

④ 涧户：涧旁住户。

⑤ 且：又。

【评析】

诗写涧中辛夷不求人欣赏，自开自落而一任自然。《唐贤三昧集笺注》说：“思致平淡闲雅，亦自可爱。”《唐诗别裁集》评：“幽极。借用楚辞，因颜色相似也。”《诗法易简录》评：“幽淡已极，却饶远韵。”《唐人万首绝句选》说：“刻意取远韵。”此诗是否入禅，也成为诗评家讨论的重点，如《王孟诗评》说：“其意不欲着一字，渐可语禅。”《唐诗真趣编》说：“摩诘深于禅，此是心无挂碍境界。虽在世中，脱然世外，令人动海上三山之想。”《唐风定》则说：“此诗每为禅宗所引，反令减价，只就本色观，自是绝顶。”《诗境浅说续编》说：“兰生空谷，不无人而不芳。东坡《罗汉赞》：‘空山无人，水流花开。’世称妙悟，亦即此诗之意境。后二句之意，更有花开固孤秀而自馨，花落亦无人悼惜，山林枝莼，悉会诸冥漠之乡，洵超于外象外矣。”

今人邓安生《王维诗选译》：“这首诗写辛夷坞中辛夷花的开与落，作者以客观的态度写景，在孤寂的环境中，却能够看到自然生态的美。在寂无人迹的山涧边，花纷纷地开，又纷纷地落。作者写出了大自然的生趣，这实际上也反映了王维自身得意忘言的喜悦。所以胡应麟在《诗薮》中说读之使人‘名言两忘，色相俱泯’，纯属一片天机。”陈铁民《王维诗选》说：“这首诗写美丽的辛夷花在绝无人迹的山涧旁静悄悄地自开自落，非常平淡，非常自然，没有目的，没有意识；诗人的心境，也犹如这远离人世的辛夷花一般，他好像已忘掉自身的存在，而与那辛夷花融合为一了。在这里，诗人宁静淡泊、超然出尘的思想情绪，是借助了平凡的景物形象来表现的，因此诗歌显得既蕴藉含蓄，又冲和平淡。”刘宁《王维孟浩然诗选评》说：“空谷辛夷，自开自落。从这一独特的意象中，我们不难看到浸润佛理对诗人的艺术构思是有影响的。佛教所说的色空观，认为世界本质的空性，与作为现象的假有，相对待而存在。……近人俞陛云先生认为，王维此诗与苏轼之语，这是同一意境（《诗境浅说续编》）。王诗与苏轼之语，从空、有两面来落笔，以万有之生灭，写空境之意趣，如此构思用心，都可以见出佛理的影响。但从诗歌本身来玩味，两者还是有细微的不同：苏轼之语着眼在水之‘流’与花之‘开’，都是生意具足的意象，与空山无人相映衬，十分切合佛教色空观所欲传达的意趣。然而王维此诗，终笔于辛夷的‘开且落’，如此鲜艳的生命，在寂寞中终结，无论如何是令人感伤的，这就使诗中的空山，带上了幽寂与孤绝的气氛，这种气氛，并不符合佛教追求的解脱之境，却是诗人在幽独中寻求理想人格的写照。”

漆　园①

古人非傲吏②，自阙经世务③。
偶寄一微官④，婆娑数株树⑤。

【注释】

①漆园：种有漆树的园林，当为辋川一景。又《史记·老庄列传》：“庄周尝为蒙漆园吏。”

②古人：指庄周，《史记·老庄列传》：“楚威王闻庄周贤，使使厚币迎之，许以为相。庄周笑谓楚使曰：……‘子亟去，无污我。我宁游戏污渎之中自快，无为有国者所羁。’”傲吏：郭璞《游仙诗》：“漆园有傲吏，莱氏有逸妻。”

③自阙：自无。经世：经邦济世，《抱朴子·审举》：“箕子有经世之器。”务：《广韵》：“务，事务也；专力也。”引申为本事、才能。

④偶：偶然。寄：依托。

⑤婆娑：闲适自得貌，班彪《北征赋》：“登障隧而遥望兮，聊须臾以婆娑。”李善注：“婆娑，容与之貌也。”又郭璞《客傲》：“庄周偃蹇于漆园，老莱婆娑于林窟。”数株：几株。

【评析】

此诗于《辋川集》中别具一格，与他诗写景抒情不同，此诗是以议论达意，充分表现出千载之下与庄周悠然心会的高情远韵。《王维诗评》引宋人刘辰翁语云：“使在谢东山辈，口语皆成高韵。”《唐王右丞诗集注说》评道："引古自况。即此漆园不必有景色，自与古人高情会。"《唐诗品汇》说："朱子《语录》云：'摩诘辋川此诗，余深爱之，每以语人，辄无解余意者。'"《增订评注唐诗正声》评曰："淡语自适。"《唐人万首绝句选》引李慈铭批语云："起落自然，别成章法。"《唐诗续评》说："郭璞诗'漆园有傲吏'，此翻其意而用之，借蒙庄以自况。《诗·陈风·东门之枌》：'子仲之子，婆娑其下。'"

今人对此诗也多有评论，如肖驰《中国诗歌美学》中说："王维选择了一条既不同于谢灵运也不同于陶潜的遗世道路。他是在官阶升迁的过程中避入山林和禅门的，已不带有谢客那种'才能宜参权要，既不见知'的愤愤，而代以'漆园非傲吏，自阙经世务'的失败主义。他与其说是人身的逃避，毋宁说是精神的逃避。他没有谢那般丰厚的家业而又不甘于陶的清贫，才杜撰了'长林丰草岂与官署有异'的哲学来。"郝世峰《隋唐五代文学史》说："栖止在这里，很是舒展自由。这已经不是牢骚，不是讽刺，是中年以后内心平静的悟道之言。无力在官场中保持理想价格的独立，当是王维隐居的一个重要原因。"刘德重在《唐诗鉴赏辞典》中评道："诗的用典自然贴切，且与作者的思想感情、环境经历融为一体，以致分不清是咏古人还是写自己，深蕴哲理，耐人寻味。"马玮《王维诗歌赏析》评道："全诗看似是在写庄子，实质上诗人是借古人以自喻，用庄子的典故来表露自己的心迹。在王维看来，只要'身心相离，理事俱如'（《与魏居士书》）就行了。做个漆园吏，正好可借漆园隐逸。这实际上也是王维在表白自己的隐居，绝无傲世之意，只是自己缺乏济世的才能，所以才选择退归林下，这体现了诗人甘于淡泊的人生态度。"

【总评】

《辋川集》为王维久享盛名的代表作，故前人时贤评论赞誉甚多，如《王孟诗评》说："王公《辋川》诸诗，近事浅语，发于天然。皎、岛辈十驾何用？"《震泽长语》说："摩诘以淳古淡泊之音，写山林闲适之趣，如《辋川》诸诗，真一片水墨不着色画。"《诗薮》也评道："右丞《辋川》诸作，却是自出机轴，名言两忘，色相俱泯。"《唐诗选脉会通评林》说："黄家鼎曰：'摩诘《辋川》诸诗，会心处翛然自得。观其"来者复为谁""空悲昔人有""涧户寂无人""纷纷开且落"等句，俗人亦自不能晓。'"《此木轩论诗汇编》评道："《辋川集》小画有远景。"纪昀《批苏诗》说："五绝分章模山范水，如画家有尺幅小景，其格创自《辋川》。尔后限转相摹，渐成窠臼，流连光景，作似尽不尽之词、似解不解之语，千人可共一诗，一诗可题千处。桃花作饭，转归尘劫，此非创始者过，而依草附木者过也。"《岘佣说诗》评曰："《辋川》诸五绝清幽绝俗，其间'空山不见人''独坐幽篁里''木末芙蓉花''人闲桂花落'四首尤妙，学者可以细参。"《养一斋诗话》说："辋川唱和，须溪论王优于裴，渔洋论王裴劲敌，须溪之言为允。"

今人张志岳《诗词论析》说："《辋川集》总的结构是通过对山水景色的描绘来反映作者隐居生活中的思想感情。可以把这二十首诗分成三类：柳浪、漆园为一类，比较明显地表示了作者对奔竞、变幻的官场生活感到厌恶，说明作者隐居是植根于不满于现实的基础之上的；文杏馆、斤竹岭、木兰柴、茱萸沜、临湖亭、南垞、欹湖、栾家濑、白石滩、北垞为一类，基本上都是描绘优美景色的，生活气息比较健康，因为隐居有愉快的一面，同时王维是在唐王朝长期安定繁荣的局面下成长起来的人物，早期抱有积极的事业心，尽管晚期的现实黑暗使他失望，但还不可能完全摧毁他对生活的热情；孟城坳、华子冈、鹿柴、宫槐陌、金屑泉、竹里馆、辛夷坞、椒园等为一类，消极的色彩是很浓厚的，因为隐居也有心情苦闷的一面，但仍然可窥见那不同流合污的心情的表白。”赵昌平《王维与山水诗由主玄趣向主禅趣的转化》说：“《辋川集》的意义在于，它本身并非有意证道之作，而是一组游览诗，但它又是一组蕴含了诗人深刻的心理积淀，文化积淀，因而将业已转化为诗人才情的禅的讲究刹那体验的思维形态，融入了即时即地心境的游览诗。也就是说，在诗人心目相缘的创作过程中，禅的意识，已不再是诗歌的外围成分，而成为诗心的内含成分，并熔炼了诗人的种种艺术素质，随时随地的表现出来。这种表现又引起了对山水诗诗体形式的新要求，从而又促进了五绝体式的发展。”

辋川闲居赠裴秀才迪①

寒山转苍翠②，秋水日潺湲③。
倚杖柴门外，临风听暮蝉。
渡头余落日④，墟里上孤烟⑤。
复值接舆醉⑥，狂歌五柳前⑦。

【注释】

①此诗作于隐居辋川时。秀才：唐代高宗罢秀才科后，成为应进士试之士人的通称。

②转：变得。苍翠：深绿色。

③潺湲：水流声，此形容水流缓慢的样子。

④渡头：渡口。

⑤墟里：村落。孤烟：炊烟。

⑥值：遇到。接舆：春秋时楚国人，好养性，躬耕为食，佯狂不仕，此以比裴迪。

⑦ 五柳：陶渊明，此以自比。

【评析】

诗写辋川风景，颇有渊明气度韵致。《唐诗品汇》引宋刘克庄语云："类以无情之景述无情之意，复非作者所有。"《唐诗归》评："'转'字妙，于'寒山'有情。（首句下）……'上'字好（'城里'句下）。"《唐诗镜》评："三、四意态犹夷。五、六佳在布景，不在属词。彼'时倚檐前树，远看原上村'，语似逊此。"《唐风定》说："起语高远空旷，然与嘉州（即岑参）不同。"《唐诗选脉会通评林》评："淡宕闲适，绝类渊明。"《唐诗评选》说："通首都有'赠'意，在言句文身之外，不可徒以结用两古人为赠也。楚狂、陶令俱凑手偶然，非着意处。以高洁写清幽，故胜。"《唐诗矩》评："虚实相间格。一、二、五、六用实，三、四、七、八用虚，相间成篇。"《唐贤三昧集笺注》评道："对起，上句尤妙，此从陶出。'渡头余落日，墟里上孤烟'，景色可想。"又说："一时情景，真率古淡。"《闻鹤轩初盛唐近体读本》说："此篇声格……淡逸清高，自然绝俗。右丞有此二致，朝殿则绅黻雍容，山林则瓢衲自得，惟其称也。三、四绝不作意，品高气逸，与'采菊东篱下，悠然见南山'正同一格。五、六亦是直置语，淡然高老，无假胭脂。绮隽之外，又须知有此种，盖关乎性情，本之元亮（即陶渊明），不从沈、宋袭得，独为千古。"《唐贤清雅集》说："神韵止可意会，才拟议便非。"《唐宋诗举要》评道："自然流转，而气象又极阔大。"

今人朱光潜《诗论》说："'渡头余落日，墟里上孤烟'，为超物之境，超物之境是诗人在冷静中所回味出来的妙境。"陈铁民《王维诗选》说："这首诗为我们展现了一幅秋日山村雨后的风景图画，那闲居田园、优游自在的'高人王右丞'的自我形象，也叠印在这画中了。其语言千锤百炼而出以自然。”邓安生《王维诗选译》说：“王维喜欢写秋日的晚景，这是他的又一首名作。全诗写裴迪和自己在一起的生活情趣。首联、颔联写物，颈联、尾联着重写裴的醉态，人景交替，随兴即目，直抒所见，写法上别具一格。作者以寒山、秋水、落日、孤烟等富有季节和时间特征的景物入诗，以‘转’‘日’写秋光的变化，以‘倚杖’‘临风’写人的动止，以‘余’‘上’写暮景的来临，写宁静的山居很富于运动感。‘复值’二句写人景并美，并描绘出人物的狂狷之态。”

答裴迪①

森森寒流广②，苍苍秋雨晦③。
君问终南山，心知白云外。

【注释】

①此诗作于隐居辋川时。诗题一作《答裴迪辋口遇雨忆终南山之作》，裴迪诗为《辋口遇雨忆终南山因献王维》：“积雨晦空曲，平沙灭浮彩。辋水去悠悠，南山复何在？”

②森森：水大的样子。

③苍苍：雨大的样子。晦：昏暗。

【评析】

答诗写景浑茫，抒情悠然。《唐贤三昧集笺注》评曰：“高古。隐寓佛家‘此心常净明圆觉’意。”《緌斋诗谈》说：“《答裴迪》，全从‘晦’字生意。”《唐贤清雅集》也说：“不从题外求解，自有远神。长题五绝定式。”《唐诗偶评》说：“答裴迪之忆，即显己之忆，末句较裴意更理一层。”《万首唐人绝句选》则说：“王、裴诸公作皆须合读，愈见其佳，分别选出便减味。”今人陶文鹏《王维孟浩然诗选评》说：“裴迪的赠诗……表现他对晦濛的雨中江天，对终南山的深情忆念。王维的答诗说，尽管辋川寒流广阔，秋雨迷茫昏晦，但我的心深知，终南山就在白云之外。言外之意是，勉励裴迪坚持当年二人共同隐居终南的信念。王维的答诗语带禅机，发人遐思又耐人寻味，其思想内涵比裴诗丰富深远。在写景方面，王诗前两句在‘寒流广’和‘秋雨晦’之前，分别以叠词‘淼淼’‘苍苍’形容，使辋川秋雨景象更见广漠、迷茫、阴晦，可谓泼墨淋漓，大笔挥洒，又能细致描摹，也比裴诗具体、生动、鲜明。”张勇《王维诗全集》分析说：“前两句写景，突出一个‘晦’字；后两句写‘心’，突出一个‘外’字。惠能《坛经》说：‘自性常清净，日月常明，只为云覆盖，上明下暗，不能了见日月星辰，忽遇惠风吹散卷云雾，万象森罗，一时皆现。’云有舒卷，天有明暗，而日月常明。正如日月常明，人之自性恒清净，不会被烦恼染污。王维此诗表达的正是这一思想，有人说此诗‘隐寓佛家“此心常净明圆觉”意’，此语不虚。”

赠裴十迪[1]

风景日夕佳，与君赋新诗。
澹然望远空，如意方支颐[2]。
春风动百草，兰蕙生我篱[3]。
暧暧日暖闺[4]，田家来致词[5]。

欣欣春还皋⑥，澹澹水生陂⑦。
桃李虽未开，荑萼满芳枝⑧。
请君理还策⑨，敢告将农时⑩。

【注释】

①此诗作于隐居辋川时。裴十迪：即裴迪，其在兄弟辈排行中第十。

②如意：一名搔杖，柄端作手指形，用以搔背。支颐：托着面颊。

③兰蕙：香草名，植兰蕙以为邻，可见诗人不与流俗合污的高洁品性。篱：篱笆。

④暧暧：迷蒙隐约貌。闺：小门，一说为内舍。

⑤田家：农家。致词：此指农人相互串门聊天。

⑥欣欣：草木茂盛貌。还：回到。皋：水边的高地，此泛指原野。

⑦陂：池塘。

⑧荑：音啼，茅草的嫩芽。萼：花底绿托，此指蓓蕾。

⑨理：准备。还策：拄杖而归。策，手杖。

⑩敢告：让我告诉您。敢，谦词。农时：农耕季节。

【评析】

此写农村田原风光，淡泊闲逸之中颇饶田野逸趣，陶渊明的神情风度、意境词句时有所现。《唐王右丞诗集注说》评道："流彩中复冲古，景与兴会。"《四友斋丛说》也说："王右丞五言有绝佳者，如《赠裴十迪》。格调既高，而寄兴复远，即古人诗中亦不能多见者。"《艉斋诗谈》甚至说："汁清味厚，此加料鲤血汤也。"《唐诗选》说："自然成文。"今人葛晓音《山水田园诗派研究》评论道："表现春回田园，风和景媚的情味，欣欣生意，溢于笔端。从中也不难窥见诗人有意将汉魏古诗浑朴的格调、清婉的意味，与齐梁一景百媚的境界揉为一体的尝试。”邓安生《王维诗选译》说：“诗的写法学陶渊明体，用平淡自然的风格，表现初春田园风光的优美和自己闲适情趣。首二句即从陶诗脱化而来。写田家致词，也是概括《归去来辞》的‘农人告余以春及，将有事于西畴’语意。‘澹然’二句，就活画出了他那种观赏融融春景时悠然自得、物我两忘的神态。”陶文鹏《王维孟浩然诗选评》：“这首诗写一个春天黄昏，他正在赋诗寄赠裴迪时，一位田家来告诉他，春种的时节快到了，请他及时返回庄园。诗人的用意实际上是以田园早春的动人风光打动裴迪随同自己一起归辋川隐居躬耕。诗人有意仿效陶渊明体，诗中融化陶诗《移居》《饮酒》的诗意和词句，运用陶诗常用的田父致词形式和叠字词描状景物等技巧，把春天田园日暖风和、草木萌发、陂水潋滟的景象表现得生机勃勃、情趣洋溢。诗的风格既有陶诗的冲淡自然，又揉进了王诗的清丽秀雅，在学习前人诗艺中有创新。”肖驰《中国诗歌美学》说：“‘澹然望远空，如意方支颐’。王维诗而禅，他在美丽的自然面前，常常只是无言地微笑着。这无言的悟境之中，蕴含禅家的‘触目而真’，庄周的‘道无不在’。作为诗人，他能持有一种既不舍弃感性客体，又能超脱以精神的审美态度。”

登裴迪秀才小台作[①]

端居不出户[②]，满目望云山。
落日鸟边下，秋原人外闲[③]。
遥知远林际[④]，不见此檐间。
好客多乘月[⑤]，应门莫上关[⑥]。

【注释】

① 此诗作于隐居辋川时。

② 端居：即闲居、安居，为唐人习用语。

③ 人外：世外。

④ 知：想。远林际：指作者自己住在遥远的树林那边。

⑤ 乘：趁。

⑥ 应门：指看门的人。上关：上闩。

【评析】

诗人登裴迪家台榭，以巧思妙语写所见风景，意兴闲远，冲和雅淡。后人佳评也多由此入手，如《唐诗归》说：“晚景之妙，无如此语（‘落日’句下）。不说登处，却说望处，笔端妙！妙！（‘不见’句下）”《唐诗评选》说：“自然清韵，较襄阳褊佻之音固别。起句拙好。”《唐律消夏录》评：“本是‘日边鸟下’‘原外人闲’，看他句法倒转，便觉深妙。”《唐诗别裁集》说：“转从远林望小台，思路曲折。远林，己之家中也，故结言应门有待，莫便上关。”《此木轩五言律七言律读本》说：“五、六用倩女离魂法。”《唐贤三昧集笺注》评道：“第三句自然，三、四模写如画。”又云：“冲雅。”《網斋诗谈》评：“‘落日’二句，写台却以人物衬出，宽远入妙，方是台上眼光。‘遥知’二句，悬想题外，却是转入题中，此法以妙。”《历代诗发》评：“肖题之工，必造此境，方为极诣。”《唐诗成法》评：“五、六是触目有会，幽静之极。结句从‘落日’二字来。”《唐诗笺注》说：“首联言裴迪小台，不出户而可望云山。次联写登台所见，境极清丽。三、四联说远处未必得见此台，以其小也，从对面说起，亦是翻空。”《唐贤清雅集》评道：“意兴闲远，神味在字句之外，静玩愈永。”《王闿运手批唐诗选》说：“亦用‘遥’字，此更超远。”《唐宋诗举要》评："妙绝言诠（评'落日'二句）。"

今人朱光潜《诗论》说："'落日鸟边下，秋原人外闲'为同物之境。同物之境起于移情作用。移情作用是凝神注视，物我两忘的结果，其实是无我之境（即忘我之境）。"周裕锴《中国禅宗与诗歌》说："王、孟诗派人作诗。往往用最直接的意象语言表达出心中的直觉表象。如王维的'落日鸟边下，秋原人外闲'，孟浩然'回瞻下山路，但见牛羊群'（《游精思观回王白云在后》），何等直接鲜明，一切只是呈现，这里没有任何修辞技巧。这就是禅家破除'意障''理障''言语障'的'第一义之悟'，在诗家则称之为'直致所得（司空图语）'或'不隔'（王国维语），从美学角度来说，就是指审美直觉的果实，就是清人王夫之所谓'现量'。……'现量'强调知觉经验，反对妄想揣摩；强调对体性的一触即觉，反对思索计较，诉诸知性、逻辑。"

酌酒与裴迪[①]

酌酒与君君自宽[②]，人情翻覆似波澜[③]。
白首相知犹按剑[④]，朱门先达笑弹冠[⑤]。
草色全经细雨湿，花枝欲动春风寒。[⑥]
世事浮云何足问[⑦]？不如高卧且加餐[⑧]。

【注释】

① 此诗作于隐居辋川时。酌酒：斟酒，鲍照《拟行路难十八首》其四有"酌酒以自宽，举杯断绝歌路难"之句。

② 自宽：自我宽解。

③ 人情翻覆：语出陆机《君子行》："天道夷且简，人道险而难。休咎相乘蹑，翻覆若波澜。"

④ 按剑：手握剑把，指发怒时准备拔剑争斗的一种动作。

⑤ 先达：先显达之人。笑：指先达非但不援引反倒嘲笑希望被援引的后进。弹冠：弹去帽上的灰尘，准备出来做官。《汉书·王吉传》："吉与贡禹为友，世称：'王阳（王吉字子阳，故称王阳）在位，贡公弹冠。'"颜师古注："弹冠者，言入仕也。"

⑥"草色"二句：凌濛初刊《王摩诘诗集》赵殿成注说："'草色'一联，乃是即景托喻。以众卉而邀时雨之滋，以奇英而受春寒之痼，即植物一类，且有不得其平者，况世事浮云变幻，又安足问耶？拟之六义，可比可兴。"顾璘评曰："草色、花枝固是时景，然亦托喻小人冒宠，君子颠危耳。"

⑦ 世事浮云：世事犹如天上的浮云翻覆变幻。何足问：哪值得过问。

⑧ 高卧：高枕而卧。加餐：劝人保重身体之词，《古诗十九首·行行重行行》："弃捐勿复道，努力加餐饭。"

【评析】

此诗劝慰干谒失意的裴迪，真情实感，自胸中流出，遣词明丽，风格遒劲，于酬答诗中别具一格。《王孟诗评》说："'草色''花枝'固是时景，然亦托喻小人冒宠、君子颠危耳。"《增订评注唐诗正声》说："'风''雨'托比深婉。"《唐诗选》评："此诗才是相知对酌口谭。"《唐诗归》评："直直命题，便藏感慨。……好起（'酌酒与君'下）。……感慨矣，忽着此和细语。此诗去粗露一途亦近矣，此二语救之（'草色全经'二句下）。"《唐诗解》说："五、六赋时景为此。结在王不浅，今人学之便浅。"《唐诗选脉会通评林》说："此诗洞彻世态，发语凄怆。中四句正说人情反复，托意宏深。结束处便有厌弃尘世之思。”又曰：“五、六清健，气格矫矫。”《唐贤三昧集笺注》评道：“炉火纯青，妙极矣。此又七律中高一着者也。极舒徐淡与之致，立论故不见其轻薄。第七句‘世事浮云’，妙与‘春风’‘细雨’相为映带。‘何所问’三字，将上所论人情世事一切消纳。第八句乃为缴足，去路悠然。”另外，此诗失律处也引来不少讨论。如《艺苑卮言》说：“摩诘七言律，自《应制》《早朝》诸篇外，往往不拘常调。至‘酌酒与君’一篇，四联皆用仄法，此是初盛唐所无，尤不可学。凡为摩诘体者，必以意兴发端，神情傅合，浑融疏秀，不见穿凿之迹，顿挫抑扬，自出宫商之表，可耳。”《声调谱拾遗》也说：“《酌酒与裴迪》，‘细雨湿’三仄，‘春风寒’三平，于中联偶著拗调，求之前人诗中亦不多见。岂是时诗律未严，沿袭齐梁之遗与！”《小清华园诗谈》也说：“唐人诗有全不拘律者，如王维之《酌酒与裴迪》，李白之《寄崔侍御》，杜甫之《城西陂泛舟》。唐初七言中亦有此体。然可偶一为之，不可援以为例也。”《山满楼笺注唐诗七言律》：“四联皆用拗体（拗体指平仄不依格律的近体诗），另是一法。”而《唐诗快》则反驳道：“此拗体也，然语气岸兀不群，亦何必以常格绳之。”

过感化寺昙兴上人山院[①]

暮持筇竹杖[②]，相待虎溪头[③]。
催客闻山响[④]，归房逐水流。
野花丛发好，谷鸟一声幽。
夜坐空林寂，松风直似秋[⑤]。

【注释】

① 此诗作于隐居辋川时，裴迪有同咏《游感化寺昙兴上人山院》。感化寺：一作化感寺、感配寺，寺在蓝田县，裴迪和诗有“不远灞陵边，安居向十年”之句，感化寺当在距灞陵不远处，王维另有《游感化寺》诗。昙兴上人：未详其人，上人是对和尚的尊称。

② 筇竹杖：用筇竹所做之杖，筇竹即邛竹，生长于四川荥经西之邛都邛山，节高中实，以为杖，故名。

③ 虎溪：在今江西庐山，据《莲社高贤传》载，东晋高僧慧远居庐山东林寺，“其处流泉匝寺，下入于溪，每送客过此，辄有虎号鸣，因名虎溪。后送客未尝过，独陶渊明、（陆）修静至，语道契合，不觉过溪，因相与大笑”。

④ 山响：催客之声引起山中回响，一说为流水声响。

⑤ 直：简直。

【评析】

诗写山寺幽静空寂景象。《唐诗归》评道：“‘催客’字妙（‘催客’句下）。……好路径（‘归房’句下）。……了不相干，写我幽情（‘谷鸟’句下）。”《唐贤三昧集笺注》也评说：“‘待’‘催’二字相应。此景此意，只在目前，人不道着，幽邃可想。后半幽邃之景，宛然清雅。”今人邓安生《王维诗选译》说：“这首诗写昙兴上人薄暮策杖溪头迎客的情况，借此写出所见美景。以夜深静坐山寺的空寂，表现上人的超逸不俗。虎溪的用典，是以高僧慧远比昙兴上人，表达对他的敬重，同时也是以陶渊明自况。三联写山中回响，绕院水流，野花自发，谷鸟自鸣，得自在趣。结联写夜深空灵林静坐感受，有达摩面壁的意味，禅趣极深。”陶文鹏《王维孟浩然诗选评》说：“诗人访问感化寺昙兴上人，先写上人日暮策杖溪头相待，复写随同上人归山房途中所见美景，结尾写自己夜坐山寺的萧森气象，层次分明。‘幽’‘寂’为全篇诗眼，诗人借助泉声、鸟声、松风声反衬出幽寂境界。‘催客’与‘相待’呼应，不仅上人相待溪头，而且山泉也催促客人进门。那深谷中的一声鸟鸣，将幽景幽情一并传出。”尚定《走向盛唐》论析道：“‘空林’这一意象的整体表征是空、寂，这正契合了‘空林’作为原生自然的表征，但它比原生自然中的‘空林’的内涵要丰富、深厚得多。诗中的‘空林’，不仅是诗人对原生自然的直感，同时也包含着诗人对自然的理解。以空为基点的佛教世界不但影响着王维的世界观，同时浸渍着诗人的艺术思维。‘空林’之空，不仅是自然的特征，同时也是诗人心灵的特征，使作为诗人所有的艺术心灵与作为佛教徒所具有的宗教情怀得以契合，铸造了‘空林’这一意象的内涵。诗人确信，正如禅宗认为‘空’生一切，诗中的‘空林’衍化着自然万物，体验‘空’，也就能体味至高无上的艺术境界。”

临高台送黎拾遗①

相送临高台，川原杳何极②！
日暮飞鸟还，行人去不息。

【注释】

①此诗作于隐居辋川时，作者另有《黎拾遗昕裴秀才迪见过秋夜对雨之作》，本诗当为送别之作。《临高台》：汉乐府古题，《乐府解题》曰：“古词言：‘临高台，下见清水中有黄鹄飞翻，关弓射之，令我主万年。’若齐谢朓‘千里常思归’，但言临望伤情而已。”黎拾遗：即黎昕，拾遗，谏官名，左属门下省，右属中书省。

②杳：辽远。

【评析】

临别伤情，却不言情，只以景含情，故古人称赞有加。如《唐诗直解》说：“‘飞鸟还’，有一段想望在内。”《唐诗解》也说：“摹写居人之思，不露情态，是五绝最佳处。”《增订唐诗摘钞》评道：“只写其所见之景，而送客之怀、居人之思，俱在不言之表，高甚。”《而庵说唐诗》说：“此纯写临高台之意，勿呆看一字，方有得。……送别不必在日暮，而云日暮，夫望去者远，则送者立之久。古人立意必造过几十层，有绝无文理者，此是跌顿法，不可不知也。既有‘日暮’二字，即缀‘飞鸟还’三字，作诗最要见景生情，将计就计，十分活脱。一句中不妨两边耀去，此等是也。”《唐贤三昧集笺注》说：“景中寓情不尽。古淡，极沉着。”《岘佣说诗》评：“所谓语短意长而声不促也，可以为法。”《唐诗笺要》评道：“‘去’字偏赘在‘飞鸟还’下，便有浓味。”

今人刘永济《唐人绝句精华》评道：“二十字中不明言别情，而鸟还人去，自然缱绻。”陈铁民《王维诗选》说：“这首送别诗写离情却无一语言情而只摹景物，因而具有含蓄不露的特色。”陶文鹏《王维孟浩然诗选评》说：“黎拾遗到辋川访问王维，王维送他归京时写了这首仄韵五绝。诗人将送别友人的离情愁绪寓于登高所见的景物之中。川原幽渺旷远，表达出诗人心境的茫然惆怅。特别是‘日暮飞鸟还’一句，既写出诗人伫立目送友人之久，又以‘飞鸟还’反衬友人‘去不息’。感情悲凉，含蓄不尽。诗的风格古淡中含深沉，语短意长而声不促。‘杳何极’‘去不息’，读之如闻诗人感叹之声。”马玮主编《王维诗歌赏析》说：“全诗短小简练，不过二十字，却句句是画，营造了一种孤寂凄清的气氛，表达了诗人内心的寂寞，以及对友人离去的不舍与无奈。第三、四两句，更是用了对比手法，天晚了，外出的鸟儿都回来了，我仍然不愿意回去，就这样望着你越行越远，字里行间都让读者感受到诗人依依不舍的送别之情。”

辋川闲居①

一从归白社②，不复到青门③。
时倚檐前树，远看原上村。
青菰临水映④，白鸟向山翻⑤。
寂寞於陵子⑥，桔槔方灌园⑦。

【注释】

①此诗作于隐居辋川时。

②一从：自从。白社：《太平寰宇记》：“白社里在（洛阳）故城建春门东，即董威辇旧居之地。”又《清一统志》引《名胜志》云：“古隐士之居，以白茅为屋，因名。”此指辋川别业。

③青门：长安城东面南头第一门，此代指长安。

④青菰：俗称茭白。

⑤翻：飞。

⑥於陵子：即陈仲子，於，音乌。《高士传》载：“陈仲子者，齐人也。……仲子以为不义，将妻子适楚，居於陵，自谓於陵子。……楚王闻其贤，欲以为相，……（仲子）出谢使者，遂相与逃去，为人灌园。”於陵，地在今山东邹平东南。

⑦桔槔：音结高，一种井上汲水的工具，以木为架，中悬一杆，杆头挂汲桶，杆尾系重石。《庄子·天运》：“且子独不见夫桔槔者乎，引

之则俯，舍之则仰。”

【评析】

诗写辋川闲居情景，淡然远怀，兴象天然，为后世诗人赏爱不已。如《瀛奎律髓》引方回说：“‘山下孤烟远村，天边绿树高原’，与此‘时倚檐前树，远看原上树’，予独心醉不已。”《唐诗归》说：“偶然，妙（‘时倚’联下）。”《唐诗选脉会通评林》评：“喧艳时闭门谢俗，静读摩诘《辋川山居》等诗，真若游天台石梁，观瀑布飞泉，此际顿移世界。”《而庵说唐诗》评道：“此诗当为右丞五言律第一首，其言甚淡，其意甚微。人性急寻它头绪不出，把来放在一边，是诗亦不免于寂寞也。可叹，可叹！”《瀛奎律髓汇评》：“何义门：‘三、四闲趣。’纪昀：‘“青”“白”二字究是重复，不可为训。诗则静气迎人，自然超妙，不能以小疵废之。三、四自然流出，兴象天然。”《闻鹤轩初盛唐近体读本》说：“三、四语虽直置，却得自然，有元亮（陶渊明）笔意。”《删定唐诗解》说：“言菰、鸟各得其性，而我亦自适于灌园也。”《唐诗笺要》评：“颔联与‘采菊东篱下，悠然见南山’同一意象，宜虚谷心醉此语。”《剑溪说诗》说：“右丞诗，如《辋川闲居》二首，并体认‘闲’字极细，句句与幽居有别。前首（指《辋川闲居赠裴秀才迪》）结处，合两事熔成一片以赠裴，妙有‘闲’字余情。后首所云於陵子灌园，是即目借以衬托，叹彼寂寞中尚不无所事，正见比倚树者真闲也。”

也有论者以为诗中“青”“白”二字重出不足为法。如《艺圃撷余》说：“诗有古人所不忌，而今人以为病者。……有重字者，王摩诘尤多，若‘暮云空碛’‘玉把雕弓’，二马俱押在下；‘一从归白社，不复到青门’‘青菰临水映，白鸟向山翻’，‘青’‘白’重出。比皆是失检点处，必不可借以自文也。”《唐诗别裁集》说：“三、四自然，青、白字复。”然而也有为王维辩解的。如《唐诗援》则说：“‘青’‘白’二字再见，想古人不以重用为忌。”《而庵说唐诗》也说：“右丞作诗，意之所及，笔即随之，遑知‘青’‘白’二字不可再用也。余读之，绝不觉其重复。古人要见本事，偏要弄出重复字来，今人却以此为病。”《闻鹤轩初盛唐近体读本》也说：“高洁不犯乎‘青’‘白’二字，故全重，更落落。六句压‘翻’字，不意如有势力。”

积雨辋川庄作①

积雨空林烟火迟②，蒸藜炊黍饷东菑③。
漠漠水田飞白鹭④，阴阴夏木啭黄鹂⑤。
山中习静观朝槿⑥，松下清斋折露葵⑦。
野老与人争席罢⑧，海鸥何事更相疑⑨？

【注释】

① 此诗作于隐居辋川时。

② 积雨：久雨。烟火迟：因久雨空气湿润，烟火上升缓慢。

③ 藜：一种可食的野菜。黍：俗称黄米，古时为主食。饷东菑：给在东边田里干活的人送饭。饷，送饭。菑，音姿，指初耕的田地。

④ 漠漠：形容广阔无际。

⑤ 阴阴：幽暗的样子。啭：鸟的婉转鸣叫。

⑥ 槿：落叶灌木，其花朝开夕谢，古人常以此物喻人生枯荣无常之理。

⑦ 清斋：素食。露葵：俗称绿葵，一种蕨类野菜，霜露时最鲜美，

故名。

⑧争席：争座位，表示彼此融洽无间，不拘礼节，典出《庄子·寓言》。

⑨海鸥：用《列子·黄帝》典："海上之人有好沤（同鸥）鸟者，每旦之海上，从沤鸟游，沤鸟之至者，百住而不止。其父曰：'吾闻沤鸟皆从汝游，汝取来吾玩之。'明日之海上，沤鸟舞而不下也。"

【评析】

此诗为王维著名代表作，以"淡雅幽寂"被推为唐代七律的压卷之作。《王右丞集笺注》说："诸家采选唐诗，必取一诗压卷，或推崔司勋之《黄鹤楼》，或推沈詹事之《独不见》，或推杜工部之'玉露雕伤''昆明池水''老去悲愁''风急天高'等篇。吴江周篆之则谓冠冕庄丽，无如嘉州（岑参）《早朝》；淡雅幽寂，莫过右丞《积雨》。澹斋翁以二诗得廊庙、山林之神髓，取以压卷，真足空古准今。"写景如画、心胸淡然也是本诗的重点，如《王孟诗评》说："写景自然，造语又极辛苦。结语用庄子忘机之事，无迹。此诗首述田家时景。次述己志空泊，末写事实，又叹俗人之不知己也。东坡云摩诘"诗中有画，画中有诗"者，此耳。'"《唐诗笺注》说："读此诗，摩诘心胸恬淡如见。"《唐诗归》说："'烟火迟'又妙于'烟火新'，然非积雨说不出（'积雨空林'句下）。……悟矣（'山中习静'句下）。"《唐诗选脉会通评林》录诸家之语说："周敬曰：'清脱无尘，出世人语。摩诘诗往往多道气，要非寻常韵律间者。'周珽曰：'全从真景真趣摹写，灵机秀色，读之如在镜中游。'陈继儒曰：'语气殊静。'蒋一梅曰：'用事切题，做法更不可移动。'"《唐诗贯珠笺释》说："第二承烟火也。三、四雨后之景，用叠字独能句圆神旺。五言看破荣枯，六言甘于清虚。"《历代诗发》评道："诗中写生画手，人境皆活，耳目长新，真是化机在掌握矣。"《唐贤三昧集笺注》说："下'迟'字妙。”又云：“三、四自然如画。”又云：“此必有为而云，游思悠远恬澹，胸中绝无微尘。”《唐三体诗》评道：“悟富贵之无常，乃弥陈于藿食，无妨为农没世，入鸥群而不乱也。五、六递对，无复笔墨之痕。”《唐宋诗举要》说：“写景极活现（‘阴阴夏木’句下）。……淡雅幽寂。”《昭味詹言》评道：“此题命脉，在‘积雨’二字。起句叙题。三、四写景极活现，万古不磨之句。后四句，言己在庄上。事与情如此。”恰恰最为人推重的“漠漠”一联却因唐人李肇《国史补》的话引来极大争论，其称：“王维有诗名，然好窃取人文章佳句。‘水田飞白鹭，夏木啭黄鹂’，李嘉佑诗也。”有否定此说者，如《郡斋读书志》说：“李肇讥维‘漠漠水田飞白鹭，阴阴夏木啭黄鹂’之句，以为窃李嘉佑，今嘉之集无之，岂肇之厚诬乎？”《唐宋诗举要》也说：“或谓李肇唐人，载事当不误。不知唐人记唐事往往道听途说，谬误者甚多，不独李肇也。”也有肯定此说者，如《带经堂诗话》引张宗柟附识：“又案李嘉佑天宝七载进士，视右丞开元登第时后二十载，然考右丞之殁在上元初年，固非渺不相及也。”更多的诗评家则论析“漠漠”“阴阴”二个叠字表现出的强大表现力与艺术功能，如《石林诗话》：“诗下双字极难，须是七言、五言之间除去五字、三字外，精神兴致全见于两言，方为工妙。唐人谓‘水田飞白鹭，夏木啭黄鹂’为李嘉佑诗，摩诘窃取之，非也。此两句好处，正在添‘漠漠’‘阴阴’四字，此乃摩诘为嘉佑点化，以自见其妙，如李光弼将郭子仪军，一号令之，精彩数倍。”《增订评注唐诗正声》也说：“妙在四叠字，易此便如嚼蜡。”《批点唐诗正声》说：“‘水田飞白露，夏木啭黄鹂’，人皆能为，比诸维下‘漠漠’‘阴阴’四字，诗意便胜。”《碛砂唐诗》说：“今人每用叠字，非惟觉得单弱，且与全句精神俱失。试观此联，偏似无此叠字，径直无情，加此叠字，情景活现，则用叠字之法具在矣。况乎七言最忌五言句泛加二字，惟此真是七字句，并非五言泛加二字也。”

戏题辋川别业[1]

柳条拂地不须折[2]，松树梢云从更长[3]。
藤花欲暗藏猱子[4]，柏叶初齐养麝香[5]。

【注释】

① 此诗当是初到辋川时作。

② 拂地：扫地。

③ 梢：同“捎”，梢云，即上摩天上的云彩。从：犹听任、任凭。

④ 藤花：即紫藤，俗称紫萝，四月开花，常常用以装饰庭院。欲暗：已暗。猱子：猱，音挠，猿的一种，一说为小猴，善攀援树木。

⑤ 齐：布、列，形容新生柏叶长满枝头。麝香：即麝，形似獐，常食柏叶，能分泌出麝香，嵇康《养生论》：“麝食柏而香。”俗称香獐，唐人常称为麝香。

【评析】

诗歌描写了一幅清丽自然、生机勃勃的别业图景：下有柳条拂地，上有松枝摩云，而中间的紫藤、柏树枝叶繁茂，掩映其中的猱子和麝香悠然自得。所以《王维诗评》说：“实景。”《升庵诗话》说：“绝句者，一句一绝。起于《四时咏》，‘春水满四泽，夏云多奇峰。秋月扬明辉，冬岭秀孤松’是也。或以为陶渊明诗，非。杜诗‘两个黄鹂鸣翠柳’，实祖之。王维‘柳条拂地不忍折’云云，皆此体也。”《硯斋诗谈》也说：“《戏题辋川别业》，此截中四句法，比老杜好看，遂似胜之。”今人邓安生《王维诗选译》说：“从诗中可以看到他（指王维）经营辋川，不遗余力，极力保持自然生态之美。他一任柳和松自然生长，并让猴子和香獐有一个适意的生活环境。诗虽说是戏题，却反映他的万物各适其性、各得共所的思想。全诗通首用对偶，只有杜甫习用这种手法，而在王维诗中却属少见。诗写得活泼闲适，颇能反映辋川还有养育猿、獐的别趣。”王友怀《王维诗选注》说：“每句的后三字和前四字相呼应，则境界为之一出，显得辋川别业柳、松、藤、柏也有别样的物态与情致。”陶文鹏《王维孟浩然诗选评》说：“这首七言绝句咏辋川别业幽景，每句分咏一物。‘柳条拂地’‘松树梢云’‘藤花欲暗’‘柏叶初齐’，生动准确地描绘出柳、松、藤、柏在夏日的长势与姿色，显示出蓬勃的生机，但还只是客观描写，情趣不足。前二句添加‘不须折’与‘从更长’，将人情与物态融合起来，顿时天趣横生，幽意漫溢，又表达出诗人对万物生长皆任自然不受约束的品味与思索。后二句的‘藏猱子’与‘养麝香’，以不见为见，从实景中引出虚景，使辋川别业的藤与柏也不同凡响。猿猱藏于藤花，麝香生于柏叶，引人深思万物各得其所。四句皆景，无一语写人，而诗人观物赏景、静悟禅理的隐者风采，已跃然纸上。诗为七言绝句，却用拗体，前后联失粘，四句皆对仗，别具一格。后来杜甫的《绝句》（‘两个黄鹂鸣翠柳’）也采用了这种一句一绝，四句皆对的格式。宋代诗人黄庭坚的‘河天月晕分鱼子，槲叶风微鹿养茸’（《夏日梦伯兄寄江南》），似从王维此诗后一联中获得灵感。”王达津《王维孟浩然选集》说：“此诗为王维初隐辋川时作。其体裁以七言绝句而用拗体，四句皆对，别具一格。猿猱及麝香入诗，以不见为见，远胜于司空图‘放生鹿大出寒林’（《山中》）之句。”

归辋川作①

谷口疏钟动②，渔樵稍欲稀③。
悠然远山暮④，独向白云归⑤。
菱蔓弱难定⑥，杨花轻易飞⑦。
东皋春草色⑧，惆怅掩柴扉。

【注释】

① 此诗作于隐居辋川时。

② 谷口：辋川谷口有南、北二口，此当指北谷口，由长安回辋川应经过北谷口。

③ 渔樵：捕鱼和砍柴的人。稍欲稀：渐渐地少了。

④ 悠然：辽远的样子。

⑤ 白云：指山中隐居处，陶弘景《答诏问》："山中何所有，岭上多白云"。

⑥ 菱蔓：菱为水生植物，俗称菱角。蔓，指菱角初生的细茎。

⑦ 杨花：柳絮。

⑧ 东皋：皋，水边高地，泛指田野，阮籍《诣蒋公奏记辞辟命》："方将耕于东皋之阳。"春草：《招隐士》："王孙游兮不归，春草生兮萋萋。"

【评析】

诗写春日归辋川至谷口所见景色，从容高古，义兼比兴。《唐诗归》说："闲而傲（'独向'句下）！"《唐贤三昧集笺注》说："一、二暝色如画，三、四承接，五、六人事之比。……冲古。二篇（按指此诗与《归嵩山作》）皆仕而不得意之作，含蓄不露。”《唐贤清雅集》评曰：“意致简远，点‘归’字老甚。‘归’字深一步结。”

今人也有许多评论，如王明居《唐诗风格美新探》说：“‘悠然远山暮，独向白云归’，即闲静淡远，又空灵幽深，它是蕴蓄着无限情思和丰富内容的。只空不灵，则乏神韵。”孙昌武《佛教与中国文学》说：“（《归辋川作》）充满古意，整个意境是浑朴的。其中写白云、杨花、春草，都自由自在，各得其所，似乎在这里就体现了宇宙至理。至于‘菱蔓弱难定，杨花轻易飞’，是摹写物态呢，还是对人生如幻的暗示呢？已不可区分。”陶文鹏《王维孟浩然诗选评》说：“诗写春日傍晚独归辋川的情景。疏钟动、渔樵稀、远山暮、白云归，景色凄清昏暗，烘托出诗人孤寂的心绪。颈联写菱蔓弱而难定，杨花轻而易飞，既是眼前怕见的暮春景物，透露出诗人飘忽惆怅的神情和迟暮衰老的悲哀，又似有隐喻、象征意味：诗人当时已无心仕进，不愿同流合污，又不能过清贫生活，下不了决心退出官场，此种矛盾的处境与心态，不就像细弱的菱蔓随风飘荡么？而官场上那些靠阿谀权贵青云得志的奸佞小人，不也如轻薄杨花因风起舞么？或许这菱蔓杨花，在诗人眼中正如同翻覆不定的世态人情吧？妙的是诗人并未点破，让读者自己品味。结尾面对漫溢东皋的青草之色，诗人却惆怅地独掩柴扉，将‘归’意结得黯然神伤。”张勇《王维诗全集》说：“诗人于春天日暮归还辋川别业而有是作。前两联点出归还辋川别业之事与所见的山野风景，‘稀’与‘独’蕴含孤寂幽深的情味。颈联以随波飘摆的菱蔓与因风飘扬的柳絮，暗喻浮沉不定的人生。尾联表明归隐之意。本诗意旨在于一个‘归’字。”

春中田园作[1]

屋上春鸠鸣[2]，村边杏花白。
持斧伐远扬[3]，荷锄觇泉脉[4]。
归燕识故巢，旧人看新历。
临觞忽不御[5]，惆怅远行客。

【注释】

① 疑作于隐居辋川时。蜀本题为《春中田园作二首》，此为第一首，《淇上田园即事》为第二首，故一说开元十六年（728）作于淇上。春中：指农历二月。

② 春鸠：即布谷鸟。

③ 伐远扬：用斧头砍去长得太远而扬起的桑条，《诗经·豳风·七月》："蚕月条桑，取彼斧斨，以伐远扬"。

④ 觇泉脉：察看地下水的走向。觇，音掺。

⑤ 临觞：举觞。御：饮用。

【评析】

诗写春日田园景象，高古自然，故《王孟诗评》说："《卷耳》之后，得此吟调，情致自然，抑扬有态（'旧人'句下）。……点化好（'村边'句下）。"《唐诗归》评："情诗，闲寂诗，田家诗，右丞一一能妙。如闲寂、田家诗不妙，情诗便是俗艳。"《唐诗镜》点评："野趣。"《老生常谈》评道："此诗整而不板，旧而实新，学右丞此种为最。"《汇编唐诗十集》说："结语差有味。"《唐贤三昧集笺注》评曰："神境高极。结从'嗟我怀人，置彼周行'化出。上六句叙事，末一转结束之。此有所思而作者，别一格局，亦高古。”

今人如葛晓音《山水田园诗派研究》说：“诗人敏锐地捕捉住田家在初春准备农桑之事的若干细节，以平淡的白描手法表现出来，既真切地描绘出杏花时节田园的美好春色，又表达了人们从旧年度入新春时常有欣愉和感慨，其中似乎蕴含着新旧交替的哲理，又有一种对乡土的深切眷恋潜于笔底。”邓安生《王维诗选译》说：“这首诗写春日所见乡村将近农时的景象，以‘春鸠鸣’‘杏花白’这些具有春三月季节特征的声色入诗，又以伐条、觅泉的农事点缀其间，表现了作者所欣赏的农村淳朴的自然美。‘归燕’‘旧人’二句明写眼前之景，然后转出乡思，并寄托作者对岁月改变、人久不归的慨叹，惆怅之情跃然纸上。”陶文鹏《王维孟浩然诗选评》说：“这首诗的春天气息很浓，意境很美，得力于诗人以其敏锐的诗的触角，捕捉住了春天中那些新鲜、柔美、充满生机的意象。首联写春鸠鸣杏花开，既有视象美又有听象美，春意盎然。颔联选取持斧伐桑条和荷锄察泉脉两个镜头，概括春天的农事，传达出庄稼人勤劳、开朗、满怀美好憧憬的精神风貌。颈联写燕子归来，予以拟人化，说它们能认识故巢，在屋梁上呢喃，高兴地注视屋中的旧主人正在微笑着翻看新年历。这一联更富于诗的情趣，给生机勃勃的春光增添了浓郁的田园生活气息。尾联写诗人触景生情，由春燕归巢联想到那些远行客，对他们表示关切，盼望他们早日还乡归田，全篇情致自然，抑扬有态，整而不板，风格清新。”

春园即事[1]

宿雨乘轻屐，春寒著弊袍。
开畦分白水，间柳发红桃。
草际成棋局，林端举桔槔[2]。
还持鹿皮几[3]，日暮隐蓬蒿[4]。

【注释】

① 此诗作于隐居辋川时。

② 桔槔：见《辋川闲居》注。

③ 鹿皮几：鹿皮制成的小几，供疲倦时依靠。古诗文中多为隐士所用。

④ 蓬蒿：陶渊明《答庞参军》："朝为灌园，夕偃蓬庐。"

【评析】

此诗写辋川春天景色，写景如画，清幽而绮丽，其五、六句颇受赞誉，如陆时雍《唐诗镜》说："五、六语入绘笔。"《王右丞诗评》评："上句（'草际'句）更好。"王志清《王维诗选》评析此诗："这些在一般人眼中没有什么的田园风光，却引起了他（王维）莫大的兴趣。早春雨后，他穿着轻便的木屐，裹着旧袍，冒着料峭的春寒，一往深情地观赏田园中的细微变化，潜心于发现。而且还准备找来一鹿皮小几，静坐于蓬蒿里，继续观赏，一直到日暮天黑。因为细致的观赏，映入到诗人眼帘的诗：柳绿桃红，春草茂盛，田垄齐整如同棋盘分割，桔槔起落而畦开水流。由于诗人对田园抱以欣赏的姿态，其原本就超过常人的对于自然美的感受力，也就格外敏锐了。加之他特别自觉地发挥自身艺术才能而着力表现自然景物的声色光态，使自然风光按照诗人的自由意志与美政理想而得以重塑，呈现出特定的赏心悦目的色相。在王维的这些田园山水诗中，我们真切感受到的是一种良性的天地秩序，一种文明的社会人文环境，而同时体会到诗人于其中的那种休闲状态才是一种诗意的生存。这种以精神自由为特别要素的生存状态，可以缓冲身心压力，消解社会生活中的精神负担，也自然淡化了仕途生涯中的人格压抑。”邓安生《王维诗选译》说：“这首诗写春日田园景色，意境清丽淡远，然而又色彩鲜明，写景如画。田畦既分，白水流入畦垅之间，从远处看去，清水在阳光的映照下闪着白光；在翠绿的柳树丛中杂着几树火红的怒放的桃花。在这首诗中，作者以具体形象的语言，描写出隐者的生活，写出了既定环境中的特有景象。但这种渲染之笔，很像一篇高士传，所写的还是理想中的人物。”

山居即事①

寂寞掩柴扉，苍茫对落晖。
鹤巢松树遍，人访荜门稀②。
绿竹含新粉③，红莲落故衣④。
渡头烟火起，处处采菱归。

【注释】

① 此诗为王维居辋川时作。

② 荜：同“筚”，荜门，《左传·襄公十年》：“筚门圭窦之人。”杜预注：“筚门，柴门也。”此指住处简陋。

③ 新粉：新生竹的表皮上有一层白色粉末。

④ 故衣：枯萎的花瓣。

【评析】

此诗语言清新，平淡的诗风中蕴含着浓郁的生活情趣，是王维山水田园诗的代表作之一。胡应麟《诗薮》内篇卷四说：“‘寂寞掩柴扉’篇，幽闲古淡，储孟同声者也。”许学夷《诗源辩体》评：“摩诘五言律，如‘寂寞掩柴扉，苍茫对落晖’，澄淡精致者也。”全诗八句皆写景，寓情于景，后人对此诗称誉颇多。如王夫之《唐诗评选》说：“八句景语，自然含情，亦自齐梁来，居然风雅典则。俗汉轻诋六代铅华，谈何容易？”又曰：“‘落’字重用。”高士奇《唐三体诗》说：“何焯云：‘第三句反衬无人。五、六言不唯竟日，春秋代谢恒如是也。结句应“稀”字，归人渡喧，愈见筚门寂寂也。’”顾安《唐律消夏录》说：“此诗首句既有‘掩柴扉’三字，而下面七句皆是门外情景如何说得去？不知古人用法最严，用意最活，如‘掩柴扉’下紧接以‘苍茫对落晖’句，便知‘掩柴扉’三字是虚句，不是实句也。”陆时雍《唐诗镜》评：“三、四幽境自成，闲然清远。”张谦宜《絸斋诗谈》评：“‘鹤巢松树遍，人访荜门稀’，寂寞中景色鲜活。”《唐诗归》说：“松老从‘遍’字看得出（‘鹤巢’句下）。”等等。

今人陈铁民《王维孟浩然诗选》说：“前四句写山居环境的幽清和诗人心情的寂寞，情寄寓于景中；后四句对山村景象，观察入微，刻绘工细，形象真切生动，景物明丽如画。从这些美好的景物中，可体味到诗人的心境是愉悦、恬适的，而非索漠无生气的死寂。”陶文鹏《王维孟浩然诗选》说：“诗的前四句写山居的幽寂，后四句写幽寂中仍有浓郁的生活情趣。那嫩竹表皮上新生出的白色粉霜，那红莲花瓣的轻轻飘落，一般人是不会注意到这些景物的细微变化的，却被诗人敏锐地捕捉住，并且生动地描绘出来，给予人新鲜的美的意趣。而山村傍晚渡头忽然闪耀的荧荧渔火，还有从湖上各处归来的采菱女，更引起诗人热切的关注与向往，使我们触摸到他那热爱生活、热爱田园的诗心。”吴功正《唐代美学史》指出其诗所表现出来的社会心理：“‘寂寞掩柴扉，苍茫对落晖’，这两句诗与其说是居住环境的描述，毋宁说是他面对大时局所表现出来的寂寞感和隐隐的忧虑。随着盛唐衰迹逐渐显露出来，敏感的士子感受出来了。因为他们本身就是清醒的用世者，于意气风发之外有忧患意识。”余冠英《中国文学史》认为此诗善于写景，刻绘工细，观察入微：“‘嫩竹含新粉，红莲落故衣’，复杂的自然景物和它的细微的变化，在王维笔下显得清新、含蓄而饶有韵致，富于生气而绰约生姿。”

山居秋暝[1]

空山新雨后，天气晚来秋。
明月松间照，清泉石上流。
竹喧归浣女，莲动下渔舟。
随意春芳歇[2]，王孙自可留[3]。

【注释】

① 此诗作于王维居辋川期间。

② 随意：任随，尽管。庾信《荡子赋》：“游尘满床不用拂，细草横阶随意生。”春芳歇：南朝宋刘铄《拟明月何皎皎》：“谁为客行久，屡见流芳歇。”

③ 王孙：本指贵族子弟，后来也泛指隐士，《楚辞·招隐士》：“王

孙游兮不归，春草生兮萋萋。”

【评析】

全诗境界空明澄澈，诗意如画，是王维山水田园诗的代表作之一。《增订评注唐诗正声》说：“色韵清绝。”黄叔灿《唐诗笺注》评：“写山居之景，幽绝清绝。”《唐诗归》说：“说偈（‘明月’二句下）。……‘竹喧’‘莲动’细极！静极！”《历代诗发》评道：“天光云影，无复人工。”章燮《唐诗三百首注疏》评道：“此诗所谓不着一字尽得风流者，最为难学。后生不知其难，往往妄步，遂成浅俗。”《唐宋诗举要》说：“随意挥写，得大自在。”《唐贤清雅集》评曰：“语气若不经意，看其结体下字何等老洁，切勿顺口读过。”此诗前三联写景，首联“空”字用得极好，渲染出万物空灵之美。《緹斋诗谈》认为此诗是“写真境之神品”，并评道：“‘空山’两句，起法高洁，带得通篇俱好。”“明月松间照，清泉石上流”两句是“诗中有画”的典范之句，颇受后人赞誉。黄生《唐诗矩》说：“右丞本从工丽入，晚岁加以平淡，遂到天成，如‘明月松间照，清泉石上流’，此非复食烟火人能道者。今人不察其渐老渐熟乃造平淡之故，一落笔便想作此等语，以为吾以王、孟为宗，其流弊可胜道哉！”宋征璧《抱真堂诗话》说：“王摩诘‘明月松间照，清泉石上流’，魏文帝‘俯视清水波，仰看明月光’，俱自然妙境。”吴乔《围炉诗话》卷三评道：“盛唐不巧，大历以后力量不及前人，欲避陈浊麻木之病，渐入于巧。右丞之‘明月松间照，清泉石上流’，极是天真大雅，后人学之，则为小儿语也。”《唐诗选脉会通评林》说：“月从松间照来，泉由石上流出，极清极淡，所谓洞口胡麻，非复俗指可染者。‘浣女’‘渔舟’，秋晚情景；‘归’字、‘下’字，句眼大妙；而‘喧’‘动’二字属之‘竹’‘莲’，更奇入神。”

陈铁民《王维孟浩然诗选》说：“诗的前三联，构成了一幅秋日傍晚雨后山村的鲜明图画：雨后空山的黄昏生出了几分初秋的凉意，皎洁的月光透过松林洒落在山野上，清澈的山泉泛着银光在石间流得更欢；竹林里响起浣纱归来的姑娘们的喧声笑语，莲塘中荷叶飘动，原来是一叶渔舟穿过。这景象多么宁静、优美，而又生意盎然！作者善于从自然景物中选取富有特征的片段，用简净的笔墨、白描的手法加以勾画，不事藻饰而自然入妙；又善于把视觉形象与听觉形象结合起来写，造成强烈的可感性。这三联都写景，但也流露出了诗人领受山村佳景的愉悦和对自然的爱恋之情。纯乎写景，无一语言情，却又充满感情，这就是王维写景艺术的一大高超之处。”陶文鹏《王维孟浩然诗选评》说：“这是一首非常优美的山水田园诗。首联不仅点明地点、季节、气候，而且传达出一种空旷、清新、恬静、凉爽的情调气氛，真是起笔高洁。颔联写月照松间、泉流石上，语言清淡自然，随意挥洒，却妙状景物的光、色、声响，浑然天成地展现出一个清幽明净又生机盎然的意境。颈联运用‘暗示’和‘因果倒置’手法，听竹喧而知浣女归，见莲动而知渔舟返，真实地传达出诗人的感觉过程，令人如见红衣浣女结伴喧笑，绿蓑渔人满载归来。尾联反用《楚辞·招隐士》诗意，表现山中无论春光秋色都美妙无比，自己愿长住山中回归自然。”孙昌武《禅思与诗情》从佛教禅理的角度评述此诗说：“一幅清新生动的山中晚景，反映出一个‘空’字，这是一种蝉蜕尘埃之外的禅悦境界。‘空山’显然不是空无所有，而是心灵的感受，由这种感受显示出内心的空寂清净。”张志岳《诗词论析》则从音乐的角度进行评析道：“‘明月松间照，清泉石上流’，这两句的音节表现作用似乎也很突出。上句的音节由敛到放，和月色照射的景况相切；下句的音节是由碎而圆，和泉流石上的景况相切。王维诗的音节优美，是带有全面性的，和他的音乐修养有着一定的关联。”

田园乐七首[1]

其　一

出入千门万户[2]，经过北里南邻[3]。
蹀躞鸣珂有底[4]，崆峒散发何人[5]？

【注释】

①这是一组六言绝句组诗，写于作者隐居辋川期间。《诗林广记》题作《辋川六言》。诗题下，宋蜀本有“六言走笔立成”六字。走笔，即兴作诗，运笔疾书。

②千门万户:《史记·孝武本纪》:“于是作建章宫，度为千门万户。”

③北里南邻：指王侯贵族所居之地。左思《咏史八首》其四：“济济京城内，赫赫王侯居。……南邻击钟磬，北里吹笙竽。”

④蹀躞：音谍泻，马行貌。珂：马勒上的玉饰。底：何。

⑤崆峒：亦作“空同”，在今甘肃省平凉市城西。相传仙人广成子居于此。《读史方舆纪要》：“崆峒山，平凉（在今甘肃）府西三十里……相传即广成子所居。”《庄子·在宥》：“黄帝立为天子，十九年，令行天下，闻广成子在于空同之上，故往见之。”

【评析】

黄叔灿《唐诗笺注》：“朝官贵客，那识田园乐趣。曰‘有底’，曰‘何人’，四字惺然动人。”

其　二

再见封侯万户，立谈赐璧一双。①
讵胜耦耕南亩②，何如高卧东窗③！

【注释】

①“再见”两句：典出《史记·平原君虞卿列传》：“虞卿者，游说之士也。蹑屩担簦，说赵孝成王，一见赐黄金百镒，白璧一双。再见为赵上卿，故号为虞卿。”形容跻身富贵之迅速。

②耦耕南亩：《论语·微子》：“长沮、桀溺耦而耕，孔子过之，使子路问津焉。”

③高卧东窗：陶渊明《与子俨等疏》：“尝言五、六月中北窗下卧，遇凉风暂至，自谓是羲皇上人。”指隐居的闲适生活。

【评析】

黄叔灿《唐诗笺注》评此诗：“尝谓摩诘是靖节后身，淡荡高情，千古同调，诗格虽异而情致一也。山居景色，悠然入胜。”

其　三

采菱渡头风急，策杖林西日斜①。
杏树坛边渔父②，桃花源里人家。

【注释】

①策杖：拄杖。曹植《苦思行》：“策杖从我游，教我要忘言。”

②“杏树”句：典出《庄子·渔夫》：“孔子游乎缁帷（缁帷，喻林木茂盛）之林，休坐乎杏坛之上，弟子读书，孔子弦歌。鼓琴奏曲未半，有渔父者下船而来，须眉交白，被发揄袂，行原以上，距陆而止，左手

据膝，右手持颐以听。”

【评析】

此诗描绘了恬淡的田园生活，表现出高蹈超逸的生活情趣。黄叔灿《唐诗笺注》评其：“如此幽闲野趣，想见辋川图画中人。”唐汝询《唐诗解》中言此诗：“采菱、杖策，纪所游也。风急、日斜，状其景也。身同渔樵，家为隐沦也。然乃杏坛之渔夫，桃源之人家，稍与俗人异耳。”

其　四

萋萋芳草春绿①，落落长松夏寒②。
牛羊自归村巷，童稚不识衣冠③。

【注释】

①芳草春绿：诸本皆作“春草秋绿”，《唐诗品汇》作“芳草春绿”，今从之。萋萋，《诗经·周南·葛覃》：“维叶萋萋”。毛苌传：“茂盛貌。”《楚辞·招隐士》：“王孙游兮不归，春草生兮萋萋。”

②落落：孙绰《游天台山赋》：“藉萋萋之纤草，荫落落之长松。”吕延济注：“落落，松高貌。”

③衣冠：士大夫的穿戴，借指为官者。《论语·尧曰》：“君子正其衣冠，尊其瞻视，俨然人望而畏之。”

【评析】

此诗前二句写田园景色之幽美，如张谦宜《絸斋诗谈》说：“《田园乐》‘萋萋春草秋绿……’比范石湖高数倍（范成大有《四时田园杂兴》），只从味敛味泄上分。宋人极力爽快处，正是格低。”此诗后二句写田园风光之纯朴，如李瑛《诗法易简录》说：“三、四写出田园真朴景象。”唐汝询《唐诗解》评道：“卉木随时，民裕淳古，乐可知矣。”又如黄周星《唐诗快》评：“如此田园之乐乃真乐，世间安得此桃花源乎！”

今人陈铁民《王维孟浩然诗选》说：“本诗首二句表现田园景色之幽美，后二句写田园民风的古朴淳厚。这组诗都是多景语，少情语，但通过写景，也流露了诗人的闲逸、欣悦之情。”马玮主编《王维诗歌赏析》说：“这首诗描写了辋川村居的风光，表达了自己生活其间的安闲自在，采用的是以少积多的描写笔法，一句一景，就像一幅幅图画一样，这些画面连接在一起，构成了含蕴丰富的‘辋川闲居图’。”邓安生《王维诗选译》说：“（《田园乐》）第四首诗中，表现了作者所欣赏的那种古朴淳厚的田园风情，‘牛羊自归村巷，童稚不识衣冠’，给人以返朴归真之感。在这世外桃源般的山村中，任何争名逐利的俗念，都会被这里自然率真的情趣所净化。”

其　五

山下孤烟远村，天边独树高原。
一瓢颜回陋巷[1]，五柳先生对门。

【注释】

①“一瓢”句：《论语·雍也》：“子曰：‘贤哉，回也！一箪食，一瓢饮，在陋巷。人不堪其忧，回也不改其乐。’”朱熹注：“程子曰：‘颜子之乐，非乐箪瓢陋巷，不以贫窭累其心而改其所乐也。’”

【评析】

此诗前二句写景，描绘出萧疏清淡的画面，董其昌《画禅室随笔》评前二句：“‘山下孤烟远村，天边独树高原’，非右丞工于画道，不能得此语。”《瀛奎律髓》说：“予于摩诘‘山下孤烟远村，天边独树高原’，未尝不心醉也。”后二句也非平常语，唐汝询《唐诗解》云：“‘先生对门’非泛然语，岂裴迪辈欤！”

今人王明居《唐诗鉴赏辞典补编》说此诗“前两句重在描绘冲淡的景物，后两句重在抒发冲淡的情感。全诗闲、静、淡、远，为冲淡之绝唱，是诗人冲淡心情的写照”。陶文鹏《王维孟浩然诗选评》说：“前两句画出一幅山村远景图，景物有远近层次，高低起伏，有静有动，传达出宁静、安闲、高远、浑朴多种情调氛围。……后两句说：这里的村庄陋巷里有像颜回那样安贫乐道的贤者，对门就住着陶渊明那样的高士。试想，生活在这样远离尘嚣的环境中，同这样的贤者高士卜邻相处，不是很快乐的吗？”刘宁《王维孟浩然诗选评》：“其五刻画隐士所居之地的景物，用笔萧疏，山下远村升起一缕炊烟，天边的高原上长松兀立。陶渊明描写村舍炊烟，有‘暧暧远人村，依依墟里烟’（《归园田居》）这样的名句，诗意安详恬淡，而王维的诗句则传达出狷介兀傲之气，远村独树是如此遗世独处，它们正是隐士贤人的写照。”马玮主编《王维诗歌赏析》说：“在这首诗里，呈现给我们的就是一幅视野宏大、萧疏清淡的水墨画。”

其　六

桃红复含宿雨，柳绿更带朝烟。
花落家童未扫，莺啼山客犹眠。

【评析】

此诗写山居春色，可谓诗六言诗中的极品。如黄升《玉林诗话》评道：“六言绝句，如王摩诘‘桃红复含宿雨’及王荆公‘杨柳鸣蜩绿暗’二诗，最为警绝，后难继者。”黄叔灿《唐诗笺注》说：“读罢不觉长歌《归去来辞》。”李镔《诗法易简录》评：“写出田园闲适之乐。”潘德舆《养一斋诗话》从六言句式的角度评析此诗：“或问六言诗法，予曰：‘王右丞“花落家童未扫，莺啼山客犹眠”，康伯可“啼鸟一声村晚，落花满地人归”，此六言之式也。必如此自在谐协方妙。若稍有安排，只是减字七言绝耳，不如无作也。’”此诗前两句写景极佳，后两句表现诗人隐居的闲适。唐汝询《唐诗解》说：“上联状景之佳，下联写居之逸。”周珽《唐诗选脉会通评林》评道：“上联景媚句亦媚，下联居逸趣亦逸。”“桃红复含宿雨，柳绿更带朝烟”两句描绘工致，色彩明丽，尤为后人所赞赏。如张谦宜《絸斋诗谈》说这两句“何尝不风流，只是浑含”。胡仔《苕溪渔隐丛话》说：“每哦此句（‘桃红’句），令人坐想辋川春日之胜，此老傲睨闲适于其间也。”

陈铁民《王维孟浩然诗选》说：“这诗不仅刻画了令人陶醉的春日山庄美景，那闲逸自在的诗人的自我形象也很鲜明。……诗之第三句的安排颇见匠心，导人由未扫落花的家僮，想见其主人的神态、风韵。”陶文鹏《王维孟浩然诗选评》中说此诗：“前二句红桃绿柳相互映照，已够鲜明夺目；诗人又用宿雨春烟渲染，色彩更加润泽、柔和。后二句由境及人，家僮未扫落花，山客犹在莺声中酣眠，主仆闲静之态相映成趣。”刘宁《王维孟浩然诗选评》：“其六刻画隐居生活的闲适，写景更富神韵。那桃花鲜艳的花瓣上，还留着昨夜的雨滴，碧绿的杨柳笼罩在迷濛的水烟中，诗人捕捉了阳春三月最清新、最明丽的景色。全诗的后两句，写落红满地，家童未扫，枝头的黄莺已经欢叫不已，而‘山客’还酣睡未醒。春天的蓬勃与生动，恰恰反衬出‘山客’内心的自在与陶醉。”周啸天《唐诗鉴赏辞典》中将此诗与孟浩然的《春晓》进行比较：“与孟浩然五绝《春晓》相比，王诗是一幅工笔重彩画；孟诗则似不着色的写意画。王诗偏于境，让人从境中悟到意；孟诗偏于意，让人间接感到境。王诗属近体六言，对仗工致，音韵铿锵，看去一句一景，彼此却又呼应联络，浑成一体；孟诗是古体五绝，格律自由，意脉一贯，有行云流水之妙。”

其　七

酌酒会临泉水[①]，抱琴好倚长松。
南园露葵朝折[②]，东舍黄粱夜舂[③]。

【注释】

① 酌酒：斟酒。

② 露葵：见《积雨辋川庄作》注。

③ 黄粱：《尔雅翼》：“黄粱，穗大毛长，壳米俱粗于白粱，而收子少，不耐水旱，食之香味逾于诸粱，人号为竹根黄。”

【评析】

此诗表现了田园隐逸生活的恬淡、清雅。唐汝询《唐诗解》评此诗：“临泉而酌，倚松而琴，隐居之趣也。折葵而烹，舂粮而食，田家之味也。”

【总评】

王维的《田园乐》是六言诗中的翘楚，受到后人很高赞誉。如吴瑞荣《唐诗笺要》说：“此体托始汉司农谷永，魏晋曹、刘间出，唐人自李景伯后，传者略少，惟摩诘最工，且亦转多云。”又如赵翼《陔馀丛考》说：“六言，至王摩诘等又以之创为绝句小律，亦波峭可喜。”《唐诗选脉会通评林》说：“周李之仪《姑溪集》：‘鲁直以六言诗方得其法，乃真知摩诘者，惟其能知之，然后能发明其秘要。须咀嚼久，始信其难。’”《王孟诗评》认为此组诗“无一语可俗”。黄生《唐诗摘钞》对此组诗中的前五首给予精炼的概括："第一首景之胜，第二首俗之朴，第三首地之幽，第四首供之淡，第五首身之闲，极尽田园之乐。"

邓安生《王维诗选译》说："这组诗是王维初隐辋川时所作，纯写隐居生活的闲适。如果说王维的五绝重在描写山水之趣，那么，这一组六言诗则写出了田园之乐。……这组诗风格自在，别具一格，每一句写一个景物，句子之间的联系又不太紧密，但通过几个侧面却组成了完整的图画，流露出一个共同的情调，即田园生活中一切都顺应自然，得大自在。"周啸天《绝句诗史》认为此组诗有两个显著特点："其一皆用四句整对之体，在形式上非常整饬。其二诗更偏重于写景，意象密度较大，情语较少，给人的感觉诗比较实。但通过写景，也流露出诗人的恬淡、消闲和欣悦之情。因而可以说，辋川六言为盛唐绝句添加了一个新的品种。"葛晓音《山水田园诗派研究》指出此组诗在内容上的特点以及王维田园诗的贡献："（这组诗）集中描绘了古今隐士的种种赏心乐事，并将山林田园中最有诗意的生活片段加以剪辑，活画出士大夫兀立世外桃源的风神。王维对田园诗的贡献，主要在于他创造了士大夫理想之中优雅高尚的田园意境。这类高雅脱俗的人物和环境，遂成为后世文人用写意画表现隐士生活的范本。"陈铁民《王维新论》认为此组诗表现的是隐士及其隐逸生活："《田园乐七首》与其说诗在写农民和农村生活，不如说是在写隐士和他们的隐逸生活。"王志清《王维诗选》："《田园乐》里，诗人将自己冲淡而消融在大自然中，诗人既超然物外，更融于物中，任何追名逐利的世俗观念，都被自然率真涤荡无遗。没有外界的干扰，只有大自然的宁静。不豪情满怀，也不颓靡伤感；不关心人事纠葛，也不留意生活酸楚。诗人始终保持着内心的和平与淡泊，是一个不知有我，也不分物我的浑然状态。"

泛前陂[1]

秋空自明迥，况复远人间。
畅以沙际鹤，兼之云外山。
澄波澹将夕[2]，清月皓方闲。
此夜任孤棹，夷犹殊未还[3]。

【注释】

① 此诗似作于辋川。陂，音杯。《说文》："陂，一曰池也。"

② 澹：水摇动貌。宋玉《高唐赋》："水澹澹而盘纡。"

③ 夷犹：屈原《九歌·湘君》："君不行兮夷犹。"王逸注："夷犹，犹豫也。"

【评析】

此诗颔联运用语助字，为诗论家所注意。杨慎《升庵诗话》卷三说："王右丞诗：'畅以沙际鹤，兼之云外山。'孟浩然云：'重以观鱼乐，因之鼓枻歌。'虽用助语辞，而无头巾气。宋人黄陈辈效之，如：'且然聊尔耳，得也自知之。'又如：'命也岂终否，时乎不暂留。'岂止学步邯郸，效颦西子？乃是丑妇生疮，雪上加霜也。"又如胡震亨《唐音癸签》卷四："诗用语助字，非法也，惟排律长篇或间有之。如老杜'余力浮于海，端忧问彼苍'，尚不觉用语助字。至王、孟'畅以沙际鹤，兼之云外山'及'依止此山门，谁能效丘也'之类，则恶矣，岂可妄效。"贺裳《载酒园诗话》也论及王维此诗用语助字："'畅以沙际鹤，兼之云外山'，右丞偶尔自佳，后人尊之为法，动用数虚字演句，便成馊酸馅矣。"

今人钱锺书《谈艺录》中更加详细地分析了诗歌中运用语助字的现象："诗用虚字，刘彦和《文心雕龙·章句》结语已略论之。盖周秦之诗骚，汉魏以来之杂体歌行……或四言、或五言记事长篇，或七言，或长短句，皆往往使语助以添迤逦之概。……唐则李、杜以前，陈子昂、张九龄使助词较夥，然亦人不数篇，篇不数句，多摇曳以添姿致，非顿勒以增气力。……他如……王摩诘《哭祖自虚》：'谬合同人旨，而将玉树连。为善吾无已，知音子绝焉'；《示外甥》：'老何所似，敝宅倘因之'；《泛前陂》：'畅以沙际鹤，兼之云外山。'……其例已多。"

肖驰《中国诗歌美学》看到了此诗中的禅意："禅宗哲学诗是中国士大夫把握永恒、解脱时间苦痛的又一方式。它以参破时间、方位、因果来破除我执，使主体进入无意识状态，像水流云浮一样自在而无目的。禅宗的永恒就是无时间性。而且，禅宗又是在随缘自在、率性疏野的日常生活与山水自然中参破、忘却时间的。耽于禅悦的诗人王维的作品中,也经常会出现这种流连光景之际时间和自我意识的丧失。如'此夜任孤棹，夷犹殊未还'；'欲知禅坐久，行路长春芳'。"杨文生《王维诗集笺注》认为此诗："写小湖泊，显大境界。恬淡，和谐，高洁，超脱，物我交融，天人合一。张孝祥《念奴娇·过洞庭》意境与此相通，但此宁静，彼昂扬，正所谓'悠然心会，妙处难与君说'也。"张勇《王维诗全集》说："诗人于秋夜池塘泛舟而作。首联写秋空，突出其空旷寂寥、远离尘世特征，'自'字充满禅意。中间两联写舟中所见：沙边白鹤，云外青山，澄澈的水波，清幽的明月，望之令人产生出尘之想。尾联，诗人于湖光山色之中流连忘返，任凭小舟随波漂流，显示出自在悠然的情致。"

酬虞部苏员外过蓝田别业不见留之作[1]

贫居依谷口，乔木带荒村[2]。
石路枉回驾，山家谁候门？
渔舟胶冻浦[3]，猎火烧寒原。
唯有白云外，疏钟闻夜猿。

【注释】

① 此诗作隐居辋川时。虞部：为工部四司之一，置员外郎一人，从六品上，掌京城街巷种植、山泽苑囿及草木薪炭等事。苏员外：未详何人。

② 带：环绕。

③ 冻浦：冰冻的河畔。

【评析】

此诗前四句写自己隐居之地的周围环境以及友人过而不见留之事，表达自己对友人的歉意。《唐贤清雅集》谓此诗："通首用缩笔藏锋法，古韵铿然，起四句俱活对。"《唐贤三昧集笺注》说："起二句，此别业景可想见。第四应'贫居'。"《此木轩论诗汇编》评三、四句："'石路枉回驾，山家谁候门'，如闻阿哟之声。'唯有'者，无一有也。此诗家三昧也"。后四句设想友人之所见，写出辋川冬日夜景的壮美和清冷幽寂。如《唐贤三昧集笺注》说："五、六善叙冬日之景。"《唐诗归》说："在归路寥落上看出主人不留意，妙！妙！（'石路'二句下）……后四句似不沾题，映带蕴藉，妙在言外，此法人不能知。"《唐诗矩》评曰："前后两截格。结若周旋，意实高傲，言外见山中之景，清寂如此，自无俗人坐处。"

今人王达津《王维孟浩然选集》说：“此诗写夜色，虽着笔不多，但乔木荒村、渔舟冻浦、猎火寒原、疏钟夜猿等种种景物以足以弥补苏员外的观赏不足。”邓安生《王维诗选译》说：“虞部苏员外远来蓝田别墅过访，又折回去，未能留晤，并且作诗相赠，因此王维作这首答诗，以曲致蕴藉的笔法酬谢。前四句表达自己的歉意。作者先从山居贫寒荒凉的环境写起，接着点明苏员外来访，而石路狭隘，不能不使贵客回车。‘山家’也无人候门迎待。此用陶渊明《读山海经》诗‘穷巷隔深辙，颇回故人车’及《归去来兮辞》‘稚子候门’诗意，而巧妙地加以变化。后四句极写辋川冬日夜景的壮美和萧散意趣。渔舟冻浦、猎火寒原、疏钟夜猿，一一概括入诗，用以慰藉苏员外夜访过门不入的遗憾，表现了作者超逸的审美感，更切合对方身份。”

蓝田山石门精舍[①]

落日山水好，漾舟信归风。
探奇不觉远，因以缘源穷。
遥爱云木秀，初疑路不同。
安知清流转，偶与前山通。
舍舟理轻策，果然惬所适。
老僧四五人，逍遥荫松柏。
朝梵林未曙[②]，夜禅山更寂。
道心及牧童，世事问樵客。
暝宿长林下，焚香卧瑶席。
涧芳袭人衣[③]，山月映石壁。

再寻畏迷误[4]，明发更登历[5]。
笑谢桃源人，花红复来觌。

【注释】

① 此诗为王维隐居辋川时游蓝田山所作。蓝田山：《元和郡县志》："蓝田山一名玉山，一名覆车山，在（蓝田）县东二十八里。"石门精舍：蓝田山佛寺名。

② 朝梵：指和尚早晨诵经。

③ 涧芳：山涧边花草的清香。

④"再寻"句：用《桃花源记》武陵渔人欲再去桃源已迷失路径意。

⑤ 明发：黎明。《诗经·小雅·小宛》："明发不寐。"朱熹传："明发，谓将旦而天明开发也。"

【评析】

此诗写王维游蓝田石门精舍的经过。周珽《唐诗选脉会通评林》概括此诗内容道："从入蓝田水陆行径，叙到深憩精舍中情景，始以无心，终若有得。其间恍惚投足，幽寂悟机，一一从笔端倾出，毫不着相，手腕灵脱，真是飞仙。"此诗叙事详赡，绘景细致，前人对其评价极高。如张惣《唐风怀》说："摩诘诗中有画，如此篇佳境，恐画亦不易也。"《增订评注唐诗正声》评道："游得幽远有趣，妙在以虚字斡旋。"张谦宜《絸斋诗谈》说："一气浑成中，极掩映合沓之妙。"《唐诗镜》评道："语语领趣。"《网师园唐诗笺》说："写山之妙，笔亦入妙。（'安知'二句下）"有的诗论家对此诗中的佳句进行评赏，如对"落日""涧芳"句的赞赏者有王寿昌《小清华园诗谈》："'落日山水好，漾舟信归风'，清丽恬适。"焦袁熹《此木轩论诗汇编》说："起数语神化已极，前无曹、刘，后无李、杜。"殷璠《河岳英灵集》称赞："一字一句，皆出常境。至如'落日山水好，漾舟信归风'……讵肯惭于古人也？"黄培芳《唐贤三昧集笺注》则称赞诗中的用字："'漾舟'字奇。'安知'二句，柳子厚小记中'舟行若穷，忽又无际'，沈确士引此以比拟，洵为佳境佳句。"《唐诗快》说："'及'字深妙难言。不但难言，亦且难想。（'道心'句下）一幅石门精舍图。读至'道心'二语，则又别有天地，非人间矣。"此诗风格与谢灵运相似，但在艺术成就上又超越了谢诗。高步瀛《唐宋诗举要》赞其："工律自然，几掩大谢。"《唐贤三昧集笺注》评曰："撷康乐（即谢灵运）之英。"

今人葛晓音《山水田园诗派研究》说："谢灵运的《石壁精舍还湖中作》，内容与此相似，基本上是平铺直叙。而此诗首先从章法上突出了这次游历的偶然性和传奇色彩，巧妙地创造出山回路转别有洞天的意境。在描绘这个与世隔绝的天地时，没有一字言及佛寺和温泉，有意隐去与世俗有关的事物，将老僧、牧童和樵客都置于林岩之中，构成了一个毫无烟火气的禅寂世界。诗人自己面对石壁月光，在山涧花气中焚香独坐的情景，又造成露宿于林中的错觉。这就充分渲染了石门精舍淳古朴野的静趣，以及人与自然的融合无间。"陶文鹏《王维孟浩然诗选评》说："王维的这首诗艺术构思别开生面。诗以一天游览的结束作为开端，将自己在归途中因贪恋两岸景色而误入石门精舍比作误入桃源。其游程山回路转，曲折变化，引人入胜。"

山　中[①]

荆溪白石出[②]，天寒红叶稀。

山路元无雨，空翠湿人衣。

【注释】

① 此诗为王维居辋川期间所作。

② 荆溪：即长水，又名荆谷水，源出蓝田县西北，西北流，经长安县东南入灞水。《水经注·渭水》："长水出自杜县白鹿原，西北流，谓之荆溪，又西北左合狗枷川，北入霸（灞）水。"《长安志》卷一六蓝田县："荆谷水自白鹿原（在蓝田县西五里，西北入万年县界）东流入万年县唐村界。"

【评析】

此诗不载于王维集诸古本，最早见于明奇字斋本《外编》。《全唐诗》王维诗收有《阙题二首》，第一首即此诗。苏轼《东坡题跋·书摩诘蓝田烟雨图》："此摩诘之诗，或曰：非也，好事者以补摩诘之遗。"由此可见，宋时已有人认为此诗非王维所作。胡震亨《唐音癸签》也以为此诗非王维之作："坡公尝戏为摩诘之诗，以摹写摩诘之画，编《诗纪》者，认为真摩诘诗，采入集中。世人无识，那可与分辨！《书摩诘蓝田烟雨图》云：'此摩诘之诗也。或曰：非也，好事者以补摩诘之遗。'此话语被人作死语看，摩诘增一首好诗，失却一幅好画矣。"与苏轼同时代的诗僧惠洪《冷斋夜话》卷四中录此诗，谓之"王摩诘《山中》诗"。苏轼在《东坡题跋·书摩诘蓝田烟雨图》将此诗视为"诗中有画"的代表："味摩诘之诗，诗中有画；观摩诘之画，画中有诗。诗曰：'蓝溪白石出，玉川红叶稀。山路元无雨，空翠湿人衣。"

今人对此诗有较多评析。如陈铁民《王维孟浩然诗选》说此诗："首句写秋末水浅，山溪中露出白石；次句写深秋天气转寒，尚稀少的红叶点缀于万绿丛中。末二句用想象之笔，称那山路上并没有雨，自己的衣服却被苍翠欲滴的山间峦气沾湿了。在这里，诗人通过突出主观心灵的鲜明感受，以描绘出难以摹状的景象，使人们产生身临其境之感，并触发丰富的艺术联想。”陶文鹏《王维孟浩然诗选评》：“这首小诗写终南山深秋初冬景色。诗人以无边浓翠的山色作为远景，同近景和中景的清溪、白石、红叶相互映衬，诗中景物既有逼真细致的描摹，又有总的印象和感受，色彩缤纷而空灵超妙，显示出大自然的蓬勃生机，更体现了人与自然相亲的情趣。”王志清《王维诗选》：“此诗的上联是背景，构图生动，色调反差而调谐。首句碧水白石，次句天青红叶。石因水落而出，叶因天寒而稀，物与物之间构成了整体性的互为关系，画面色泽斑斓，鲜明活泼，虽为初冬，却毫无萧瑟枯寂感。于是‘空翠’弥漫而起，给整个的大画面蒙上了一层清澄翠莹的诗意。‘翠’，是山色，形容山色之蓊郁而纤浓；‘空翠’，则特指这种翠的透明度与纯净感。‘湿’则写出了‘翠’的浓度，夸张‘翠’的艳丽，翠如雨水，能够将人的衣服淋湿。‘空’与‘湿’，都是心理上的感受，描写的是一种丰沛洋溢的朦胧恍惚的绿意，是一种似幻似真的幻觉，仿佛整个空气里都充满了湿漉漉的翠色的分子，让置身其间的人分明感到一种细雨湿衣似的凉意，整个身心皆得到这种翠的浸渍，而生成了一种被滋润了的快感。”

送别

山中相送罢，日暮掩柴扉。
春草明年绿，王孙归不归？

【评析】

此诗为送别诗，语言简淡而又蕴藉深厚。《唐诗归》说："慷慨寄托，尽末十字，蕴藉不觉，深味之，知右丞非一意清寂，无心用世之人。"《王孟诗评》说："古今断肠，理不在多。"《唐诗绝句类选》说："只标地写情而不缀景。"《唐诗援》评："语似平淡，却有无限感慨，藏而不露。"唐汝询《唐诗解》评道："扉掩于暮，居人之离思方深；草绿有时，行子之归期难必。"黄周星《唐诗快》评道："此诗儿童皆能诵之，然何尝不妙。"其"春草"两句用《楚辞·招隐士》中"王孙游兮不归，春草生兮萋萋""王孙兮归来，山中兮不可以久留"之意，余味悠长。黄培芳《唐贤三昧集笺注》说："此种断以不说尽为妙。结得有多少妙味。"胡仔《苕溪渔隐丛话》说："盖用《楚辞》：'王孙游兮不归，春草生兮萋萋。'此善用事也。"《唐诗广选》评曰："顾与新曰：'翻用楚词语意，脱胎换骨，更为深婉。'"吴烶《唐诗选胜直解》说："试看草遇春而绿，而人每不遇春而归，不得不对春色而怨王孙之不归耳。"宋顾乐《唐人万首绝句选》："翻弄《骚》语，刻意扣题。"

此诗今人评析较多。如陶文鹏《王维孟浩然诗选评》说："'日暮掩柴扉'的动作细节，透露出惋惜友人离去的愁苦、寂寞情绪。'春草明年绿'，仿佛突然有一片绿得透明的春草扑入我们眼帘，并且带来了春天的阳光、活泼的生机和新鲜的气息，而诗人盼望友人明年归来同赏山中春色的深情便已洋溢而出。结尾这句反用《楚辞·招隐士》句意，并改直接感叹句为疑问句，从而传达出极为丰富微妙的感情。'归不归'三字，有担心、疑惑友人去而不归，更有盼望友人早日归来等意绪。"林庚《唐诗综论》论析道："这首诗短短四句，上半是在暮色中，下半又豁然开朗，所以是截然两段景色。日暮而柴扉既掩了，但诗人的心却在门外。暮是一切的归宿，春又是一切的开始，而门呢？它是开始也是归宿。这二重的情景所以便在那掩门的刹那间产生。这四句，前半是陪衬，而后半才是表现的主体。山中是使人留连不舍的，这不舍之情全得力于一个‘明’字。‘明年’，明明是来年，而无意间有了明亮的感觉照眼而过，这便是诗中的不可尽说之处。‘年年’二字它原是一个流水的感觉，它是说明时间的，岁月原如流水，而‘明’字却让它出现在一个照眼的感觉上。这便是诗歌的语言魅力，仿佛那春草就将绿得透明了，那么，王孙该怎么办呢？春天的光辉于那蓬勃的生气，它仍是一切开始之开始。而且世界上一切的消息原都不甘于寂寞，于是遂非柴扉所能掩了。”

早秋山中作①

无才不敢累明时②，思向东溪守故篱③。
岂厌尚平婚嫁早④，却嫌陶令去官迟⑤。
草间蛩响临秋急⑥，山里蝉声薄暮悲。
寂寞柴门人不到，空林独与白云期。

【注释】

① 此诗疑为初居辋川时作。

② 明时：政治清明时代。曹植《求自试表》：“志欲自效于明时，立功于圣世。”

③ 东溪：源于嵩山东峰，此指王维嵩山隐居处。

④ 尚平：一作“向长”。《高士传》：“向长字子平，河内朝歌人也。隐居不仕。……建武中，男女嫁娶既毕，勒断家事勿相关，‘当如我死

也’！于是遂肆意与同好北海禽庆俱游五岳名山，竟不知所终。”

⑤ 陶令去官迟：指陶渊明四十一岁归田园。

⑥ 蛩：音穷，蟋蟀。

【评析】

此诗笔法委婉，寄慨良深。赵臣瑗《山满楼笺注唐诗七言律》言："此等诗温厚和平，不失正始之遗，读之令人悠然自远。"《诗式》品此诗曰："超诣。"又说："发句上句从山中对面入，言不敢以无才而出，恐做坏了事，致累明时；下句承首句入题，'向东溪守故篱'，已在山中也。颔联上句言婚嫁之事俱了，盖身无所绊，可以归山中矣，岂厌其早乎；下句言今始在此山中，只为一官未能遽去，却嫌其迟也。用尚平、陶令事，所谓用事引证也。颈联写景分贴'早秋'均切。落句上句深收'山中'，言寂寞只是人不到之故，而寂寞如此，断亦无人到耳；下句言空林之下惟己与白云可以相期，亦在山中人少也。必如此，乃写出山中真境。"管世铭《读雪山房唐诗序例》说："凡律诗最重起结，七言尤然。起句之工于发端，如王维'无才不敢累明时，思向东溪守故篱'，皆足为一代之楷式。"颔联从听觉的角度来描写早秋寒凉萧瑟的气氛，映衬出诗人的迟暮之情。金人瑞《圣叹外书》评："（五、六两句）唐人每欲咨嗟迟暮，则必以岁已秋、日已暮为言，其法悉仿诸比。"

张勇《王维诗全集》说："首联感叹时世，自称无才，意欲弃官归隐。颔联以尚平、陶渊明事，表达归隐的决心。颈联写景，以秋蛩暮蝉的急促叫声渲染萧瑟气氛。尾联述幽居僻远访客不至，独自与白云为伴，传达出诗人宁静、洒脱的情怀。"陈铁民《王维孟浩然诗选》说："（'草间'二句）纯用大自然的音响，渲染出早秋山中薄暮的萧瑟气氛和诗人的寂寞心情，使人读后如临其境，如闻其声。"陶文鹏

《王维孟浩然诗选评》说：“亦官亦隐的生活并没有使王维完全摆脱他所憎恶的黑暗腐败官场，诗人的内心时常是很苦闷的。这首诗前段自嘲无才为官，又自责不能及早抽身退隐，畅游名山大川。正由于内心苦闷难以排解，因此后段写山中秋色秋声，都带着凄清、悲凉的色彩，诗的情调与前篇《辋川别业》迥然不同。诗题为‘山中’，却从山外朝中发端，次句方承首句入题。中二联一叙事抒情，一以情写景，写景分贴诗题‘早秋’。尾联上句写幽居山中，柴门寂寞；下句以空林无人、独与白云为伴作结，将孤寂愁苦之情抒发得深婉而悠远。全篇起结工妙，章法严整，平仄合律，叙心事真率，状秋景真切。”孙昌武《禅思与诗情》说：“王维笔下的白云，是他心中所映现的景物，其自由舒卷的形态也暗示着诗人的心态。所有用到‘白云’意气处，很难说都是实际景物。如‘独向白云归’‘白云留故山’‘空林独与白云期’，等等，诗的意蕴远超出物象之外，他是借‘白云’来展示内心。”

山中示弟等①

山林吾丧我②，冠带尔成人。
莫学嵇康懒③，且安原宪贫④。
山阴多北户，泉水在东邻。
缘合妄相有⑤，性空无所亲⑥。
安知广成子，不是老夫身。

【注释】

①此诗约作于天宝末期。

②吾丧我：《庄子·齐物论》："今者吾丧我，汝知之乎？"郭象注曰："吾丧我，我自忘矣；我自忘矣，天下有何物足识哉！故都忘外内，然后超然俱得。"

③嵇康懒：嵇康《与山巨源绝交书》："（吾）性复疏懒，筋驽肉缓，头面常一月十五日不洗，不大闷痒，不能沐也。"

④原宪贫：《史记·仲尼弟子列传》："原宪，字子思。……孔子卒，原宪亡在草泽中，子贡相卫，而结驷连骑。排藜藿，入穷阎，过谢原宪。宪摄敝衣冠见于子贡。子贡耻之，曰：'夫子岂病乎？'原宪曰：'吾闻之，无财者谓之贫，学道而不能行者谓之病，若宪贫也，非病也。'子贡惭，不怿而去。"

⑤缘：因缘。相：事物的相状。有：犹存在。三字均为佛教用语。

⑥性空：佛教用语，指诸法之体性虚幻不实。

【评析】

《王摩诘诗评》评此诗："别是一春（'尔成人'句下）。"此诗中蕴含儒释道精神是今人主要的关注点。周裕锴《中国禅宗与诗歌》说："诗中自始至终有一个合儒（原宪）、释（性空）、道（广成子）三位一体的'老夫'形象，'我'何曾'丧'呢？王维诗中真正的'无我之情'，是来自禅宗的'对镜无心'，而非道家的'丧我'。陶诗与王、孟诗意境的主要区别也在这里。"袁行霈《中国诗歌艺术研究》说："此诗融合着佛学和庄子，表现了无我的境界。"

过沈居士山居哭之[1]

杨朱来此哭[2]，桑扈返于真[3]。

独自成千古，依然旧四邻。
闲檐喧鸟雀，故榻满埃尘。
曙月孤莺啭，空山五柳春。
野花愁对客，泉水咽迎人。
善卷明时隐④，黔娄在日贫⑤。
逝川嗟尔命⑥，丘井叹吾身⑦。
前后徒言隔⑧，相悲讵几晨⑨？

【注释】

① 此诗疑作于天宝末。沈居士：生平不详，当为在家修行的佛教徒。

② “杨朱”句：《列子·仲尼》：“随梧之死，杨朱抚其尸而哭。”

③ “桑扈”句：《庄子·大宗师》载，桑户死，其友鼓琴而歌：“而已反其真，而我犹为人猗。”桑扈，即桑户。返真，谓其已死，喻沈居士之死。

④ 善卷：《高士传》：“善卷者，古之贤人也。……舜以天下让卷。卷曰：‘……日出而作，日入而息，逍遥于天地之间，而心意自得，吾何以天下为哉！’……去入深山，莫知其处。”此喻沈居士之隐逸高风。

⑤ 黔娄：战国时齐之隐士，《列女传》：“鲁黔娄先生死，曾子与门人往吊之，问何以为谥，其妻曰：‘以康为谥。’曾子曰：‘先生在时，食不充口，衣不盖形，死则手足不敛，旁无酒肉，生不得其美，死不得其荣，何乐于此而谥为康乎？’其妻曰：‘先生……甘天下之淡味，安天下之卑位，不戚戚于贫贱，不忻忻于富贵，求仁而得仁，求义而得义，其谥为康，不亦宜乎？’”

⑥ 逝川：流逝之水，《论语·子罕》：“子在川上曰：‘逝者如斯夫！不舍昼夜。’”

⑦ 丘井：废墟之枯井，喻心身衰老。《维摩经·方便品》：“是身如

丘井，为老所逼。”

⑧“前后”句：意谓生前与死后就如此徒然地彼此隔绝了。

⑨讵：岂。晨：通“辰”，时。

【评析】

此诗善用典故，借景抒情，将对友人的怀念悲悼之情写得深切动人。王夫之《唐诗评选》评此诗：“挽诗得此，神理不减。起结各用一意四句，长篇不如是则冗。沈云卿《玩月》，李白《送储邕》，通用此局阵，其源亦自康乐、玄晖（谢朓）来。”周珽《唐诗选脉会通评林》评道：“‘曙月’二句悲意在言外，‘野花’二句悲意在景中。吴山民曰：‘通篇清婉凄切。“成千古”“旧四邻”二语，发出几许酸辛！“善卷”“黔娄”引喻居士，佳。’”《唐诗笺要》评曰：“有这才华，有这性情，方不是孟浪一哭，不然恐悲喜都无是处。”今人陶文鹏《王维孟浩然诗选评》说：“全篇以哀哭的调子写出，句句都渗透着诗人悲伤的泪水。诗人用了一连串典故，把沈居士比喻为桑扈、陶渊明、善卷、黔娄，颂扬他安贫乐道的隐逸高风。诗的起头和结尾各用四句直抒胸臆，倾吐对友人辞世的怀念、悲伤、哀哭，又避免了长篇排律容易造成的板滞。中间四联，前三联都是借景物抒悲情。‘闲檐’‘故榻’一联写主人去后山居的寂寞荒凉；‘曙月’‘空山’一联以春天美景反衬悲情；‘野花’‘泉水’一联移情于景，将景物拟人化：因为山居主人逝去，就连野花也对客哀愁，泉水亦呜咽迎人。写景手法有别，但悲情同在景中，而且一联比一联强烈。总之，诗人以一掬精诚、满怀心酸与亡友之灵魂相感痛，令人读之凄然。”

菩提寺禁裴迪来相看说逆贼等凝碧池上作音乐供奉人等举声便一时泪下私成口号诵示裴迪[1]

万户伤心生野烟，百官何日更朝天[2]？
秋槐叶落空宫里，凝碧池头奏管弦。

【注释】

① 此诗作于至德元载（756）八月。《万首绝句》题作《菩提寺禁闻逆贼凝碧池上作乐》，又题作《凝碧池》。菩提寺禁：指诗人被囚禁在菩提寺中，寺在洛阳城南龙门。裴迪来相看，裴迪其时未居官，故不在被禁之列。逆贼：指安史叛军。凝碧池：在洛阳禁苑中。供奉人：在宫中侍奉天子之人，此指乐工。口号：随口吟成。天宝十五载（756）六月，安禄山叛军攻陷长安，玄宗奔蜀，王维扈从不及，为叛军所获，解送至洛阳，拘于菩提寺，迫以伪职。《明皇杂录》记："天宝末，群贼陷两京，大掠文武朝臣及黄门、宫嫔、乐工、骑士，每获数百人，以兵仗严卫，送于洛阳。至有逃于山谷者，而卒能罗捕追胁，授以冠带。禄山尤致意乐工，求访颇切，于旬日获梨园弟子数百人。群贼因相与大会于凝碧池，宴伪官数十人，大陈御库珍宝，罗列于前后。乐既作，梨园旧人不觉歔欷，相对泣下，群逆皆露刃持满以胁之，而悲不能已。有乐工雷海清者，投乐器于地，西向恸哭，逆党乃缚海清于戏马殿，支解以示众，闻之者莫不伤痛。王维时为贼拘于菩提寺，闻之赋诗云云。"

② "百官"句：其时唐玄宗已率百官逃往西蜀，故有"何日更朝天"之说。

【评析】

王维在此诗中感伤两京陷落，抒发其对朝廷的思念之情。《增订评注唐诗正声》评道："感叹浑然。"张谦宜《絸斋诗谈》说："此谓怨而不怒。"王鏊《震泽长语》评道："'凝碧池头奏管弦'，不言亡国，而亡国之意溢于言外。"李沂《唐诗援》评曰："有无限说不出处，而满腔悲愤俱在其中，非摩诘不能为。"《唐诗镜》说："景中情。"《唐诗解》评道："盛唐绝句妙在言外，此极可想。藉令晚唐人为之，必露筋骨。"《唐诗选脉会通评林》："蔡正声曰：'此诗深寓凄愤之意。'吴山民曰：'意厚不露。'"

此诗逐层写国破之哀，字里行间充满悲愤与哀痛。今人刘永济《唐人绝句精华》说："前二句写京师沦陷景象，三句写故宫荒凉，皆以抒悲悼二情，末句则引起悲悼之原因也。"陈铁民《王维新论》说："写得悲痛、沉着、婉曲、深长。"邓安生《王维诗选译》说："通篇只写一个'伤'字，写'伤'的角度也不相同：首二句直抒胸臆，首句从人民着笔，写国破家亡之伤；次句从百官着笔，写不能朝拜天子之伤。三、四句写帝屈去宫空，秋槐叶落，因逆贼占领京都，勒令乐工作乐凝碧池而悲伤。这种多层次的写法，使作者内心的悲伤得到了最充分的表现。"

辋川别业[①]

不到东山向一年[②]，归来才及种春田。
雨中草色绿堪染，水上桃花红欲燃。
优娄比丘经论学[③]，伛偻丈人乡里贤[④]。
披衣倒屣且相见[⑤]，相欢语笑衡门前[⑥]。

【注释】

① 此诗约乾元元年（758）春作于辋川。张勇《王维诗全集》说：“诗人被宥罪复官重回辋川，距离天宝末陷贼离开这里正好一年有余。”

② 东山：东山在浙江上虞县西南四十五里，《晋书·谢安传》：“累违朝旨，高卧东山。”此处指隐居之地辋川。

③ 优娄比丘：指佛教僧人。经论：指佛教三藏中的经藏与论藏。

④ 伛偻丈人：驼背老人，《庄子·达生》：“仲尼适楚，出于林中，见痀偻（同‘伛偻’）者承蜩（以竿取蝉），犹掇之也。……孔子顾谓弟子曰：‘用志不分，乃凝于神，其痀偻丈人之谓乎！’”

⑤ 披衣：陶渊明《移居》：“相思则披衣，言笑无厌时。”

⑥ 衡门：见《偶然作·田舍有老翁》注。

【评析】

此诗意境优美，清新明快，写出了诗人重回辋川享受隐逸生活的快乐。陈铁民《王维新论》说：“王维的所谓亦官亦隐，其实是做官的时候多而隐居的日子少，所以他一旦有时间回到辋川，就流露出对于那里的隐逸生活和山水风景的极为浓厚的兴趣和爱恋。”陶文鹏《王维孟浩然诗选评》说：“诗人长期亦官亦隐，身在朝廷，心系辋川。这首诗生动地表现了他对辋川山水人情的无限热爱。诗中写他为归来能赶上春耕春播而喜悦，草绿桃红的辋川春光使他欣然陶醉，同邻里的高僧和贤者相见，更是‘相欢语笑衡门前’。全篇喜气洋洋，乐意盎盎。后四句用典使事贴切生动。”此诗颔联为传世名句，为诗论家所赞誉。章培恒《中国文学史》说：“王维还善于敷彩。这些色彩并非是单纯的消极的涂饰，而是活跃地晕染着整个画面，清新鲜润，给人以愉悦之感。如‘雨中草色绿堪染，水上桃花红欲燃’，等等。”邓安生《王维诗选译》说：“作者用一个‘染’字，形容雨中的春草之绿，用一个然（燃）字，描写水边桃花之红，写出了春天自然景物灿烂的色彩和勃勃的生机。”颔联将静态的景物写得富于动感，让画面活跃生动、清新鲜润。张志岳《诗词论析》评其：“‘绿堪染’和‘红欲燃’六个字，描绘了色、态、光的融合。其中‘色’最易见，体现在绿、红两个字上。‘态’也可以隐约看到，体现在染、燃两个字上。‘光’较难看出而最关紧要，它体现在这六个字和‘雨中’‘水上’四个字的组合关系上。只有看出了‘光’，才能显出生趣盎然的‘态’，而‘色’也就更显得鲜明了。‘光’是画家运用色彩的高度技巧表现，这两句诗正是吸收了绘画的特色。”

和贾舍人早朝大明宫之作①

绛帻鸡人送晓筹②，尚衣方进翠云裘③。
九天阊阖开宫殿，万国衣冠拜冕旒。
日色才临仙掌动④，香烟欲傍衮龙浮。
朝罢须裁五色诏，佩声归向凤池头⑤。

【注释】

① 此诗作于乾元元年（758）春，时王维官中书舍人。贾舍人：即贾至，贾至作《早朝大明宫呈两省僚友》，王维此诗即为和作。

② 绛帻鸡人：指宫中传更报晓之人。绛帻，红色头巾，《汉官仪》：“宫中舆台并不得蓄鸡，夜漏未明三刻鸡鸣，卫士候于朱雀门外，着绛帻鸡唱。”鸡人，《周礼·春官·鸡人》：“鸡人，掌共鸡牲，辨其物；大祭祀，夜呼旦以嘂（同‘叫’，高声大呼）百官。”

③ 尚衣：掌天子服冕之官。《新唐书·百官志》：“尚衣局奉御二人。

直长四人，掌供冕服、几案。”翠云裘：指天子之衣。宋玉《讽赋》：“主人之女，翳承日之华，披翠云之裘。”

④ 仙掌：《三辅黄图》：“《庙记》曰：‘神明台，武帝造，祭仙人处。上有承露盘，有铜仙人舒掌捧铜盘玉杯，以承云表之露。以露和玉屑服之，以求仙道。’”

⑤ 凤池：即凤凰池，指中书省。《晋书·荀勖传》：“拜中书监……久之，以勖为尚书令。勖久在中书，专管机事，及失之，甚罔罔怅恨。或有贺之者，勖曰：‘夺我凤凰池，诸君贺我耶！’”

【评析】

此诗用语堂皇，造句伟丽，格调和谐，受到历代评家的赞许。王寿昌《小清华园诗谈》说：“何谓气象？曰：王维《和贾舍人早朝大明宫之作》，不谓之‘诗中天子’不可也。”许学夷《诗源辩体》评：“摩诘七言律，如‘绛帻鸡人’，宏赡雄丽者也。”《唐诗选胜直解》赞其：“应制诗庄重典雅，斯为绝唱。”《山满楼笺注唐诗七言律》评道：“并未别出手眼，而高华典赡，无美不备”。又如《诗法家数》说：“荣遇之诗，要富贵尊严，典雅温厚。写意要闲雅、美丽清细。如王维、贾至诸公《早朝》之作，气格雄深，句意严整，如宫商迭奏，音韵铿锵，真麟游灵沼，凤鸣朝阳也。学者熟之，可以一洗寒陋。后来诸公应诏之作，多用此体，然多志骄气盈。处富贵而不失其正者，几希矣。”如此等等，不一而足。

此诗为和诗，岑参、杜甫亦有同题之作。评家多将王维此诗与贾至、岑参、杜甫之诗进行比较。如《贯华堂选批唐才子诗》说：“此全依贾舍人样，前解通写早朝，后解专写两省也。若其中间措手义有不同者，贾乃于起一句便安‘银烛朝天紫陌长’之七字，是预从‘早’字，先已用意；于是而三、四写‘朝’字，便无过只是闲笔。此却于第四句始安‘万国衣冠拜冕旒’之七字，是直到‘朝’字，方乃用意；于是一、二写‘早’字亦无过只是闲笔。此则为两先生各自匠心也。”《批选唐诗》认为王维此诗“意象俱足，庄严稳称，较胜诸作”。《唐律偶评》说：“诸篇但叙入朝，此独从天子视朝之早发端，善变而有体。落句用裁诏收舍人，仍不离天子，是照应之密。”《唐音癸签》也称誉此诗说：“《早朝》四诗，名手汇此一题，觉右丞擅场，嘉州称亚，独老杜为滞钝无色。”《唐诗别裁集》对四人之诗一一评点道：“《早朝》倡和诗，右丞正大，嘉州明秀，有鲁、卫之目。贾作平平，杜作无朝之正位，不存可也。”

王维此诗虽获历代评家的赞誉，但也有评家认为此诗尚有其瑕疵，如《批点唐音》指出此诗用衣服字太多的弊病：“右丞此篇真与老杜颉颃，后惟岑参及之，它皆不及，盖气象阔大，音律雄浑，句法典重，用字清新，无所不备故也。或犹未全美，以用衣服字太多耳。”《唐诗成法》认为此诗：“‘衣裳’字太多，前人已言之矣。‘早朝’字未合写，亦一病。”毛先舒《诗辩坻》说：“典重可讽，而冕服为病。结又失严。”

登楼歌[①]

聊上君兮高楼，飞甍鳞次兮在下[②]。
俯十二兮通衢[③]，绿槐参差兮车马[④]。
却瞻兮龙首[⑤]，前眺兮宜春[⑥]。
王畿郁兮千里[⑦]，山河壮兮咸秦[⑧]。
舍人下兮青宫[⑨]，据胡床兮书空[⑩]。

执戟疲于下位[11]，老夫好隐兮墙东[12]。
亦幸有张伯英草圣兮龙腾虬跃[13]，摆长云兮捩回风[14]。
琥珀酒兮雕胡饭[15]，君不御兮日将晚[16]。
秋风兮吹衣，夕鸟兮争返。
孤砧发兮东城[17]，林薄暮兮蝉声远[18]。
时不可兮再得，君何为兮偃蹇[19]？

【注释】

① 此诗疑作于乾元元年（758）任太子中舍人时，一说作于天宝末。

② 飞甍：两端翘起的房脊。甍，音萌。鳞次：依次排列如鱼鳞，鲍照《咏史》："京城十二衢，飞甍各鳞次。"

③ 通衢：四通八达的道路。

④ 参差：不齐的样子。

⑤ 却瞻：回望。龙首：山名，《元和郡县志》："龙首山，在京兆府长安县北十里。"

⑥ 宜春：秦离宫有宜春宫，宫之东为宜春苑，汉时称宜春下苑。

⑦ 王畿：指王城附近千里之地，此指长安附近地区。郁：林木积聚貌。

⑧ 咸秦：秦都咸阳，此指长安。

⑨ 舍人：官名，《旧唐书·职官志》："太子右春坊……中舍人二人（正五品上）。……舍人掌行令书、令旨及表启之事。"青宫：太子宫。

⑩ 胡床：可折叠的坐椅，又叫交椅。书空：《晋书·殷浩传》载，晋殷浩为中军将军，北伐失利被黜，口无怨言，咏谈不辍，"但终日书空，作'咄咄怪事'四字而已"。

⑪ 执戟：秦汉郎官，掌守卫宫殿门户，值勤时皆执戟。疲：疲惫。

⑫ 墙东：隐者所居之地，《后汉书·逸民传·逢萌》："初，萌与同

郡徐房、平原李子云、王君公相友善，并晓阴阳，怀德秽行。……君公遭乱独不去，侩牛（从中撮合牛的买卖）自隐。时人为之语曰：‘避世墙东王君公。’”

⑬ 张伯英：后汉张芝，字伯英，擅长草书，有草对之称。龙腾虬跃：形容草书飞动之势。

⑭ 摆：分开。捩：音列，扭转。回风：旋风。

⑮ 琥珀酒：酒色如琥珀。雕胡：即菰米。

⑯ 御：进用。

⑰ 孤砧发：指捣衣声。

⑱ 林薄：杂草丛生的样子。

⑲ 偃蹇：伫立貌。

【评析】

此首骚体诗对王粲《登楼赋》多有借鉴，《王摩诘诗评》说：“入骚。”从其艺术成就来看，此诗谋篇之迹显然，故张谦宜《絸斋诗谈》认为此诗：“比骚差多，为其明白光滑也。”李俊标《王维诗选》说：“此为摩诘全篇最长骚体，通首俱以‘兮’字贯联。然情调之书法并非上乘。一则为代人分忧，终无切肤之痛。二则，亦如上文所选骚体，摩诘于此道确是不甚擅长。篇中可见摩诘着意用心处，尽量变化句式，以免单调，然反是画虎不成，伤了元气。全篇主干诗句为三一二结构之六言句，此种短句不擅骋情，远非灵均（屈原号）长句可比。其他变化均围绕于此，如二一二之五言句、三一三之七言句、四一二之七言句。最大胆之尝试是‘亦幸有张伯英草圣兮龙腾虬跃’，长达十三字，此中最能看出摩诘之用力处，有意调整全篇过短之节奏。然力大而拙，全不着关捩。五、六、七之组合难有律动之美，远者可与灵均相较、近者可参谪仙之《蜀道》，高下自知。……此篇摩诘‘用心’过程，谋篇之痕显然。故有辞过其意，当非真性真情所作。”张勇《王维诗全集》认为：“诗先写登楼所见壮阔景象，再抒自己屈于卑位的苦闷，接下来描绘秋日薄暮的孤凄画面，最后慨叹时不我待，说服自己下决心归隐。诗篇采用骚体形式，也不乏屈子的不平之气。”

送韦评事[1]

欲逐将军取右贤[2]，沙场走马向居延[3]。
遥知汉使萧关外[4]，愁见孤城落日边。

【注释】

①此诗疑作于乾元元年（758），王达津以为作于出塞时。韦评事：未详何人。《旧唐书·职官志》：“大理寺，评事十二人，从八品下。”

②逐：追随。取右贤：匈奴在单于下设左、右贤王，分管东（左）西（右）部地区，《史记·卫将军传》：“元朔之五年春，汉令车骑将军青将三万骑，出高阙。……匈奴右贤王当卫青等兵，以为汉兵不能至此，饮醉。汉兵夜至，围右贤王。右贤王惊，夜逃，独与其爱妾一人，壮骑数百驰，溃围北去。汉轻骑校尉郭成等逐数百里，不及，得右贤裨王十余人。”

③居延：见《使至塞上》注。

④萧关：见《使至塞上》注。

【评析】

此诗用笔凝练，风格悲壮。《诗式》说：“四句纯系用事，盖送韦而用汉将军事也。首句二句，言欲立功于外，故向塞上去。三句忽转，言出关远适，满目皆愁，孤城落日，写出十分愁思，却从对面看出。用'遥知'二字，句法与《忆山东兄弟》作同。悲壮。"黄培芳《唐贤三昧集笺注》评："深远雅正。"陆时雍《唐诗镜》评："意外含情。"诗歌前两句鼓励友人杀敌立功，写得豪迈激昂。后两句笔锋突转，写塞外萧瑟的景象所引起的思乡之情，李攀龙《唐诗直解》说："两种情思，结作一堆。"其中第三句尤为人所称道，如周珽《唐诗选脉会通评林》说："以第三句想出远道情景，亦唐诗一体。"范大士《历代诗发》评："右丞善用'遥'字，俱是代人设想，莫不佳绝。"富寿荪《千首唐人绝句》将其诗与《出塞》诗进行比较，指出其风格的不同："'孤城落日边'与'长河落日圆'，同写边塞落日，自有萧条、雄浑之别。"

今人沈祖棻《唐人七绝诗浅释》对第三、四句的艺术手法给予肯定："用虚拟的办法抒写心情，是诗人常用艺术手段之一。它借助想象，扩大意境，深化主题。如《送韦评事》三、四两句，虚拟韦某出萧关后情景，既显示了朋友心中立功与怀乡的矛盾，又表达了作者对朋友的关切。"邓安生《王维诗选译》说："这首七绝写送人到边塞从军。前两句鼓励友人杀敌立功，写得很有气势，表现了昂扬向上的情调。后两句则把笔锋一转，写塞外萧瑟悲凉的景象所引起的思乡愁情。这种写法看似突兀，但作者把从军者立功边塞和思乡怀归这两种特有的心理统一在这首小诗里，用笔凝练，因而具有一定的代表性，并给人以一种悲壮的美感。"陶文鹏《王维孟浩然诗选评》说："这首送人赴边的七言绝句，前一联写友人立功边关的豪情，用直接抒写的方式；后一联写友人到关外后孤寂怀乡的愁情，改用想象友人'愁见孤城落日边'的情景，避免了全篇直叙的单调呆板，又增添了诗味。诗人将友人的两种情思挽结在一起，而诗人对友人的羡慕与关切，即融注其中。"

晚春严少尹与诸公见过[1]

松菊荒三径[2]，图书共五车[3]。
烹葵邀上客[4]，看竹到贫家[5]。
鹊乳先春草[6]，莺啼过落花。
自怜黄发暮[7]，一倍惜年华。

【注释】

① 此诗作于乾元元年（758）晚春。严少尹：即严武，自至德二载（757）九月至乾元元年（758）六月官京兆少尹。少尹，唐京兆、河南、太原等府各置尹（正长官）一员，从三品；少尹（副长官）二员，从四品下。见过：过访自己。

② “松菊”句：陶渊明《归去来兮辞》：“三径就荒，松菊犹存。”

③ 五车：见《戏赠张五弟諲三首》其二注。

④ 葵：菜名。上客：贵客。

⑤ 看竹：《晋书·王徽之传》：“时吴中一大夫家有好竹，欲观之，便出坐舆造竹下，讽啸良久。主人洒扫请坐，徽之不顾。将出，主人乃闭门。徽之便以此赏之，尽欢而去。”

⑥ 鹊乳：鹊哺其雏。先：早。

⑦ 黄发：人老头发变白，白久了又变黄，指年龄已大。

【评析】

此诗写得澄淡精致。《瀛奎律髓汇评》：“纪昀：‘句句清新，而气韵天成，不见刻画之迹。’”许学夷《诗源辩体》评：“摩诘五言律，如‘松菊荒三径’，澄淡精致者也。”《王孟诗评》也评道：“开口信意，无不精到。”

此诗三、四句为警句，颇有韵外之旨，如周珽《唐诗选脉会通评林》说：“三、四有味外味。”刘克庄《后村诗话》也评道：“王维五言云：‘烹葵邀上客，看竹到贫家。’警句。”陆时雍《唐诗镜》评：“三、四精雅，五、六语韵恬适。”五、六句中“先”“过”颇见炼字之功，《初白庵诗评》说：“‘过’字千锤百炼，而出以自然。(‘莺啼’句下)”《唐诗归》说：“‘先’字、‘过’字幻妙之甚！……‘过’字尤不可思议（‘莺啼’句下）。”贺贻孙《诗筏》评析说：“看盛唐诗，当从气格浑老神韵生动处赏之，字句之奇，特其余耳。如王维‘鹊乳先春草，莺啼过落花’；孟浩然‘石镜山精怯，禅枝怖鸽栖’；张谓‘野猿偷纸笔，山鸟污图书’，岑参‘瓯香茶色嫩，窗冷竹声干’；此等语言皆晚唐人所极意刻画者，然出王、孟、张、岑手，即是盛唐诗，若出晚唐人手，即是晚唐诗。盖盛唐人一字一句之奇，皆从全首元气中苞孕而出，全首浑老生动，则句句浑老生动，故虽有奇句，不碍自然。若晚唐气卑格弱，神韵又促，即取盛唐人语入其集中，但见斧凿痕，无复前人浑老生动之妙矣。”七、八句自怜已到暮年，更宜加倍珍惜时光，为全诗点睛之笔。黄生《增订唐诗摘钞》：“尾联见意。上客因看竹到贫家，贫家惟烹葵上客，二句交互成对。‘过’，谓历其时，非历其地也。五、六起下意，言鹊乳甫先春草，莺啼倏过落花，此年华之所以可惜也。分明有‘甫’‘倏’二字在句内，名缩脉句。诸公皆有见过之作，诗中必有惜年华之语，故结处答其意，言诸公皆以年华为可惜，自怜暮景，故惜年华之心比诸公更加一倍也。七、八两句，上仍有说话，谓之意在句先。”

同崔傅答贤弟[①]

洛阳才子姑苏客[②]，桂苑殊非故乡陌[③]。
九江枫树几回青，一片扬州五湖白。
扬州时有下江兵[④]，兰陵镇前吹笛声[⑤]。
夜火人归富春郭[⑥]，秋风鹤唳石头城[⑦]。
周郎陆弟为俦侣[⑧]，对舞《前溪》歌《白纻》[⑨]。
曲几书留小史家[⑩]，草堂棋赌山阴墅[⑪]。
衣冠若话外台臣[⑫]，先数夫君席上珍[⑬]。
更闻台阁求三语[⑭]，遥想风流第一人[⑮]。

【注释】

① 此诗疑作于乾元元年（758）复官之后。同：犹和。崔傅：不详何人。

② 洛阳才子：指西汉贾谊，潘岳《西征赋》："终童山东之英妙，贾生洛阳之才子。"姑苏：苏州。

③ 桂苑：有桂之苑，《太平寰宇记》："桂林苑，在升州上元县北四十里，落星山之阳。《吴都赋》云：'数军实于桂林之苑。'即此也。"故址在今南京东北落星山之阳。故乡陌：谢朓《和沈右率诸君饯谢文学》："叹息东流水，如何故乡陌。"

④ 下江兵：《汉书·王莽传》："是时南郡张霸、江夏羊牧、王匡等起云社绿林，号曰下江兵。"陈铁民《王维集校注》认为"下江兵"可能指至德元载（756）永王璘引兵东巡事。

⑤ 兰陵镇：东晋、南朝置兰陵县，治所在今常州市西北。吹笛声：

此指军乐。

⑥ 富春：古县名，唐时蜗居富阳县，在今浙江富阳。

⑦ 秋风鹤唳：《晋书·谢玄传》："(苻坚)余众弃甲宵遁，闻风声鹤唳，皆以为王师已至。"石头城：即南京城。

⑧ 周郎陆弟：即周瑜、陆云，分别喻崔傅与贤弟二人。

⑨《前溪》《白纻》：均为乐府歌辞。

⑩"曲几"句：用王羲之事，《晋书·王羲之传》："(羲之)尝诣门生家，见棐几滑净，因书之，真草相半。后为其父误刮去之，门生惊懊者累日。"小史，官府小吏。

⑪"草堂"句：用谢安指挥晋军大破前秦苻坚事，《晋书·谢安传》："(苻)坚后率众，号百万，次于淮肥，京师震恐。加安征讨大都督。(谢)玄入问计，安夷然无惧色，答曰：'已别有旨。'既而寂然。玄不敢复言，乃令张玄重请。安遂命驾出山墅，亲朋毕集，方与玄围棋赌别墅。"

⑫ 外台：指州刺史，《后汉书·谢夷吾传》："爰牧荆州，威行邦国。……寻功简能，为外台之表；听声察实，为九伯之冠。"

⑬ 夫君：对友人的尊称。

⑭ 台阁：指尚书台。三语：《世说新语·文学》："阮宣子有令闻，太尉王夷甫见而问曰：'老庄与圣教同异？'对曰：'将无同。'太尉善其言，辟之为掾，世谓三语掾。"

⑮ 第一人：《南史·谢晦传》："时谢混风华，为江左第一。"

【评析】

此诗多用典实，情致委折，词旨雅丽，句调婉畅。邢昉《唐风定》评曰："摩诘七言最高，情景故实，随取随足。"沈德潜《唐诗别裁集》评道："寓疏荡于队仗之中，此盛唐人身份。"《唐诗训解》："美其歌舞书奕之技（'周郎陆弟'四句下）。可想见其人之丰韵（末句下）。”《唐诗分类绳尺》则说：“风度自是可人，但乏古意耳。此等结句令人情思欲绝。”《唐诗选脉会通评林》评：“吴山民曰：‘联语自然，以对语作结更闲雅。七言古所少者。’周启琦曰：‘跌宕。’”“九江”一联视野广远，境界辽阔，抓住了扬州的地理特征加以描绘，笔墨简净而富有概括力，《唐诗训解》称道：“句自雄奇（‘一片扬州’句下）。连用地名，不见堆积（‘秋风鹤唳’句下）。”陈铁民《王维新论》说：“王维善于抓住景物的某种独有的特征，加以鲜明生动的描绘；而且其笔墨亦极简净，具有高度的概括力，能启发人们丰富的艺术联想，‘一片扬州五湖白’，视野广远，境界廖阔，抓住扬州的地理特征大笔勾勒，细节则调动读者自己去想象。”

王闿运《唐诗选》批评此诗中出现的地名“地望全不相副，只图词采相鲜”，钱锺书《谈艺录》中也论及道：“《柳亭诗话》：‘金观察（长真）云：“唐人诗中用地理者多气象。余谓明人深得此法。”’唐人作诗，尚有用意，非徒点缀。……明人学唐，纯取气象之大、腔调之阔，以专名取巧。……《池北偶谈》：‘如“九江枫树几回青，一片扬州五湖白”，下连用兰陵镇、富春郭、石头城诸地名，皆寥远不相属。大抵古人诗画，只取兴会神到。’云云。由是观之，明七子用地名而不讲地理，实遥承右丞。”周振甫在《诗词例话》中指出其原因：“‘几回青’就是几年，因为要说得形象，所以说‘枫树几回青’。为什么说‘九江枫树’呢？因为《楚辞·招魂》里有‘湛湛江水兮上枫，目极千里兮伤春心’。九江在古扬州，又联系到江水，所以用‘九江枫树’。这样又同‘目极千里’联系，所以说‘一片扬州五湖白’。从苏州联系到太湖、九江、加上长江下游的战事，风声鹤唳，就同招魂联系起来。”

春夜竹亭赠钱少府归蓝田[1]

夜静群动息[2]，时闻隔林犬。
却忆山中时[3]，人家涧西远。
羡君明发去[4]，采蕨轻轩冕[5]。

【注释】

① 此诗作于乾元二年（759）春。钱少府：即钱起，字仲文，吴兴（今浙江吴兴县）人，天宝九载（750）登第，时称“钱郎”，乾元二年（759）官蓝田县尉。少府，即县尉。

② 群动：所有物类的活动。息：停止。陶渊明《饮酒》其七：“日入群动息，归鸟趋林鸣。”

③ 却：不禁。

④ 明发：黎明。

⑤ 蕨：即蕨菜，一种野生蕨类植物的嫩芽，可食用。轻：看不起。轩冕：古时大夫以上官员的车乘和冕服，此指官位爵禄，谢朓《休沐重还丹阳道中诗》：“志狭轻轩冕，恩甚恋闺闱。”

【评析】

此诗为送别钱起归蓝田而作，清新自然，神韵无穷。李沂《唐诗援》赞其：“不谓送行诗乃有如此深致，彼以诘曲为深者，视之天壤矣。”宋宗元《网师园唐诗笺》评道：“曲尽幽景远情，言简意长。（首句下）”顾可久《唐王右丞诗集注说》：“幽景远情，想象不尽，脱洗尘垢矣。”施补华《岘佣说诗》说：“三韵五言古，摩诘、太白、苏州（韦应物）皆有之。太白宕逸，苏州幽澹，摩诘清远，《春夜竹亭》一首、《送别》一首可见。”王闿运批《唐诗选》:“亦轻远，开韦派。”沈德潜《唐诗别裁集》评曰:“五言用长易，用短难，右丞工于用短。”

今人邓安生《王维诗选译》说:“这首诗由静夜犬吠，联想起隐居山中的情景，而所以知‘人家涧西远’，也恰是因为夜静犬吠，两联互相引发，互为因果，结构比较新颖。这里所描写的境界与他的《山中与裴秀才迪书》所写的‘寒山远火，明灭林外，深巷寒犬，吠声如豹’的意境，也可互相印证。”陶文鹏《王维孟浩然诗选评》说:“这首送别诗构思新颖，笔墨洗炼。诗人笔下写自己在春夜竹亭所感受到的幽静情景，先以‘群动息’写景，再用‘时闻隔林犬’之声反衬一笔，便加倍寂静。因为友人要回到蓝田去，诗人自然回忆过去在蓝田辋川山居时的情景，同涧西别家相隔很远，环境僻静优美。最后写自己羡慕友人回到蓝田，那里有山水胜景可以欣赏，可以过半官半隐的生活，实现轻视荣华富贵甘愿淡泊清贫的心愿。全篇无丝毫做作雕饰，自然天成，意尽即止。”

左掖梨花①

闲洒阶边草，轻随箔外风②。
黄莺弄不足③，衔入未央宫④。

【注释】

①此诗作于乾元二年(759)春。诗题《文苑英华》作《左掖海棠花》，宋蜀本作《左掖梨花》。丘为、皇甫冉有同咏，后者题作《和王给事维禁省梨花咏》，则王维时任给事中。左掖:即门下省。《汉书·高后

纪》："（刘）章从（周）勃请卒千人，入未央宫掖门。"颜师古注："非正门而在两旁，若人之臂掖也。"唐门下省在日华门外，名左掖，亦名东省。中书省在月华门外，名右掖，亦名西省。此之日华、月华者，立门自在宣政殿前东西两廊，出门未是宫外，而亦以掖名之，则是殿门自正门外，旁或有门，皆为掖门也。

② 箔：帘。

③ 弄：玩弄。

④ 未央宫：汉长安宫殿名，此借指唐皇宫。

【评析】

此诗咏梨花超然玄远，妙意无穷。徐用吾《精选唐诗分类评释绳尺》评其："词意自足。"王夫之《姜斋诗话》认为此诗后二句："断不可移咏梅、桃、李、杏，而超然玄远，如九转还丹，仙胎自孕矣。"俞陛云《诗境浅说》评道："鸟衔花片，虽诗人偶咏及之，其实为事理所希有。右丞殆借以为喻，以梨花喻京朝官，倘推毂无缘，则亦飘扬于阶前帘外耳。一旦汲引有人，忽蒙前席之召，犹花被莺衔入未央宫里。当是见同官中遇意外之荣，故借题寓意耳。否则虚构此景，果何谓耶？"杨逢春《唐诗偶评》说："首二借草兴风，烘托梨花，言外含闲曹无事，碌碌随人意。三、四借未央宫映合左掖，言外含望君进用意。"

春日与裴迪过新昌里访吕逸人不遇[①]

桃源一向绝风尘，柳市南头访隐沦[②]。
到门不敢题凡鸟[③]，看竹何须问主人[④]？

城外青山如屋里[5]，东家流水入西邻。
闭户著书多岁月，种松皆老作龙鳞[6]。

【注释】

①此诗当作于上元元年（760），一说作于安史之乱前。新昌里：又名新昌坊，在长安皇城东。吕逸人：姓吕的隐逸之人。

②隐沦：隐者。

③凡鸟："凤"的拆字，《说文》："凤，神鸟也……从鸟，凡声。"《世说新语·简傲》："嵇康与吕安善，每一相思，千里命驾。安后来，直康不在，喜（康兄）出户延之，不入，题门上作凤字而去。喜不觉，犹以为欣。故作'凤'字，凡鸟也。"

④看竹：见《晚春严少尹与诸公见过》注。

⑤屋里：室内。

⑥龙鳞：松树年久树皮成龙鳞状，老龙鳞更代表了年龄大，寓意健康长寿。

【评析】

此诗境界清幽自然，气体宽闲舒缓，极富神韵。方东树《昭昧詹言》说："起先写新昌里，亦是定题法，然后过访乃有根。三、四访字，警策入妙。五、六景。七、八人。此又一章法，杜公亦用之。后半势愈盛。"《贯华堂选批唐才子诗》评道："最奇最妙者，看先生于二、三、四句未写以前，然空中无因无依，随笔所荡，先荡出'桃源'之七字。……试思先生如此高手，如此妙手，真乃上界仙灵。其吹气所至，皆化楼台，又岂下士笔墨之事所能奉拟哉！"黄培芳《唐贤三昧集笺注》评曰："一气清澈，便是绝妙好词。彼堆垛零星支架不起者，何止上下床之别？有志雅音，断宜去彼取此。……颔联使事切。"

《王孟诗评》说："青山流水自在。……此篇似不经意，然结语奇突，不失盛唐。信乎拈来，头头是道。不可因其直率，略其雅逸也。"《唐体余编》说："不复回顾'不遇'，而摩娑瞻望、阒然之境可想，奇情化笔。"《唐诗成法》论析说："前四写题已尽，转笔更写山水，究是承'绝风尘'。七转笔写人，究是承'隐沦'。八似虚拖一句，究是承'一向'，法之紧严如此。"胡以梅《唐诗贯珠》评："凭空突兀，虚喝而出，自觉精神百倍。格调高超，绝异平庸之局。"颔联借用典故来表示对吕逸人的敬仰，为虚写，颈联写吕逸人居所环境，是实写。周珽《唐诗选脉会通评林》说："此诗淡淡着烟，深深笼水，即离之间，俱有妙景。'到门'二语，更饶神韵。"陆时雍《唐诗镜》说："'看竹何须问主人'，翛然雅意。五、六全入画意，正是于不遇时徘徊瞻顾景象。"颈联对仗工整，写景如画。高步瀛《唐宋诗举要》说："虽写景，而以城、屋、东、西映带为奇。"此联也因其对仗工整，为后人所称誉，如杨慎《升庵诗话》说："王维'门外青山如屋里，东家流水入西邻'，谓之当句对。"赵翼《瓯北诗话》也说："古人句法，有不宜袭用者。白香山'东涧水流西涧水，南山云过北山云'，盖脱胎于'东家流水入西邻'之句，然已逊其蕴藉。梅圣俞又仿之为'南岭禽过北岭叫，高田水入低田流'，则磨牛之踏陈迹矣。"

送邢桂州[①]

饶吹喧京口[②]，风波下洞庭。
赭圻将赤岸[③]，击汰复扬舲[④]。
日落江湖白，潮来天地青。

明珠归合浦⑤，应逐使臣星⑥。

【注释】

①此诗约作于上元元年（760），一说作开元二十九年（741）。邢桂州：名济，曾任桂州经略使，《资治通鉴》：“（上元元年）六月，桂州经略使邢济奏破西原蛮。”桂州，治所在今广西桂林。

②铙吹：即铙歌，军中乐歌，为鼓吹乐的一种，所用乐器一般有鼓、箫、笳等。京口：即今江苏镇江，唐为润州治所。

③赭圻：地名，在今安徽繁昌县西北。将：与。赤岸：地名，在今江苏省六合县东南四十里。

④击汰：以船桨击水。汰，水波。扬舲：扬帆。舲，音零，有窗户的小船。

⑤明珠：《后汉书·孟尝传》：“（尝）迁合浦太守。郡不产谷实，而海出珠宝，与交址比境，常通商贩，贸籴粮食。先时宰守，并多贪秽，诡人采求，不知纪极，珠逐徙于交址郡界。于是行旅不至，人物无资，贫者死饿于道。尝到官，革易前敝，求民病利，曾未逾岁，去珠复还，百姓皆反其业，商货流通，称为神明。”合浦：地名，在今广西合浦县。

⑥使臣星：指邢桂州，《后汉书·李郃传》：“和帝即位，分遣使者，皆微服单行，各至州县，观采风谣。使者二人当到益都，投郃候舍。时夏夕露坐，郃因仰观问曰：‘二君发京师时，宁知朝廷遣二使邪？’二人默然，惊相视曰：‘不闻也。’问何以知之，郃指星示云：‘有二使星向益州分野，故知之耳。’”

【评析】

此诗“日落”两句，意境苍茫，造语奇警，故冒春荣《葚原诗说》评道：“写景之句，以工致为妙品，真境为神品，淡远为逸品。如王维‘日落江湖白，潮来天地青’，神品也。”彭端淑《雪夜诗谈》说：“摩诘诗，佳句甚夥，如‘日落江湖白，潮来天地青’；‘大漠孤烟直，长河落日圆’，皆超然绝俗，出人意表。”贺贻孙《诗筏》说：“王右丞诗虽极幽静，而气象每自雄伟，如‘日落江湖白，潮来天地青’。”又：“落韵自然，莫如摩诘。如‘潮来天地青’，‘行踏空庭落叶声’，‘青’字、‘声’字偶然而落，妙处岂复有痕迹可寻？”《唐诗归》评曰：“爽甚。……奇语（‘日落’二句下）。”沈德潜《唐诗别裁集》说：“三、四当句对，复用活对。‘潮来’句奇警。末讽以不贪也。古人用意，曲折微婉。”

此诗虽为送别诗，但却无凄凉之意。张文荪《唐贤清雅集》评道：“雄阔，虽少陵无以过，神气各别。”高步瀛《唐宋诗举要》评：“气象雄阔，涵盖一切。（‘潮来’句下）”《闻鹤轩初盛唐近体读本》：“陈德公曰：‘起势标举，三、四各对法，最如欲纵。五、六豪朗名句，良不多得。结亦未肯寂寂。’”评：“三、四紧接第二，一气直下，得五、六豪朗景，承顿之局遂严。结用‘珠’‘星’作联合，亦复巧切。”屈复《唐诗成法》说：“一、二自京口往洞庭。三、四句一路扬帆而去。五、六水行之景，雄俊阔大。七桂州。八人。不用虚字照应，以意贯串，此法最难。”

今人对此诗评点的也多以“日落”两句为主，如顾随《驼庵诗话》说：“‘诗中有画’，‘画中有诗’。此二语不能骤然便肯，半肯半不肯。诗中有画，而绝非画可表现，仍是诗而非画；画中有诗，而绝非诗不可能写，仍是画而非诗。摩诘诗‘日落江湖白，潮来天地青’。此摩诘了不起处，二句所画绝非画可表现，日、潮能画，其落、其来如何画！画中诗亦然，仍是画非诗。”再如葛晓音《山水田园诗派研究》说：“白、青二字，并不是落照和潮水的固有色，而是综合了环境、气氛等多种因素而构成的艺术意境中的色调。顾恺之《云台山记》

说：‘清天中，凡天及水尽用空青，竟素上下以映日。’可以看做是王维用白、青二字的美学依据。”

酬张少府[1]

晚年惟好静，万事不关心。
自顾无长策[2]，空知返旧林[3]。
松风吹解带[4]，山月照弹琴。
君问穷通理[5]，渔歌入浦深[6]。

【注释】

① 此诗为王维晚年居辋川时所作，一说作于天宝二年（743）丁母忧之前。酬：作诗相答。少府：县尉别称。

② 自顾：自念。长策：高见、良策。

③ 空：只，徒然。

④ 解带：解开的衣裳。

⑤ 穷通理：仕宦通达和困顿的道理。

⑥ 渔歌：《楚辞·渔父》载，屈原表达其不与时移之志，渔父听罢，“莞尔而笑，鼓枻而去，歌曰：‘沧浪之水清兮，可以濯吾缨；沧浪之水浊兮，可以濯吾足。’”水清，喻政治清明；水浊，喻世昏暗。浦：水边。

【评析】

此诗淡泊自然而又含蓄有韵味，后人称誉颇多。如李沂《唐诗援》说：“意思闲畅，笔端高妙，此是右丞第一等诗，不当于一字一句求之。”又如《唐诗归》评：“妙在酬答，只似一首闲居诗。”再如胡应麟《诗薮》说："'晚年惟好静'篇，幽闲古澹，储、孟同声者也。"朱庭珍《筱园诗话》评曰："律诗炼句，以情景交融为上。情景交融者，景中有情，情中有景，打成一片，不可分拆。如右丞'松风吹解带，山月照弹琴''行到水穷处，坐看云起时'等句，皆是句中有人，情景兼到者也。"诗前三联写自己的退隐生活，张谦宜《絸斋诗谈》说："《酬张少府》'晚年'二句，含一篇之脉，此方是起法。三、四虚承，五、六实地，用笔浅深俱到，章法之妙也。"又说："'松风吹解带'，是吹解下之带；'山月照弹琴'，是照正弹之琴。句中各分动静，不得作同例看。"《此木轩论诗汇编》说："'自顾无长策，空自返旧林'，无一毫作伪，无一毫诡秘。"《唐诗成法》说："一、二后即当接'松风''山月'，却横插'自顾'二句，意遂深厚。"

五、六两句描绘出山林隐逸生活的情趣，是情景交融的佳句。如沈德潜《说诗晬语》评道："诗贵有禅理禅趣，不贵有禅语。王右丞诗'行到水穷处，坐看云起时''松风吹解带，山月照弹琴'俱入理趣。"又曰："'收束或放开一步，或宕出远神，或本位收住。……王右丞'君问穷通理，渔歌入浦深'，从解带、弹琴宕出远神也。"俞陛云《诗境浅说》评："五、六句，松风、山月皆清幽之境，解带、弹琴皆适意之事。得松风吹带，山月照琴，随地随事，咸生乐趣，想见其潇洒之致。"结句以形象化的语言表达自由无挂碍的人生态度，令人唱叹不已，黄培芳《唐贤三昧集笺注》说："末用《离骚·渔夫》篇章，俊逸。"《唐诗近体》则说道："句句是酬却，末用'君问'一语倒转，去路转更悠然，所以末妙。"沈德潜《唐诗别裁集》评："结意以不答答之。"冒春荣《葚原诗说》："一诗之气力在首尾，而尾之气力视首更倍。唐之佳句，二联为多，起次之，结句又次之，可见结之难工也。王维'君问穷通理，渔歌入浦深'，从上句'解带''弹琴'宕出远神也。"俞陛云《诗境浅说》："末二句酬张少府，言穷通之理，只能默喻，君欲究问，无以奉答，试听浦上渔歌，则乐天知命，会心不远矣。”

冬晚对雪忆胡居士家[①]

寒更传晓箭[②]，清镜览衰颜。
隔牖风惊竹，开门雪满山。
洒空深巷静[③]，积素广庭闲[④]。
借问袁安舍[⑤]，翛然尚闭关[⑥]。

【注释】

① 此诗作于晚年，具体时间不详。胡居士：胡姓在家奉佛之人。

② 寒更：寒夜的更鼓声。晓箭：古代计时器具，借指拂晓的时候。

③ 洒空：下雪。

④ 积素：积雪。

⑤ 袁安：字邵公，东汉汝南（今河南周口）人，《汝南先贤传》：“时大雪，积地丈余，洛阳令自出案行（巡视），见人家皆除雪出。有乞食者至袁安门，无有行路，谓安已死。令人除雪入户，见安僵卧，问何以不出，安曰：‘大雪，人皆饿，不宜干人。’令以为贤，举为孝廉。”

⑥ 翛然：形容无拘无束、自由自在的样子。翛，音消。《庄子·大宗师》：“翛然而往，翛然而来而已矣。”

【评析】

此诗写雪夜怀念友人，用笔空灵，神韵悠远，乃咏雪之绝唱。黄培芳《唐贤三昧集笺注》说：“雪诗如此，甚大雅，恰好。开后人咏物之门。”王士禛《居易录》说：“或问余古人雪诗何句最佳？余曰：‘隔牖风惊竹，开门雪满山。’”诗歌中间两联是千古传诵的咏雪名句，尤其是“隔牖”一联，后人对其称誉颇多，如张谦宜《絸斋诗谈》说：“‘隔牖风惊竹，开门雪满山’，得蓦见之神，却又不费造作。”潘德舆《养一斋诗话》评道：“诗之妙全以先天神运，不在后天迹象。……王摩诘‘隔牖风惊竹，开门雪满山’咏雪之妙，全在上句‘隔牖’五字，不言雪而全是雪之神，不至‘开门’句矣。……大抵能诗者无不知此妙，低手遇题，乃写实迹，故极求清脱，而终欠浑成。”王寿昌《小清华园诗谈》说：“宜以诗生韵，不宜以韵生诗。意到其间自然成韵者，上也。如右丞‘五湖三亩宅，万里一归人’‘隔牖风惊竹，开门雪满山’之类是也。”沈德潜《唐诗别裁集》评曰：“写‘对雪’意，不削而合，不绘而工。‘忆胡居士’只末一见。”屈复《唐诗成法》也说：“五、六写雪不着痕迹，妙句。”洪亮吉《北江诗话》评：“古今咏雪月诗，高超者多，咏正面者殊少。王右丞‘洒空深巷静，积素广庭闲’可云咏正面矣。”

今人对“隔牖”二句也颇多赞誉，如老舍《关于文学的语言问题》说：“王维的‘隔牖风惊竹，开门雪满山’，这没有任何形容，就那么直接说出来了。没有形容雪，可使我们看到了雪的全景。韩愈写雪的诗：‘随车翻缟带，逐马散银杯。’这是很用心写的，但是不好。王维是一语把整个的自然景象都写出来，成为名句。而韩愈的这一联，只是琐碎的刻画，没有多少诗意。”余冠英《中国文学史》也说：“（‘隔牖’二句）看似客观景物的如实素描，却又攫取了这些景物最为动人的刹那而加以刻画，以含蓄的风格创造了感人的美的境界。”刘学锴《王维孟浩然诗歌名篇欣赏》评说：“颔联从听、视感受的流动过程中，写出自己由‘闻’而未知到‘对’而方知的感觉推移，却别具一种神韵。诗人好像在没有思想感情准备的情况下突然发现了一个银装素裹的美好世界，胸中霎时间充满了新鲜愉悦和神往之感。在全篇中，这是一个转关。”

饭覆釜山僧[1]

晚知清净理[2]，日与人群疏。
将候远山僧，先期扫弊庐。
果从云峰里，顾我蓬蒿居[3]。
藉草饭松屑[4]，焚香看道书。
燃灯昼欲尽，鸣磬夜方初[5]。
一悟寂为乐[6]，此生闲有余。
思归何必深，身世犹空虚。

【注释】

① 此诗疑作于乾元元年（758）王维舍庄为寺后，至上元二年（761）去世前，这一时期王维大部分时间在京师与僧人相处。饭僧：施饭给僧人。覆釜山：赵殿成注：“山名覆釜者，不止一处，然右丞所指，疑在长安。未详所在。”

② 清净理：谓佛教远离恶行与烦恼之理。

③ 蓬蒿居：对自己居室之谦称，江淹《杂体诗三十首·左记室咏史》：“顾念张仲蔚，蓬蒿满中园。”

④ 藉草：孙绰《游天台山赋》：“藉萋萋之纤草，荫落落之长松。”李善注：“以草荐地而坐曰藉。”松屑：松花的粉屑。

⑤ 夜初：初更、初夜。

⑥ 寂：又作“灭”，涅槃之别称，指超脱生死、寂静无为之境，《大

般若涅槃经》："有为之法，其性无常。生已不住，寂灭为乐。"

【评析】

此诗描绘了参禅悟道的状态。开头四句写自己饭僧前忙碌的准备工作，所写内容可谓是王维晚年生活的一个真实写照。《旧唐书·王维传》："维弟兄俱奉佛，居常蔬食，不茹荤血，晚年长斋，不衣文彩。……在京师日饭十数名僧，以玄谈为乐。斋中无所有，唯茶铛、药臼、经案、绳床而已。退朝之后，焚香独坐，以禅诵为事。"中间六句写"从云峰里"来的高僧修行的景象，最后四句写禅悟。正如荆立民《追求者的歌唱》所说："王维通过驱消头脑中的尘俗欲念，确实从大自然中找到了一片'净土'，从而获得满足，享受到局外人难以理解的至乐。"郝世峰《隋唐五代文学史》则认为："禅定的最高境界是不苦不乐，可是他却'一悟寂为乐'，认为静观自然'是中有深趣'，非'天机清妙者'不能会悟（《山中与裴秀才迪书》）。所以，说王维的山水田园诗有一定的禅意是可以的，但把它完全等同于禅意是不准确的。二者的区别就在于一是审美的观照，一是宗教义理的迷误。"孙昌武《佛教与中国文学》评道："这种诗，思想是消极的，但其中物境、心境的刻画却很有动人处。因为心灵的安闲也是人的精神需要的一个方面，静态美也是美感的一种形态。"马玮主编《王维诗歌赏析》说："这首诗形象地描绘了参禅悟道的状态，读来具有独特的审美情趣。"

瓜园诗并序[1]

维瓜园高斋，俯视南山形胜[2]，二三时辈[3]，同赋是诗。兼命词英数公[4]，同用“园”字为韵，韵任多少。时太子司议郎薛璩发此题[5]。遂同诸公云。

余适欲锄瓜[6]，倚锄听叩门。
鸣驺导骢马[7]，常从夹朱轩[8]。
穷巷正传呼[9]，故人傥相存[10]。
携手追凉风，放心望乾坤[11]。
蔼蔼帝王州[12]，宫观一何繁。
林端出绮道[13]，殿顶摇华幡[14]。
素怀在青山[15]，若值白云屯[16]。
回风城西雨，返景原上村。
前酌盈樽酒，往往闻清言[17]。
黄鹂啭深木，朱槿照中园[18]。
犹羡松下客[19]，石上闻清猿[20]。

【注释】

①此诗约作于上元元年（760）春。

②形胜：风景名胜。

③时辈：当时有名的人物。

④词英：词章出名的人。

⑤司议郎：唐东宫置司议郎四人，正六品上，掌启奏记注宫内之事，每年终送史馆。薛璩：据陈铁民考证，即薛据，河中宝鼎（今山西万荣）人。玄宗开元中进士及第，授永乐主簿，迁陟县令。天宝六载（747）又登风雅古调科，十一载（752）任大理司直，曾与杜甫、高适、岑参、储光羲诸人同登长安慈恩寺塔，赋诗唱和。肃宗乾元二年（759）授太子司议郎，后改祠部员外郎，仕终水部郎中。其任司议郎在乾元二年（759）秋，而本诗所写为春景，则其最早为次年春日。

⑥ 适：去。

⑦ 鸣驺：指显贵出行时前导的骑士吆喝开道，或谓指前后侍从的骑士。鸣，指马铃声。驺，《后汉书·羊续传》李贤注："驺，骑士也。"

⑧ 朱轩：富贵者所乘之车。

⑨ 穷巷：僻巷。《淮南子·修务训》："隐处穷巷，声施千里。"传呼：传声呼喊。《汉书·萧望之传》颜师古注："传声而呼侍从者，甚有尊宠也。"

⑩ 傥：或者。存：慰问。

⑪ 放心：纵意。

⑫ 蔼蔼：繁盛貌。

⑬ 绮道：纵横交错的道路。

⑭ 华幡：有文采华饰的旗帜。

⑮ 素怀：平素的怀抱、志趣。

⑯ 若：乃。白云屯：白云集聚于青山之上，谢灵运《入彭蠡湖口》："春晚绿野秀，岩高白云屯。"

⑰ 清言：清谈。

⑱ 朱槿：花名，又称扶桑。中园：园中。

⑲ 松下客：指隐居者。

⑳ 清猿：凄清的猿鸣。

【评析】

此诗描写幽静秀丽的田园风光，表现了诗人对田园生活的留恋。许学夷《诗源辩体》评其："摩诘如'回风城西雨，返景原上村'，诗中有画者也。"何良俊《四友斋丛说》认为此诗为五言诗中佳篇："王右丞五言有绝佳者。如《瓜园》《赠裴十迪》《纳凉》《济上四贤咏》诸篇，格调既高，而寄兴复远，即古人诗中亦不能多见者。"张谦宜

《緄斋诗谈》赞其“铺叙有次第，以章法错行，不觉其板，当学此”。王闿运《唐诗选》认为此诗：“与赠裴诗同一起法，所谓脱手弹丸。然是强词，右丞非锄瓜者。‘回风’二句，对写自分雅俗。”今人张勇《王维诗全集》说：“此诗叙述了一次愉快的田园生活。从南山锄瓜、故人来访，到携手同游、饮酒清谈，章法有序，活泼自然。结尾四句尤见笔力。‘黄鹂’一联取景虽小，包蕴无限，准确地概括了幽静秀丽的田园风光；‘犹羡’一联紧承其上，明确表达留恋田园的归隐之心，意味深远。”

别弟缙后登青龙寺望蓝田山①

陌上新别离，苍茫四郊晦②。
登高不见君，故山复云外③。
远树蔽行人，长天隐秋塞。
心悲宦游子④，何处飞征盖⑤。

【注释】

① 此诗约作于上元元年（760）秋王缙出任蜀州刺史时，王达津说：“此诗系王维出仕后，送缙北去时作。”青龙寺：在长安南门之东，张礼《游城南记》：“青龙寺北枕高原，前对南山，为登眺之绝胜。”

② 晦：谓天色昏暗。

③ 故山：诗人于乾元元年（758）秋日时已将蓝田辋川别业布施为寺，故称。

④ 宦游子：外出做官者，此指王缙。

⑤ 征盖：指远行的车。盖，车盖，借指车。

【评析】

此诗写别后愁绪，色彩晦暗，笔调苍凉，意境高远。首二句写与王缙分手时，郊野已是暮色四合；次二句写登上青龙寺极目远眺，已不见南去的行人，回望辋川别业也已在云层之中；颔联畅想王缙去程，则是远树层层、长天隐隐，杳无踪迹；末二句悬想宦游之子路途的辛苦，流露出无限的悲伤。《唐诗解》说："此言别弟之后，登高远望，则见四郊晦冥。不惟忆弟心劳，且觉怀乡念举，乃远树长天重为蔽隐，似若搅我之情耳。意此时游宦之子，能不伤心以趋路乎，此又体彼之情也。"黄培芳《唐贤三昧集笺注》评："有情有色。"郭浚《增订评注唐诗正声》评道："渺渺新别之情，与云山俱远。"《唐诗镜》评："三、四无心佳句。"《唐诗选脉会通评林》："吴山民曰：'"故山复云外"动情，"远树""长天"二语跟上联来。'钱光秀曰：'离奇片语，情景洞朗，胜人长辞，多少费力。'"张文荪《唐贤清雅集》评道："情景真切。'远树'二句，就阔远处极力写去，收合来气局自大。"马玮主编《王维诗歌赏析》说"王缙是王维之弟，也是少有诗名。兄弟之间感情很深，安史之乱后，王维因曾任伪职而受到处罚，王缙上书愿自己降职免除哥哥的处罚。缙任言官多年，做到知无不言。唐高宗称赞他'中正不阿，得谏臣体'。兄弟二人一个是文坛的灯塔，给后世一份永恒的宁静与和谐；一个是当时政坛的佼佼者，在尘世里出污泥而不染。"

送杨长史赴果州[①]

褒斜不容幰[②]，之子去何之？

鸟道一千里，猿啼十二时。
官桥祭酒客[3]，山木女郎祠[4]。
别后同明月，君应听子规[5]。

【注释】

①此诗约作于乾元元年（758）后、上元二年（761）前。杨长史：当为杨济，陈贻焮《王维诗选》：“《旧唐书·吐蕃传》：‘永泰二年（766）二月，命大理少卿兼御史中丞杨济，修好于吐蕃。’或即此人。”果州：唐州名，天宝元年（742）改为南充郡，乾元元年（758）复为果州。治所在今四川南充北。

②褒斜：陕西秦岭之山谷。北口曰斜（音爷），在眉县西南三十里，南口曰褒，在旧褒城县北十里，两谷相连，长一百七十里，中有栈道以通之，自汉以后即为往来于秦岭南北的重要通道。不容幰：指道路狭窄。幰，音显，车前帷幔，亦指有帷幔的车。庾肩吾《长安有狭斜行》：“长安有曲陌，曲陌不容幰。”

③官桥：指官道上的桥梁。祭酒：此指祖道之祭，即为出行者祭祀路神，并设宴送行。

④女郎祠：陕西褒城县女郎山上有女郎祠。

⑤子规：即杜鹃，其鸣声凄厉，使人思归。

【评析】

此诗为送友人入蜀而作，借蜀道之景表现离情别绪，浑然神秀。高步瀛《唐宋诗举要》说：“高华俊爽。”《唐诗解》评：“首联亲知想头，次联天然浑成。三联纪道所历，以想其顿舍。”《唐风定》说：“摩诘包孕甚广。精丽近沈、宋，沈、宋无其闲澹；空秀似襄阳，襄阳逊以菁英。此体中神圣工巧备矣。”《瀛奎律髓汇评》说：“右丞诗，入宋惟梅圣俞能及之，可互看。……一片神骨，不比凡马空多肉。……起句得宋人体。澄景隆而清之矣，却浑秀无圭角。”周珽《唐诗选脉会通评林》：“陈继儒曰：‘三、四清绝。’徐充曰：‘司空曙《送流人》诗云“山村枫子鬼，江庙石郎神”，近此五、六句法。末二句言见月则同，听子规则异，意妙。’”

第三句之“鸟道”形象地表现了蜀地的险阻，黄星周《唐诗快》说：“（‘鸟道’二句）此亦摹拟语耳。至今遂令读者眼中如有鸟道，耳畔如有猿声，诗之移人如此。”毛先舒《诗辩坻》说：“（‘鸟道’二句）句法孤露，意兴欲尽，尤易为浅学效颦，作者不欲数见者也。”“官桥”两句写蜀地风俗，胡震亨《唐音癸签》评道：“‘官桥祭酒客，山木女郎祠’。蜀道艰险，行必有祷祈。女郎，其丛祠之神；客，即祷神之行客也。合两句读之，生无限远宦跋涉之感。”末联抒写对友人的相思之情，黄生《唐诗摘抄》评曰：“（‘别后’二句）说两地别情，凄楚已极，却只以景语出之，寓意俱在言外，笔意高人十倍。”《唐贤三昧集笺注》评：“收忌太平熟，此惟得之。……荒落之景、凄楚之情可想。清古。”《唐诗归》评道：“此等绝似太白。”又：“‘君应’二字，吞吐难言。（末句下）”

此诗今人评论也着重于上述三处。王达津《王维孟浩然选集》说：“淡淡写来，将离情别绪寓于对蜀道险美、异乡风俗的轻轻点染之中。”邓安生《王维诗选译》说：“性韵寄于风土、具有超俗的画意和诗情。首尾两联写尽了关切和相思，浑然神秀，无迹可求。”陈铁民《王维新论》说：“‘鸟道’二句，既是景语也是情语，道上的荒落之景与行者的凄楚之情融合为一。”

未编年诗

早春行

紫梅发初遍[①]，黄鸟歌犹涩[②]。
谁家折杨女，弄春如不及[③]。
爱水看妆坐[④]，羞人映花立[⑤]。
香畏风吹散，衣愁露沾湿。
玉闺青门里[⑥]，日落香车入[⑦]。
游衍益相思[⑧]，含啼向彩帷[⑨]。
忆君长入梦，归晚更生疑。
不及红檐燕，双栖绿草时。

【注释】

① 紫梅：《西京杂记》载“初修上林苑，群臣远方各献名果异树”，其中即有紫花梅、紫蒂梅。发：开放。

② 黄鸟：黄莺。涩：形容声音不流利、圆润。

③ 弄春：玩春、游春。如不及：形容迫不及待。

④ “爱水”句：谓因爱水而坐水在边，又对水看自己的容貌与妆扮。

⑤ 映花立：站立在鲜花之后。映，遮挡，遮蔽。

⑥ 青门：《三辅黄图·都城十二门》：“长安城东，出南头第一门，

曰霸城门。民见门色青，名曰青城门，或曰青门。”

⑦ 香车：装饰华美的车子。

⑧ 游衍：尽情游乐。益相思：反倒增加了相思之情。益，增加。

⑨ 彩帷：彩色的帐子。

【评析】

这是一首闺怨诗，一共十六句，前八句写少妇白天郊外游春的过程，后八句写少妇夜晚相思之情，逐层深入地描绘出少妇复杂曲折的心理。“爱水看妆坐，羞人映花立”两句写出少妇的娇羞与矜持。顾可久《唐王右丞诗集注说》评：“别是一种纤丽语。”王闿运批《唐诗选》赞其：“着笔甚轻。”《唐诗归》说：“右丞禅寂人，往往妙于情语。情艳诗，到极深细、极委曲处，非幽静人原不能理会，此右丞所以妙于情诗者也。”徐炬《事物原始·评诗》评价此诗说：“摩诘之才，秀丽疏朗，往往意兴发端，神情傅合，由工入微，不犯痕迹，所以为佳。”刘克庄《后村诗话》评此诗最后四句曰：“警句。”

陈贻焮《王维诗选》评析此诗：“这是一首闺怨诗，描写贵族少妇初春时的复杂心情。春天虽带给她无限快意，但又勾起她心头痛苦的相思；由于她深谙别离之苦，就不禁艳羡檐前燕子的双栖之乐了。前八句，写景色彩鲜艳，写人物栩栩如生，而且洋溢着欣欣向荣的早春气息，给人以清新明丽的感受。”余冠英《中国文学史》说：“王维对人物的细小的情态也善于作生动的刻绘，造成一种动人的情思与气氛。如《早春行》就用一些传神的情态动作，抒写了春闺少府矜持而又稍感空虚的寂寞生活，也是细腻入微的。”马玮主编《王维诗歌赏析》说：“这是一份孤独又美丽的情感，是一个孤独的闺房少妇，同时又是一个美丽的青春少女，触景生情之后的思念与伤感。诗人用细腻的笔触，描写了一个田园诗般的景象，在这样美丽的景致、美丽的季节，我们的女主人公却形单影只，无人与她分享眼前的美景，更无人能与她分享欣赏眼前美景的感受。看到这样美丽的景色，她有一肚子感受要叽叽喳喳地倾诉，可是谁来倾听呢？只有悲伤罢了，只有怨恨罢了，只有无奈罢了。可是，怨谁呢？不能责怪任何人，只是内心思绪澎湃的爱情，无法面对和释放。这首诗语言朴素却极具张力，使用反衬的手法，细腻形象地展现了独守空房女子的哀怨之情。”

渭川田家①

斜阳照墟落②，穷巷牛羊归③。
野老念牧童④，倚杖候荆扉⑤。
雉雊麦苗秀⑥，蚕眠桑叶稀⑦。
田夫荷锄至，相见语依依。
即此羡闲逸，怅然吟《式微》⑧。

【注释】

① 此诗具体创作时间不详，一说当作于李林甫当政时期。渭川：古称渭水，即今渭河。于渭南市潼关县入黄河。

② 墟落：村庄。

③ 穷巷：僻巷。

④ 野老：村野老人。

⑤ 倚杖：靠着拐杖。荆扉：柴门。

⑥ 雉雊：雉鸣叫，泛称鸟鸣叫，《诗经·小雅·小弁》：“雉之朝雊。”此句意本潘岳《射雉赋》：“麦渐渐以擢芒，雉鷕鷕而朝雊。”雊，音够。

⑦ 蚕眠：蚕蜕皮前，不食不动的生理现象。

⑧《式微》：《诗经·邶风》篇名，乃服役者思归之怨诗，诗有“式微式微胡不归”之句，此处用其思归之意，表现其归隐田园的愿望。

【评析】

此诗描写了一幅田园晚归图，诗意盎然，体现出王维诗歌“诗中有画”的特点，为诗论家所称誉。唐汝询《唐诗解》：“右丞妙于田家，此是其得意作。”周珽《唐诗选脉会通评林》：“王世贞曰：‘田家本色，无一字淆杂，陶诗后少见。’”王尧衢《古唐诗合解》评道：“田家诸作，储、王并推，写境真率中有静气。”

此诗语臻自然，风格近于陶渊明之诗，然又较陶诗精致。高步瀛《唐宋诗举要》说：“天趣自然，踵武靖节（陶渊明）。”张文荪《唐贤清雅集》也说：“真实似靖节，风骨各别，以终带文士气。”黄培芳《唐贤三昧集笺注》评：“此瓣香陶柴桑。……‘田夫’二句恬澹。……‘即此’二句冲古。”前四联写乡野风物与村民生活，写景率真。《批点唐音》：“晚色妙。”陆时雍《唐诗镜》评曰：“景色依然。”末联表达对田园生活的向往。沈德潜《唐诗别裁集》评道：“吟《式微》，言欲归也，无感伤世衰意。”王夫之《唐诗评选》评：“通篇用‘即此’二字括收。前八句皆情语，非景语。属词命篇，总与建安以上合辙。”

今人对此诗的评点较多，概括而言主要以下几点。一、评此诗诗中有画的艺术特点。郑振铎《插图本中国文学史》说：“《渭川田家》《山居秋暝》，最有画意者。”又如张志岳《诗词论析》说：“画家善于把许多个别的迹象通过经营位置组合成一个整体，王维的诗就吸取了这种特色。《渭川田家》前八句中罗列了许多农村生活的个别迹象，第九句只用‘闲逸’二字一点，就把那些个别迹象贯穿起来了，组成一幅十分和谐而又具体、生动的完整画面。”二、诗歌风格。章培恒《中国文学史》说：“这首诗用笔清淡自然，景物和人物笼罩在一片和谐、亲切的气氛中，引人神往。诗歌风格很接近于陶渊明，但细读下来，却比陶诗来得精致。”三、对此诗末联意义的分析。葛晓音《山水田园诗派研究》说：“这首田园诗的典型意义，不仅在于它集中了雉鸣、麦秀、蚕眠等乡村暮春季节有代表性的时景，而且暗中化入了从《诗经》（《君子于役》‘日之夕矣，牛羊下来’）到陶诗（《归园田居》‘相见无杂言，但道桑麻长’）、江淹拟陶诗（《陶征君潜田居》‘归人望烟火，稚子侯檐隙’）中表现村墟晚归情景的典故，但能和眼前景浑然一片，融合成淳朴安闲的牧歌情调。”傅如一《唐诗鉴赏辞典》评：“一幅恬然自乐的田家晚归图。诗的核心是一个‘归’字。人皆有所归，惟独自己尚彷徨中路，怎能不既羡慕又怅惘。农夫并不闲逸，但比官场生活安然得多，故有闲逸之感。最后一句是全诗的灵魂。”

过李揖宅①

闲门秋草色②，终日无车马。
客来深巷中③，犬吠寒林下。
散发时未簪④，道书行尚把⑤。
与我同心人，乐道安贫者。
一罢宜城酌⑥，还归洛阳社⑦。

【注释】

①此诗所作时间不详，王达津以为是隐居洛阳时作，陈铁民以为唐

有两位李揖（楫），难以确考。

②闲：安静。

③客：诗人自称。

④散发：散披头发，隐居闲适貌。时：常常。未簪：未曾用发簪将头发束起。

⑤道书：指佛道典籍。行尚把：走路时仍然拿着道书。江淹《自序传》："山中无事，与道书为偶。"

⑥宜城：指湖北宜城酒，县东一里有金沙泉，造酒极美，向以产美酒闻名，《周礼·天官·酒正》郑注："泛者，成而滓浮，泛泛然如今宜成（即宜城，在今湖北宜城南）醪矣。"曹植《酒赋》："其味有宜成醪醴，苍梧缥清。"

⑦洛阳社：即白社，见《辋川闲居》注。

【评析】

此诗为探访知交之作，真率自然，朴素淡雅，乃近陶之作。《唐诗镜》评说："自在处可托陶家宇下。"黄培芳《唐贤三昧集笺注》评析道："'闲门秋草色'五字淡远。三、四自陶诗'犬吠深巷中，鸡鸣桑树巅'来。……真率语，自是雅淡。"《唐诗解》评："古朴，叙事如画。"周珽《唐诗选脉会通评林》说："写景自真，叙情自旷。蒋一葵曰：'妙在一气呵成。'吴山民曰：'冲雅绝伦，绝不艰涩。乐道安贫，真同心人。'周明辅曰：'闲甚。然寄傲亦在此。'"徐增《而庵说唐诗》说："先将李揖所居之处写四句，后将李揖行径意趣写四句。人称摩诘'诗天子'，天子者，凭我指挥，无不如意之谓也。此真有天子气。"今人张勇《王维诗全集》说："诗前两联写李揖隐居之处幽静的环境，'闲''深''无车马'渲染清幽空寂气氛。后三联描述友人闲适自在的隐居生活，赞扬其'乐道安贫'的超脱情怀。"

送　别

下马饮君酒[①]，问君何所之[②]？
君言不得意，归卧南山陲[③]。
但去莫复问，白云无尽时。

【注释】

① 饮君酒：拿酒请君饮。饮，音印。

② 何所之：去哪里。

③ 归卧：隐居，《晋书·谢安传》："卿累违朝旨，高卧东山。"南山陲：终南山边。

【评析】

本诗以问答形式写送友人归隐，语浅情深，词淡意浓。李沂《唐诗援》评其："语似平淡，却有无限感慨，藏而不露。"高步瀛《唐宋诗举要》赞其："妙远。"《唐诗选脉会通评林》说："淡然片语，悠悠自远。"张文荪《唐贤清雅集》以为："五古短调要浑括有余味，此篇是定式。略作问答，词意隐现，兴味悠然不尽。"翁方纲《石洲诗话》说："今之选右丞五古者，必取'下马饮君酒'一篇，大约皆自李沧溟启之，此元遗山所谓'少陵自有连城璧，争奈微之识碔砆'者也。"

此诗末二句颇受后人赞誉，如《唐诗归》说："感慨寄托，尽末十字，蕴藉不觉。深味之，知右丞非一意清寂，无心用世之人。"又如李攀龙《唐诗广选》说："第五句一拨便转，不知言外多少委婉。"最后一句为点睛之笔，王尧衢《唐诗合解》说："其用意在结句，盖白云无尽，山中之乐亦自无尽，以视世之富贵功名，希宠怙势，何者不有尽期！知得此意，则归卧南山，可以萧然于世味矣。王翼云曰：‘此与太白七绝《山中问答》意调仿佛。’”沈德潜《唐诗别裁集》言：“白云无尽，足以自乐，勿言不得意也。”黄培芳《唐贤三昧集笺注》认为此句：“此种断以不说尽为妙，结得有多少妙味。”

孙昌武《佛教与中国文学》认为此诗结句是禅心的流露：“诗中对令人不得意的现实流露出不满，表现出对那种超离世事的隐逸生活的向往。结句中舒卷自由的白云，正是随遇而安、自由自在的生活的象征，也是‘禅心’的流露。”周裕锴《中国禅宗与诗歌》中也对结句作了具体的评析：“一切‘不得意’‘归去来’的感受，都消解于无尽的白云之中。‘白云无尽’，其中包含的意味也同样是无尽的。那意象生成的空间里蕴藏着的各种体验、感受、领悟、情思，怎能从语言的轨迹上（词的多义性上）寻绎呢？”又说：“‘云’作为心旷神怡、闲适幽远的象征，在王维诗中早就大量出现，光是‘白云’一词就有二十五例，但这些‘白云’大多是和隐逸相关的，涉及佛寺禅僧的仅三例。”

新晴野望

新晴原野旷，极目无氛垢①。
郭门临渡头②，村树连溪口③。
白水明田外，碧峰出山后。
农月无闲人④，倾家事南亩⑤。

【注释】

① 极目：穷尽目力。氛：雾气，云气。垢：尘垢。

② 郭门：外城门，也泛指城门。渡头：渡口。

③ 溪口：溪水入河口。

④ 农月：立夏以后农事繁忙之月，《三国志·吴书·华覈传》："加又农月，时不可失。"

⑤ 南亩：农田，《诗经·豳风·七月》："同我妇子，馌彼南亩。"

【评析】

此诗写初夏雨后新晴眺望原野所见之景色。陈铁民《王维新论》说："纯乎写景，无一语言情，但从诗歌所勾画的那一幅农村风景画中，我们却可以感受到诗人热爱自然、眷恋乡村的情怀。"向定《走向盛唐》说："在王维的诗中，自然精致的层次往往是由色彩的对比或反差形成的，层次与色彩交织在同一幅画上，十分醒目。"开头两句总结新晴野望时的感受，王友怀《王维诗选注》评道："'无氛垢'三字把'新晴'的特色勾画出来了，增大了'望'中的清明度和深远度，景物尽收眼底。"中间两联由近及远，极富画意。林庚《唐代四大诗人》说："（'白水'二句）这两句中的山水之情写得那么层次分明，那么耐人寻味，却又是那么地与日常生活打成了一片。"葛晓音《山水田园诗派研究》说："这首诗中的景物按由近而远的顺序层层推出，造成了像绘画一样分明的层次。全诗只有青白两色，单纯鲜明。'明'字写江水因反光而变成一片明亮的银白色，正如画中的亮点，使整幅画的色调变得明快爽目，又使'白水'和'碧峰'的色彩对照更觉纯净。"末二句写农夫之辛劳，亦在画中。陈贻焮《中国历代著名文学家评传·王维》说："写初夏新晴的乡村风景，层次分明，意境清丽，真像一幅优美的风景画。最后两句虽未作具体描写，却令人仿佛感到田野很活跃，劳动气氛很浓。”邓安生《王维诗选译》说：“这首诗写新雨初霁时眺望原野所见之景。雨过天晴，能见度很好，极目远望，原野涤尽尘埃，显得格外开阔清新，就连郭门渡头、村边溪口的远景也都历历在目。‘明田外’三字写出了田中水光耀眼之景，体悟十分精细。‘出山后’三字写出远近群山的层次感，描写颇为传神。在这如画的美景中，正赶上‘农月无闲人，倾家事南亩’，这两句诗可以说是画龙点睛的神来之笔，作者在静态的画面中点染上动态的人物，使整个画面活了起来。诗中流露出作者对田园生活的热爱，因此作者之笔触处生春，清新可喜，充满美的力量，具有深切感人的效果。”

羽林骑闺人①

秋月临高城。城中管弦思②。
离人堂上愁，稚子阶前戏。
出门复映户③，望望青丝骑④。
行人过欲尽⑤，狂夫终不至⑥。
左右寂无言，相看共垂泪。

【注释】

①羽林骑：皇帝的近卫军。《汉书·百官公卿表》：“羽林掌送从。……武帝太初元年置。名曰建章营骑，后更名羽林骑。”骑，音计，骑兵。

②思：悲。张华《励志诗》：“吉士思秋。”李善注：“思，悲也。”

③出门：闺人出门。复映户：月光又照在门扉上。

④青丝骑：青丝绳作成的鞍辔，南朝梁刘孝绰《淇上戏荡子妇示行事》：“如何嫁荡子，春夜守空床。不见青丝骑，徒劳红粉妆。”此指闺

人丈夫的坐骑。

⑤欲尽：将尽。

⑥狂夫：古人对自己丈夫的谦称，也暗含其放荡不归的意思。

【评析】

这是一首闺怨诗。诗中描写羽林骑闺人等候丈夫不至的情景。《王摩诘诗评》赞其："说得此语出，决是作家。"张戒《岁寒堂诗话》说："世以王摩诘古诗配太白，盖摩诘古诗能道人心中事而不露筋骨。如《陇西行》《息夫人》《西施篇》《羽林骑闺人》等篇，信不减太白。"杨荫深《王维与孟浩然》说："逼情人理，而有无限隽永之味。"张志岳《诗词论析》对此诗艺术特色做了深入分析："篇中除'离人堂上愁'点明主题作为线索外，只是在秋月、高城、管弦所构成的气氛下，展开一系列的人物动态。这些动态一经组合，便围绕主线，起着比照、传神、映衬等作用，逐步加深表现，达于完整。这种表现给读者的感受既具体，又空灵。这也正是绘画结构的特色在诗中的表现。"陈贻焮《王维诗选》则认为此诗："写羽林骑闺人久待其夫不至时的失望心情，从中也可看出一般羽林军人的荒唐生活。"张勇《王维诗全集》说："本诗描写羽林骑妻子秋夜等候丈夫不至的情景。'离人堂上愁，稚子阶前戏'两句，以'稚子'的嬉戏反衬妻子的愁苦，生动形象，意味隽永。"

早朝二首（选一）①

其　一

柳暗百花明，春深五凤城②。
城乌睥睨晓③，宫井辘轳声④。
方朔金门侍⑤，班姬玉辇迎⑥。
仍闻遣方士，东海访蓬瀛。⑦

【注释】

① 此诗不详作于何时，一说约作于天宝五载（746）至六载（747）间。

② 五凤城：即凤城，指京城。《拾遗记》："（少昊）时有五凤，随方之色（随五方之色），集于帝庭，因曰凤鸟氏。"故称"凤城"为"五凤城"。

③ 睥睨：城墙上锯齿状的短墙，《释名·释宫室》："城上垣曰睥睨，言于其孔中睥睨非常也。"

④ 辘轳：井上汲水之具。

⑤ 方朔：东方朔，《汉书·东方朔传》："东方朔字曼倩。……武帝初即位，征天下举方正贤良文学材力之士，朔……上书……上伟之，令待诏公车。……久之……使待诏金马门，稍得亲近。……为常侍郎，遂得爱幸。……朔虽诙笑，然时观察颜色，直言切谏，上常用之。"

⑥ 班姬：即班婕妤，《汉书·外戚传》："孝成班婕妤，帝初即位，选入后宫。始为少使，俄而大幸，为婕妤。……成帝游于后庭，尝欲与婕妤同辇载。婕妤辞曰：'观古图画，贤圣之君皆有名臣在侧，三代末主乃有嬖女。今欲同辇，得无近似之乎！'上善其言而止。"

⑦“仍闻”二句：《史记·秦始皇本纪》：“齐人徐市等上书，言海中有三神山，名曰蓬莱、方丈、瀛州，仙人居之。请得斋戒，与童男女求之。于是遣徐市发童男女数千人，入海求仙人。”《史记·封禅书》：“（武帝）遣方士入海，求蓬莱、安期生之属。”

【评析】

此诗写帝京春日早朝景象。首联写景工丽，胡应麟《诗薮》说：“唐五言律起句之妙者：‘独有宦游人，偏惊物候新’；‘八月湖水平，涵虚混太清’；‘银烛吐青烟，金樽对筵席’；‘柳暗百花明，春深五凤城’；‘万壑树参天，千山响杜鹃’；‘风劲角弓鸣，将军猎渭城’；‘犬吠水声中，桃花带雨浓’；‘骏马似风飙，鸣鞭出渭桥’；‘巫山十二峰，皆在碧虚中’。或古雅，或幽奇，或精工，或典丽，各有所长。”叶矫然《龙性堂诗话》言：“‘柳暗百花明，春深五凤城’，千古发端绝唱也。”吴修坞《唐诗续评》分析说：“首句春深也，次句承明见时；次联早字；三联朝字；未推开作结。此又一格也。”此诗从内容上来看，是一首政治讽喻诗，洪迈《容斋随笔》赞其敢于直言：“唐人歌诗，其于先世及当时事，直辞咏寄，略无避隐。至宫禁嬖昵，非外间所应知者，皆反复极言，而上之人亦不以为罪。如白乐天《长恨歌》讽谏诸章，元微之《连昌宫词》，始末皆为明皇而发。杜子美尤多。……今之诗人不敢尔也。”而胡震亨《唐音癸签》则认为此诗不够含蓄：“扈从应制诗自有体。王维《早朝》诗：‘仍闻遣方士，东海访蓬瀛’，明以秦皇、汉武讥其君矣。不若宗楚客‘幸睹八龙游阆苑，勿劳万里访蓬瀛’为有含蓄。”郑振铎《插图本中国文学史》认为此诗是佳作：“（此诗）和隋代无名氏的《鸡鸣歌》：‘东方欲明星烂烂，汝南晨鸡登坛唤。曲终漏尽严具陈，月没星稀天下旦。千门万户递鱼钥，宫中城上飞乌鹊。’恰是同类的隽作。”

夷门歌[1]

七雄雄雌犹未分，攻城杀将何纷纷。
秦兵益围邯郸急，魏王不救平原君。[2]
公子为嬴停驷马，执辔愈恭意愈下。[3]
亥为屠肆鼓刀人[4]，嬴乃夷门抱关者[5]。
非但慷慨献良谋，意气兼将身命酬；
向风刎颈送公子，七十老翁何所求[6]！

【注释】

① 夷门：战国魏都大梁东门，故址在今河南开封城内东北，侯嬴为夷门监者。

② “秦兵”二句：《史记·魏公子列传》：“魏安厘王二十年，秦昭王已破赵长平军，又进兵围邯郸。公子（信陵君）姊为赵惠文王弟平原君夫人，数遗魏王及公子书，请救于魏。魏王使将军晋鄙将十万众救赵。……留军壁邺，名为救赵，实持两端以观望。平原君使者冠盖相属于魏……公子患之，数请魏王……魏王畏秦，终不听公子。”平原君，赵国公子赵胜。

③ “公子”二句：公子，魏公子无忌，封信陵君。意愈下，态度更加谦恭。《史记·魏公子列传》：“魏有隐士曰侯嬴，年七十，家贫，为大梁夷门监者。公子闻之，往请，欲厚遗之。不肯受……公子于是乃置酒，大会宾客。坐定，公子从车骑，虚左，自迎夷门侯生。侯生摄敝衣冠，直上载公子上坐，不让，欲以观公子。公子执辔愈恭。侯生又谓公子曰：‘臣有客在市屠中，愿枉车骑过之。’公子引车入市，侯生下，见其客朱

亥，俾倪，故久立与其客语，微察公子，公子颜色愈和。当是时……市人皆观公子执辔。从骑皆窃骂侯生。侯生视公子色终不变，乃谢客就车。”

④“亥为”句：亥，朱亥。屠肆，屠宰市场。《史记·魏公子列传》：“朱亥笑曰：‘臣乃市井鼓刀屠者，而公子亲数存之。’”

⑤“嬴乃”句：《史记·魏公子列传》：“侯生因谓公子曰：‘……嬴乃夷门抱关者也。’”

⑥“七十”句：《晋书·段灼传》：“艾功名已成，亦当书之竹帛，传祚后世。七十老公，复何所求哉？”

【评析】

此诗写隐士侯嬴为报信陵君知遇之恩而献策身死之事，歌颂了侯嬴的侠义精神，堪称同类题材中的杰作。《王孟诗评》说：“容易数语，悉尽曲折。”《批点唐诗正声》评：“逸气豪侠，自是一格。”张文荪《唐贤清雅集》评曰：“朴实说法，自然深劲，何等气骨！”黄培芳《唐贤三昧集笺注》说：“太史公本传宛转千余言，而此叙事数语，极简要明尽。又嘉公子无忌之重客，嬴、亥之任侠，溢于言外。结尤斩绝有力量，妙甚。”赵殿成按：“夷门抱关，屠肆鼓刀，点化二豪之语对仗天成，已征墨妙。末句复借用段灼理邓艾语，尤见笔精。使事至此，未许后人步骤。”诗论家对此诗用语之妙颇为赞誉，如《汇编唐诗十集》说：“取其用成语浑融。”《唐诗选脉会通评林》说：“‘亥为屠肆’二句，太史公韵语。结用成语浑融。”焦竑《笔乘》评：“右丞《夷门歌》，‘向风刎颈送公子，七十老翁何所求’出《晋书·段灼传》。灼上书追理邓艾，有曰‘七十老翁复何求哉’！然语意浑成，如自己出，所以为妙。”田艺蘅《香宇诗谈》说：“《夷门歌》云：‘七十老翁何所求！’以后人之言，而用之前人之事，浑化无迹，使人不知其妙，真点铁成金手也。”《昭昧詹言》评：“王摩诘《夷门歌》‘亥为屠肆’二句，与古文浮声切响一法。‘非但慷慨’以下，转出波澜议论。”翁方纲《七言诗三昧举隅》评道：“王右丞《夷门歌》，所谓‘羚羊挂角，无迹可求’，‘不着一字，尽得风流’者，举此一篇足矣，此乃万法归原处也。”

今人的评论主要集中在关于此诗的主旨和此诗对同一题材的成功改造两方面。其一如陈贻焮《论王维的诗》：“这诗不仅歌颂了‘屠肆鼓刀人’和‘夷门抱关者’的慷慨，同时也称赞了信陵君的礼贤下士。肯定那些出身下层但具有真实才能的英雄人物，肯定那些较开明、能任用才能的政治家，在封建时代，在反抗权贵阿私的意义上，无疑是富有人民性的。”再如程千帆《古今诗选》说：“这篇诗以简洁而又丰富的语言，咏叹了古代一个激动人心的故事，歌颂了广大人民所喜爱的礼贤下士、仗义扶危的历史人物。诗写到侯嬴自刎戛然而止，如截奔马，倾向性鲜明，风格隽上。”其二如周啸天在《唐诗鉴赏辞典》中说：“不同的文学形式对同一题材的移植、改编，都有一个再创造的过程。……从《史记·魏公子列传》到《夷门歌》……主人公由公子无忌变为夷门侠士侯嬴，从而成为主要是对布衣之士的一曲赞歌。把一个有头有尾的史传故事，择取三个重要情节来表现，组接巧妙，语言精炼，人物形象鲜明，是《夷门歌》艺术上成功之处。这首诗代表着王维早年积极进取的一面。唐代是中下层地主阶级知识分子在政治上扬眉吐气的时代，这时出现为数不少的歌咏游侠的诗篇，决不是偶然的。”

黄雀痴[1]

黄雀痴！黄雀痴！谓言青鷇是我儿[2]。
一一口衔食，养得成毛衣。
到大啁啾解游飏[3]，各自东西南北飞。
薄暮空巢上。羁雌独自归[4]。
凤凰九雏亦如此[5]，慎莫愁思憔悴损容辉。

【注释】

① 宋蜀本、《全唐诗》诗题之下有“杂言走笔”四字。

② 青鷇：青色雀雏。鷇，音叩。

③ 啁啾：象声词，象雀叫声。解：能。游飏：飞翔。

④ 羁雌：枚乘《七发》：“暮则羁雌迷鸟宿焉。”吕延济注：“羁雌，孤鸟。”

⑤ 凤凰九雏：《乐府诗集·陇西行》：“凤凰鸣啾啾，一母将九雏。”

【评析】

王闿运批《唐诗选》中评此诗：“横宕出奇。”此诗以鸟喻人，倪木兴《王维诗选》说：“此诗以物喻人，借物写情，通篇运用拟人手法，塑造了黄雀这个艺术形象，暗喻着封建社会的家庭关系。诗以劝慰言语作结，但仍包含着一种无可奈何的愁绪，情思哀怨。”张勇《王维诗全集》说：“本诗以鸟喻人，感慨父母与子女的关系变化。”杨文生《王维诗集笺注》中指出此诗与乐府歌词可能存在的关系：“王维的杂言诗，脱胎于古乐府。从这首《黄雀痴》，可以看到它和《西门行》《战城南》等乐府诗在体制上的源流关系。王维精通音乐，这类杂言诗有的可能是可以入乐的杂曲歌词。学者一般认为，‘词’是中唐以来兴起的。而李清照《词论》说，开元、天宝间，‘乐府、声诗并着’。这首《黄雀痴》的句式，前后四句分别和《长相思》《南歌子》相同，其间有无分合依傍关系，值得探讨。”

赠吴官①

长安客舍热如煮，无个茗糜难御暑②。
空摇白团其谛苦③，欲向缥囊还归旅④。
江乡鲭鲊不寄来⑤，秦人汤饼那堪许⑥？
不如侬家任挑达⑦，草屩捞虾富春渚⑧。

【注释】

① 吴官：吴姓男子。官，古代对青年男子的尊称。一说指在京的吴籍官员。

② 茗糜：即茶粥、茗粥，用茶汁煮成的粥，古时南方有此食品。暑：《释名·释天》：“暑，煮也，热如煮物也。”

③ 白团：指扇，《晋书·王导传》：“（王）珉好捉白团扇。”吴均《和萧洗马子显古意六首》其五：“逶迤摇白团。”谛苦：即苦谛，为佛教四谛之一。

④ 向：犹与。缥囊：一种书囊，《文选序》：“词人才子，则名溢于缥囊。”吕向注：“缥，青白色，囊，有底袋也，用以盛书。”旅：俱，《礼记·乐记中》：“今夫古乐，进旅退旅。”注：“旅，犹俱也。”

⑤ 鲭鲊：腌制的青鱼。鲊，音眨。

⑥ 汤饼：汤煮的面食，《荆楚岁时记》：“六月伏日，并作汤饼，名

为辟恶。按《魏氏春秋》：'何晏以伏日食汤饼，取巾拭汗，面色皎然。乃知非傅粉。'则伏日汤饼，自魏以来有之。”那堪：哪里能够忍受。许：语气词。

⑦侬家：吴人自称，犹称吾家、自家。挑达：《诗经·郑风·子衿》："挑兮达兮，在城阙兮。”毛传："挑达，往来相见貌。”此处引申为自由自在。

⑧草屩：草鞋。屩，音撅。富春渚：富春县唐时名富阳县，今属浙江。渚，水边。任昉《赠郭桐庐出溪口见候》："朝发富春渚，蓄意忍相思。”李善注："《汉书》曰：会稽郡富春渚。”

【评析】

此诗写一吴籍官员在长安难耐酷热的情景。首二句写长安正值夏天暑热，既在客舍之中，更无家乡南方的茶粥来消暑，其烦躁与无奈之状可想而知，“无个”二字用得妙，表现了旅居长安客舍，连起码的消暑物质也没有。次联上句承上继续写其即便摇动团扇，也无济于事，正应了佛教四谛之一的苦谛——人生之苦挥之不去；下句一转，与其待在长安受苦，不如背着行囊书袋返回江南家乡；暑热勾起了主人公的思乡之情，顺势开启后四句诗意。颈联写北方长安与江南富春的生活习惯之差异：‘不寄来’是思念家乡的美味，‘那堪许’是难忍北方的口味，进而强化了归去之意。末二句便直接以‘不如’坦露心思：与其在长安受苦，不如回家自由处在，穿着草鞋到富春江边捕鱼捞虾！全诗生动形象，诙谐有趣，却又曲折宛转地展现了吴官的生活情景与心理变化。张勇《王维诗全集》说：“本诗描写吴官在夏日长安酷热环境中的心理活动，文笔细腻，生动传神，谐谑而友善。”

寒食城东即事[1]

清溪一道穿桃李，演漾绿蒲涵白芷[2]。
溪上人家凡几家[3]，落花半落东流水。
蹴踘屡过飞鸟上[4]，秋千竞出垂杨里。
少年分日作遨游[5]，不用清明兼上巳[6]。

【注释】

①寒食：清明前一日或二日为寒食节，其前后三日不得举火。城东：洛阳城东。

②演漾：水波荡漾。阮籍《咏怀》其七十六：“泛泛乘轻舟，演漾靡所望。”蒲：蒲草。涵：润泽。白芷：一种生长在水边的香草。

③凡：总共。

④蹴踘：音促居，又作“蹴鞠”，一种古代的游戏。蹴，踢。踘，皮制球，球内充塞柔软的东西。

⑤分日：指春分之日。

⑥清明：清明节。上巳：农历三月三，古人有在水边祓除不祥之习俗，《后汉书·礼仪志》：“(三月)上巳，官民皆洁于东流水上，曰洗濯祓除去宿垢疢为大洁。”

【评析】

这首诗描写寒食节洛阳城东郊游所见的美景与青年男女游乐的热烈气氛。《唐诗选脉会通评林》评道：“周启琦曰：‘香艳简致。’”胡应麟《诗薮》说：“李、杜外，短歌可法者，岑参《蜀葵花》《登邺城》，李颀《送刘昱古意》，王维《寒食》，崔颢《长安道》，贺兰进明《行路难》。……语虽平易，而气象雍容。”

前四句写景如画。许学夷《诗源辩体》评道：“‘溪上人家凡几家，落花半落东流水’，诗中有画者也。”《王摩诘诗评》说：“自是活动。……摩诘七言绝高，情景故实，随取随足。‘溪上人家凡几家，落花半落东流水’，无紧慢说出。”首联“穿”字用得极好，《唐诗归》评道：“此便是绝妙《帝京篇》《长安古意》，岂得以其少而弃之！（首句下）‘穿’字说出深曲。”五、六句在清溪桃李与绿蒲白芷的优美背景上，又增添了蹴踘与秋千，使整幅画面洋溢着青春灵动之美。颈联中的“出”字妙绝千古。吴开《优古堂诗话》说：“晁无咎评乐章欧阳永叔《浣溪沙》云：‘“堤上游人逐画船，拍堤春水四垂天，绿杨楼外出秋千。”要皆绝妙，然只一“出”字，自是后人道不到处。’予按唐王摩诘《寒食城东即事》云：‘秋千竞出垂杨里。’欧公用出字盖本此。”

今人关于此诗的评论较多，如林庚《中国文学简史》说：“这少年们也就是那些‘长安少年游侠客’，他们自豪的是‘少年十五二十时，步行夺取胡马骑’，‘赵魏燕韩多劲卒，关西侠少何咆勃’！唐人生活中的少年精神乃无往而不在地成为诗歌中最活跃的因素。”郝世峰《隋唐五代文学史》：“一切都荡漾着春日的快乐，不仅反映出开、天盛世的繁华，而且从中透出清新灵动、生气焕发的青春活力。”葛晓音《山水田园诗派研究》说：“构图完整而又错落有致。在桃花流水的背景上缀几笔不时飞上天去的彩球和秋千，令人如闻少男少女们欢乐的笑声，使这幅优美的郊游图更添了荡漾的春意。”

过香积寺①

不知香积寺，数里入云峰。
古木无人径，深山何处钟？
泉声咽危石②，日色冷青松。
薄暮空潭曲，安禅制毒龙③。

【注释】

① 香积寺：《长安志》卷十二："开利寺在（长安）县南三十里皇甫村，唐香积寺也。永隆二年建，皇朝太平兴国三年改。"赵殿成笺注："《陕西通志》：'香积寺在长安县神禾原上。'"

② "泉声"句：孔稚归《北山移文》："风云凄其带愤，石泉咽而下怆。"

③ 安禅：佛教用语，指身心安然进入禅定境界。毒龙：喻妄心，语出《大般涅槃经》。

【评析】

此诗为王维著名代表作，开篇四句运思超妙。赵殿成说："此篇起句极超忽，谓初不知山中有寺也，迨深入云峰，于古木森丛处人迹罕到之区，忽闻钟声，而始知之。四句一气盘旋，灭尽针线之迹，非自盛唐高手，未易多见。"王夫之《唐诗评选》评："三、四似流水，一似双立，安句自然，结亦不累。"《唐贤三昧集笺注》说："'不知'字玄妙，模写幽深处。"又云："三、四甚是浅易，甚是深处，字法。五、六即景，衬贴荒深意。"

五、六句工于垂字炼句，向来为人所称道。赵殿成《王右丞集笺注》说："'泉声'二句，深山恒境，每每如此，下一'咽'字，则幽静之状恍然；着一'冷'字，则深僻之景若见，昔人所谓诗眼是矣。或谓上一句喻心境之空灵动荡，下一句喻心境之恬澹清凉，则未免求深反谬耳。毒龙宜作妄心譬喻，犹所谓心马情猴者，若会意作降龙实事用，失其解矣。"沈德潜《唐诗别裁集》评道："'咽'与'冷'，见用字之妙。"《网师园唐诗笺》评："炼字幽峭（'深山'句下）。"施补华《岘佣说诗》评道："五律须讲炼字法，荆公所谓诗眼也。'泉声咽危石，日色冷青松'，此炼实字。'古墙犹竹色，虚阁自松声'，此炼虚字。炼实字有力易，炼虚字有力难。"

有的诗论家则是从整体布局方面认为此诗为五律之神品，如黄生《唐诗摘抄》说："尾联寓意。起用'不知'二字，便见往时未到，今日方过，幽赏胜情，得未曾有，俱寓此二字内。中二联写景，分途中、本寺二境。五、六是危石边泉声咽，青松上日色冷，成倒装句。幽处见奇，老中见秀，章法、句法、字法皆极浑浑。五律中无上神品。"再如周珽《唐诗选脉会通评林》也说："极状山寺深僻幽静，篇法、句法、字法入微入妙。'毒龙'，佛喻欲心也，用以收局，不失释氏面目。此与《登辨觉寺》诗，何如狮捉物，象兔俱用全力耶？汪道昆曰：'五、六即景衬贴荒凉意，'咽'字、'冷'字工。"张文荪《唐贤清雅集》将此诗与《山居秋暝》进行了比较："'古木'一联远写，'泉声'一联近写，总从'不知'生出。渐次行来，已至寺矣，故以'安禅'收住。"又说："构局炼句与《山居秋暝》略同，超旷稍异，乃相题写景法。"俞陛云《诗境浅说》则说："常建《过破山寺》咏寺中静趣，此咏寺外幽景，皆不从本寺落笔，游山寺者，可知所着想矣。"

送李判官赴江东[①]

闻道皇华使[②]，方随皂盖臣[③]。
封章通左语[④]，冠冕化文身[⑤]。
树色分扬子[⑥]，潮声满富春[⑦]。
遥知辨璧吏[⑧]，恩到泣珠人[⑨]。

【注释】

① 李判官：其人不详。判官为唐节度、防御、转运等使之属官。江东：古多指三国吴之统治地区；一作“东江”，其地在今广东境内。

② 皇华：《诗经·小雅·皇皇者华》序：“《皇皇者华》，君遣使臣也，送之以礼乐，言远而有光华也。”后因以“皇华”称出使或使者。

③ 皂盖：地方长官之车，《后汉书·舆服志》：“中二千石、二千石皆皂盖（黑色车蓬）。”

④ 封章：即封事，《汉官仪》：“密奏以皂囊封之，不使人知，故曰封事。”扬雄《赵充国颂》：“营平守节，屡奏封章。”左语：指异族语言，扬雄《蜀记》：“蜀之先代人椎结左语，不晓文字。”

⑤ 文身：《淮南子·原道训》：“九疑之南，陆事寡而水事众，于是民人披发文身，以像鳞虫。”高诱注：“文身，刻画其体肉，墨其中为蛟龙之状，以入水，蛟龙不害也。”

⑥ 扬子：扬子津，位于江苏邗江南。

⑦ 富春：即富春江，在今浙江。

⑧ 辨璧吏：能分辨冤狱的官吏，用朱晖事，《后汉书·朱晖传》：“晖早孤，有气决……骠骑将军东平王苍闻而辟之，甚礼敬焉。正月朔旦，苍

当入贺。故事，少府给璧。是时阴就为府卿，贵骄，吏慠不奉法。苍坐朝堂，漏且尽而求璧不可得，顾谓掾属曰：‘若之何？’晖望见少府主簿持璧，即往绐之曰：‘我数闻璧而未尝见，试请观之。’主簿以授晖，晖顾召令史奉之。主簿大惊，遽以白就。就曰：‘朱掾义士，勿复求。更以它璧朝。’苍既罢，召晖谓曰：‘属者掾自视孰与蔺相如？’帝闻壮之。”

⑨泣珠人：《搜神记》卷十二：“南海之外有鲛人，水居如鱼，不废织绩，其眼泣则能出珠。”

【评析】

此诗为送别诗，首二句说李判官奉命出使江东为地方长官；次二句写李判官通晓当地方言，既可获知当地隐情，向天子进奏封章，也方便教化当地百姓；颈联写到任途中景色，扬子津、富春渚，均是其时颇有名气的胜景，也暗喻着李判句官此去，定会治理好辖境；末二句以东汉朱晖比喻李判官，称其明于断狱定能惠及异类。杨文生《王维诗集笺注》评其：“通篇对仗，却不费力。”此诗颈联尤为人所称道，姚鼐《今体诗抄》说：“唐时江南东路自建业南至杭州，‘树色’一联，恰尽其界内，然兴象甚妙，非徒切也。”王达津《王维孟浩然选集》说：“虽是一般送别诗，却写得笔力严整，气象不凡。特别是颈联概括吴越，景色动人。其通篇对仗，在王维诗中也别具一格。”

送方城韦明府①

遥思葭菼际②，寥落楚人行③。
高鸟长淮水④，平芜故郢城⑤。
使车听雉乳⑥，县鼓应鸡鸣⑦。

若见州从事[8]，无嫌手板迎[9]。

【注释】

①方城：唐县名，属唐州，治所在今河南方城县。《元和郡县志》："唐州方城县本汉堵阳地也……隋改置方城县，取方城山为名也……山在县东北五十里。"韦明府：不详何人。明府，县令。

②葭菼：音加坦，芦与荻，均为水生植物。《诗经·卫风·硕人》："葭菼揭揭。"

③寥落：孤寂貌。楚人行：方城春秋时属楚。

④高鸟：高飞之鸟。长淮：淮水，源出河南桐柏山，流经安徽、江苏，下游水分三路，分别入于长江、黄海和海州湾。

⑤平芜：平旷的草地。郢城：郢都，在今湖北荆州西北，《旧唐书·地理志》："（荆州）江陵，汉县，南郡治所也。故楚都之郢城，今县北十里纪南城是也。"

⑥使车：公使之车，指韦明府，《后汉书·鲁恭传》："（恭）拜中书令。……郡国螟伤稼，犬牙缘界，不入中牟。河南尹袁安闻之，疑其不实，使仁恕掾肥亲往廉之。恭随行阡陌，俱坐桑下。有雉过止其旁，旁有童儿，亲曰：'儿何不捕之？'儿言：'雉方将雏。'亲……曰：'所以来者，欲察君之政绩耳。今虫不犯禁，此一异也；化及鸟兽，此三异也；竖子有仁心，此三异也，久留徒扰贤者耳。'还府俱以状白安。"

⑦"县鼓"句：喻受民拥戴，《晋书·邓攸传》："邓攸，字伯通……吴郡阙守……帝以授攸。……攸在郡刑政清明，百姓欢悦，为中兴良守。后称疾去职……百姓数千人留牵攸船，不得进，攸乃小停，夜中发去。吴人歌之曰：'纨如打五鼓，鸡鸣天欲曙。邓侯挽不留，谢令推不去。'"

⑧州从事：州刺史的辅佐官。

⑨手板：即笏。古时记事之具，后成为表示尊敬的礼仪用具。

【评析】

此诗为王维送别友人赴任方城县令而作。《唐诗品汇》评道：“平平写到尽。”诗中颔联描写楚地风物，沈德潜《唐诗别裁集》评其：“远景在目。”高步瀛《唐宋诗举要》以为此诗：“（‘高鸟’二句）无限感慨，而笔空灵。（结句）诙谐有趣。通体奇逸，以起处‘遥思’二字得势，东坡七律往往学之。”王力《汉语诗律学》说：“‘高鸟’二句可译为：‘高鸟百寻，群度长淮之水；平芜数里，环攒故郢之城。’这并不一定是省去谓语，译文未必都很确切。但至少也该认为句子的某一重要部分已被省略了。这在诗句里是被容许的，甚至显得是特殊格调。”王达津《王维孟浩然选集》说：“诗写送韦明府赴方城，前半陈景物古迹；后半敦勉；结语阔达，不持高论。”张勇《王维诗全集》说：“首联渲染秋日萧疏寂寥的气氛，颔联描写楚地风物，颈联以古事喻指友人将会有杰出政绩，尾联想象佐吏迎接的场景，寄予勉慰之情。”

送梓州李使君[①]

万壑树参天，千山响杜鹃。
山中一夜雨，树杪百重泉。
汉女输橦布[②]，巴人讼芋田[③]。
文翁翻教授[④]，不敢倚先贤[⑤]。

【注释】

① 梓州：唐州名，在今四川三台。李使君：一说为高宗曾孙李谦，一说为李叔明。使君，为刺史之称。

② 汉女：指嘉陵江（古称西汉水）畔的少数民族妇女。三国时刘备在蜀称帝，国号汉。左思《蜀都赋》："巴姬弹弦，汉女击节。"橦布：《蜀都赋》："布有橦华。"橦华即橦木之花，其质地柔毳（音翠，细毛），可用来织布，产于蜀地。

③ 巴人：蜀人。讼芋田：为争种植芋头的地而诉讼。

④ 文翁：《汉书·循吏传》："文翁，庐江舒人也。……景帝末，为蜀郡守，仁爱好教化。见蜀地僻陋，有蛮夷风，文翁欲诱进之，乃选郡县小吏开敏有材者……亲自饬厉，遣诣京师，受业博士……又修起学宫于成都市中……由是大化，蜀地学于京师者，比齐鲁焉。……至今巴蜀好文雅，文翁之化也。"翻教授：重新进行教化。翻，反、复、改。

⑤ 不敢：一作"敢不"。倚：倚仗、效法。先贤：指文翁。

【评析】

此诗为送别李使君赴梓州任职而作，写景奇特，语意天成，前四句尤为精彩。周珽《唐诗选脉会通评林》评："前四句通即送李之时景而成咏，音调高朗，绰有逸趣。汉女、巴人二语，以梓州风土言。"又徐充曰："三、四句对而意连，极佳。陆放翁'小楼一夜听春雨，深巷明朝卖杏花'用此体。"吴乔《围炉诗话》说："读王右丞诗，使人客气尘心都尽。《送梓州李使君》诗云：'万壑树参天，千山响杜鹃。山中一夜雨，树杪百重泉。'竟是山林隐逸诗。欲避近熟，故于梓州山境说起。下文'汉女'四句，方说李使君。盛唐人避近熟，明之为盛唐者，专取近熟以图热闹。"《唐诗成法》评道："将梓州山水直写四句，声调高亮，令人陡然一惊，全不似送使君，只似闲适诗，妙极。下方写风俗、使君，七、八有余意。"《诗法易简录》说："此诗起势尤为斗绝，三句承次句'山'字，四句承首句'树'字，一气相生相促，洵杰作也。"

此诗首联境界开阔，为诗论家引为律诗工于发端的范例。王士禛《带经堂诗话》说："律诗贵工于发端，承接二句尤贵得势，……如'万壑树参天，千山响杜鹃'，下即云'山中一夜雨，树杪百重泉'。此皆转石万仞手也。"《王孟诗评》说："'响'字奇。"颔联景物描写也广受赞誉，如陆时雍《唐诗镜》说："三、四是山中人得景深后语。"沈德潜《说诗晬语》说："'山中一夜雨，树杪百重泉'。分项上二语，而一气赴之，尤为龙跳虎卧之笔。此皆天然入妙，未易追攀。"许学夷《诗源辩体》说："摩诘诗：'山中一夜雨，树杪百重泉。'诗中有画者也。"俞陛云《诗境浅说》评："律诗中之联语，用流水句者甚多。此诗非特句法活泼，且事本相因。惟盛雨竟夕，故山泉百道争飞；言树杪，见雨之盛山之高也。与刘昚虚'时有落花至，远随流水香'句，皆一事融合而分二句，妙语天成，流水句法之正则也。"

整首诗格调高远，寄意良深。潘德舆《养一斋诗话》说："起四句写景之工，人人知之，须知是写其幽险，为下四句起案也。不然，八句真是两截，不成诗矣。"沈德潜《唐诗别裁集》说："（起句）斗绝，（颔联）从上蝉联而下，而本句中复用流水对，古人中亦偶见。（尾联）'结意言时之所急在征戍，而文翁治蜀，翻在教授，准之当今，恐不敢倚先贤也。然此亦须活看。'"王夫之《唐诗评选》说："明明两截，幸其不作折合，五、六一似景语故也。意至则事自恰合，与求事切题者，雅俗冰炭。右丞工于用意，尤工于达意。景亦意，事亦意，前无古人，后无嗣者，文外独绝，不许有两。"张文荪《唐贤清雅集》评："落笔神妙，炼意工夫最深，人以为容易，不知其意匠经营惨淡也。"

观　猎[1]

风劲角弓鸣[2]，将军猎渭城[3]。
草枯鹰眼疾，雪尽马蹄轻。
忽过新丰市[4]，还归细柳营[5]。
回看射雕处，千里暮云平。

【注释】

① 诗题一作《猎骑》，《乐府诗集》《万首唐人绝句》取此诗前四句作五绝一首，题作《戎浑》。

② 角弓：用兽角装饰的良弓。

③ 渭城：秦旧都咸阳古城，汉代改称渭城县，在今陕西咸阳东北。

④ 新丰市：见《少年行四首》其一注。

⑤ 细柳营：在今陕西咸阳市渭河北岸，汉代名将周亚夫在这里屯兵，此指军营。

【评析】

此诗是唐诗中极负盛名的佳作，其艺术成就颇为后代诗论家所称道，如《缌斋诗谈》论析道："《观猎》'风劲角弓鸣，将军猎渭城'，一句空摹声势，一句实出正面，所谓起也。'草枯鹰眼疾，雪尽马蹄轻'，二句乃猎之排场闹热处，所谓承也。'忽过'二句，乃猎毕收科，所谓转也。'回看'二句是勒回追想，所谓合也。不动声色，表里俱彻，此初唐人气象。此如"永"字八法，遂为五律准绳。"沈德潜《说诗晬语》说："王右丞'风劲角弓鸣'一篇，神完气足，章法、句法、字法俱臻绝顶，此律诗正体。"其《唐诗别裁集》说此诗"盛唐诗中亦不多见”。《批点唐音》评：“格高，语健，老手。”《增订唐诗摘钞》评道：“全篇直叙。起法雄警峭拔，三、四音复壮激，故五、六以悠扬之调作转，至七、八再应转去，却似雕尾一折，起数丈矣。”施蛰存《唐诗百话》说：“《观猎》是完美无疵的好诗。”林庚《中国文学简史》：“王维在律诗方面同样有高出一时的成就。《观猎》正是突破律诗的局限，完成最飞动的表现。这也都是环绕着边塞诗为中心的歌唱。”

此诗起句用倒起的笔法，营造紧张的狩猎气氛，《唐诗别裁集》说：“起二句若倒转，便是凡笔，胜人处全在突兀也。结亦有回身射雕手段。”沈德潜《说诗晬语》又说：“起手贵突兀，王右丞‘风劲角弓鸣’、杜工部‘莽莽万重山’‘带甲满天地’，岑嘉州‘送客飞鸟外’等篇，直疑高山坠石，不知其来，令人惊艳。”

“草枯”两句描写骑猎的情景，用字极妙。《唐诗镜》评道：“会境入神。……三、四体物微渺，结语入画。”《唐贤三昧集笺注》说：“三、四有是景，人所不及道。”《唐诗归》说“‘草枯鹰眼疾，雪尽马蹄轻’，同是奇语，上句险，下句秀。”俞陛云《诗境浅说》评：“‘草枯’二句，上句言草枯则狐兔难藏，故鹰眼俯瞰，霍如掣电，用一疾字，有驽云下攫之势；下句言雪消纵辔，所向无前。与‘风入四蹄轻’句，皆用轻字以状马之神骏。前两句用反装法，便突兀有势。结局之句法，亦如猎者至反射尚有余功也。”陈贻焮《山水诗人王维》说：“‘草枯鹰眼疾，雪尽马蹄轻’一联，可与前代诗人鲍照的名句‘兽肥春草短，飞鞚越平陆’相媲美，既生动地描写了骑猎情景，也真切地表现了猎者当时的轻快感觉和喜悦心情。

此诗后四句写狩猎将军的矫健神勇。王夫之《唐诗评选》评：“后四语奇笔写生，毫端有风雨声。”又说：“右丞之妙，在广摄四旁，圜中自显。如《终南》之阔大，则以‘欲投人处宿，隔水问樵夫’显之；

猎骑之轻速，则以‘忽过’‘还归’‘回看’‘暮云’显之。皆所谓离钩三寸，鲅鲅金鳞。”《唐诗选脉会通评林》说：“通篇妙。结句特出一意，更妙。”王士禛《然镫记闻》：“为诗结处总要健举。如王摩诘‘回看射雕处，千里暮云平’何等气概！”

春日上方即事[①]

好读高僧传[②]，时看辟谷方[③]。
鸠形将刻杖[④]，龟壳用支床[⑤]。
柳色青山映，梨花夕鸟藏。
北窗桃李下，闲坐但焚香[⑥]。

【注释】

①上方：佛寺中住持、长老居住的内室。

②高僧传：书名，也泛指高僧的传记。《隋书·经籍志》著录有虞孝敬撰《高僧传》六卷；《新唐书·艺文志》著录有虞孝敬撰《高僧传》六卷，僧惠皎撰《高僧传》十四卷，僧道宗撰《续高僧传》三十二卷。

③辟谷方：不食五谷修道成仙的方书，《史记·留侯世家》：“（张良）乃学辟谷，道引轻身。”《南史·陶弘景传》：“弘景辟谷导引之法，自隐处四十许年，年逾八十而有壮容。”

④“鸠形”句：汉代对八九十岁的老人特加优礼，赐以刻有鸠鸟的玉杖，因为鸠是不噎之鸟，希望老人吃饭不噎，健康长寿。《后汉书·礼仪志》：“仲秋之月，县道皆案户比民，年始七十者，授之以玉杖，餔（音不）之糜粥。八十、九十礼有加，赐玉杖长九尺，端以鸠鸟为饰。鸠者，不噎之鸟也。欲老人不噎。”

⑤“龟壳”句:《史记·龟策列传》:“南方老人用龟支床足，行二十余岁，老人死，移床，龟尚生不死。龟能行气导引。”此取其长寿之意。

⑥但：只。焚：烧。

【评析】

此诗用白描手法摹写春日时节上方老僧的日常生活。《王摩诘诗评》说：“新异。”顾可久《唐王右丞诗集注说》按：“清俊恬淡。”《瀛奎律髓汇评》评其用典与用字：“方回云：‘三、四句新异。’纪昀云：‘此非右丞佳处，况皆习用之典，不得以新异目之。后四句，柳、花、桃李，用字颇杂，明字不对色字。’冯班云：‘腹联明秀。’”此诗后四句用语绮丽，佛寺的清幽景色与老僧安禅的淡泊生活相得益彰，乔亿《剑溪说诗》评：“《春日上方即事》，后半忽作绮语，亦反观法，玩‘但焚香’三字可见。”宋征璧《抱真堂诗话》说：“王摩诘‘梨花夕鸟藏’，杜子美‘山精白日藏’，一风华，一森峭。”胡遂《中国佛学与文学》说：“窗外窗内，相映成趣，在骀荡的春光中，生机与静谧得到了和谐的统一。正是春意盎然，禅意也盎然。”马玮主编《王维诗歌赏析》说：“整体来看，这首诗歌采用白描手法，对老僧的形象和日常生活进行了摹写，语言自然流畅，形象鲜明动人，王维不愧有‘诗佛’之称。值得注意的一点是，此诗的第二句‘时看辟谷方’，‘辟谷’本是道教用语，炼丹养身也是道教的行事作风，这说明王维并不是简单地好佛，而是把佛老思想掺杂在一起，不论是打坐参禅，还是坐以修身，都是要排除杂念，进入精神的虚寂境界，尽情地享受自然的美好意境。”

送杨少府贬郴州[1]

明到衡山与洞庭，若为秋月听猿声[2]？
愁看北渚三湘近[3]，恶说南风五两轻[4]。
青草瘴时过夏口[5]，白头浪里出湓城[6]。
长沙不久留才子，贾谊何须吊屈平！[7]

【注释】

①杨少府：其名不详。唐人称县尉为少府。郴州：唐州名，治所在今湖南郴州市。

②若为：怎堪。

③北渚：湘水中的沙渚。三湘：见《汉江临眺》注。

④五两轻：谓风大。五两，见《送宇文太守赴宣城》注。

⑤青草瘴：《广州记》："地多瘴气，夏为青草瘴，秋为黄茅瘴。"夏口：今湖北武昌。

⑥湓城：今江西九江。湓，音盆。

⑦"长沙"二句：《汉书·贾谊传》："天子议以贾谊任公卿之位。绛、灌、东阳侯、冯敬之属尽害之，乃毁谊曰：'洛阳之人，年少初学，专欲擅权，纷乱诸事。'于是天子后亦疏之，不用其议，以谊为长沙王太傅。谊既以谪去，意不自得，及渡湘水，为赋以吊屈原。屈原，楚贤臣也，被谗放逐，作《离骚赋》。……谊追伤之，因以自喻。"

【评析】

诗论家对此诗的艺术手法多有赞誉。《近体阳秋》说："悲者语多婉，愤者气多直。二句直起，既浩而愤，复险而悲。（首二句下）"《唐诗镜》说："五、六语非漫下，正是别情种处。气自颔联贯下，与'黄河碛里沙为岸，白马津边柳南城'者自别。"《唐诗成法》评："六句写愁景，句句令贬郴州者愁死，至七、八方逼出'不久''何须'四字，足令少府开颜。此前六一段，后二一段，格奇。然一首中七用地名，虽气逸不觉，必竟非法。"方东树《昭昧詹言》说："《送杨少府贬郴州》，直从杨贬起，留'送'字。三、四句正入己之送。五、六切郴州。收句应有之义，亲切入妙，又切地切贬。重复七地名不忌。"赵殿成《王维集校注》说："送人迁谪，用贾谊事者多矣，然俱代为悲忿之词。惟李供奉《巴陵赠贾舍人》诗云'圣主恩深汉文帝，怜君不遣到长沙'，与右丞此篇结句，俱得忠厚和平之旨，可为用事翻案法。"

王维此诗用意深婉，意蕴悠长。《唐诗别裁集》说："不能北归，反恶南风，语妙意曲。"王寿昌《小清华园诗谈》说："何谓曲？曰：高常侍之《送侍御谪闽中》暨王右丞之《送杨少府贬郴州》，如此深婉，乃为真曲耳。"金人瑞《贯华堂选批唐才子诗说》："此前解，手法最奇。看他一、二，公然便向并未赠别之人，首先用勾魂摄魄之笔深探入去，逆料其到衡山到洞庭，必不能对秋月而听猿声者。于是三、四方更抽笔出来，重写'愁看北渚''恶说南风'，目前一段惜别光景。此皆是先生一生学佛，深入旋陀罗尼法门，故能有如此精深曲畅之文也。"《唐诗选脉会通评林》说："凄楚自在，结不沾惹君上，浑厚。"

此诗第三、五、七句声调相同，即上尾。谢榛《四溟诗话》："杜牧之《开元寺水阁》诗云：'六朝文物草连空，天淡云闲今古同。鸟去鸟来山色里，人歌人哭水声中。深秋帘幕千家雨，落日楼台一笛风。惆怅无因见范蠡，参差烟树五湖东。'此上三句落脚字，皆自吞其声，韵短调促，而无抑扬之妙。王摩诘《送杨少府贬郴州》亦同前病，岂声调不拘邪！”杨文生《王维诗集笺注》也指出：“此诗三、五、七句句脚声调相同，唐诗中不多见，后人亦称‘上尾’，应当避免。”

田　家

旧谷行将尽，良苗未可希。①
老年方爱粥，卒岁且无衣②。
雀乳青苔井③，鸡鸣白板扉④。
柴车驾羸牸⑤，草屩牧豪豨⑥。
夕雨红榴拆，新秋绿芋肥。
饷田桑下憩，旁舍草中归。
住处名愚谷⑦，何烦问是非。

【注释】

①“旧谷”二句：从陶渊明《有会而作》“旧谷既没，新谷未登”化出。

②“卒岁”句：出自《诗经·豳风·七月》：“无衣无褐，何以卒岁！”卒岁，终岁，犹言“度过这一年”。

③雀乳：晋傅玄《杂诗三首》其三：“鹊巢丘城侧，鹊乳空井中。”乳，《说文》：“人及鸟生子曰乳。”

④白板扉：无彩饰的白色木板门。

⑤柴车：简陋的车子。羸牸：音雷字，瘦弱的母牛，《世说新语·轻诋》：“负重致远，曾不若一羸牸。”

⑥草屩：草鞋。豪豨：壮猪。

⑦愚谷：即愚公谷，《说苑·政理》载，齐桓公出猎，走入一山谷

中，问谷为何名，一老公对曰："为愚公之谷。"桓公问命名之由，老公答曰："……臣故畜牸牛，生子而大，卖之而买驹，少年曰：'牛不能生马。'遂持驹去。傍邻闻之，以臣为愚，故命此谷谓愚公之谷。"其地在今山东淄博东，后人多以"愚公谷"泛指隐士的山野之居。庾信《小园赋》："余有数亩弊庐，寂寞人外……名为野人之家，是谓愚公之谷。"《南史·隐逸传》序："藏景穷岩，蔽名愚谷。"

【评析】

此诗语言平易自然，充满浓郁的田园生活气息。顾可久《唐王右丞诗集注说》说："不务雕琢，而一出自然。"葛晓音《山水田园诗派研究》说："这首诗仅选取田园中从春到秋几个较典型的生活片段，连缀成田家四季生活的基本内容，同时穿插一些杂景闲趣，加上青、白、红、绿的色彩对比，便已将野老贫寒而平淡的生活写得极其风雅而又富于生活情趣。"陶文鹏《唐代文学史》认为"此诗接触到了农民缺衣少食的景况，但对当时农民的疾苦感受不深。"邓安生《王维诗选译》说："这诗的前四句写田家的缺吃少穿，是陶渊明《有会而作》'旧谷既没，新谷未登，颇为老农，而值年灾，……登岁之功，既不可希，朝夕所资，烟火裁通'序意的概括。三句写田家挨饿，却以'年老方爱粥'出之，用笔微婉。四句用《诗经·豳风·七月》'无衣无褐，何以足岁'语意，进一步表现田家生活的艰难。'雀乳'以下，作者摄取雀、鸡、羸牸、豪狶、牧童、农夫等各自的动态入诗，写所见田夫的辛勤，连下'红榴''绿芋'二句都是概括田夫顺应自然，过着自然之乐的日子的情况。但结联写田夫作愚公住愚谷，不问是非，流露出作者对农民的同情和对时政的不满。"

皇甫岳云溪杂题五首①

鸟鸣涧

人闲桂花落，夜静春山空。
月出惊山鸟，时鸣春涧中。

【注释】

①云溪：即五云溪，又名若耶溪，在今浙江绍兴南。王维漫游江南至越州时为皇甫岳云溪别业题诗，每诗一景。

【评析】

此诗写春涧月夜的静谧闲适，李泽厚《美的历程》认为此诗：“忠实、客观、简洁，如此天衣无缝而有哲理深意，如此幽静之极却又生趣盎然，写自然如此之美，在古今中外所有诗作中，恐怕也数一数二。它优美、明朗、健康，是典型的盛唐之音。”以动写静是此诗最为鲜明的艺术特点。《增订唐诗摘钞》说：“鸟惊月出，甚言山中之空。”《唐绝诗钞注略》说：“有此一‘惊’字，愈觉寂然。”《而庵说唐诗》评道：“‘夜静春山空’，右丞精于禅理，其诗皆合圣教，有此五个字，可不必更读十二部经矣。‘时鸣春涧中’，夫鸟与涧同在春山之中，月既惊鸟，鸟亦惊涧，鸟鸣在树，声却在涧，纯是化工，非人为可及也。”《唐诗笺注》说：“闲事闲情，妙以闲人领此闲趣。”《诗法易简录》点评道：“鸟鸣，动机也；涧，狭境也。而先着‘夜静春山空’五字于其前，然后点出鸟鸣涧来，便觉有一种空旷寂静景象，因鸟鸣而愈显者，流露于笔墨之外。一片化机，非复人力可到。”俞陛云《诗境浅说》评："山空月明，宿鸟误为曙光，时有鸣声出烟树间，山居静夜，偶一闻之，右丞能在静中领会。昔人谓'鸟鸣山更幽'句，静中之动，弥见其静，此诗亦然。"

此诗中的禅理颇为后世诗论家所称誉。胡应麟《诗薮》说："太白五言绝，自是天仙口语，右丞却入禅宗，如'人闲桂花落''木末芙蓉花'，读之身世两忘，万念皆寂，不谓声律之中，有此妙诠。"徐增《而庵说唐诗》论析说："心上无事人，浩然太虚，一切之物皆得自适其适，人自去闲，花自去落。人既闲，则城市亦空，何况春山。夜静，即是大雄氏入涅槃之时；春山空，即是大雄氏成佛之境。鸟栖于树，树忘于鸟。忽焉月起，惊我山鸟，非嫌月出也，月岂不由他出哉！月既惊鸟，鸟亦惊涧，鸟鸣在树，声却在涧，纯是化工，非人为可及也。"刘纲纪《唐代佛学与王维诗歌》说："佛家的超越法看到了人世生活的有限性。它认为一切是非得失的追求……都会成为过去，都要消失，最后归于'空'，归于'寂灭'。……这种思想……有助于涵养一种超越有限的宽阔自由的心境。在佛学的美学看来，这种心境或审美的境界，在文艺上的达到，最重要的就是成功地呈现出一种绝言绝虑的空、静之境。……（《鸟鸣涧》）真正达到空且静，使我们被诗呈现出来的美丽境界所吸引，进入一种万念俱息的超越性感受。"

莲花坞①

日日采莲去，洲长多暮归②。
弄篙莫溅水③，畏湿红莲衣④。

【注释】

①莲花坞：当是一个莲花湖。坞，中间低四边高之地。

②洲：水中陆地。多：常常，经常。

③ 弄篙：撑船。篙，即撑船用的竹篙。

④ 畏：害怕、担心。红莲衣：指女子穿着的色如红莲的衣服；一说指红莲的花瓣。

【评析】

此诗写采莲女日暮时分归来的场景，虽然只是刹那之间，一经诗人的如花妙笔点染即成永恒：莲花坞、莲花、莲花衣，加之日暮晚霞已经构成一幅红霞弥漫、色彩绚丽的图画；后二句转入写动态场景，焦点集中到采莲女，她劝撑船人轻点轻点，别溅起水花弄湿了自己的红莲衣，一个“莫”字、一个“畏”字、一个“湿”字，生动、细腻、委婉地表现了采莲女娇羞、爱美的心理；再从首句的“日日”看，如此快乐幸福的生活并非偶尔才有，原来天天如是！全诗言简意长、体物细腻、动静相宜、风格清新明丽。张清华《王摩诘传》说：“爱莲之情通过嘱语而衬托出来，对红莲的爱的倾吐又让人深切感受到他对采莲女的爱怜，一层更深一层。”杨文生《王维诗集笺注》说：“清新明丽，淡淡有情，比南朝《采莲曲》更有远韵。”邓安生《王维诗选译》说：“这首小诗写的是采莲人晚归的情景。日落时分，夕阳给美丽的莲花坞抹上了一层金色，采莲人满载而归。‘弄篙莫溅水，畏湿红莲衣’表现了采莲人丰收后的喜悦心情，并由此产生对莲花的怜爱，作者对人物的心理的描写细腻生动。全诗轻松活泼，颇有江南民歌的情韵。”陶文鹏《王维孟浩然诗选评》说：“这首小诗写采莲女的劳动生活。前两句平平叙来，笔墨简洁，诱人想象。后两句捕捉一个细节，表现采莲女爱美的情趣和开朗活泼的性格。‘弄篙’一句妙语双关，既指红莲花瓣，又指少女红润如花的脸庞。全篇清新明快，情趣盎然，生活气息浓郁，饶有南朝民歌的风致，是诗人向民歌吸取艺术营养的创作成果。”

鸬鹚堰[1]

乍向红莲没，复出清蒲飏[2]。
独立何褵褷[3]，衔鱼古查上[4]。

【注释】

① 鸬鹚：水鸟名，俗称鱼鹰，羽毛黑色，有绿色光泽，渔人多驯养用于捕鱼。堰：挡水的低坝。

② 蒲：蒲草。飏：飞扬。

③ 褵褷：音离施，同“离褷”，羽毛初生的样子，此处指羽毛沾湿貌，木华《海赋》：“凫雏离褷，鹤子淋渗。”李善注：“离褷、淋渗，毛羽始生之貌。”

④ 查：同“楂”“槎”，木筏。

【评析】

此诗写鸬鹚捕鱼情态，活跃生动。《唐贤三昧集笺注》评此诗：“开后人咏物之门。”富寿荪《千首唐人绝句》说：“非临水静观，手摩心追，不能写得如此神态毕露。”杨逢春《唐诗偶评》：“只状鸬鹚之衔鱼耳，分作三层描写，由没而出，由出而立，且骤看讶其独立，谛见乃知其衔鱼，曲曲传神，真写生妙手，至红莲、青蒲、古楂等字，则又其着色处也。”俞陛云《诗境浅说》评：“甫入芙蕖影里，旋出蒲藻丛中，善写其凫没鸾举之态。后二句言既入水得鱼，乃在楂头小立。鸬鹚之飞翔食息，于四句中尽之，善于体物矣。”今人陶文鹏《王维孟浩然诗选评》说：“写一只鱼鹰，起初一头扎进红莲花中，消失不见；忽又从远处的蒲草中钻出，展翅飞翔；过了一会儿，它已独立在木筏上，羽毛湿漉漉的，嘴里衔着一条鱼，一副得意洋洋的神态。四句诗，先写鱼鹰疾速捕鱼的动态，再写猎获鱼儿的静景。一动一静，跌宕起伏，活灵活现，是一幅绝妙的动物写生画。王维的咏物诗不多，此诗足以显出其体物传神的高超艺术。”

上平田[①]

朝耕上平田，暮耕上平田。
借问问津者，宁知沮溺贤[②]？

【注释】

①上平田：当是皇甫岳隐居躬耕的田地名。

②宁知：岂知。沮溺：长沮、桀溺，皆隐者。《论语·微子》：“长沮、桀溺耦而耕，孔子过之，使子路问津焉。长沮曰：‘夫执舆者为谁？’子路曰：‘为孔丘。’曰：是鲁孔丘与？’曰：‘是也。’曰：‘是知津矣。’问于桀溺。桀溺曰：‘子为谁？’曰：‘为仲由。’曰：‘是鲁孔丘之徒与？’对曰：‘然。’曰：‘滔滔者天下皆是也，而谁以易之？且而与其从辟人之士也，岂若从辟世之士哉？’耰而不辍。”

【评析】

此诗写皇甫岳隐居躬耕。前二句仅用“朝耕”“暮耕”反复强调其经年累月、不厌其烦地躬耕于上平田之中；后二句则借用孔子问津于长沮桀溺来说明皇甫岳隐居之贤，一“借问”、一“宁知”则又引人遐想；前实写为叙述，后虚写为发问，虚实结合，使得诗意动荡摇曳。至于皇甫岳研究如何“贤”，除从长沮桀溺的身份与处境中求得外，王维的《皇甫岳写真赞》也可佐证：“有道者古，其神则清。双眸朗畅，四气和平。长江月影，太华松声。周而不器，独也难名。且未婚嫁，犹寄簪缨。烧丹药就，辟谷将成。云汉之下，法本无生。”

萍　池[1]

春池深且广，会待轻舟回[2]。
靡靡绿萍合[3]，垂杨扫复开[4]。

【注释】

① 萍池：长满浮萍的池塘。

② 会：应，当。回：返回。

③ 靡靡：《诗经·王风·黍离》："行迈靡靡，中心摇摇。"毛苌传："靡靡，犹迟迟也。"一说密集貌。合：合拢。

④ 开：散开。

【评析】

诗人以敏锐的审美感受，对景物进行细致入微地观察和描绘。《王摩诘诗评》说："每每静意，得之偶然。"《唐人万首绝句选》说："即景点染，恐人即目失之。"富寿荪《千首唐人绝句》评："写绿萍之屡开屡合，不特为春池点景，尤能为待舟者传悠然静伫之神，可谓诗中有画，画中有人。"俞陛云《诗境浅说》评："池水不波，轻舟未动，水面绿萍，平铺密合，偶为风中杨柳低拂而开，开而复合，深得临水静观之趣。此恒有之景，惟右丞能道出之。"陈铁民《王维新论》："以春池中绿萍几不可见的微细浮动，刻画出了环境的幽静。"肖驰《中国诗歌美学》说："只有处于极度悠闲的心境中，才能默默地欣赏大自然中这些生机，并从中感到生活的情趣。"胡遂《中国佛学与文学》说："王维的心境极为淡泊、虚静，经常处于一种禅观的状态，所以触处皆见性，触处皆是美。对于大自然的律动，他有一种会心的、灵敏度超过前代和同代诗人的感觉。"邓安生《王维诗选译》

说："（此诗）写又深又广的春池覆盖着一层青萍，等轻舟回来后，被分开的青萍又密密地合拢在一起。谁知春风吹来，低垂的杨柳拂扫过水面，又把青萍分开。王维的五绝善于描写细小的景物在片刻间的情态，……别人面对此景，即使能了然于眼，却未必能了然于心，即使能了然于心，却未必能了然于口与手，……这首诗正体现了王维敏锐的审美感受。"陶文鹏《王维孟浩然诗选评》说："诗人以绿萍浮动开合之动，表现春池之静，又用景物的彩色调子表情。绿色是所有色彩中最平静安定的。春池、绿萍、垂杨都是绿色，共同营造出一个清雅、悠闲、恬静的境界，烘托出等待轻舟过渡的诗人闲静的心情。在绘画艺术中，色彩的最高表现是它成为一种传递心灵信息的语言。王维便是善于运用色彩语言在绘画和诗歌中传情写意的艺术大师。"

红牡丹

绿艳闲且静①，红衣浅复深②。
花心愁欲断，春色岂知心？

【注释】

①绿艳：指牡丹之枝叶。

②红衣：指牡丹花瓣。

【评析】

牡丹在唐代为群芳之冠，深受唐人的爱好，咏牡丹之作也众多，而此诗咏红牡丹则是独辟蹊径，是一首艺术性很高的咏物诗。虽为写物，却不粘不滞，似写花却贯注着诗人的内心精神与审美趣味。前二句写花，“闲且静”已经兼顾花的神情状貌，“浅复深”则是着力展现牡丹花的婀娜多姿。后二句，就完全是托物言志了，陈铁民《王维诗选》说此二句：“谓牡丹之心，悲愁欲绝，而春色却不知牡丹之心。按，牡丹春末开花，其时春色将尽，牡丹之愁即由此而生；然春天的脚步并不因牡丹之愁而而稍稍停留。所以说‘春色岂知心’。”肖驰《中国诗歌美学》说：“王维在各种颜色（视觉）中也能感受到静（听觉）；‘绿艳闲且静’‘色静深松里’‘青草肃澄陂’，无不表现着一种渊泊而绝不激动的境界。”张勇《王维诗全集》说：“前两句写牡丹之美。首句写绿叶，诗人由叶之‘绿’而体验自己内心深处之‘静’；次句写红花，浅深有致，与绿叶相映成趣。后两句写牡丹之‘愁’，以拟人手法表现时光匆匆，美转瞬即逝。诗人由眼前之美悟到其背后的那个‘空’字。”王树海《禅魄诗魂》说：“唐汝询说：‘唐人探物之作，惟右丞最深。’是说他对于自然景物认识摹写深出于‘心’。这里牡丹简直就是一得道的高人，显然是一种自然的人化，自然的心化。”

杂诗三首

其　一

家住孟津河[①]，门对孟津口。
常有江南船，寄书家中否？

【注释】

① 孟津河：指孟津地方的黄河。孟津，古黄河津渡名，在今河南孟津县东北。

【评析】

此诗写闺人怀远之情。前二句写家住孟津河边，门对孟津渡口，日日都能看到来来往往的江南船只，却不知游子往家中来书信与否？诗人写的都是眼前景、寻常事，表达的却是闺人心中最切切的挂念与最殷殷的盼望。陈铁民《王维诗选》说此诗后二句道："谓常有江南来的船，不知客寓江南的丈夫是否捎信回家？丈夫客寓他乡，妻子最挂念的是他是否捎来平安的来信。这问话中，不仅表现了妻子对丈夫的关心，也流露了她盼望丈夫来信的急切心情。"《唐诗广选注》："蒋春甫曰：'远思却如此说来。'"《唐诗笺注》说："此系忆远之诗。言家在津口，江南船来，寄书甚便。语质直而意极缠绵。"《千首唐人绝句》说："此闺人念远之辞，不作怨语，而遥情深恨，跃然言外。"李晓梅《论唐代爱情诗的特色》："这首诗从文字上看，淡而又淡，平而又平，而细细咀嚼却有千般可思可想之情。……每当她思念远去的游子时，又多少次打开那对着黄河的家门去张望？……这种盼归之情不知延续了多久，才可能发展为'常有江南船，寄书家中否'的疑问……她又要不停地去河边寻问。这时在读者心目中已伫立着一个年轻而又愁容满面的女子形象了。"而邓安生《王维诗选译》却对此诗有别解："这（《杂诗三首》）是一组写游子和思妇的诗，三首各自成章。第一首是仕宦京洛的江南游子和家住孟津友人的问答。是孟津人询问游子的口气，全从侧面写，别开生面。"

其　二

君自故乡来，应知故乡事。
来日绮窗前，寒梅著花未？

【评析】

王维此诗语言质朴平淡，诗味浓郁。邓安生《王维诗选译》说：“(《杂诗三首》）第二首写仕宦游子问从家乡来的友人，诗全不写问家事，独写问梅花，而游子思乡之情自见。”《唐诗笺注》说：“与前首俱口头语，写来真挚缠绵，不可思议。着‘绮窗前’三字，含情无限。”《唐人万首绝句选》说：“问得淡绝、妙绝。如《东山》诗‘有敦瓜苦’章，从微物关情，写出归时之喜。此亦以微物悬念，传出件件关心，思家之切。此等用意，今人那得知？”此诗寓巧于朴。《唐诗评注读本》说：“通首都是讯问口吻，而游子思乡之念，昭然若揭。”《唐诗解》也说：“‘应知’二字括下联意。又一首同一问人，此作有味。”《千首唐人绝句》说：“此游子怀内之辞。‘来日’二句，不说思念家人，但问寒梅消息，最深婉有致。”《唐宋诗举要》：“赵松谷曰：‘陶渊明诗云：“尔从山中来，早晚发天目。我居南窗下，今生几丛菊。”王介甫诗云：“道人北山来，问松我东冈。举手指屋脊，云今如许长。”与右丞此章同一杼柚，皆情到之辞，不假修饰而自工者也。然渊明、介甫二作，下文缀语稍多，趣意便觉不远。右丞只为短句，一吟一咏，更有悠扬不尽之致。欲于此下复赘一语不得。’”

今人对此诗也多赞誉之词。葛晓音《初盛唐绝句的发展》说：“将乐府民歌自然流露、不作加工的原始状态，升华到自由抒写、浑然无迹的更高层次，这是盛唐绝句具有天然魅力的根本原因。”刘学锴在《唐诗鉴赏辞典》中说：“独问寒梅，不妨看成一种通过特殊体现一般的典型化技巧，而这种技巧是用一种平淡质朴得如叙家常的形式来体现的。这正是所谓寓巧于朴。”周振甫《诗词例话》说：“陶渊明、王安石、王维诗里对菊花、松树、梅花的怀念，含意不仅在于怀念家里的花木，更重要的是由于这些花木象征一种高洁的品格，这才引起诗人的怀念。这些诗，引起我们对诗人这种心情的体会，就有余味。王维的诗比其他两首诗更要写得精炼而含蓄。”陶文鹏《王维孟浩然诗选评》说：“诗人将抒情主人公内心交集的百感一一芟除，只留下一缕情怀，将他灵视中所映现的故乡种种景物意象也尽量删汰，只留下绮窗前这一树梅花。正是借这净化得无法再净化的情思和景物，传达出无限情味，惹人生出无穷遐想。”

其　三

已见寒梅发，复闻啼鸟声。
心心视春草，畏向阶前生。

【评析】

此诗写闺愁，蕴藉隽永。邓安生《王维诗选译》说：“（《杂诗三首》）第三首写思妇企盼游子归来，经冬复历春，而仍不见归。诗中思妇一再失望，一片愁心，怕看春草。春草的生长说明美好的日子流逝，游子迟迟不归，误了青春！比喻之妙在六朝小诗之上。”唐汝询《唐诗解》说：“此闺人感春之辞。见梅、闻鸟，时物变矣。持此愁心而视春草，惟畏其生于玉阶，益动我之离情也。”《唐诗归》评：“翻用《楚辞》‘王孙游兮不归，春草生兮萋萋’意，脱胎换骨。更为深婉。”又：“前二章（指前两首诗）问人，仓率得妙；后一章（指本诗）自语，闲缓得妙。各自含情。”《唐贤三昧集笺注》评道：“意甚浓至，冲淡隽永。闲雅之思，极其悠长。”

诗中“心心”两字亦有作“愁心”。《唐诗选》说：“‘畏向’二字更与‘愁心’句稳贴。”但有诗论家认为用“心心”两字更妙。如《唐诗笺注》说：“‘心心’字妙，若作‘愁心’，浅矣。”《千首唐人绝句》说：“此闺中答言。‘心心’二句，不怨良人久别，唯恐草生玉阶，与‘寒梅’之问，针锋相对，同其蕴藉。”

杨文生《王维诗集笺注》认为：“盛唐时期，深受南朝乐府民歌（吴歌和西曲）影响的崔国辅、丁仙芝、张潮等诗人，以写宫怨、闺情、江南水乡小儿女爱情和劳动生活为主，我曾称之为‘齐梁民歌派’。王维的《杂诗》，储光羲《江南曲》，都充满着这类诗歌的情韵，更为清丽明快，足见当时诗风之一面。”

送元二使安西①

渭城朝雨浥轻尘，客舍青青柳色深。
劝君更尽一杯酒，西出阳关无故人。

【注释】

①此诗或作于天宝年间，安史之乱以前，是王维出塞归长安后所作。诗题在《乐府诗集》《全唐诗》中作《渭城曲》。《乐府诗集》：“《渭城》一曰《阳关》，王维之所作也。本送人使安西诗，后遂被于歌。刘禹锡《与歌者诗》云‘旧人唯有何戡在，更与殷勤唱《渭城》。’白居易《对酒诗》云：‘相逢且莫推辞醉，听唱《阳关》第四声。’《阳关》第四声，即‘劝君更尽一杯酒，西出阳关无故人’也。《渭城》《阳关》之名，盖因辞云。”

【评析】

王维此诗艺术成就极高，被后人誉为唐人七绝的压卷之作。宋顾乐《唐人万首绝句选》赞此诗：“送别诗要情味俱深，意境两尽，如此篇真绝作也。”敖英《唐诗绝句类选》说：“唐人别诗，此为绝唱。”《唐诗镜》称其：“语老情深，遂为千古绝调。”黄生《增订唐诗摘钞》说：“先点别景，次写别情，唐人绝句多如此，毕竟以此首为第一。惟其气度从容，风味隽永，诸作无出其右故也。失粘，须将一、二倒过，然毕竟移动不得，由作者一时天机凑泊，宁可失粘，而语势不可倒转，此古人神境，未易到也。”李东阳《怀麓堂诗话》说：“作诗不可以以意循辞，而须以辞达意。辞能达意，可歌可咏，则可以传。王摩诘‘阳关无故人’之句，盛唐以前所未道。此辞一出，一时传诵不足，至为三叠歌之。后之咏别者，千言万语，殆不能出其意之外。比如是，方可谓之达耳。”胡应麟《诗薮》说：“郑谷‘数声风笛离亭晚，君向潇湘我向秦’；许浑‘日暮酒醒人已远，满天风雨下西楼’，岂不一唱三叹，而气韵衰飒殊甚。‘渭城朝雨’，自是口语，而千载如新。此论盛唐、晚唐三昧。”又说：“盛唐绝，‘渭城朝雨’为冠。”赵翼《瓯北诗话》说：“‘年年岁岁花相似，岁岁年年人不同’，此刘希夷诗，无甚奇警，乃宋之问乞之不得，至以计杀之，何也？盖此等句，人人意中所有，却未有人道过，一经说出，便人人如其意之所欲出，而易于流播，遂足传当时而名后世。如李太白‘今人不见古时月，今月曾经照古人’；王摩诘‘劝君更尽一杯酒，西出阳关无故人’，至今犹脍炙人口，皆是先得人心之所同然也。”如此等等，不一一例举。

此诗前两句先写别情，含蓄深沉，悠长不露。沈祖棻《唐人七绝诗浅释》说：“朝雨画出凄清之景，新柳勾起离别之情。只写景物，而别情已有丰富的暗示。……用一‘更’字，则此前之殷勤劝酒，此刻之留恋不舍，此后之关切怀念，都体现了出来。”诗后两句尤为人所称道。张炎《词源》说：“离情……全在情景交炼，得言外意，有如‘劝君更尽一杯酒，西出阳关无故人’，乃为绝唱。”沈德潜《唐诗别裁集》说：“阳关在中国（中原）外，安西更在阳关外，言阳关已无故人矣，况安西乎！此意须微参。”顾随《驼庵诗话》评曰：“以纯诗而论，以为艺术而艺术而论，前两句真是唐诗中最高境界。而人易受感动的是后两句，西出阳关，荒草白沙，漠无人迹，其能动人即因其伤感性打动今人的心弦。”

送沈子福归江东[1]

杨柳渡头行客稀，罟师荡桨向临圻[2]。
惟有相思似春色，江南江北送君归。

【注释】

① 此诗又题《送沈子福之江东》。沈子福：王维之友人，其生平不详。

② 罟师：渔夫，此处指船工。临圻：临近曲岸之地。圻，《万首唐人绝句》作“沂”。沈祖棻《唐人七绝诗浅释》说：“临圻，据诗意，当是地名，今址不详，也可能是临沂之误。临沂，晋侨置县，在今江苏省江宁县东北三十里，与题‘归江东’合。江东，泛指长江下游江南一带。”

【评析】

此诗前两句描绘友人离去后寂寥的景象和诗人惆怅的心绪。顾可久《唐王右丞诗集注说》评：“（首两句）别景寥落，情殊怅然。”刘拜山在《千首唐人绝句》中评解此诗言：“行客、罟师本属局外，却被牵入局中，借彼之漠不关心，形已之深情独往。烘染无痕，妙不着力。”沈祖棻《唐人七绝诗浅释》论析说：“首句‘渡头’点明送别之地，‘杨柳’点明节候，暗示别情，并关合下文‘春色’。行客已稀，反衬自己和朋友的依依不舍。”

此诗三、四句是千古名句，历代诗论家对其评价颇多，如《唐诗直解》说：“相送之情，随春色所至，何其浓至！末二语情中生景，幻甚。”《唐诗解》说：“盖相思无不通之地，春色无不到之乡，想象及此，语亦神矣。”《唐诗别裁集》评：“春光无所不到，送人之心犹春光也。”《唐绝诗钞注略》评：“妙摄入‘送’字，以行送且以神送，且到处相随，遂写得淋漓尽致。‘春色’跟首句，衬垫渲染法。”今人对此两句也颇为赞誉，程千帆《古诗考索》说：“王维《送沈子福归江东》云：‘惟有相思似春色，江南江北送君归。’鱼玄机《江陵愁望有寄》云：‘忆君心似西江水，日夜东流无尽时。’两诗一写送别，一写怀人，而俱属离情别绪，则异中见同。前者以相思比作遍于江南江北之春色，乃自空间极言其广，后者以相忆比作长流不停的江水，乃自空间极言其长，又于同中见异。总之是情同景异。”沈祖棻《唐人七绝诗浅释》说：“第三、四句写沈子福已走之后，自己临流极目，惟见一片春色，遍于江南江北，遂觉心中相思的无穷无尽，恰似眼前春色之无边无际。自己虽然无从和他同去，但此相思之意，始终相随，一如春色之无所不在。诗人奇妙的联想……景与情合，即景寓情，妙造自然，毫无刻画的痕迹，不但写出了彼此之间深厚友谊，而且将惜别时微妙的、难以捕捉的抽象感情，极其生动地表达出来，成为可见可触的形象，遂使人真觉相思之情充塞天地，可谓工于用喻，善于用情。”此诗虽为送别之诗，然而其情感却基调明朗，哀而不伤，林庚《中国文学史》说：“这样充满了乐观与青春情调的送别诗，乃是盛唐时代所独有的。”

相　思[①]

红豆生南国[②]，春来发几枝[③]。
愿君多采撷，此物最相思！

【注释】

① 此诗当作于安史之乱前，诗题又作《江上赠李龟年》，是一首怀念友人的诗作。

② 红豆：一种生长在岭南地区的植物，结出的籽像豌豆而稍扁，呈鲜红色。相传古代南方有人死于边地，其妻思念不已，哭于树下而卒，化为红豆，故又名“相思子”。《云溪友议》说：“明皇幸岷山，百官皆窜辱……唯李龟年奔迫江潭。……曾于湘中采访使筵上唱：‘红豆生南国……’又：‘清风朗月苦相思……’此辞皆王右丞所制，至今梨园唱焉。歌阕，合座莫不望南幸而惨然。”

③ 春：一作“秋”。

【评析】

此诗借咏物而寄相思之情，乃五绝之上品。《千首唐人绝句》评其：“藉红豆表己之相思，愿人之毋忘，风神摇曳，韵致缠绵。托物抒情，言近意远，是右丞五绝独造之境。”《读雪山房唐诗序例》赞道：“王维‘红豆生南国’、王之涣‘杨柳东门树’、李白‘天下伤心处’，皆直举胸臆，不假雕锼，祖帐离筵，听之惘惘，二十字移情固至此哉！”

此诗首句以“红豆”起兴，极富情味。霍松林《唐诗精选》评其：“不说我思君，却劝君多采相思之红豆，则我对君之无限深情，以及对彼此相思之情的无限珍惜，已从空际传出。”郝世峰《隋唐五代文学史》赞其：“本来是自己思念对方，却寄希望于对方思念自己，而这种情思却借咏红豆表示，巧妙、深刻、蕴藉三者皆备。”

“愿君多采撷”句呼应首句之“红豆”，将相思之情表达得婉曲动人。俞陛云《诗境浅说》评：“折芳馨以遗所思，采芍药以赠将离，自昔诗人骚客，每藉灵根佳卉，以寄芳悱宛转之怀。况红豆号相思子，故愿君采撷，以增其别后感情。犹郭元振诗以同心花见殷勤之意，近人有以‘把酒祝东风，种出双红豆’图，所谓愿天下有情人都成眷属也。”《唐诗评注读本》说：“睹物思人，恒情所有，况红豆本名相思，‘愿君多采撷’者，即谆嘱无忘故人之意。”

此诗语浅情深，言直意曲。余冠英《中国文学史》说：“语言凝练，含蓄而又生动，不以华丽的辞藻取胜，而以优美的意境动人。”陶文鹏《王维孟浩然诗选评》说：“诗的语言朴素无华，真率明快，一问一劝，语调轻柔亲切，韵致缠绵。生活中最深情的语言，往往极单纯、朴素，王维很善于提炼这种单纯、朴素的语言表达深致感情。”林庚《唐代四大诗人》说：“这里可以说是爱情，可以说是友情，也可以说是乡情，它涵有非常普通的思想感情，而又不流于一般化，这乃又都表现为盛唐诗歌深入浅出的普遍特色。”朱自清《唐诗三百首指导大概》说：“《相思》歌辞用对称的口气，唱时好像在对听者说话，显得亲切。绝句用对称口气的特别多，有时用问句，作用也一般。这些原都是乐府的老调儿，绝句只是推广应用罢了。”

书 事[1]

轻阴阁小雨[2]，深院昼慵开。
坐看苍苔色[3]，欲上人衣来。

【注释】

①此诗不载于王维集诸宋元古本。《诗人玉屑》卷六引《天厨禁脔》曰："王维《书事》云：'轻阴阁小雨……'舒王（王安石）云：'若耶溪上踏莓苔……'两诗皆含不尽之意，子由（苏辙）谓之不带声色。"奇字斋本等即据之补入王集。书事：写目前所见的事物。

②阁：停辍。

③坐：且。

【评析】

此诗写雨后深院的静谧与情趣。《千首唐人绝句》说："状小雨初霁景象及苍苔之青翠可爱，极为传神，通首有'万物静观皆自得'之趣。"陶文鹏《王维孟浩然诗选评》说："蒙蒙细雨过后，天色微阴。诗人独坐深院中，懒开院门。他的目光落在苍苔上，竟幻觉这翠绿的苔色，好像跃离地面，要染绿他的衣服。诗人借写幻觉，表现出色彩奇妙的运动，并借这仿佛流动于整个空间的苍苔翠色，反衬出自己闲寂的心境。这一笔写活了苍苔，写活了色彩，使它们似乎也有了性灵。"此诗前两句用字颇为后人所赏识。如吴景旭《历代诗话》说："东坡作《病鹤》诗，尝写'三尺长颈□瘦躯'而缺其一字，使任德翁辈下之，凡数字，东坡徐出其稿，盖'阁'字也。此字既出，俨然如见病鹤，然东坡此字正善用摩诘'轻阴阁小雨'也。"杨慎《升庵诗话》说："洪觉范（即慧洪）《天厨禁脔》云：'此诗含不尽之意，子由所谓不带声色者也。'王半山亦有绝句，诗意颇相类。按半山诗云：'山中十日雨，雨晴门始开。坐看苍苔色，欲上人衣来。'"三、四句的诗思之妙，更是获得后人的广泛赞誉。吴战垒《中国诗学》说："境从意出，有一类是由诗人独特感觉的外化而生成的，它表现某种瞬间的幻觉或心态。'坐看苍苔色，欲上人衣来'，这看似动态的奇妙幻觉，固然表达了诗人对自然生机的喜悦，却也从另一面渲染了恬静的生活情趣。"许总《唐诗史》说："后两句的妙处，一方面在于对'朝向草地一边的衣褶受反射线而沾染草地的颜色'（芬奇《论绘画》）这样的光学现象的敏锐感受；另一方面又在于赋予经小雨滋润后的苍苔之色以'欲上人衣'的传神化动态"。这就表现出一种'绘画所描绘不出的画境'。（莱辛《拉奥孔》）"张晓明《试论王维山水诗的空灵之美》说："全诗仅二十字，却一片神行，使寻常静绿传达出天地不言至美，透发出大自然的生生之气。而且体现了中国文人'澄怀观道'的艺术精神，和'于寂寞处见流行，于流行处见寂寞'的悟道方式。"

主要参考文献

越殿成《王右丞集笺注》上海古籍出版社 1961 年 8 月

陈铁民《王维集校注》中华书局 1997 年 8 月

杨文生《王维诗集笺注》四川人民出版社 2003 年 9 月

张勇《王维诗全集》崇文书局 2017 年 1 月

张进等《王维资料汇编》中华书局 2014 年 3 月

陈伯海主编《唐诗汇评》浙江教育出版社 1995 年 5 月

《王维诗歌鉴赏辞典》上海辞书出版社 2020 年 10 月

陈贻焮《王维诗选》人民文学出版社 1959 年 7 月

邓安生《王维诗选译》巴蜀书社 1990 年 6 月

陈铁民《王维诗选》人民文学出版社 2002 年 10 月

陶文鹏《王维孟浩然诗选评》三秦出版社 2004 年 7 月

刘宁《王维孟浩然诗选评》上海古籍出版社 2011 年 12 月

王达津《王维孟浩然选集》上海古籍出版社 2012 年 12 月

李俊标《王维诗选》中州古籍出版社 2012 年 12 月

马玮主编《王维诗歌赏析》商务印书馆国际有限公司 2017 年 6 月

王志清《王维诗选》商务印书馆 2015 年 4 月